藍色時刻の君たちは

前川ほまれ

東京創元社

目次

第二部

藍色時刻の君たちは

同居という、我が国のいわば「福祉における含み資産」——一九七八年　厚生労働白書

プロローグ

何も握ってない左手を、ぼんやり見つめる。わたしの指は細くて短い。何故か生まれつき、薬指の第二関節は腫《は》れているかのように太かった。結婚指輪を嵌《は》めたり外したりした時も、痛みが走ったのを憶えている。

掌《てのひら》に描かれた生命線は、途中で途切れていた。縁起の悪そうな手を幼い頃に父に見せたら『事故には気を付けろよ』と、本気で心配されたことを不意に思い出した。

「今までの率直な、お気持ちをお聞かせ下さい」

弁護士の質問が聞こえ、顔を上げた。真っ先に目に映ったのは、裁判官の無表情だ。今は、手なんてどうでも良い。場にそぐわないことを考えてしまったのは、被告人質問に対する緊張の表れだろうか。

弁護士が立つ席に顔を向け、喉元に力を入れる。それでも、すぐに言葉は出てこない。再び俯《うつむ》いてやっと、掠《かす》れた声が漏れた。

「世話をするのは辛い時もありましたが、憎んだことは一度もありません」

背後の傍聴席から、誰かの咳払《せきばら》いが聞こえた。振り返らなくても、手に取るように分かる。多くの視線が、わたしの背中に注がれていることが。

「今でも、心の底から愛しています」

本音だった。わたしの返答を聞くと、弁護士は何度か頷《うなず》いた。一拍置いて、再び質問が飛ぶ。

「犯行を振り返って、どう思いますか?」

「……身を焼かれるような後悔しかありません」

力なく告げたと同時に、鼻の奥が湿り始める。あの子の最後の表情を思い出すと、脳が上下左右に揺さぶられた。

「ビニールから透けて見えた、苦しむ顔が忘れられません」

一気に目尻は熱を帯び、視界は滲《にじ》んでいく。ここで泣いても、虚《むな》しさが積もるだけなのに。余計、死んでしまいたいほどの後悔が燃え上がるだけなのに。

そんな想いとは裏腹に、証言台から見える法廷の景色は曖昧《あいまい》になっていく。

涙が頬を伝わりながら、掌を握ったり開いたりを繰り返した。その度に、細い首を絞めた時の感覚が鮮明さを増した。この手に残っている感触を忘れたいけど、憶えておかないといけない。わたしが犯した罪と、これからも共に在るために。

洟《はな》を啜《すす》ってから目元を拭《ぬぐ》ったタイミングで、弁護士が別の質問を投げ掛ける。背後の傍聴席から、また誰かの咳払いが響いた。

#【第一部】

第一章　二〇一〇年十月　海沿いの町

　磨《す》りガラスの向こうは、灰色に染まっていた。見慣れた曇《くも》り空を思い浮かべてから、手元に目を戻す。賞味期限が迫っている卵が、まな板の上に二つ転がっている。

　使い込んだフライパンにサラダ油を垂らし、コンロのスイッチを入れた。おじいちゃんは卵をご飯に掛けるから、目玉焼きは私とお母さんの分だけを作れば良い。油が跳ねる音と一緒に、フライパンの上で白身が色を変えていく様を眺めた。

「今日は、寒《さ》みーぞ」

　振り返ると、タバコを耳に挟んだおじいちゃんが鼻を擦《こす》っていた。既にスウェット上下の寝巻きを脱ぎ、着古した作業着を羽織っている。染みが目立つ手には、丸まったスポーツ新聞が握られていた。真新しいインクの香りが、卵を焼く香りに交じっていく。

「コンビニ、行ってきたの？」

「んだ。ヤニっこ切れてや」

「だったら、お母さんのヨーグルトも買ってきて貰《もら》えば良かった」

　おじいちゃんはダイニングテーブルの椅子に座ると、スポーツ新聞を捲《めく》りながら低い声を出した。

「一日ぐれぇ、食わなくてもへーキだ」

「でも、お母さん便秘になりやすいし」

「飲んでる薬に、下剤も入ってるべ？」

　返事はせず、少し焦げてしまった目玉焼きを平皿に載せた。抗精神病薬を内服していると、腸の動きが鈍くなる場合がある。お母さんは過去に何度も、酷い便秘に陥っていた。腹痛を訴えた時、薬局で浣腸や整腸剤を買う役目はいつも私だ。おじいちゃんの軽い返事が、耳の奥で乾いた音を立てる。

「小羽《こはね》、菜っ葉のおひたしは残ってるっけ？」

「昨日の？」

「んだ。あったら、出してけろ」

ライターを擦《す》る音が聞こえた後、苦い煙が漂った。タバコの影響で黄ばんだ壁紙を横目に、思わず口を尖《とが》らせる。

「制服に、臭い付くんだけど」

すぐに椅子を引く音が聞こえた。立ち上がったおじいちゃんは隣に並ぶと、咥《くわ》えタバコのまま換気扇のスイッチを押した。白い煙が、揺らめきながら吸い込まれていく。

「そんなにタバコ吸ってたら、肺がんになるよ」

「今止めたって、何も変わらんて」

おじいちゃんが冷ややかに笑うと、口元から黄ばんだ歯列が覗《のぞ》いた。私はそれ以上の小言を飲み込み、ワカメと油揚げの味噌汁《みそしる》を作る準備に取り掛かる。底が黒ずんだ鍋に水を張ると、隣から痰《たん》の絡んだ咳払いが聞こえた。

「今日は、夕飯いらんから」

「呑んでくるの？」

「んだ。三上《みかみ》さんが、しつこくてかなわねぇの。あの人んち、最近ゴタゴタしてたっぺ。色々と話し聞いてほしいんだべな」

三上さんは、笑った時の恵比寿顔が特徴的な人だ。頑固なおじいちゃんが唯一、職場で心を許している同僚。先週も二人で釣りに出かけ、大きなカレイを持ち帰って来ていた。

灰皿代わりにしている空き缶の中に、短くなったタバコが消えた。おじいちゃんは換気扇の下で、何故か掌を握ったり開いたりを繰り返している。

「どうかした？」

「起きたら、手っこ痺《しび》れてしゃぁねぇの。昨日、たがねと石頭《せっとう》を握り過ぎたんだべか」

浅黒くて、ゴツゴツした手を眺めた。『たがね』は、石を割ったり表面を削ったりする道具だ。『石頭』は、小型の槌《つち》を指す。おじいちゃんは十代の頃から、東松島《ひがしまつしま》市の石材店で働いている。俗に石工と呼ばれる職人で、岩盤から切り出された石に彫刻を施し、墓石や記念碑に仕上げるのが主な仕事だ。石材店の敷地内には、様々な作品が展示されている。大きなカエル、招き猫、狛犬《こまいぬ》。鍵盤《けんばん》の白黒も石で表現されたグランドピアノは、かなり目を引く。

「手、大丈夫？」

「へーキだ。また石っこ削ってるうちに、治るべ。迎え酒と一緒や」

おじいちゃんは何度か咳《せ》き込んだ後、再び椅子に腰掛けてスポーツ新聞を捲り始めた。私は一度、着ている制服の袖口《そでぐち》に鼻を近づけた。予想とは違って、タバコ臭くはない。その代わり、目玉焼きの匂いを強く感じた。

朝食を全て作り終わったタイミングで、廊下から足音が聞こえた。足の裏をぺたりぺたりとくっ付けるような音に、床が軋《きし》む響きが重なる。お母さんが起きた気配を察して、少し濃くなった味噌汁を器によそった。

「香澄《かすみ》、やっと起きたな」

おじいちゃんの呟《つぶや》きを掻き消すように、台所の引き戸がガラッと音を立てて開いた。顔を出したお母さんは、まだ寝間着姿のままだ。XLサイズの色褪《いろあ》せたTシャツに、膝《ひざ》が擦り切れたジャージを穿《は》いている。椅子に腰掛けると、お腹《なか》の贅肉《ぜいにく》が幾つかの層を描いた。

「お母さん、おはよう。ってか、寒くないの?」

「そういえば、そうねぇ」

「長袖、着たら?」

「ご飯食べたらね」

お母さんは肉付きの良い頬を揺らし、口元を緩ませた。垂れた大きな胸が、Tシャツに描かれた英語のプリントを歪《ゆが》ませている。白髪《しらが》交じりのショートカットは、所々酷い寝癖でハネていた。長い睫毛《まつげ》と筋の通った高い鼻だけが、昔は誰もが振り向くような美人だった名残《なごり》を漂わせている。

「今日の味噌汁、少し塩辛くなっちゃったかも」

「大丈夫よ。小羽ちゃんの料理は、全部美味《おい》しいから」

「いや、本当に分量間違えたの。無理だったら、残して」

制服のポケットからスマートフォンを取り出し、画面に目を落とす。もう七時二十分を過ぎている。今日も待ち合わせ時刻に遅れそうな予感を覚え、胃の奥に焦りが滲んだ。

「おじいちゃん、私の分の目玉焼き食べる?」

「なして?」

「時間ヤバそう。食べてる暇ないや」

おじいちゃんが無言で頷くのを確認してから、二人分の朝食を食卓に並べ始める。お母さんが箸《はし》を握った瞬間、私のお腹が激しく鳴った。

二人が朝食を食べている間、洗面所に向かった。冷たい水で顔を洗ってから、セミロングの髪を後ろで適当に束ねる。目の前の鏡には、青白い顔が映し出されていた。昨夜はテスト勉強に追われ、深夜二時まで起きてしまった。寝不足の目元は腫れぼったくて、眼差しは淀《よど》んでいる。多くのクラスメイトのようにアイメイクでも施せば、多少は瞳に光が宿るのだろうか。三人分の歯ブラシと電気シェーバーしか置かれていない洗面台を眺めていると、小さな溜息が漏れた。

準備を終え、通学バッグを片手に再び台所に戻った。最後に、昨日の残り物を詰め込んだ弁当箱を冷蔵庫から取り出す。おじいちゃんは朝食を食べ終え、作業着の胸ポケットにタバコを仕舞っている最中だった。お母さんはまだ、目玉焼きを口に運んでいる。

「お母さん、今日のデイケアでは何するの？」

「なんだろうね。わかんないや」

「とにかく遅刻しないように。それに寒いから、何か羽織って行くんだよ」

話しながらも、壁に吊るされたお薬カレンダーに目を向けた。一週間分の曜日の横には、朝薬、昼薬、夕薬、就寝薬を入れるポケットが設置されている。

「ご飯食べたら、ちゃんと薬飲んでね」

「はーい」

「それと、家を出る時は昼薬を忘れないように」

目玉焼きの黄身を上唇に付けながら、お母さんが微笑《ほほえ》んだ。先週は大丈夫だったけど、先々週は二回も薬の飲み忘れがあった。調子だけは良い返事を聞いても、手放しで信用はできない。

「薬のこと、約束だからね。それじゃ、今日もニコニコー」

人差し指で、まん丸な頰に刻まれたえくぼを軽く突いた。ずっと続けている子どもじみた儀式は、いつの間にか『いってきます』の代わりになっていた。

玄関で合皮のローファーを履いて、引き戸を開けた。外に出ると、波音を纏《まと》った風が制服のプリーツスカートを揺らす。十月の海は、曇り空の下で深緑に濁《にご》っている。絶えることのない潮騒は、今日も一定のリズムで網磯《あみいそ》地区に響いていた。

自宅の斜向《はすむ》かいにある網磯漁港では、ワカメやノリの養殖が盛んに行われている。簡単に端から端を行き来できる小さな漁港だけど、船溜まりに並ぶ漁船の数は多い。漁港のコンクリートの上には大量の縄やウキが放置され、太平洋から吹く潮風に晒《さら》されていた。網磯漁港の右側には赤と白のクレーンが伸びる大きな造船所があり、眺める海は見通しが悪くて狭く感じる。海が窮屈に感じられるのは、遠くに見える石巻《いしのまき》工業港の影響もあるんだろう。

砂浜を掘って人工的に造られた石巻工業港は、宮城県北部の物流拠点として発展していると、社会の授業で習ったことがある。沢山《たくさん》のクレーンが空に向かって伸び、国内外からの大型船の往来も多い。敷地内にある製紙工場の煙突から出る煙が、より一層空を曇らせていた。

玄関脇に停めている自転車に跨《また》がり、自宅を振り返った。『織月《おりつき》』と描かれた表札の文字は霞《かす》んでいる。トタン造りの外壁は潮風の影響で錆《さ》び付いていて、お世辞にも立派とは言えない。築四十年を超える古びた平屋は、近所の二階建て住宅と比べて明らかに見劣りしていた。本当は自室があるような大きな家に住んでみたいけど、贅沢《ぜいたく》は言えない。台所の磨りガラスに映るお母さんのシルエットを眺めてから、待ち合わせ場所に向けてペダルを踏み出した。

松林の小径を抜け、北上運河《きたかみうんが》に架かる短い橋を渡り、市民センターや広大な田畑を通過した。左手の向こうには、航空自衛隊が所属する松島基地が存在している。まだこの時間帯は、空を駆けるブルーインパルスの翼は見当たらなかった。

私が卒業した小学校の前に差し掛かると、片手でスマートフォンを取り出した。待ち合わせ時刻まで、あと一分を切っている。信号に焦れながら国道45号線を横切ると、同じ制服が淀川《よどがわ》付近で既に待機している姿が見えた。私に気付いた凛子《りんこ》が手を振っている。航平《こうへい》はマウンテンバイクに跨りながら、教科書に目を落としていた。

「ごめん、また遅れちゃった」

二人の側に着くと、謝りながらブレーキを強く握った。凛子は「全然、大丈夫」と微笑み、航平は背負っていたバックパックに無言で教科書を仕舞い始めた。普段の航平はミステリ小説を片手に待っていることが多いけど、今日は教科書を読んでいる。そんな姿を見て、忙しい朝のせいで忘れていたテストに対する焦りが急に強くなる。

航平を先頭に、淀川に架かる国道45号線沿いを進む。車道を走る木材を積んだトラックや軽自動車が、次々と私たちを追い抜いていく。仙台銘菓《せんだいめいか》の『萩の月』の看板広告を通り過ぎると、隣でママチャリのハンドルを握る凜子が細い眉《まゆ》を寄せた。

「ってか、ヤバイんだけど。昨日、寝ちゃった。小羽はどんな感じ？」

私よりやや短めの髪が、潮風に煽《あお》られてなびいていた。最近ピアスの穴を開けたらしい左耳は、寒さのせいなのか、膿《う》んでいるせいなのか、赤く色付いている。

「先生が匂わせてた範囲だけは、目を通したよ。でも、自信ないな」

「どこが出そうなんだっけ？」

「前やった小テストから、六割は出すって」

「マジか……それ知ってたら、一夜漬けしたのに」

凜子は大袈裟《おおげさ》な溜息を吐《つ》いた後、間延びした口調で続けた。

「でも、やっぱ無理だったかもなー」

「何が？」

「一夜漬け。昨夜は、アイツがなかなか寝なくて」

「アイツって、雄大《ゆうだい》くん？」

「そう。昨日はママが、特に調子悪かったからさ。お風呂から寝かし付けまで、全部あたしの役目」

凜子が運転するママチャリの後部には、チャイルドシートが備え付けられている。だらりと伸びたシートのベルトが、車体の動きに合わせて揺れていた。

「雄大くんって、何歳になったんだっけ？」

「今、五歳。保育園でもふざけてばっかりで。この前も同じ組の子とケンカしちゃって、あたしが謝ったんだから」

「雄大くんって、活発そうだもんね」

「活発っていうか、落ち着きがないだけ。再来年には、卒園なのに」

卒園という響きが妙に耳の中に残り、徐々に卒業という言葉に置き換わっていく。前を向いて、約一年半後の未来に想いを馳せる。どうしてか、今日の空模様のように全ては曇っていて不明瞭《ふめいりょう》だ。二〇一〇年が終わるまで、あと二ヶ月。二〇一一年になったら本格的に進路を決めることになり、二〇一二年の春には高校を卒業だ。今年があっという間だったことを考えると、一年半の猶予《ゆうよ》は長くない。

通学路を進み続けると、徐々に大型パチンコ店が目立ち始めた。歩道沿いに並ぶ幟《のぼり》が、風を受けてはためいている。いつも左折している交差点で赤信号に捕まったタイミングで、凜子が言った。

「航平は、今日のテストどうなのよ？」

少し前で停まっていた制服が振り返る。航平が掛けている黒縁メガネは、浅黒い肌と絶妙に馴染《なじ》んでいた。横に流している前髪の毛先に、白く固まった整髪料が残っている。彼は、口元にある黒子《ほくろ》を指先で掻きながら大きな欠伸《あくび》をした。

「もう、諦《あきら》めた。住田《すみた》と同じで、昨夜は寝てたし」

「そういう割には、さっき必死に教科書読んでたじゃん」

「さっき読んでたのは、数学の教科書や。今日の英語は、もう捨ててっから」

言葉通り、投げやりな口調だった。私は口を挟まず、普段のように二人の会話に耳を澄ませた。

「そうやって、あたしや小羽を油断させてるんでしよ？」

「そんなことしねぇって」

「寝てたのも、実は嘘なんじゃないの？」

「マジだから。昨夜は『大浜飯店《おおはまはんてん》』から出前頼んで、それ食ったら超眠くなってや。睡眠薬でも入ってたかもしんね」

お腹が鳴った。ラーメンや餃子《ギョーザ》が有名な『大浜飯店』は、おじいちゃんの職場のすぐ側で営業している。一昨年《おととし》開業した中華屋で、メニューも豊富だ。ラーメンは一杯三百八十円で、餃子は一皿百八十円。広い店内にはカウンターや机の他にも座敷があり、夜は中華料理をつまみにお酒を呑む人が多い。おじいちゃんも仕事帰りに、偶《たま》に足を運んでいるらしい。

凜子の追及から逃げるように、二つのレンズが私の方に向けられた。

「織月んちも、大浜さんとこから出前頼むべ？」

「ごく偶にね。お母さんが、あそこの味噌ラーメン大好きなの」

「味噌ラーメンより、五目あんかけ焼きそばの方がうめぇべや。今度、そっち頼んでみ」

航平の弾んだ返事が、寒空の下に漂った。おじいちゃんから毎月預かっている食費は、三万円。上手にやり繰りしないと、月末には寂しい料理が食卓に並ぶことになる。いくら『大浜飯店』のメニューが安いとはいえ、気軽に出前を取る勇気はない。

「そやそや、織月は大浜さんとこの新しいバイト知ってる?」

「新しいバイト? あの店って、夫婦二人で切り盛りしてなかったっけ?」

「でもや、昨日はいきなり綺麗な女の人が出前に来たの。今度、見てみ」

曖昧に頷くと、信号が青に変わった。ゆっくりとハンドルを握りなおし、ペダルを強く踏み込む。

「住田、一緒に赤点取っぺな」

「あたしは、きっと大丈夫。さっき小羽から、超重要な情報を聞いたし」

「何、それっ。俺にも教えてや」

「餃子臭い人には、嫌です」

「五目あんかけ焼きそばしか、食ってねぇつーの」

二人のやり取りを耳にしながら、徐々に通学路の風景が霞んでいった。お母さんは昼薬を忘れずに、家を出ただろうか。先週はデイケアに行くのを渋っていたから、少し心配だ。明日は二週間に一度導入している訪問看護師が来る予定だから、最近の様子をちゃんと伝えないと。英語の文法や数学の定理より、重要な内容を頭の中で整理した。


学校の正門を通り抜けると、駐輪場に自転車を停めた。二人とはクラスは違う。ローファーから上履きに履き替えたら、それぞれのクラスメイトと過ごす時間の方が長かった。

三人で適当な会話を繰り返しながら、昇降口に向かって歩き始める。航平は一昨日《おとどい》読んだらしいミステリ小説のトリックを解説し、凛子はいつものように私と腕を組んで興味なさそうに相槌《あいづち》を打っている。

「小羽、後ろの髪が凄いハネてるよ」

「えっ、本当?」

「うん。ちょっと待って、直してあげる」

凛子に櫛《くし》で寝癖を直してもらっている途中で、冷たい風が頬を打った。季節は確実に、厳しい冬に向かっている。三人で一緒に登校するようになった頃は、まだ頭上に夏空が広がっていたことをふと思い出した。

『織月と住田の親も、あの病院さ通ってんだべ?』

秘密を囁《ささや》くような航平の声が、脳裏に蘇《よみがえ》った。ここら辺で入院できる精神科病院は、一つしかない。よく考えてみると、割とありふれた偶然だ。

『ちょっと、話さねぇ?』

二人とも部活やバイトをしていないけど、授業が終わると一目散に学校を飛び出していた。校内で家族の病を口にするのは気が引けるし、妙な噂《うわさ》がたっても困る。そんな事情もあって、予定を合わせるのは登校時が一番楽だった。家族の病で繋《つな》がった関係は、それ以来緩やかに続いている。

「オッケー、完璧」

凜子の弾んだ声を聞いて、礼を告げてから再び歩き出す。校舎に入る前に見上げた空は、早朝と変わらず曇っていた。そんな鈍色《にびいろ》に向けて、お薬カレンダーに昼薬が残っていないことを祈った。

帰りのホームルームは、予想外に長引いた。他のクラスの子たちが廊下を行き来する気配を感じながら、黒板の上に設置された掛け時計を睨《にら》む。普段の終業時間より、もう十五分も過ぎている。

「お前ら、来年は最上級生なんやぞ！　本当に自覚あんだべな！」

激昂《げっこう》する担任の声を聞いて、教壇に目を向けた。休み時間に少しうるさかっただけで、こんなに怒らなくてもいいのに。それに、騒いでいたのは一部の男子だけだ。静かにテストに備えていた人間としては、正直迷惑だ。

「他の奴らも見て見ぬ振りだったみたいだな！　なして、注意しない？　クラス目標に反してるべ！」

自然と、教室の出入り口付近に貼られた英文を眺める。

『One For All, All For One』

一人はみんなのために、みんなは一人のためにと脳裏で呟く。元々好きではなかったスローガンが、余計嫌いになった。口には出せないけど、この言葉は大きな矛盾を孕《はら》んでいるような気がする。『一人はみんなのために』に従えば、このまま目を伏せて担任の怒りが収まるのを待てば良いんだろう。でもそれだと、帰宅したら様々な家事が控えている者にとっては辛い。夕食の準備、掃除、洗濯、お母さんの服薬管理、それに明日も行われるテストの勉強。家事のスタートが遅れたら、そのぶん机に向かう時間が深夜にズレ込んでしまう。

「最近、緊張感が足りな過ぎるんでねーか」

担任が大袈裟に溜息を吐くのを耳にしながら、もう一度クラス目標に視線を向ける。『All For One』

の箇所が妙に霞んで見えて、何度か瞬《まばた》きを繰り返した。自分を犠牲にして他人を助けることは、そんなに大事なことなんだろうか。担任の捲《まく》したてる声を聞きながら、誰にも訊けない問いが頭の中を巡った。

やっとお説教が終わり、足早に廊下に踏み出した。普段学校を出る時刻より、もう三十分は過ぎている。

中古で買った自転車に、変速ギアは付いていない。スピードが出るまで、自然と立ち漕《こ》ぎになった。横目には、校庭が映っている。白線で描かれたトラックに沿って、ジャージを着た同級生がジョギングをしていた。

高校入学を機に、本当は陸上部に入りたかった。小さい頃から足の速さには自信があったし、中学のマラソン大会では六位に入ったこともある。でも、そんな希望は入学二日目の時点で諦めた。今の生活スケジュールを考えると、部活やバイトをやるのは到底無理だ。

ハンドルを強く握り、必死に帰りの通学路を疾走《しっそう》し続ける。お揃いのジャージを着て汗を流すクラスメイトたちが、徐々に視界から消え去っていく。部活すら参加できないと悟った時の絶望感は、もう忘れてしまった。走りやすそうなジャージを着ることはできなかったけど、最新の携帯電話には買い替えてもらえた。そんな風に納得しながら、ペダルを漕ぐ両足に力を入れる。高校に隣接する三階建ての介護施設の庭では、車椅子に乗ったお婆さんと職員らしき人が花壇に目を向けていた。なんだか、羨《うらや》ましい。今の私には、花をゆっくりと見る時間なんてない。

漁港から漂う生臭い風を感じて、スピードを緩めた。庭先に自転車を停め、立て付けの悪い玄関の引き戸を開ける。三和土《たたき》には、お母さんのスニーカーが放置されていた。片方は裏返り、もう片方は紐が解《ほど》けている。脱いだローファーの隣に、汚れたスニーカーを揃えて並べた。

「ただいま」

居間の明かりは灯っているけど『おかえりなさい』は、聞こえない。眉を顰《ひそ》めながら、短い廊下を進んで行く。居間に続く磨りガラスの格子戸を開けると、室内の端から端を行き来する太い身体が目に映った。

「お母さん、ただいま」

返事はない。テレビから流れる情報番組の音声に、ブツブツと独り言が重なっている。不意に、お母さんの服装が朝と同じだということに気付いた。

「ねぇ、ちょっと。お母さん」

再度呼び掛けると、やっと虚ろな瞳と目が合った。お母さんはすぐに、苦しそうな表情を浮かべた。

「大変なの。午前中からずっと、プーちゃんが足にまとわりついてきて」

「……で、今日はデイケアに行ったの？」

「無理よ。家を出ようとしても、プーちゃんが邪魔してくるもの」

大袈裟な溜息を吐いて、室内を行き来する太い両足を見つめた。いくら目を凝らしても、お母さんが口にする『プーちゃん』の姿は認識できない。それでも、何年も繰り返し聞かされた説明で簡単にその容姿は想像できた。真っ白い毛で覆われたフワフワな生き物。一見するとシャム猫にも見えるらしいけど、目は三つあって尻尾《しっぽ》は二股に分かれているらしい。

無言で台所に足を向けた。壁に吊るされたお薬カレンダーを眺めると、今日の昼薬が手付かずのまま残っている。朝の祈りは、届かなかったみたいだ。

再び居間に戻っても、お母さんはまだ室内を歩き回っていた。付けっ放しのテレビには、大盛りの海鮮丼が映っている。石巻の定食屋が取材されているらしく、海老《えび》やマグロの切り身が丼からはみ出ていた。私は画面を見つめたまま、小さく溜息を漏らした。

「お母さん、足がムズムズしない？」

「そりゃ、するわよ。プーちゃんが、ずっと舐《な》めてくるし」

「とりあえず、頓服薬《とんぷくやく》を飲もっか」

今のお母さんは、抗精神病薬の副作用が出現している。足のムズムズ感は、アカシジアと呼ばれる錐《すい》体外路《たいがいろ》症状の一種だ。主治医曰《いわ》く、アカシジアを訴える大半の患者は『足に違和感がある』とか『座っていられない』と口にするらしい。お母さんの場合は、プーちゃんに足を舐められていると表現することが多かった。

海鮮丼を頬張るテレビリポーターから目を離し、足踏みをする素足を眺めた。お母さんの足の爪に塗ってあるマニキュアは、剝がれかけている。色はくすんだ紫で、私も仕上げを手伝っていた。地味なのか派手なのかよくわからない色を見つめてから、頓服薬を保管しているクリアケースに手を伸ばす。『織月香澄様』と表記されている薬包《やくほう》を取り出し、慣れた手付きで封を切った。

「これ飲んでさ、少しお話ししない？」

「でも、プーちゃんが……」

「頓服薬を飲んだら、きっとプーちゃんは足を舐めなくなるよ」

副作用止めの白い錠剤を差し出すと、お母さんは恐る恐る口の中に入れた。居間のローテーブルに置かれていたコップに、クリームパンのような手が伸びる。太い身体と対照的に細い喉が上下したのを確認すると、話題を変えた。

「今日ね、英語のテストがあったの。明日は苦手な数学なんだよね」

肉付きの良い手を握って、窓枠の影が伸びる座椅子にそれぞれ腰を下ろす。お母さんの額には汗が滲み、掌には熱がこもっている。ずっと腰を下ろすことができず、室内を徘徊《はいかい》していたと察せられた。

「お母さんは、何の教科が得意だった？」

「……水泳」

「体育ってこと？　今のお母さんからじゃ、全く想像が付かないんだけど。すぐ沈んじゃいそう」

「小ちゃい時は、浜で泳いでから……その時も、よくプーちゃんに足を引っ張られてたの……何度か、溺れそうになったこともあるし」

その記憶は間違っていると感じながらも、否定せずに頷いた。お母さんの病的体験が活発になったのは、私が小学生になった頃からだ。それまでも幻聴や妄想を知覚していたと思うけど、少し風変わりで物静かな美人として片付けられていたらしい。今でいう『不思議ちゃん』に近いイメージだろうか。精神科病院を受診した当初は『精神分裂病』と診断され、今は『統合失調症』と呼び名は変わっている。

「あっ、プーちゃんが腸の中に入ってきた」

「大丈夫だよ。私が側にいるし」

この症状は、医学的に体感幻覚と名付けられていた。身体に関係する幻覚で、通常では考えられない内容を口にすることが多い。以前のお母さんは『化け猫が脳を食べている』や『化け猫が皮膚《ひふ》の下を這っている』と話していた。化け猫という表現が怖くて、私が小学生の頃に可愛らしい名前に変えた。それ以来お母さんも『プーちゃん』という呼び名を使っている。

「今度は、胃を舐めてる」

「舐めてるだけなら、大丈夫だよ」

「そのうち、齧《かじ》られるかも……」

「もし血を吐いたりすれば、私がちゃんと救急車を呼ぶから」

それからしばらく様子を見たけど、荒唐無稽《こうとうむけい》な発言が止まることはない。夕薬を早めに飲ませてみても、結果は同じだった。

「プーちゃんの尻尾は違法電波を受信するから、だんだん部屋の空気が変わってきてる。小羽ちゃんは、息苦しくないの？」

「私はへーキ」

「……窓開けて。それと、ハンカチを口に当てないと」

電波に関連した妄想も、お母さんがよく表出する症状の一つだ。立ち上がろうとする太い身体を必死に制して、居間の掛け時計に目を向けた。帰って来てから、まだ一切家事に手をつけていない。頭の中でやることを数えてみても、溜息が増えるだけだ。

「このままだと、小羽ちゃんも違法電波で痺れちゃう」

瞬きもせず、目を見開く横顔を見つめた。お母さんの鼻は本当に形が良い。高さがあって、鼻先は嫌味がない程度に美しく尖っている。

「携帯電話の電源を切って。それに、テレビも消さなきゃ」

「そんなことしなくても、大丈夫だよ」

「悠長なこと言って……いざという時は、小羽ちゃんだけでも逃げなさいね」

まるで、テレビドラマや映画に出てくるようなセリフだった。いくら非現実な内容でも、お母さんは本気でそう信じている。化け猫に付きまとわれ、違法電波に怯える現実。一瞬、居間の中が真っ白になったような気がして、片手で目元を擦った。すぐに色彩を取り戻すと、やるべきことの優先順位が変わっていた。

「家にいるのが不安だったらさ、一緒に散歩にでも行く？」

私の提案を聞いて、お母さんが微《かす》かに頷いた。症状が強く出現している時は、今までも一緒に近所を歩き回っていた。外の風に触れると気分転換になるし、硬い表情も少しだけ和らぐ。それにお母さんは、網磯漁港から見える明かりが大好きだ。暗い海に映るネオンを眺めた後は、徐々に落ち着きを取り戻すことも多い。

「上着取ってくるね。ちょっと、待ってて」

「小羽ちゃん、せめて口に手を当てて。できるだけ、違法電波を吸わないように」

不安げな表情を一瞥《いちべつ》してから、短い廊下に踏み出した。海風に煽られ、背後にある玄関の引き戸が頼りなくガタつく。振り返った先の三和土には、二足の靴が並んでいる。履き古したお母さんのスニーカーを見つめながら、口元に手を当てた。生温かい息が掌に触れて、指の間を抜けていくだけだ。違法電波なんて、全く感じない。

外に出ると、陽は落ちかけていた。視界に映る空は、藍色と橙《だいだい》がグラデーションを描いている。その下で、船溜まりに並ぶ漁船が濁った海に浮かんでいた。

「見て見て、空が綺麗だよ」

私が弾んだ声を出すと、俯き加減だったお母さんが少しだけ顔を上げた。特に何も感想を口にすることはなく、太陽が海に沈む光景を眺めている。

「とりあえず、いつもの場所まで歩く？」

「……まだプーちゃんが付いてきてる」

「大丈夫だって。そのうち、いなくなるから」

網磯漁港のコンクリートに触れる微かな波音を耳にしながら、肩を並べて歩き出した。近隣の民家の窓は、柔らかな光で染まっている。潮風に交じる夕食の香りを嗅《か》いでしまうと、口の中に唾《つば》が滲んだ。日暮れの網磯漁港から見る家々は、どこも温かな空気を纏っている。

「お母さんは、今日何食べたい？」

「何もいらない……プーちゃんが腸の動きを止めてるし」

「そんなこと言って。後でお腹減っても、知らないからね」

もう少し経てば、早めに飲んだ夕薬が効いてくるはずだ。病的体験が軽減したら、家に戻って手早く夕食を作れば良い。確か冷蔵庫には、焼きそばの生麺が残っていた。それなら、炒めるだけですぐに出せる。

網磯漁港の端に着くと、沖に向かって防波堤が突き出ていた。右手には造船所のクレーンが伸び、視界の先では石巻工業港のネオンが派手な明かりを灯している。お母さんが気に入ってる場所で、どちらともなく足を止めた。

「あそこに、入ったことってあるの？」

沖の方で灯る人工的な光を指差す。短い沈黙の後、隣で洟を啜る音が聞こえた。

「ないよ」

「いつか、行ってみれば？」

「ここから眺めてるだけで、十分」

お母さんが人工的な光に目を細めている最中、チラリと地面の方を確認した。もう、足踏みは止まっている。それから、一緒に海を眺めた。夕暮れは終わりを告げ、藍色と橙が混ざりそうだった空はいつの間にか黒く染まっている。星は一つも見えないけど、宇宙が透けているような不思議な夜空だった。

「明るくて、忙しなくて。小っちゃな、東京みたい」

潮風に攫《さら》われるような声を聞いて、隣に顔を向けた。すぐにお母さんのささくれた唇が上下する。

「東京はねぇ、空より地上に星があるから。あっちに住んでた頃、パパがよく言ってたの」

お母さんがパパと呼ぶ人間は、世界で一人しかいない。毎年欠かさず、私の誕生日にだけ連絡をくれる人。脳裏に父のことが過《よぎ》り、自然と話題を変えた。

「で、プーちゃんはいなくなった？」

「そういえば、そうねぇ」

「それじゃ、家に戻ろっか。お腹減っちゃったよ」

少しだけ強引に、肉付きの良い手を握った。お母さんは時折、離婚前に住んでいた東京のことを話す。私はその度に頷きながらも、胸に淀む本音は口にしなかった。都会のような人の多い街で、高校生が母親と手を繋いで歩いていたら目を引くかもしれない。混雑した地下鉄で独り言を呟いていたら、周囲から顔を顰《しか》められるかもしれない。この辺りが、人影の少ない静かな港町で良かった。誰かの目を気にすることなく、こうやって柔らかい手を引くことができる。

「夕食は、焼きそばで良い？」

「うん。でも、もやしは入れないでね。水っぽくなるから」

「贅沢言っちゃって。今日の焼きそばには、大量に入れよっと」

私の冗談を聞いて、お母さんが拗《す》ねるように下唇を突き出す。お互いの靴底が鳴る音が、穏やかな波音に交じった。

家に戻ると、制服のまま焼きそばを炒めた。汚れた食器を洗うのだけは、お母さんの役目だ。水飛沫《しぶき》や洗剤の泡が飛び散るシンクを一瞥してから、私は軒先に急いだ。

海風で湿った洗濯物を取り込み、居間で下着やバスタオルを畳み始める。その途中で、まだ浴槽に湯を張ってないことに気付いた。立ち上がったついでに、布団も敷いておいた方が要領は良い。

浴室と寝室に行って戻ってくると、ローテーブルに置かれたスマートフォンが振動していた。画面には『おじいちゃん』と表示されている。今日は呑んでくると聞いていたけど、もう帰ってくるのだろうか。もしかしたら、夕食の催促かもしれない。震える物体を耳に当てると、よく通る声が鼓膜を揺らした。

「小羽ちゃんか?」

聞こえてきたのは、おじいちゃんとは違う声だった。雨垂《あまだ》れの染みが滲む天井を見上げながら、電話口の相手を探る。恵比寿顔が脳裏を過り、ハッと息を吐いた。

「三上さん……ですか?」

「んだんだ。今日、武《たけし》さんと呑む約束してたべ。今、大浜さんのとこ来てて」

三上さんの息遣いは荒く、確かな焦りが滲んでいた。嫌な予感を覚え、スマートフォンを握る指先に思わず力が入る。

「大浜さんの店で呑んでたんだけどや、武さんの様子がおかしくて」

「おかしいって……酔っ払ってるんですか?」

「違う違う。そんな呑んでねぇもの。なんかや、手っこも足っこも痺れて立てねぇの。さっき、救急車呼んでっから」

息が詰まった。おじいちゃんはお酒に強く、深夜まで呑んでも酩酊《めいてい》して帰ってきたところは見たことがない。気付くと、苦い唾が口の中に滲んだ。

「それで……今、おじいちゃんは?」

「店の座敷で横になってる。口も回んねぇから、まともに話せねぇっぺよ」

電話口から、おじいちゃんの短く唸《うな》るような声が聞こえた。同時に、うっすらとサイレンの音が響き始める。

「救急車、来たみてぇだ。どこの病院さ行くか決まったら、また連絡すっから。小羽ちゃんは、携帯近くに置いててけろ」

返事をする前に、電話が切れた音が耳の穴を冷たくさせた。無意識に、片付けの途中だった洗濯物に手を伸ばしてしまう。畳み終えた長袖のTシャツは、裏表が逆だった。

床に置いたスマートフォンの画面に目を落としながら、深呼吸を繰り返す。このままじゃ、ダメだ。動揺していたら、その気配はきっとお母さんにも伝《でん》播《ぱ》する。制服のスカートに付着していた糸くずを手で払って、喉元に力を入れた。

「お母さん、ちょっと来て」

何度か呼び掛けた後、廊下を進む特徴的な足音が聞こえた。磨りガラスの格子戸が開くと、私は無理やり笑みを浮かべた。

「今ね、三上さんから連絡があったの。おじいちゃんのことで」

頬に力を入れて、笑みを絶やさずに続ける。

「大浜さんのお店で呑んでたらしいんだけど、調子が悪いんだって。これから救急車で、病院に向かうみたい」

救急車という言葉に反応したのか、お母さんの瞬きが多くなる。できるだけ不安を抱かせないように、穏やかな口調を意識した。

「多分、私たちも病院に行くことになると思う。もし入院ってなったら、色々と同意書にサインしないといけないし」

お母さんが精神科病院に入院した際の記憶をなぞる。その時は、おじいちゃんが様々な書類にサインをしていた。入院同意書、緊急連絡先、差額室料同意書等々……確か成人した家族のサインが必要だったはず。そうなれば、お母さんに側にいてもらわないと困る。

「それって、やっぱり……」

「プーちゃんのせいじゃないよ。多分、お酒の影響かな」

先回りした返事を発しながら、脳裏では全く別のことを考えていた。運ばれた病院にもよるけど、向かうとなれば電車かタクシーになる。今の時間だとＪＲ仙石線《せんせきせん》は一時間に二本しか走ってないし、いくら掛かるかわからないタクシー代を支払えるかは不安だ。その二つを天秤《てんびん》に掛けた結果、電車で向かうことに決めた。運ばれる病院が、せめて駅から近いことを願った。

「三上さんが、また連絡してくれるって。とにかく、家を出る準備しとこう」

「うん……」

「さっきの上着を羽織って。あと、お母さんの保険証も忘れずに。病院に着いたら、それで身分の確認をされると思うからさ」

この状況で、妄想が再燃したらキツい。お母さんが廊下に踏み出す後ろ姿を見送ると、スマートフォンが再び振動した。急いで、耳に押し当てる。

「小羽ちゃん、受診先決まったぞ」

相槌を挟みながら、まだ畳んでいない洗濯物の数を眺めた。おじいちゃんが運ばれるのは、石巻方面にある総合病院らしい。初めて聞いた名称を、思わずもう一度確認した。

「アイズミ病院ですよね？」

「んだ。藍染めの藍に、イカ墨の墨や」

「藍墨病院……藍墨病院……」

告げられた病院名を、間違えないように何度も復唱してしまう。

「オイは酒呑んでるし、ついてぐのは無理だ。小羽ちゃんたちが、病院さ行ってくれるか？」

「わかりました。私と母が、これから電車で向かいます」

礼を告げて電話を切ろうとすると、引き止めるような声が続いた。

「電車ば、乗んねぇで。今から小羽ちゃん家に、バイトの子が向かうからや」

「……バイトの子？」

「んだ。店に出てたんだけど、もう上がるって言ってや。石細工体験にも参加したことがあるみてぇで、武さんとも少し面識あるって」

確かにおじいちゃんの石材店では、一般向けの石細工体験プログラムを月に何度か開催している。スマートフォンから続く割れた声が、再び思考の歯車に油を注した。

「一緒にタクシーで行ぐって。小羽ちゃんたちは、玄関先に出ててけろ」

「でも、タクシー代が……」

「それは、立て替えてくれるべ。武さんの携帯も、その子に持たせっから」

唐突に電話が切れた。この数分間で起きたことが、目まぐるしく脳裏を駆け巡る。

唸るような声が聞こえていたから、おじいちゃんの意識はあるのだろう。でも立てないということは、重篤《じゅうとく》な状態なのかもしれない。耳に残る鋭いサイレンの音が、心配と不安を煽っていく。

「ジャンパー着たよ」

身支度を終えたお母さんが、廊下に立っていた。片手には、保険証を握っている。その姿を目にすると、騒《ざわ》めいていた胸が一気に凪《な》いでいった。

「お店の人が、タクシー呼んでくれたみたい。もう、外で待ってようか」

「タクシーに乗るの、久しぶりね」

「……とりあえず、保険証は私が持っとくよ。落としたりしたら、大変だからさ」

受け取った保険証を制服の内ポケットに仕舞い、小走りで玄関に向かった。こんな時でも、やり残した数々の家事が脳裏にチラつく。

「あっ、お湯出しっ放しかも」

急いで踵《きびす》を返した。洗面所を横切る途中で、不意に足が止まる。鏡に映る制服姿を見て、明日もテストが控えていることを思い出した。

外に出て数分もしないうちに、ヘッドライトの光が暗い路上を照らした。タクシーが目の前で停車すると、すぐに助手席のドアが開いた。

「織月さん？」

助手席のドアから上半身を覗かせたのは、髪を後頭部で一つに束ねた女性だった。顔半分が影に覆われ、表情はよく分からない。何も反応しないお母さんに代わって、私が小さく頷いた。

「とにかく、乗って」

今度は後部座席のドアが開いた。お母さんの手を引きながら、先にタクシーに乗り込む。車内は、仄《ほの》かに香ばしい匂いが漂っていた。女性が羽織っているカーキ色のブルゾンに染み付く、ラーメンや餃子やチャーハンの匂いのせいだろうか。

タクシーが走り出すと、助手席の女性がこちらを振り返った。

「救急車が来た時も、武さんの意識はあったの。ただ……手足に力が入らなくて」

美しい顔立ちに目を奪われる。一重の切れ長な目元が印象的で、お母さんと同じぐらい鼻筋が通っていた。薄闇の中でも肌の白さが目立ち、頬から顎《あご》にかけての輪郭《りんかく》はシャープな曲線を描いている。小さな口元から覗く八重歯だけが、幼い愛くるしさを演出していた。

「トイレで尻餅《しりもち》をついているのを、わたしが見つけて。立ち上がらせようとしても、なかなか足に力が入らなくて……」

転倒前後の状況を話す内容が続いた。彼女が他の席に注文を取りに行った際、トイレに立つおじいちゃんとすれ違ったらしい。その足取りはかなりふらついていて、自然と目に留まったそうだ。予想通り、すぐにトイレから派手な物音が響いたと告げられた。

「二人掛かりで席に戻したんだけど、徐々に顔つきも歪み始めて。上手《うま》く表情を作れないっていうか……」

言い淀みながらも、再び薄い唇が上下する。

「痺れのせいか、腕を上げることもできなくて。これは、お酒のせいじゃないなって」

彼女は目を伏せると、再び身体を前に向けた。タクシーが路上を走行する音だけが、妙に耳に響く。隣を向くと、お母さんは口元を半開きにして車窓をぼんやり眺めている。仕方なく、私が沈黙を破った。

「ご迷惑お掛けしました……」

「……今考えれば、もっと早く救急車を呼んでれば良かった」

力ない声を聞きながら、刻々と料金が加算されていくタクシーメーターを見つめた。

「あなたは気にしないで、全部プーちゃんのせいだから」

突然、お母さんが呟いた。隣の太腿《ふともも》に触れて合図を送っても、気にする素振《そぶ》りはない。

「プーちゃんって、違法電波を操れるし。きっとおじいちゃんの手や足が痺れたのも、磁場が乱れた影響ね」

「ちょっと……お母さん」

「プーちゃんは多分、ラジオかインターネット回線を使ってお店に忍び込んだんだと思うの。あの化け猫は、そういうの得意だから。それで、あなたは大丈夫？」

車窓から入り込んだ街灯の明かりが、助手席で前を向く美しい横顔を照らしている。彼女は何度か瞬きを繰り返すと、再びこちらを振り返った。

「わたしは、大丈夫です」

「なら良かった。因《ちな》みに、あなたのお名前は？」

「申し遅れました。浅倉青葉《あさくらあおば》と言います」

「浅倉さん、一応携帯電話の電源は切っておいた方が安全ね。それと運転手さん、有線の交通情報には気をつけて。プーちゃんが、嘘の情報を流してるかもしれないから」

反射的に「いい加減にしてよ！」と、強めに口にしていた。お母さんは肩をすくめると、芝居掛かった溜息を吐いて再び車窓の方を向いた。

「母が……すみません。気にしないで下さい」

スカートの端を強く握りながら、俯く。恥ずかしくて、頬が一気に火照《ほて》っていた。おじいちゃんのことに気をとられていたせいで、お母さんの頓服薬を持参するのを忘れていた。強い後悔を覚えると、車内に漂う薄闇が急に濃度を増した。

「電源、切りましたよ」

そう声が聞こえ顔を上げると、二つ折りの携帯電話がこちらに向けて掲げられていた。画面は真っ暗で、付着している指紋で汚れている。

「なので、安心してください」

浅倉さんが穏やかに呟いた。携帯電話が視界から消えた後、私はようやく座席の背もたれに身体を預けた。

しばらくして、藍墨病院の正門が見え始めた。徐行したタクシーが、敷地内に入っていく。薄明かりが灯る正面玄関前に着くと、運転手はサイドブレーキを引いた。タクシーメーターは、四千円近い金額を表示している。

「支払いは、済ませておくから。二人は、早く行って」

申し訳ない気持ちはあったけど、素直に頷いた。お母さんを促して、タクシーのドアを開ける。暖房が効いていた車内とは違って、冷たい風が吹きつけてくる。

正面玄関の自動ドアは、固く閉ざされていた。外から院内に目を細めても、常夜灯が点々と灯っているだけで人影はない。

「こっちの玄関は閉まってるから、違うところから入ると思うんだけど……」

吐いた白い息を割りながら、辺りを見回す。『休日・時間外出入り口』と表記された看板が目に留まり、肉付きの良い手を強く握った。その看板に描かれた矢印に沿って進むと、煌々《こうこう》と明かりが灯る場所を見付けた。

「多分、あそこだ」

休日・時間外出入り口には、警備員が待機する窓口があった。早口で事情を説明すると、警備員は受話器を手に取り、どこかに電話を掛け始めた。

「今から看護スタッフが来るんで、少々お待ちください」

事務的な口調が窓口から届くと、繋いでいた手にまた力が入った。何かの合図だと勘違いしたのか、肉付きの良い手が握り返してくれる。外はこんな寒いのに、お母さんの掌は汗ばんでいた。

姿を見せた看護師は、若くて化粧の濃い女性だった。お団子にした髪は茶色く、両耳にはリング状のピアスがぶら下がっている。彼女に誘導されながら、院内の暗い廊下を進んだ。

「あのっ……おじいちゃんの様子は？」

「意識はあるから安心してね。ゆっくりとなら、会話は成立するし」

どこかで最悪な事態も想定していた。看護師の返答を聞いて、安堵《あんど》の溜息が漏れる。

「搬送後は、頭部を撮影する検査や点滴を実施してるの」

「おじいちゃんは、頭の病気なんですか？」

「詳しくは、医師からの説明になるかな。まずはご家族からも、少しお話を伺《うかが》いたくて」

看護師に案内されたのは、小さな個室だった。四人掛けの机の上には透明なファイルに入った書類とノートパソコンが一台置かれ、壁際にはレントゲン写真を映す機器が設置されている。椅子を引いて腰を下ろすと、窓がないせいか息が詰まった。

「早速なんですけど、幾つか教えて欲しいことがありまして」

看護師の視線が、隣に座るお母さんに注がれた。

「武さんは過去に、大きなご病気ってされたことあります？」

お母さんは目を泳がせ、何度か洟を啜った。殺風景な空間に漂う沈黙は、耳の中に痛みを走らせる。看護師は一度小さく咳払いをすると、質問を変えた。

「武さんって、毎日何らかの薬って飲んでますかね？」

お母さんはやはり黙り込んだまま、無言で目を伏せた。慣れない環境で、緊張しているのが伝わる。看護師が細い眉を僅《わず》かに寄せた瞬間、口を挟んだ。

「特に内服している薬はありません。どこかの病院に入院したという話も、聞いたことはないです」

看護師の長い付け睫毛が、私に向けられる。

「それじゃ、お薬手帳とかは持ってないよね？」

「はい。元々、病院は苦手みたいで……」

「健康診断とかで、高血圧や糖尿病を指摘されたことはない？」

「血圧は高いって……本人は、あまり気にしてなかったですけど」

「因みに、最近の体調はどうだった？　例えば眩暈《めまい》や頭痛、手足の異常を口にしたり」

「今朝、手が痺れるとは話してました……」

看護師の視線が、もうお母さんに向くことはなかった。派手な化粧とは違って、深爪の指先がパソコンのキーボードを叩き続ける。

「武さんの体重と身長ってわかる？」

「確か百六十五センチの、六十五キロです。健康診断の用紙を、覗いたことがあるので」

「因みに今日も、仕事に行ってたんだもんね？　それじゃ、日常的に手助けがいることもないか」

思わず家事は一切やらないと口に出しそうになったが、ゆっくりと飲み込んだ。今は、そういうことを知りたい訳ではないんだろう。自立して歩けるとか、トイレを漏らさないとか、手助けなく着替えられるとか、日常的な生活動作を訊かれているような気がした。その他にも幾つか短い質問が続くと、看護師は透明なファイルに手を伸ばした。

「医師の説明があるまで、書類の記入をお願いしようかな」

私たちに向けて差し出された書類には、住所や緊急連絡先を書く欄が並んでいた。

「ペンは持ってないよね？」

「はい……急いで来たので」

白衣のポケットから抜き取られたボールペンは、

迷いながらも母に差し出された。肉付きの良い手は恐る恐るボールペンを受け取ったけど、文字を書き始める気配はない。虚ろな眼差しを、紙面に向けている。

「あのっ……これって、私が書いても良いですか？　母だと時間が掛かると思うので」

「別にサインとかはないから大丈夫だけど、第一連絡先は大人のご家族が良いかな」

紙面に目を落とすと、第三連絡先まで記入する欄があった。

「第一連絡先は母にしますけど……第二連絡先は私でも良いですか？」

「うーん。他にご家族とかはいない？」

一瞬、東京に住む父の姿が浮かんだ。私の誕生日だけ『おめでとう』と『ありがとう』のメールをやり取りする関係。既に再婚をしていて、新しい家庭を築いている人間に迷惑を掛ける訳にはいかない。

「いません……」

「少し遠方に住んでる人でも良いから、親戚の方とかは？」

「……親戚付き合いは、全く無くて」

看護師は少し悩んだ後「とりあえず、あなたの連絡先を書いておこうか」と、口にした。許可を受けて、紙面にボールペンを走らせる。第一連絡先は殆《ほとん》ど使っていないお母さんの携帯番号を、第二連絡先は私の携帯番号を、第三連絡先は空欄のまま提出した。

看護師が席を外してから数分経つと、白衣を着た中年男性が現れた。口元には無精髭《ぶしょうひげ》が張り付き、掛けているメガネの奥には僅かに疲労の色が滲んでいる。

「どうも。本日、当直をしている医師の田村《たむら》です」

対面に位置する椅子に座った医師は、こちらを一瞥してから言った。

「急なことで、お二人も驚いたでしょう？」

私が曖昧に頷くと、医師が何度かメガネのブリッジに触れた。

「検査の結果や身体所見から、武さんは脳梗塞《のうこうそく》を発症しているようです。お二人は、この疾患《しっかん》をご存じですか？」

さらりと告知された病名を聞いて、心臓が強く鳴った。医師の質問を聞いても、お母さんは何の反応も示さなかった。代わりに、私が首を横に振った。

「……詳しくは知らないです」

「そうですか。まずは、この疾患について簡単に説明しますね」

医師は一度咳払いをしてから、淡々と話し出した。

脳梗塞は、血の塊《かたまり》によって脳の血管が閉塞する病気らしい。脳の血管が途中から詰まると、そこから先に酸素や栄養を含む血液が届かなくなってしまう。そんな状態が続けば脳の神経細胞が壊死《えし》し、様様な障害が生じてしまうと聞かされた。

「脳梗塞には、三つの病型がありまして」

医師の話に頷きながら、説明された内容を脳裏で整理する。

心臓で作られた血の塊が原因で発症する場合を『心原性脳塞栓《しんげんせいのうそくせん》』と呼び、血管内に溜まったコレステロールが原因で発症する場合を『アテローム血栓《けっせん》性脳梗塞』と呼ぶ。

脳の深部を流れる細い血管が詰まり発症する場合を『ラクナ梗塞』と呼ぶらしい。

「脳のダメージを受けた部位にもよりますが、それぞれ予後が違うんです。この三つの中で最も重症化し易いのは、心原性脳塞栓ですね。前触れなく突然発症し、脳の広範囲に影響を及ぼすケースが多いので」

医師は一度言葉を区切り、続ける。

「逆に比較的予後が良いとされているのは、ラクナ梗塞です。ラクナとは、ラテン語で『小さなくぼみ』という意味なんです。脳の細い血管が詰まるので、ダメージを受ける範囲も十五ミリ未満と小さいんですよ。経験上、発症時に意識障害を伴うケースは少ないですね。中には、発症しても無症状の方もいるぐらいですから。しかし、症状が軽いからといって放置するのは非常にマズいんです。ゆくゆくは認知機能に障害が出たり、新たな脳血管障害の誘因になりますので」

医師は机に置いてあるパソコンを操作しながら、一度咳払いをした。

「撮影した画像を確認すると、武さんはラクナ梗塞でしょう」

パソコンが、こちらに向けられた。画面には、胡桃《くるみ》を白黒で写したような画像が表示してある。すぐに、脳だとわかった。

「これは、武さんの頭部をＭＲＩという検査で撮影した画像です。この部分が、妙に白くなっていますよね？」

　医師が指差した箇所に目を凝らす。脳の一部に、確かに白い点が映っていた。

「武さんの右手の痺れや舌のもつれは、この病巣の影響だと思います」

　今朝換気扇の下で、閉じたり開いたりを繰り返していたシワの寄った手を思い出す。

「脳は謂《い》わば、身体全体を統制する司令塔ですから。障害された部位によっては、様々な症状が出現するんです。典型的なものだと、病巣と反対側の手足に麻痺《まひ》が出たり、痺れを感じたり、口角が下がったり、話しにくくなったり。要は運動や感覚、発声に関係することが障害されてしまうんです」

　白い点がある方には『Left』と表記してある。病巣と反対側に麻痺が出るという説明を思い出しながら、掠れた声で訊いた。

「手術は、するんですか？」

「現状、必要ないかな。主に、点滴や内服による保存的治療を続ける予定です」

「手や足の痺れは……いずれ治るんですか？」

「引き続き経過は追っていきます。さっきラクナ梗塞は比較的予後が良いと話したけど、全員がスムーズに回復できる訳ではないからね。血栓が移動すると、残念ながら入院後に症状が悪化するケースもあって」

「そうですか……」

「それにラクナ梗塞の発症は、高血圧が関係している場合が多いですから。入院中に血圧のコントロールや、生活習慣の改善についても指導していきます」

　頷くことしかできなかった。短い沈黙を破ったのは、隣から響く大きなクシャミだった。お母さんは何度か洟を擦ると、一度深く頭を下げた。

「先生、どうか父をよろしくお願いします」

「武さんの病状がいち早く回復するように、努めていきます」

「何かありましたら、協力しますので」

「ありがとうございます。それでは早速、入院に関する書類の説明に移りますね」

「お願いします」

　普段とは違うまともな姿を見て、強張《こわば》っていた身体の力が抜けた。今更になって、夕薬が効いてきたのかもしれない。今までも症状に左右されていない時は、こんな風に落ち着いた態度を取ることができていた。ふくよかな体型に、貫禄が滲み始める。お母さんは澄んだ眼差しを浮かべながら、また何度か洟を啜った。

「先生、一つお訊きしたいことがあるんですけど」

「なんでしょう？」

「パソコンを使えるということは、病院内にWi-Fiが飛んでるんですか？」

「院内の全て、という訳ではないんですが。それが何か？」

美しい鼻の穴が微かに膨んだ瞬間、嫌な予感を覚えた。

「もしプーちゃんが点滴の管なんかをイタズラするようなことがあれば、Wi-Fiの電源を落とした方が良いと思います」

医師が、書類を取り出そうとする手を止めた。お母さんは秘密を告げるように、声を潜めた。

「プーちゃんは、Wi-Fiを使って高速移動ができるんですよ」

「プーちゃん……ですか？」

「まだ公表されていないのですが、政府関係者からの情報です。一応、先生だけにはお伝えしておいた方が良いと思いまして」

ずっと淡々としていた医師の表情に、僅かに苦笑いが浮かんだ。

「ご忠告、ありがとうございます」

入院申し込みや治療計画について記載された書類が、お母さんに向けて差し出される。紙が擦れる乾いた音が、やけに耳に残った。

私が口を挟み、お母さんはようやく全ての書類にサインを終えた。医師が一礼して何処《どこ》かに消えると、入れ替わるように先ほどの看護師が顔を覗かせた。

「不備がないか、一度書類を確認しても良いですか？」

お母さんの丸文字が記載された書類を手渡すと、彼女は一枚一枚目を落としながら口を開いた。

「この時間帯は、もう事務が閉まってるの。入院手続きは後日になるんだけど、次はいつ来院できそうかな？」

「やっぱり、早い方が良いですよね？」

「そうだね。できれば」

「……明日来ます」

「因みに、事務は十七時までだからね」

学校から直接自転車で向かえば、余裕を持って間に合う。でも、手続きの際には大人が必要だろう。一度家に戻ってお母さんと電車で向かうとなれば、十七時に間に合うかは正直自信がなかった。

「入院手続きの際には、預かり金として十万円を頂いてるの。それは大丈夫？」

喉が詰まり、すぐに返事ができなかった。そんな大金を財布に入れたこともない。十七や十という数字が、頭の中で交互に浮かんでは消えていく。

「今日って、おじいちゃんに会えますか？」

「短時間なら、大丈夫よ」

「……お金のこと、訊いてみます」

思わず、目を伏せる。履いていた茶色のローファーに、お母さんから伸びた影が触れていた。

看護師に案内された大きな部屋には、カーテンで仕切られたベッドが縦一列に並んでいた。消毒液の匂いが室内に漂い、白衣を着た人々が忙しなく行き交っている。

「武さんのベッドは、一番奥なの」

看護師の背中に続き、通路を進んだ。所々に置いてあるカートには、ガーゼや注射器がまとめられている。吊るされた点滴や血圧計が幾つも横目に映り、大人がゆうに横になれるストレッチャーが壁際で数台待機していた。私たちが歩く足音に、時折患者の呻《うめ》く声が重なった。

仕切られたカーテンを開けると、ベッド上でおじいちゃんが横になって目を閉じていた。腕には半透明な管が伸び、頭の方に置かれた心電図の機器が尖った波形を描いている。壁には酸素を供給する瓶も設置してあった。今の状態には必要ないのか、酸素マスクは口元を覆ってはいない。

「おじいちゃん」

呼びかけると、腫れぼったい瞼《まぶた》が開いた。右側の口角だけ不自然に下がり、聞いていた通り表情は歪んでいた。

「ふまんな。やっへもうた」

舌が回らない声に、仄かにお酒の臭いが交じっていた。おじいちゃんの顔を見てしまうと、喉や鼻の奥が熱くなる。

「私たちは大丈夫だから、おじいちゃんはゆっくり休んで」

「あふには、ちはうひょうひょうにうふふ」

何度か聞き返して『明日には違う病棟に移る』と、理解した。

「おじいちゃん、もう喋《しゃべ》らなくて良いよ」

預かり金の問題を、胸に仕舞い込んだ。こんな状態で話すのは酷だ。明日ちゃんと、事務の人に事情を説明して十万円は待ってもらうしかない。こんなにも辛そうなんだし、即刻追い出されることはないだろう。

私は腰を屈め、点滴の繋がっていない方の手を握った。おじいちゃんは握り返そうとしたようだけど、弱い握力しか伝わらない。

「今日は、もう帰るね」

おじいちゃんが僅かに頷いたのを確認し、ずっとベッドサイドで棒立ちのお母さんに目線を送った。

「お母さんは、何か言うことある？」

「お父さん、先生には Wi-Fi のことを伝えといたからね」

お母さんなりのエールを聞いてから、私はゴツゴツとした掌を離して立ち上がった。踵を返そうとすると、痰の絡んだ声が背中に触れた。

「はふみ」

呂律《ろれつ》の回らない声だったが『香澄』と、はっきり聞こえた。疲れ切った眼差しは、お母さんを捉えている。

「ほはねのいふほほ、ひふんだほ」

上手く伝わらなかったのか、お母さんが軽く首を捻《ひね》った。

休日・時間外出入り口に向かいながら、制服のポケットからスマートフォンを取り出した。時刻は、もう二十一時を過ぎている。避難経路を示す誘導灯が、薄暗い廊下を緑色に照らしていた。

窓口に到着すると、制帽を直している警備員に早口で告げた。

「先ほど入院した織月武の家族です。今日はもう帰ります」

「入院手続きの件は、医療スタッフから聞きましたか？」

「はい……また、明日来ます」

「最後に、ご家族の身分証をコピーしてもよろしいでしょうか？」

　制服の内ポケットから、お母さんの保険証を取り出した。仰々しく受け取った警備員が、奥の方に消えていく。一区切りついて安心したせいか、唐突な尿意が下腹部を襲った。

「お母さんは、トイレ大丈夫？」

「うん。へーキ」

「私は、ちょっと行ってくる。保険証を受け取ったら、ここで待ってて」

　トイレは、ここから少し戻ったところにあった筈《はず》だ。下腹部に力を入れて、今歩いてきた暗い廊下を振り返った。

　用を足し終わると、想像以上に身体が疲れていることに気付いた。手洗いをした後、洗面鏡に映る青白い顔色を見つめる。帰ったら家事の残りやテスト勉強が控えている現実を想うと、自然と眉根が寄った。

「あっ、ユウコじゃん」

　不意に、静かだった廊下の方で声が響いた。二つの足音が、トイレ前の廊下で立ち止まる気配が届く。

「お疲れ。トモミも、今日夜勤だったんだ？」

「そうなの。採血のスピッツ切れちゃって。検査室に取りに行くとこ」

　トモミと呼ばれる女性の声には、聞き覚えがあった。多分、さっきまで対応してくれた看護師だ。気不味《きまず》さを感じ、このままトイレから出て行くのを躊躇《ためら》ってしまう。

「救外は忙しい？」

「まずまず。イレウスとアッペと、ラクナだったおじいちゃんが運ばれてきたよ。さっきまで、家族対応してたの」

　おじいちゃんの話が出て、瞬時に息を潜めた。

「ってかさ、その患者の娘がプシコっぽくって。一緒に来た高校生の孫から、話聞いちゃったよ」

「へぇ。そうなんだ」

「しっかりした子だったから、良かったけどさ。でも親がそんな感じだし、可哀想だったな」

　違法電波なんか信じていないのに、反射的に口元を手で覆っていた。喉に思いっきり力を入れて、息を止める。青白かった顔色が、徐々に赤みを帯びていく。二つの足音が完全に消えたのを確認して、やっと息を吐き出した。肩で呼吸を整えながら、蛇口を捻る。気付くと、もう一度意味もなく手を洗っていた。

プシコは「精神科」という意味を指す医療用語だ。お母さんの掛かり付けの精神科病院では聞いたことはないけど、風邪を引いて受診した身体科病院のスタッフが、ひそひそと話しているのを耳にしたことがある。

『娘がプシコっぽくって』

さっきの看護師は、医療用語を口にしているようには聞こえなかった。軽蔑《けいべつ》や侮辱《ぶじょく》するような響きだけが、ガムのように耳の中に貼り付いて取れない。思わず、蛇口を全開に捻っていた。石鹸《せっけん》の泡がゆるゆると排水口に流れていくだけで、淀んだ気持ちは何も変わらない。

しばらくして、ようやく水を止めて顔を上げた。洗面鏡に映る口元には、何故か笑みが滲んでいた。顔の筋肉が、無意識のうちに平然を装おうとしている。そんな虚しい表情と、数秒だけ目を合わせた。

外に出ると、骨を軋ませるような冷たい風が制服を襲った。隣でくしゃみをする音が、星のない夜空の下に漂う。

「タイミングよく、電車に乗れると良いけど……」

正面玄関の方に歩きながら、スマートフォンで手元を光らせる。ネットで最寄《もよ》り駅の時刻表を確認すると、予想通り一時間に二本しか電車は走っていなかった。

「小羽ちゃん、タクシー呼ぼうよ」

「えー。四千円ぐらい掛かるじゃん」

「お母さんの隠し財産、使っても良いから」

「そんなのないでしょ？」

「あるわよ。国会議事堂に電話したら、すぐに振り込んでくれるもの」

「あっそ。とりあえず、ダイエットがてら駅まで歩こうか」

スマートフォンをポケットに仕舞い、顔を上げた。不意に、少し離れた場所で人影が見えた。薄闇を纏った人物もこちらに気付いたらしく、手を振っている。

「あの人って……」

歩調を緩めながら、目を凝らす。縁石に座っていた浅倉さんが、小走りで近寄って来る姿が見えた。

「二人とも、お疲れ様」

「……待っててくれてたんですか？」

「そう。これを、渡すの忘れて」

彼女は洟を啜ると、ポケットから二つ折りの携帯電話を取り出した。見慣れた灰色のストラップが、夜風に揺れている。おじいちゃんの携帯電話だった。

「わざわざ……すみません。ご迷惑お掛けしました」

「気にしないで。それより、武さんの様子はどうだった？」

受け取った携帯電話は、氷のように冷たかった。長い時間、外で待機していたのが伝わる。

「先生の説明では、脳梗塞だったみたいで……」

言葉を詰まらせながら、医師から聞いた内容を辿《たど》々《たど》しく伝えた。浅倉さんは時折頷くだけで、口元を結んだままだ。

「そんな感じです……」

話し終えた後、強い風が吹いた。乱れた前髪を指先で払っていると、浅倉さんが呟く。

「武さんも大変だったけど、二人も疲れてるでしょ。特に君は、明日も学校だよね？　早く帰って、お風呂で身体を温めないと」

「そうですね……それに、終電も近いし。急ぎます」

仙台方面に向かうＪＲ仙石線の終電は、二十二時だ。もたもたしてると、間に合わない。

「何言ってんの。帰りも、タクシー呼ぶから。わたしが払うんで」

「大丈夫です。行きも払ってもらったし……電車で帰ります」

「遠慮しないで。折角《せっかく》待ってたんだから、これぐらいさせてよ」

「でも……」

「こんな寒いんだから、駅まで歩いたら風邪引くよ」

浅倉さんはブルゾンのポケットから携帯電話を取り出し、すぐに耳に当てた。戸惑いながら横顔を眺めていると、隣から咳き込む声が聞こえた。お母さんの美しい鼻からは、鼻水が垂れている。この夜を切っ掛けに、熱でも出たら大変だ。ようやく、浅倉さんの好意に甘えることに決めた。

タクシーが到着すると、行きと同じように後部座席に乗り込んだ。数分もしないうちに、お母さんのイビキが車内に漂う。

「すみません、うるさくて」

鼻を軽くつまんだり、頭の位置を少しだけ変えると、イビキが寝息程度に変わった。

「えっと、名前は小羽ちゃんだっけ?」

「あっ、はい」

「寝てても、良いよ。起こしてあげるから」

「大丈夫です。三十分もしないで着きますし」

足元から漂う温《ぬる》い空気が眠気を誘ったけど、欠伸を嚙《か》み殺した。またお母さんのイビキが酷くなったら、対処しないといけない。車窓が映す夜の風景を漫然と眺めながら、帰宅した後にやるべきことを脳裏で数える。

「おうちに帰ったら、他にご家族はいるの?」

「いません。ウチは離婚してるんで」

「そっか。わたしの両親も離婚してるの。同じね」

どう返事をして良いか、わからなかった。結局、頷くだけに留めていると、浅倉さんが振り返った。

「ねぇ、コレ見てくれない?」

私に向けて、携帯電話が差し出された。受け取って画面に目を落とすと、御影石《みかげいし》で作られた丸い物体の画像が表示されていた。所々凸凹《でこぼこ》が目立ち、上部には小さな窪みがある。

「以前、小羽ちゃんのおじいちゃんが働いてる店で作ったんだ」

「石細工体験に、参加した時ですか?」

「そう。これは、最初の作品。どうかな?」

返事に戸惑った。正直、そこら辺に転がっているただの丸い石にしか見えない。無理やり集中して観察すると、上部にある窪みがなんとなく果物を想起させた。

「桃……いや、葡萄《ぶどう》ですか?」

「残念。これは、リンゴ。他にも作ったの」

浅倉さんは、他にも画像を見せてくれた。その全てが、リンゴの石細工だった。全て歪《いびつ》な円形をしていて、やはりどれもただの石にしか見えない。作品の底の方には、名前の青葉と掛けているのか葉っぱの形をしたサインがさり気なく彫られている。

「今ではすっかり石細工にハマっちゃって。ホームセンターで、石工用の道具も買っちゃった」

「……おじいちゃんが退院したら、伝えときます。きっと、喜ぶから」

口先だけの感想を告げた。浅倉さんは得意気に八重歯を覗かせると、再び前を向いた。

「小羽ちゃんは、高校生だっけ？」

「今は高二です。青葉さんは、お幾つなんですか？」

「わたしは、二十六」

私と比べて、十歳近く離れた大人だった。成人している女性は、往復のタクシー代が五千円以上になっても顔色は変わらない。

「小羽ちゃんは今、何かハマってることってある？」

「私は……別に何も」

気の無い返事をしてしまったせいか、会話が途切れた。おじいちゃんのことで色々とお世話になったのに、不味かったかもしれない。意識して、少しだけ声のトーンを上げた。

「今週はテストが沢山あって、忙しいんです。明日は苦手な数学だし」

「大変ね。それじゃ、帰ったら勉強するんだ？」

「うーん……今日は疲れちゃったし、諦めて寝るかもしれません。明日も学校が終わったら、さっきの病院に行かなきゃいけないんで」

「えっ、なんでよ？」

「まだ、入院手続きが終わってなくて」

「それってさ、小羽ちゃんも行かなきゃダメなの？」

再び、車窓に目を向ける。対向車線を走るトラックのヘッドライトが、胸の奥の本音を一瞬だけ照らした。

「お母さん一人じゃ、不安なんで」

それだけ告げて口元を結んだ。他人にお母さんの病気のことを、詳しく語る気はない。さっき嘘でも、目を閉じておけば良かった。そうすれば、気不味い三十分はすぐに終わった筈なのに。

「明日、わたしが代わりに行こうか？　小羽ちゃんのママさんと一緒に」

唐突な提案を聞いて、目を見張った。浅倉さんは洟を啜りながら、一方的に続ける。

「そうなったら、私物の差し入れも必要よね。最低限必要な物って、洗面用具や歯ブラシやコップぐらいでしょ？　病衣とかタオルは、契約する予定？」

「一応……」

「それじゃ、持ってく衣類は下着ぐらいか」

社交辞令や冗談ではないことを察して、慌てて首を横に振った。

「大丈夫です。お金に関することも、伝えないといけないし。お気遣い、ありがとうございます」

流石《さすが》に、赤の他人にそんなことを頼めない。会話を終わらせ、隣に目を向けた。寝息と一緒に、透明な鼻水が垂れ掛かっている。制服のポケットからティッシュを取り出そうとすると、再び浅倉さんが口を開いた。

「だったら明日、チャーハンと餃子を作って持って行くよ。それとも、夕飯は外で食べてくる？」

「家で食べると思いますけど……大丈夫です」

さっきから、大丈夫を連発している。浅倉さんとは今日が初対面なのに、色々と気遣ってくれる真意が理解できなかった。おじいちゃんの第一発見者としても、やり過ぎのような気がする。彼女の善意には裏があるようで、少しだけ身構えた。

黙ったまま助手席から目を逸らし、ティッシュでお母さんの鼻水を拭いた。流れる景色は人通りが少なく、道路沿いに広がる田んぼは闇に塗り潰されている。所々並ぶ街灯が辛うじて車道を照らしているけど、圧倒的に夜の密度は濃い。瞬きもせずに寒々しい風景を眺めていると、視界に映る全てが曖昧になっていく。ぼんやりと脳裏に浮かんだのは、排水口に泡が流れていく光景と、その時に感じた息苦しさだった。

ようやく、浅倉さんの善意の理由に気付いた。

「私って、可哀想に見えます？」

零《こぼ》れ出た声は、狭い車内に明るく響いた。寂しさや微かな怒りを隠しながら、喉元で言葉を紡ぐ。

「お母さんはずっとこうなので。私にとっては、これが普通なんです」

助手席に座るカーキ色のブルゾンが、あの看護師の白衣に変わっていくような気がした。お母さんは変なことを口にするけど、沢山優しい言葉も掛けてくれる。見えない『何か』に振り回される時もあるけど、その『何か』から守ろうともしてくれる。表情を失くしている時も多いけど、丸い顔にできるエクボはとても可愛らしくて優しい。薬を飲み忘れる時もあるけど、作った料理は毎回残さずに食べてくれる。

そんなお母さんのことを、何も知らないくせに。

「だから、同情しなくて大丈夫ですよ」

今日、何度目の大丈夫だろうか。少しだけ尖ってしまった口調が恥ずかしくなり、意味もなくスカートのプリーツを指でなぞった。

「勘違いしないで。小羽ちゃんを可哀想とも思ってないし、同情もしてないいんだけど」

浅倉さんは勢い良く振り返ると、真っ直ぐな眼差しを向けた。

「明日もテストがあるみたいだし、勉強に集中したいのかなって」

「……すみません」

「謝る必要なんてないでしょ。小羽ちゃんは何も悪いことをしてないんだから」

浅倉さんの背後から覗くタクシーメーターが、音もなく数字を変えた。彼女は再び前に向き直り、独り言のように呟く。

「どうしても、パリッとならないんだよ」

「……何がですか？」

「焼き餃子の皮。それに、チャーハンも油っぽくなっちゃうし。別にお客さんに出す訳じゃないんだけど、なんか悔しくて」

どう返事をして良いかわからなかった。そのまま会話を終わらせるように、車窓に目を向ける。

「毎回作り過ぎて。ひとりじゃ、食べきれないだけだから」

防風林の松林のシルエットを見て、海に近い道路を走っていることに気付く。大量の消波ブロックが保管された空き地を過ぎた辺りから、車内に漂う生暖かい空気が瞼を重くさせた。

「私は、皮がしなっとしている方が好きです」

家に着くまで、寝ないと決めていたのに。隣から響くイビキに誘われるように、抗えない眠気の渦に呑み込まれていく。

「チャーハンも油っぽいぐらいが、美味しいと思います」

素直な返事ができたのは、久しぶりに餃子やチャーハンを食べたくなったからだろうか。それとも酷い眠気が、気を緩ませたせいだろうか。判断が付かないまま、心地良く意識が途切れた。

♯1　十月の手紙

先生、お元気ですか？
と言っても、先月の外来で顔を合わせましたね。先生のことだから、この瞬間も誰かの痛みに向き合っているのでしょう。

書き始めの文章を考えているうちに、いつの間にか一時間以上も経っていました。先生が前回の診察の時に口にしたことは、当たっていますね。確かにわたしは、色々と考え過ぎてしまう性格のようです。

先生が「あっちに行ったら、手紙を頂戴《ちょうだい》ね」と言ってくださったこと、実は凄く嬉しかったんです。手紙を書くのは、半年前に友人に宛てたのが最後かな。とにかく、こっちに来てから感じたことを頑張って綴《つづ》っていこうと思います。

事前にお伝えしていた通り、今は叔母夫婦と同居しながら中華屋を手伝っています。わたしの仕事は、お店の掃除や出来上がった料理をお客さんのテーブルまで運ぶのが主です。最近は、出前に向かったりもしてるんですよ。車の免許は持ってないので、岡持ちの付いた自転車で料理を届けます。寒いし慣れないこともあるけど、土地勘のない町を疾走するのは妙に楽しかったりもするこの頃です。

叔父が作る料理ですが、本当に美味しいんです。先生にも、是非ご馳走《ちそう》したいぐらい。チャーハンはパラッとしていて、仄かにニンニクを効かせています。四川《しせん》風の麻婆豆腐《マーボーどうふ》からは花椒《かしょう》が香って、痺れと辛さのバランスが絶妙なんです。一番人気のメニューは、餃子です（わたしのオススメは味噌ラーメンです）。先生だけに、餃子の餡《あん》に入れる隠し味を教えちゃいます。叔父曰く、コクを出すために仙台味噌とハチミツを少し混ぜてるんですって。ご自宅で餃子を作る機会があれば、一度試してみてください。因みに先生は、餃子の皮がパリパリしている方が好きですか？　それともしなっとしている方が好きですか？　来月の外来日に、また同じ質問をしますね。

話は変わって、わたしがこっちに来てから一番驚いたことは何だと思います？　海風の冷たさでもなければ、言葉の訛《なま》りでもありません。電車が一時間に二本しか走っていないことや、料理を作る叔父の手際の良さでもないんです。

正解は、この町の夜の静けさです。寝付けない日は、ひとりで散歩に出掛けることもあります。夜道に街灯は点々としかありませんし、コンビニも東京のように多くはないです。深夜になれば、全く人影はありません。本当に辺りは暗くて静かで、広い夜空が様々な音を吸収しているような、夜の闇が耳の穴を塞ぐような、不思議な感覚がします。この町に来て初めて、静寂の意味を知ったような気がしました。この夜の中を、母や妹と一緒に散歩してみたかったな。

最近、漁港の近くに住む女の子と知り合ったんです。その子にも、夜の静けさについて話してみました。なんだかピンときていない様子で「いつも波音は聞こえるから」と、苦笑いを向けられました。地元の方は、この夜を何とも思わないのでしょうね。同じ宮城県出身の先生も、そうでしょうか?

いざ書き始めると、長くなってしまいました。最後に一つだけ、報告があります。こっちに来て、石細工を始めました。まだ全然、イメージ通りの形にはならないけど、暇をみつけては石に触っています。最終的には、本物と見分けが付かないリンゴを作りたいです。

ＰＳ　先生の自宅を知らないので、この手紙は病院の住所に送ります。ちゃんと届きますように。

第二章　二〇一〇年十一月
波打ち際のブルー

　図書室で借りた文庫本は、日に焼けて変色していた。初版は二十年以上も前だから仕方がない。ページを捲る度に、人間の乾燥した皮膚のような臭いが鼻に付く。それでも、犯人が仕掛けたトリックやちりばめられた伏線を見逃さないよう、羅列する文字に目を細めた。

　俺が手に取る小説は、いつも同じジャンルだ。俗にミステリ小説と呼ばれる類《たぐい》で、その中でもトリックや謎解きが凝った作品ばかりを選んでいた。物語の中では当たり前のように誰かが殺されたり、謎の失踪を遂げたり、密室に閉じ込められたりしてしまう。今読んでる作品の主人公は、天才的な頭脳を持つ風変わりな大学教授。バディ役の新人刑事と共に、民間伝承を擬《なぞら》えた連続殺人事件に挑んでいた。

　クライマックスが近づき、主人公が事件の真相を紐解き始めた。謎解きに息を呑んでいると、唐突に一階から派手な物音が聞こえた。皿が割れるような音と、何かが転がるような響きが自室の空気を震わせる。

「……うっせぇな」

　文庫本を閉じて、横になっていたベッドから足を下ろした。ひやりとしたフローリングの感触が、意識を一気に現実へと引き戻す。立ち上がる前に、右手の人差し指と中指で反対の手首に触れた。そのまま十秒間だけ脈を数える。一分間に換算すると、八十二回。通常時の六十回前後より、少し速くなっていた。

　舌打ちをしながら、腰を上げた。目前の勉強机には、先週配布された文化祭のクラスTシャツが放置されている。生地にプリントされた担任の似顔絵と、不意に目が合った。

　階段を降りて、物音がする方に急いだ。台所に入ると、ばあちゃんが戸棚に手を伸ばしている。裸足《はだし》の足元には、割れた平皿や土鍋や薬缶《やかん》が転がっていた。

「何してんの？」

俺の問い掛けを聞いて、ばあちゃんがゆっくりと振り返った。その眼差しは虚ろで、唇は小刻みに震えている。

「航平か……銭っこ、探してんのや」

ばあちゃんは再び背を向け、別の戸棚を漁り始めた。

「そんなとこに、金はないべ」

「小銭でも……ウチは貧しいし……」

確かに我が家は金持ちではないけど、かといって貧困に喘《あえ》いでる訳ではない。築年数は経っていても二階建ての一軒家に住み、食べ物に困った記憶は皆無だ。床に落ちて割れた平皿を、ジッと眺める。ばあちゃんの症状が酷くなっているのを察した。

「親父は、働いてんだからさ。金のことは心配ねぇって」

「んだけど……」

「とにかく、破片危ねぇよ。踏んだら、怪我《けが》すっと」

責めるような口調にならないように、意識して穏やかな声を出す。破片を避けながら近づき、シワが刻まれた手を取った。

「床は、俺が片付けっから。ばあちゃんは、あっちで休もうな」

握った手の皮膚は弾力がなく、豆腐のように柔らかい。破片を踏まないよう注意して歩き出すと、ばあちゃんの青白い唇が歪んだ。

「まんず、色々とわからねくなって……どうすっぺか……」

「ばあちゃんさ、調子悪そうに見えっと。薬は飲んだの？」

「わかんねぇ……もう、わかんねぇのさ」

それから何を訊いても「わかんねぇ……」を繰り返すばかりで、上手く会話が成立しない。ばあちゃんの細い脚は辛うじて動いてはいるけど、その歩みに意思は感じなかった。俺が手を引く方向に、ただ呆然とついて来てるだけだ。

「今から薬飲んで、休んだ方がいいな」

とにかく廊下を進み、ばあちゃんの部屋に続く色褪せた襖《ふすま》を開ける。窓辺のベッドに誘導してから、室内の隅に置かれた桐タンスを見据えた。

「薬は、一番左の引き出しだっけ？」

数秒待っても、返事は戻ってこない。華奢《きゃしゃ》な身体はベッドの端に腰掛け、唇を微かに震わせている。

俺は一つ息を吐いてから、桐タンスの黒く変色した真鍮《しんちゅう》の取っ手を引いた。その中には、幾つかの薬袋が保管されている。

「えっと……どっちにすっかな」

不穏時と不安時の頓服薬で迷った末に、後者の薬袋を取り出した。不安時の薬包を破り、丸い錠剤を指先で摘《つま》み上げる。

「ばあちゃん。口、開けれっか？」

僅かに開いた口の中に、不安時の頓服薬を落とした。その途中で、指先がばあちゃんの唇の内側に触れてしまう。唾液で湿っていく感触を覚えても、何も感じなかった。こんな風に指が汚れるのは、今まで何度もあった。もう、とっくに慣れている。

ばあちゃんが眠るまでしばらく付き添ってから、台所に戻った。床に散らばった破片を、ホウキとチリトリですぐに拾い始める。本当は掃除機を掛けたかったけど、またばあちゃんが起きたら悲惨なことになる。腰を屈めて床に目を凝らしていると、ミステリ小説の続きがどうでもよくなっていった。

集めたガラスの破片を放ったゴミ箱には、ばあちゃんが古新聞紙やチラシで折った紙のゴミ袋が設置されている。そういえば最近、こういう物を作っている姿を見ていない。調子が良い時は、ゴミ袋の他にも小物入れなんかも紙で作ったりしていたのに。症状が酷くなると、集中力が欠けて紙すら折れなくなるんだろう。こんなただの節約術が、症状の悪化を測るバロメーターになっているのが虚しかった。

全ての後片付けを終えると、唐突に喉の渇きを覚えた。コップに満たした十一月の水道水は、かなり冷えている。そろそろ初雪が降るかもしれない。飲み干してから自室に戻ろうとすると、隅の床に落ちている小瓶に気付いた。近寄って拾い上げると、ラベルに描かれたキャッチコピーに目を奪われる。

『あの頃の美肌を、もう一度』

小瓶の中には、黄色味掛かった錠剤が手付かずのまま残されていた。このサプリは、豚の胎盤から抽出《ちゅうしゅつ》したエキスを元に作られていた筈だ。飲むと若返りや美容効果があるようで、ばあちゃんが躁《そう》状態の時に何の相談もなしに通販で買った高級品。

「結局、全然飲んでねぇじゃん」

賞味期限が切れているサプリに向けて、八つ当たりのように毒付く。自然と、正反対の言葉たちが脳裏を満たし始めた。

上と下。

高いと低い。

表と裏。

そして、躁とうつ。

時期によってばあちゃんの症状は、変化する。躁とうつのどちらが優位に立つかによって、言動も、行動も、顔つきも変わってしまう。

気分が高揚し過ぎて、見境なく数十万円分のサプリを注文してしまう『躁状態』。

不安や焦燥が強くなり、さっきのように貧困妄想まで抱いてしまう『うつ状態』。

以前ネットで調べた限り、うつ状態で出現する妄想は大きく分けて三つあるようだった。ばあちゃんのように根拠もなく金がないと信じてしまう貧困妄想。不治の病や癌《がん》になったと思い込む心気妄想。自分自身が必要以上に罪深い人間だと決めつける罪業妄想。ばあちゃんを襲う病的な気分の変動には、双極性障害という病名が付けられていた。

握っていた小瓶をゴミ箱に放り投げると、外で車が停まる気配を感じた。すぐに玄関を開ける音が届き、親父が台所に顔を出した。

「ただいま」

親父はホームセンターで買った上着を脱ぐと、近くにあった椅子の背もたれに放った。

「航平は、飯食ったか？」

「まだ……」

「んで、何か作っか？」

「大丈夫、腹減ってないし」

大型スーパーの鮮魚コーナーで働く親父からは、生臭いにおいがした。魚を大量に捌《さば》いた後は、幾ら手を洗ってもなかなか生臭さは落ちないらしい。魚が苦手な俺にとっては、絶対に就きたくない職業だ。

「お袋は？」

「……今は寝てる」

「そうか」

親父は気怠《けだる》そうに溜息を吐くと、冷蔵庫から発泡酒を取り出した。プルタブを弾く音が響いて、突き出た喉仏が勢い良く上下する。俺も以前、隠れて缶ビールを舐めたことがあるけど、苦くてすぐに吐き出した。間違っても、あんな風に一気には呑めない。

「親父」

「なんや?」

「ばあちゃん、調子悪そうや」

「なして?」

「さっき、金ねぇって戸棚を漁ってた」

「それは間違ってねぇべ。ウチは貧乏だもの」

親父は表情を変えず、冷蔵庫からイカの塩辛を取り出した。冗談で済ませようとする態度に、強い苛《いら》立《だ》ちを覚える。

「顔つきもヤバかったし、また変なこと言い始めっかもよ」

塩辛の容器を開ける手が止まった。そんな様子から、親父が『変なこと』の意味を察したのが伝わる。

「お袋の調子は、高くねぇんだべ?」

「今は、うつって感じ」

「前みてぇに、死ぬって言ってんのか?」

直接的な質問が、さっきの虚ろな瞳を思い出させる。ばあちゃんは気持ちが沈んでいくと、繰り返し死を望んでしまう。それは希死《きし》念慮《ねんりょ》と呼ばれ、自殺を仄めかすような言動も増えていく。過去に何度も、首を吊るためのロープを買ってきたことがあった。

「死にたいとは言ってねぇけど……今は不安とか焦りが強くて、訳わかんなくなってる」

「次の外来日はいつや?」

「……あと、二週間後ぐらい」

親父は食器棚から箸を取り出し、塩辛を口に運んだ。小皿に移さず、直接容器に箸を突っ込んでいる。母が生きていた頃に『汚いから止めて』と、注意されていた食べ方だ。

「土曜は、外来ってやってんのか?」

「確か……十五時までなら」

「んで、明日病院さ連れてけるか? オイは仕事だからや」

台所に漂う咀嚼音《そしゃくおん》が、妙に耳障りだった。俺はズレたメガネを掛け直すと、目を伏せた。

「明日は、無理や」

「なして? 土曜で学校は休みだべや?」

「今週の土日は、文化祭やから。登校しないと」

返事とは裏腹に、文化祭を楽しめる予感は全くしない。普段学校で喋る友人たちは部活でまとまり、模擬店でミックスジュースや焼きそばを売るらしい。クラスの催しではメイド喫茶を開催するようだけど、一部の男子や女子が中心になっていた。当日に向けた準備期間中も、俺は顔を出したことがなかった。

「なら、しゃあねぇな。少し様子みっか」

　親父は現実から目を背けるように呟くと、残りの発泡酒を一気に呑み干した。魚の生臭さとアルコールの臭いが、俺の鼻先を嚙む。

「……ばあちゃんさ、また電気掛けることになっかな？」

「どうだべ。医者の判断にもよるべな」

　ばあちゃんは過去に『修正型電気けいれん療法』と呼ばれる治療を受けていた。うつ状態のせいで死にたい気持ちが強くなり、内服薬の効果も乏しい時にその治療は選択肢に挙がることが多い。

「……また、入院かな？」

「電気やるってなったらな。確か一クール、十二回ぐらいだったべ」

　修正型電気けいれん療法に関する主治医の説明を思い出す。この治療は一般に『m-ECT』とも呼ばれ、施行時は頭部に電極を当て、数秒間だけ通電するらしい。脳内に電気刺激による発作を誘発することによって、切迫した症状の改善を期待すると告げられた。施行当日は精神科医の他にも麻酔科医が立ち会い、投与した薬で本人が眠っている間に終わってしまうようだ。

　m-ECTの説明を初めて聞いた時、俺は真っ先に反対した。治療とはいえ、頭に電気を流すなんて可哀想と思ったからだ。ばあちゃんの主治医からは、七十年以上の歴史がある治療法であることや、回復した患者たちの話を淡々と聞かされた。最終的に、ばあちゃん自身が治療に同意していた。

「電気掛ければ、また良くなるべ」

　親父はまとめるように告げると、冷蔵庫から二本目の発泡酒を取り出した。プルタブを弾く音が、虚しく台所に響く。

「文化祭では、何すんの？」

「別に何も……」

「そうか」

　話を広げる気のない親父に背を向け、冷たい廊下に踏み出した。自室に続く階段の前で、ふと足を止める。今日が母の月命日ということを思い出し、すぐ側にある和室の襖に手を伸ばした。

　冷気が籠《こ》もる和室の中は、古びた畳の匂いが漂っていた。奥にある仏壇には、二つの遺影が並んでいる。じいちゃんも大好きだったけど、どうしても母の笑顔ばかりに目を向けてしまう。

マッチを擦り線香に火を灯すと、埃《ほこり》っぽい香りが揺らめきながら立ち上った。手は合わせずに、畳の上で胡座《あぐら》を組む。今更、何をどう願えば良いかわからない。

俺が九歳の時に、母の乳がんが発覚した。幼かったせいもあって、僅かにしか一緒に過ごした記憶は残っていない。母の面影は年々薄くなっていくけど、それは当たり前のことなんだろう。忘れるということは、ある意味では救いのような気がする。それでも母の死期が迫っていた頃の光景は、未だ強烈に憶えていた。

病院の中庭には、綺麗な紫陽花《あじさい》が沢山咲いていたこと。

胸の病巣から滲んだ液体が、母の病衣を何度も茶色く染めていたこと。

病院の売店で、よく桃のジュースを買って母と一緒に飲んだこと。

梅雨《つゆ》のある日の午後に、母の心臓が止まったこと。

胡座を崩し、畳の上で仰向けになった。脳に染み込んだ記憶から目を逸らすように、ポケットからスマートフォンを取り出す。インターネットの検索欄を開き、迷わず『カツオノエボシ』と打ち込んだ。

画面には、餃子に触手が付いたような生物が映し出される。全体的に青み掛かった半透明で、南国の海のような色を纏っていた。

青というよりは、ブルーと言った方が似合う。

その美しい生物の画像を、ジッと見つめた。

『まんず、色々とわからねくなって……』

ばあちゃんの声が蘇り、スマートフォンをポケットに仕舞った。線香が燃え尽きたら、もう一度だけ様子を見に行こうか。天井に走る剝き出しの梁《はり》を、立ち上った煙が霞ませていた。

翌朝、起き抜けの気怠い身体を引き摺《ず》り、ばあちゃんの部屋の襖を少しだけ開けた。薄闇の中に目を凝らすと、掛け布団が僅かに上下している。ちゃんと生きてることを確認してから、静かに襖を閉めた。

準備を終えて外に出ると、今日も雪は降っていなかった。寒空の下で、昨日取り込み忘れた洗濯物が揺れている。帰宅したらやるべき家事を指折り数えながら、マウンテンバイクに跨った。敷地内を出る前に、車道に面した郵便受けの蓋《ふた》を開ける。何日も放置していたせいか、中にはパチンコ店のチラシやガス点検のお知らせが山積みになっていた。掠れた文字で『松永《まつなが》』と貼ってある蓋を再度閉めて、やるべき家事に郵便物の回収を加えた。

待ち合わせ場所の淀川に到着しても、まだ二人の姿はなかった。織月が遅れるのはいつものことだけど、住田は弟を保育園に送り届けてからここに来る。保育園の開園時間の兼ね合いもあって、普段は俺より先に到着しているのに。とりあえず背負っていたバックパックから読みかけのミステリ小説を取り出し、マウンテンバイクに跨ったまま物語に目を通す。冷たい潮風が先を急かすように、途中でパラパラとページを捲った。

近くでブレーキの音が聞こえ、顔を上げた。息を切らした織月が、いつものように顔の前で手を合わせている。

「ごめん、今日も遅れちゃった」

「別に、大丈夫。それに、住田がまだ来てねぇし」

「先に行っててだって。なんか雄大くんの着替えを、保育園に持ってくのを忘れたらしいよ。一回、家に戻るみたい」

頷いてから、ミステリ小説の文庫本をバックパックに仕舞った。マウンテンバイクのハンドルを握ると、ハッと気付く。

「やべっ、クラスTシャツ忘れた」

「嘘！　取りに戻る？」

「別にいいや。出席だけ取ったら、午後には帰るかもしんねぇし」

「なんで？　体調でも悪いの？」

胸の中で「ばあちゃんがな」と呟き、ペダルを漕ぎ始める。織月が隣に並んだのを確認すると、さっきの質問を無視して会話を続けた。

「織月って、文化祭でなんか役割あんの？」

「うーん。特には」

短い返事が、車道を走るトラックの轟音《ごうおん》に掻き消される。織月も住田も帰宅部だ。こんな時は俺と同じように、微妙に浮いてしまうんだろう。

「私は凜子と色々見て回るけど、航平は？」

「俺は図書室で本読んでる」

「今日も図書室って、開いてるんだ？」

「んだ。図書委員の書評展示やってからや」

今日も明日も朝の出欠さえやり過ごせば、自由時間のようなものだ。文化祭が終わる前に帰っても、先生にはバレないだろう。

「だったら、私たちと一緒に校内を回る？　サッカー部の焼きそばとか、バスケ部のチョコバナナとか、テニス部のミックスジュースとかを買う予定なんだよね」

「全部、食いもんやん」

「だって、大体が五十円だよ。お母さんに、お土産《みやげ》買っていく約束もしてるの」

織月は、意外と文化祭を楽しみにしているようだった。いつもならばあちゃんのことを愚痴《ぐち》れるけど、今日は水を差すような気がして躊躇った。

「そっちは、そっちで楽しんで」

「わかった。気が変わったら、連絡して」

曖昧に頷く。正直今日は、単独行動の方が都合が良い。

「俺にとっての文化祭は、言い訳みたいなもんだからや」

「ん？　どういうこと？」

「色々あんの」

それ以上は何も言わず、前を向いた。文化祭は、受診に付き添う煩《わずら》わしさから逃げる口実でしかない。そうは思いつつも、裏腹な考えが浮かんでは消えていく。何時までに学校を抜け出せば、受診に間に合うだろう。ばあちゃんを置き去りにしたような罪悪感を拭い切れないまま、続く通学路に目を細めた。

学校の正門横には『飛翔祭』と、毛筆で描かれた看板が立て掛けられていた。美術部が作成した派手なアーチを抜けて、駐輪場にマウンテンバイクを停める。普段より、辺りに漂う空気は浮き足立っていた。そんな雰囲気を感じれば感じるほど、胸の中は冷たさが増していく。

昇降口に向けて足を進めた。以前は織月や住田と肩を並べているだけで、冷やかされることもあった。多分、嫉妬《しっと》も混じっていたと思う。住田は気が強いけど可愛いと評判だし、織月は物静かな美人と噂されている。周囲からは『あんな野暮《やぼ》ったい泣き虫と、仲良い理由が分かんねぇ』と、陰口を叩かれたこともあった。野暮ったいことは認めるけど、俺は別に泣き虫ではない。学校でよく泣いていたのは、母が死んだ時期の小学校の頃だけだ。ハンカチで汗を拭いているだけで『また泣いてやんの』と冷やかされた。小学校から顔見知りの同級生たちもこの高校に進学したのは、不運でしかない。

「今日って、荷物置いたらすぐ体育館に行くんだべ？」

「そうだね。開会式があるし」

スニーカーから、黒ずんだ上履きに履き替えた。下駄箱前の廊下には、普段は存在しないブースが設置されている。長机の上には電子血圧計が置かれ、その背後の壁には健康に関する手作りのポスターが掲示されていた。保健体育委員会の企画を横目に、なんでもない風を装いながら呟く。

「そういえば、じいさん大丈夫か？」

隣を歩く織月が、肩辺りで揺れる黒髪を耳に掛けた。

「今は手足の痺れも良くなって、滑舌《かつぜつ》も戻ってる。来月には、退院だってさ」

「良かったべや。大事にならなくて」

「まぁね。今回のことを切っ掛けに、タバコは止めるみたい」

揺れるスカートに続きながら、階段を登り始める。踊り場に差し掛かると、芝居掛かった溜息が聞こえた。

「おじいちゃんが退院したら、青葉さん来てくれなくなるかも……」

その名前を聞いて、俺の好物を配達する綺麗な人を思い出した。織月は近頃、青葉さんの名前をよく口にしている。最初はあの人のことを苗字で呼んでいたのに、今では下の名前だ。

「青葉さんってウチに来たら家事を手伝ってくれるし、お母さんとも気が合うんだよね。マジで助かってる」

「へぇ」

「昨日は、お母さんと一緒に石細工をしてくれてさ。その間に、私は宿題を終わらせることができたし」

「なんで、石細工？」

「青葉さんがハマってるの。毎回、リンゴの形しか作らないけど」

ほっそりした指先が、石に触れる光景を想像した。少しの羨ましさを感じて、意地悪な言葉が零れ出る。

「そのうち来なくなるべ。美人は三日で飽きるって言うし」

「はっ？　意味わかんない。その諺《ことわざ》の使い方も間違ってるし」

珍しく、物静かな美人の声が尖った。軽い冗談のつもりが、気に障ったみたいだ。青葉さんとは、じいさんの入院を契機に知り合ったと聞いていた。それ以来、織月の自宅によく顔を出し、『大浜飯店』直伝の餃子やチャーハンを振舞ってくれているらしい。

先を歩くプリーツスカートを追いながら、ズレたメガネを掛け直した。もし青葉さんのような姉がいたら、今の張り詰めた生活が少しだけ楽になるのかもしれない。家事は分担できるし、ばあちゃんの受診だって交替で付き添える。

「今日、青葉さんも誘ったんだ。もしかしたら、来てくれるかも」

織月は最後に弾んだ声を残して、教室の中に消えていった。アイツにも見守りが必要な家族がいるのに、俺とは違う感情を親に向けている。少し、羨ましい。俺は物静かな美人のように、ばあちゃんにお土産を買って帰る優しさはない。


開会式は、文化祭実行委員長の挨拶から始まった。マイク越しに『夢』や『未来』や『希望』という煌《きら》びやかな言葉が、灯りの落ちた体育館を照らす。ステージに掲げられた『二〇一〇年度・飛翔祭』という文字を眺めながら、俺は何度も欠伸を嚙み殺した。

開会式が終わると、同級生たちはそれぞれの仲間と連れ立って、弾んだ足取りで消えていった。俺は体育館のトイレで時間を潰してから、校舎に続く渡り廊下を進んだ。図書室は校内の外れにある。近づくにつれ、周囲の足音は減っていく。

図書室の司書さんに軽く頭を下げ、一番奥のテーブルに腰を下ろした。他の生徒の姿はなく、様々な本があらゆる音を吸収しているように静かだ。書評展示には目をくれず、ズボンの尻ポケットを探った。読みかけの文庫本を取り出し、端を折っていたページを開く。辺りが静かでも、なかなか物語に集中することはできなかった。犯人の動機が明かされた場面を読みながらも、全然別の映像が脳裏を過る。頭の中に再生されたばあちゃんは、やっぱり戸棚を漁っていた。

最後のページを読み終え、ゆっくりと文庫本を閉じた。近くの掛け時計に目を向けると、針は十一時を指している。図書室に来てから、まだ一時間程度しか経っていない事実を知って肩を落とした。

メガネを外し目頭を軽く揉《も》んだ後、気怠く腰を上げた。図書室にはミステリ小説も置いてあるけど、もう今日は読む気が起きそうにない。周囲を見回せば、沢山の本が並んでいるのに。妙に損をしている気分が、深い溜息に変わった。

時間を潰す術《すべ》を考えながらも、自然と両足はある場所に向かっていく。それが収納されている書架番号は、十二番。何度も手に取っているせいで、背表紙に描かれた分類番号も暗記していた。

目当ての書架の前に立つと、平成三年度の卒業アルバムを取り出した。表紙は朱色の革張りで、中央に『旅立ち』という文字が金の箔《はく》押しで印刷されている。持つと、さっきまで読んでいた文庫本と違ってずっしり重い。二十年近く前のアルバムなのに、あまり色褪せてはいなかった。俺以外に手に取る生徒は、いないんだろう。

表紙を捲った時に感じた埃っぽい匂いは、線香と似ていた。学校紹介や教職員の写真には見向きもしないで、三年二組の個人写真のページで手を止める。今は中年になっている生徒たちが、青い背景色の中で様々な表情を浮かべていた。その中から、ある名前に目を留めた。個人写真の岡野《おかの》杏奈《あんな》は、活発そうなショートカットだった。彼女は四角い枠の中で、目を糸のように細くしながら表情を崩している。

アルバムの次に、今度は卒業文集を取り出した。同じように三年二組のページを開き、再び岡野杏奈の名前を探す。彼女はバレー部に所属し、三年間汗を流したようだ。部活で出会った仲間たちは、生涯の宝物と称している。高二の時に図書委員になったことを切っ掛けに、ミステリ小説に夢中になったらしい。一番のお気に入りは、アガサ・クリスティの『そして誰もいなくなった』。俺が初めてこの文集を読んだ後、すぐに図書室から借りた小説だ。最後には、高校卒業後の希望が綴られていた。志望している東京の外国語大学に進学し、将来は翻訳者になりたいそうだ。

静かに卒業文集を閉じて、書架に戻した。岡野杏奈の願いは、すぐに途絶えることになる。希望の大学には合格できず、浪人中に俺を妊娠したからだ。彼女は東京での夢を諦める代わりに、こんな港町で母親になることを選んだ。その時の心境を訊いてみたいけど、遺影に話しかけても虚しくなるだけだ。

昨日は忘れることは救いだなんて格好付けたけど、今日はこうやって母の欠片《かけら》を探してしまう。俺もばあちゃんと同じように、気分の変動が激しいのだろうか。それとも、単純に寂しいだけか。

「朝は、図書室にいるって言ってたよ」

「航平のことだから、寝てんじゃん？」

書架の隙間から、声がした方を覗いた。俺に気付いた織月と住田が、軽く手を振っている。

「航平、もう小説は読み終わった？」

「孤独な読書少年を、誘いに来てやったぞ」

二つの制服の背後には、もう一つ人影があった。カーキ色のフライトジャケットに両手を突っ込む女性と、目が合う。近づいてきた織月が、微笑みながら口を開いた。

「こちらは、青葉さん。航平も知ってるでしょ？」

「まぁ……何度か出前頼んでっから」

青葉さんに向けて、おずおずと頭を下げた。彼女の目元は切れ長な一重で、鼻筋はスッと伸びている。化粧はしてなさそうだけど、色白で透明感のある素肌に目を惹《ひ》かれてしまう。そんな最中、今度は住田が口を開いた。

「今から焼きそば買いに行くけど、航平もどう？」

「俺は……別にいいや」

照れもあってか、即答してしまった。それに母の過去に触れた後は、一人になりたくなってしまう。住田が何か言いたげに口を尖らせたタイミングで、呑気な声が響いた。

「君、焼きそば好きじゃん」

青葉さんが口元から八重歯を覗かせ、ポケットに突っ込んでいた手を出した。ほっそりとした指には、一枚の紙切れが挟んである。目を凝らすと、模擬店のチケットだった。

「あんは掛かってなかったけど、美味しそうだったよ」

俺の好物を覚えられていて、一気に耳たぶが熱を帯びる。青葉さんは口元から八重歯を覗かせたまま、チケットを仕舞う素振りをいつまでも見せなかった。

「余っちゃうと、勿体無いから」

思わず受け取ると、制服の下で腹が鳴った。よく考えると、朝から何も食べていない。心は感傷に浸《ひた》っていたかったけど、身体はソースが絡む麺を求めていた。

三人の後に続き、模擬店が連なる中庭を目指した。住田はいつものように織月と腕を組んでいるけど、今日は妙に口数が少ない。それに、何だか表情も硬いような気がする。腹でも痛いのだろうか。それか、初対面の青葉さんに緊張しているのかもしれない。二人の間に立っているけど、ずっと織月の方ばかりに顔を向けている。あまり人見知りしない性格だと思っていたのに、意外だ。

廊下では親しげに話す男女の姿があった。クラスメイトの何人かは付き合ったり別れたりを繰り返しているけど、織月と住田に特定の恋人がいるという噂は一度も聞いたことがない。多分、家族のことを考えると恋愛をしている暇なんてないんだろう。それは俺だって同じだ。ほぼ毎日顔を合わせているのに、二人に対して特別な恋の予感なんて抱いたことはない。彼女や友だちというより、同志や仲間という響きの方がしっくりくるからだろうか。それとも単純に、振られるとわかっているから諦めているだけか。とにかく、ばあちゃんのことを素直に打ち明けられる同級生がいるのは頼もしい。

今年のヒット曲が漏れ出す教室の前を通り過ぎると、織月が場を繋ぐように口を開いた。

「青葉さんが高校生の時って、何が流行《はや》ってました?」

「何だろう。わたしは流行に疎《うと》くて。当時はスマホもなかったし」

それは本当なんだろう。青葉さんが羽織っているフライトジャケットは、くすんだカーキ色。よく言えば味があるけど、悪く言えば全体的に薄汚れている。袖口の糸は解《ほつ》れ、腰回りのリブには毛玉が散乱していた。背中の中央には正体不明の黒い染みが点在し、いくら洗濯しても落ちなそうだ。サイズは大きめで、長い袖が手の甲を半分ほど隠している。流行が反映されたファッションには、到底見えなかった。

「同級生は渋谷《しぶや》や原宿《はらじゅく》で遊んでたけど、わたしは行かなかったな」

その返答の後、ずっと黙り込んでいた住田が瞬時に前のめりになる姿が見えた。

「青葉さんって、東京が地元なんですか？」

「うん。こっちに来てからも用があって、月に一回は帰ってる」

「えー、凄い！　やっぱり東京は、都会ですか？」

「そうね。あっちは人が多いし、沢山お店はあるかな。でも、わたしが住んでたところは下町の方だったから」

しばらく東京の話題が続いた。青葉さんと住田はさっきまでの無言の時間が嘘のように、弾んだ声を交わしている。側《はた》から見ても、急速に距離を縮めているのが伝わった。

「こっちとあっちで一番違うのは、夜かな」

「東京には、歌舞伎町《かぶきちょう》とかがありますもんね。少し前に、売れないホストが奮闘するテレビ番組を観ました」

「違う違う。そういうことじゃないよ。夜自体の話」

「夜自体？」

「そう。こっちの夜は、東京とは別物なんだよね」

正直、意味がわからなかった。夜に違いなんてあるのだろうか。深く考えてしまいそうになった時、制服のポケットが震え出した。スマートフォンを取り出すと、画面には『親父』と表示されている。嫌な予感が、指先の感覚を奪っていく。

「……ちょっと、便所」

一方的にそう告げ、踵を返した。今来た廊下を、足早に戻り始める。目に付いた男子便所に入ると、ようやく画面をタップした。

「もしもし」

「航平か」

短い第一声を、鼓膜の奥で解釈する。親父の口調は硬く、抑揚《よくよう》がない。

「今って、学校か？」

「んだ。まだ、文化祭の最中」

「そうか」

親父は一瞬だけ言葉を詰まらせ、淡々と続けた。

「お袋が、近所に金借りに回ってんだと。このままじゃ貧乏過ぎて、じいさんの土地取られるって。山《やま》根《ね》の奥さんが心配して、オイに連絡くれてや」

山根さんは、隣人の気の良い老夫婦だ。ばあちゃんが何かをやらかすと、いち早く連絡をくれる。でも、それだけだ。薬を飲ませたり、病院に付き添ったり、側で見守ってくれたりはしない。

「お袋の顔つきも、能面みたいだったらしくてや。前みてぇに何すっか分かんねぇから、様子見に帰れねぇか?」

ポケットから振動を感じた瞬間から、こうなることは予想していた。目の前の小便器の中には、青い芳香ボールが転がっている。鼻にツンとくる臭いを嗅ぎながら、何度か咳払いを繰り返した。

「……わかった」

「悪《わ》りぃな。オイも仕事終わったら、急いで帰っから」

電話が切れる気配を察して、用もないのに呼び止めてしまう。

「親父」

「なんや?」

「仕事、頑張って」

「おう。今日は残ったカレイの煮付けでも、持って帰っから」

煮付けも好きじゃないけど、刺身よりは食える。俺は相槌を打ってから、電話を切った。スマートフォンを仕舞い、再び廊下に戻る。中庭に続く方向を一瞥してから、ゆっくりと目を伏せた。これから教室に戻って、荷物を取りに行かないといけない。

こんな事態が起きるから、今日は最初から独りが良かった。途中から消えるぐらいなら、最初からいない方がマシだ。残された方の気持ちは、痛いほどよく知っている。

二人には、後で謝りのメールを送信することに決めた。青葉さんに、ばあちゃんのことを一から説明するのは難しい。それに、何もしてくれない他人に話す義理もない。廊下を進む度に、足は自然と小走りになっていく。すれ違う生徒は多いのに、俺自身の荒い呼吸だけが両耳に響いた。全身に、薄い膜が張ってるみたいだ。便所の芳香ボールの臭いが、まだ鼻の粘膜を焦がしている。

立ち漕ぎで、朝通った道を逆走する。二人に謝りのメールを入れてから、ばあちゃんの携帯電話に三回ほど着信を残した。それでも、未だに返信はない。金を借りに、まだ近所のインターフォンを鳴らし続けているのだろうか。彷徨《さまよ》う華奢な背中を想うと、ハンドルを握る手が汗ばんだ。

淀川に架かる道を渡り、途中で国道45号線を折れた。織月の家ほど網磯漁港の側ではないけど、自宅に近づけば潮の香りが強くなる。ペダルを漕ぎ続けながら、周囲に目を凝らす。潮風に晒された平屋が点在しているだけで、寒々しい風景が広がっていた。ばあちゃんの姿どころか、人影さえ少ない。スピードを緩めながら近所を回ってみても、結果は同じだった。

息を切らしながら自宅に辿り着くと、マウンテンバイクを乗り捨て玄関に向かった。庭先では、ばあちゃんが育てている植物が鉢に入って並んでいる。サボテン以外は枯れていて、寒空の下で生気のない葉が揺れていた。普段から見慣れている光景なのに、今はその植物たちが不吉な出来事を暗示しているような気がする。

玄関の鍵は掛かっていなかった。ドアを開けて、足元に目を落とす。三和土には、茶色の靴が転がっている。ばあちゃんは家にいる筈なのに、室内はさっきの図書室のように静まり返っていた。

「ばあちゃん、家さいっかー？」

数秒待っても返事はなく、俺の呼び声が虚しく漂うだけだ。無意識のうちに、右の指先で左手首に触れてしまう。嫌な予感が脳裏を満たしているせいか、脈は百十一回と早鐘を打っていた。

「おーい、ばあちゃん」

叫びながら、竦《すく》む足を必死に動かした。冷たい廊下を進み、まずはばあちゃんの部屋を目指す。襖の前に立つと、苦い唾を飲み込んだ。

「ばあちゃん、入っと」

恐る恐る覗いた室内は、朝と同じようにカーテンが閉まっていて薄闇が漂っていた。眉を顰めながら目を凝らすと、ベッドで横になる人影が見えた。身体を覆う毛布が、僅かに上下している。

「……良かった」

思わず、安堵の溜息が漏れた。強張っていた身体から、一気に力が抜けていく。

「ばあちゃん、寝てんの？」

悪いと思いつつも、壁に設置してある電気のスイッチを押した。室内灯の光が、昨日よりも物が散らばった部屋を照らし出す。予想外に、ばあちゃんは目を開けていた。二つの虚ろな瞳が、天井を見据えている。

「起きてんなら、返事ぐらいしてや」

その後、すぐに息を呑んだ。シワが寄った目尻は濡れ、染みが点在する頬には涙の跡が描かれている。天井から落ちる光が、潤《うる》んだ瞳を妙に煌《きら》めかせていた。

「もう、消えてぇ……」

ささくれた唇が、僅かに上下した。喉から絞り出すような声ではなく、耳打ちするような囁き。そんな頼りない声でも、室内に漂う空気が一気に冷たさを増した。俺は敢《あ》えて、明るい口調で言った。

「今日親父が、カレイの煮付けを持って帰ってくるって。それ食って、元気出すべ」

カレイの煮付けで、救える命なんてあるのだろうか。そんな疑問を押し殺しながら、沈黙を怖がって言葉を探す。

「この部屋、寒くね？　これじゃ、風邪引くど」

「もう、どうでもえぇ……」

「暖房付けっからな。リモコン、どこさあんの？」

「……ちゃぶ台の下」

意識して、簡単な質問を繰り返す。うつ状態が酷くなっていくと、返答の速度が異常に遅くなったり、会話自体が成立しなかったりすることも多い。今はなんとか、意思疎通を図ることはできそうだ。俺はリモコンを手に取るため、ちゃぶ台の下を覗き込んだ。そこには、古新聞で作った小物入れが置かれていた。中には、爪切りや綿棒が入っている。

「ばあちゃんさ、ここ数日は紙でゴミ袋とか作ってねぇべ？」

返事はない。それでも、一方的に続ける。

「昔は駄賃《だちん》の十円目当てやったけど、俺もよく手伝ってたべや。憶えてっか？」

リモコンを手に取り、暖房のスイッチを入れた。再びベッドの方へ顔を向けると、俺の質問とは全く関係のない嚙み合わない内容が聞こえた。

「……土地っこ取られて、もう破産すんだ」

「そんなことねぇよ」

「終わりや……家から何から全部差し押さえられて、路頭に迷うんだもの」

「大丈夫だって、それは思い込みだから」

「航平、ごめんなぁ……全部、ウチのせいや……」

潤んだ瞳を黙って見つめた。ばあちゃんの的外れな謝罪が、胸の奥に波紋を広げていく。

「本当、生きてるのが申し訳ねくて……」

「何それ。どっかの小説家みたいなこと言ってんな」

無理して軽口を叩いたつもりが、その作家は入水自殺で亡くなったことを思い出す。そんな事実から気を逸らそうと、ちゃぶ台の上に置かれたティッシュ箱に手を伸ばした。

「泣くことねぇって」

薄いティッシュで涙を拭うと、指先が湿った。

「大丈夫だって。何も謝ることなんてねぇから」

「航平に、この辛さはわかんねぇの……もう、死んだ方がマシや」

冷水を、耳の中に流し込まれたような感覚を覚えた。確かに俺は、死にたいと口にする気持ちはわからない。同じようにばあちゃんも、死にたいと聞かされる相手の気持ちはわからないんだろう。エアコンから吹き始めた温い風が、何かをパラパラと捲る気配を感じた。音のした方を探ると、ばあちゃんが加入している生命保険会社のパンフレットが床に放置されていた。確か昨日まではなかったから、今日引っ張り出したんだろう。紙面から覗く『一生涯』や『死亡保障』という文字は、背中に嫌な汗を滲ませる。俺は迷いながらも、一つの選択をした。

「話せるうちに、病院さ行くか。今からだったら、まだ間に合うしや」

抑うつ症状が悪化していくと、ばあちゃんは動くことができなくなる。意識はあるように見えるけど、そんな時は話し掛けても応答することはなかった。主治医曰く、それを『昏迷《こんめい》』と呼ぶらしい。自発性や意識が著《いちじる》しく低下した状態で、外部の刺激に反応しなくなる場合があると説明された。

「また身体が固まったら、ばあちゃんも辛いべ？」

冗談めいた口調じゃないと、漠然とした不安に呑み込まれてしまいそうだった。起き上がることを促すように、毛布を捲る。細い脚は綿のズボンを穿いていたけど、股間の生地が濡れて色が濃くなっていた。遅れて立ち上った尿臭が、鼻先に漂う。

「まずは、ズボンと下着を替えっか」

失禁しているとは口に出さず、桐タンスから着替えを取り出した。ばあちゃんが漏らし始めると、症状が更に悪化する場合が多い。医学的な因果関係なんて説明できないけど、いつも側で寄り添っている身としては経験から知っていた。

「とりあえずシャワーで、ザッと綺麗にすっぺ」

手を引いて、ベッドから起き上がらせた。それから短い廊下を通り、風呂場を目指す。

「ちょっと、待っててや」

ばあちゃんを手前の脱衣所で待たせ、俺だけ風呂場に入った。シャワーから湯が出るまでは、数分掛かる。下を脱いだまま、冷たい浴室に立たせるのは気が引けた。手でシャワーの温度が変わるのを確認しながら、空《から》の浴槽をぼんやり眺める。気付くと視界の焦点は霞み、最近考えてしまう空想が脳裏を満たした。

湯を張った浴槽の中で、カツオノエボシが浮かんでいる。その生物は気儘《きまま》に水面を彷徨い、あるタイミングで裸のばあちゃんに触手を伸ばした。シワが寄った目元は一瞬だけ見開き、うめき声が風呂場に反響する。それから華奢な身体は手足をバタつかせ始め、ある瞬間を境に浴槽の底へと沈んでいく。水面に残っているのは美しいブルーと、ばあちゃんの肺から漏れた気泡だけ。

メガネのレンズが曇り、シャワーが湯に変わっていることに気付いた。こんなイカレた空想を描いてしまうのは、ミステリ小説の読み過ぎかもしれない。曇ったレンズを制服の袖口で拭ってから、背後を振り返る。

「ばあちゃん、もういいよ」

また謝罪を繰り返す声が聞こえる。俺はシャワーを出しっ放しにしたまま、風呂場から這い出した。

「ほれっ、パンツとズボン脱いで」

「ごめんなぁ……申し訳ねぇ……」

「謝る前に、ちゃっちゃっと洗ってや」

脱衣所の掛け時計は、いつの間にか十三時を過ぎようとしていた。ばあちゃんの動作は、電池が切れる寸前の玩具《おもちゃ》のように緩慢《かんまん》だ。こんな調子じゃ、十五時に間に合わない。仄かな焦りが、風呂場から漂う湯気に交じった。

「俺も、手伝っからや」

以前も、症状が酷い時は下の世話をしたことがあった。手際よく、濡れたズボンと一緒に下着のパンツをずり降ろす。枯れ草のような陰毛から、無言で目を逸らした。

石巻方面に向かう電車に乗り込むと、ばあちゃんを優先席に座らせた。まだ学校では文化祭の最中だけど、俺のように抜け出した生徒と鉢合わせする可能性だってある。そんな偶然を恐れながら、顔を隠すように俯いた。

三つ先の駅で下車し、再び寒空の下を歩き出す。駅から離れたのを確認して、やっと一つ息を吐いた。

「親父と病院には、もう連絡してあっから。今日は外来に、細貝《ほそがい》先生がいるってよ」

主治医の細貝先生は、真面目《まじめ》で優しい人だ。多くを説明しなくても、ばあちゃんの症状をわかってくれる。こんな風に緊急で外来に出向くと、面識のない若手の医師が診察をすることもある。過去には気持ち程度の頓服薬を処方され、帰宅を促されたこともあった。

「もし入院ってなったら、週明け親父が面会に行くって」

十分ほど道なりに進むと、白い大きな建物が前方に見え始めた。古くからこの近辺の精神科医療を担っている病院の外観は、お世辞にも綺麗とは言えない。白い外壁は雨垂れの跡が残り、薄汚れている。それでも、歴史が滲んだ建物は頼もしく思えた。

外観とは違って清潔な外来で受付を済ますと、すぐに二番診察室に呼ばれた。冷たい手を引きながら『2』と表示してあるドアを開ける。その先で、白いコートを羽織った細貝先生が笑みを浮かべて座っていた。

「松永さん、こんにちは。今日はどうしました?」

ばあちゃんは近くの丸椅子に腰を下ろすと、俯きながら口を開いた。

「金なくて……申し訳なくて……もういっそ消えた方が……」

途切れ途切れの声が、窓のない診察室に漂う。細貝先生は相槌を挟みながら、短い質問を繰り返した。

「最近、眠れてます?」

「……眠りは浅いです」

「ご飯は、ちゃんと食べてますかね?」

「……どうやろ」

「さっきお金が無いと仰ってましたが、何か具体的な取り立てにあってるとか?」

「それは……まだ……」

俺は診察室の端に立ったまま、ばあちゃんの横顔を見つめた。目元は落ち窪み、頬はこけて濃い影ができている。毎日顔を合わせている筈なのに、数ヶ月前よりも痩《や》せていることに今気付いた。二つのレンズ越しに、俺は一体何を見てたんだろう。

「今日の松永さんは、特に気分が落ち込んでいるようですね？」

「はい……」

「自分自身を責める気持ちや、普段より不安が強くなっているように見えますし」

ばあちゃんが僅かに頷いた。そんな些細《ささい》な仕草でも億劫《おっくう》そうだ。細貝先生は電子カルテに何かを打ち込むと、途中で手を止めた。

「さっき消えたいと仰っていましたが、具体的に自殺を考えたりすることは？」

「土地を取られる前に……死んで金を残そうと」

ばあちゃんの部屋で見た生命保険のパンフレットを思い出す。細貝先生は「辛かったですね」と短く返し、再びパソコンのキーボードを弾きながら告げた。

「抑うつ気分が強まってますし、希死念慮も再燃しているようですね。今日から入院して、ゆっくり休まれるのはどうでしょう？　お薬の調整も必要だと思います」

「はい……」

「それでは前回と同様、3B病棟に任意入院で。主治医は変わらず私です。改めて、よろしくお願い致します」

細貝先生がパソコンを操作すると、近くのプリンターから何枚かの書類が吐き出された。

ばあちゃんの受診に付き添うようになって知ったが、精神科病院への入院形態は幾つか種類がある。今告げられた任意入院の場合は、患者本人が入院に同意する必要があった。

「早速、入院書類の説明に移ります」

細貝先生は、取り出した書類をこちらに見えるように掲げた。

「今回の入院は松永さんの同意に基づく、精神保健及び精神障害者福祉に関する法律第二十条の規定による任意入院です……」

規則で決まっているのか、書類に記載された内容が最初から読み上げられていく。

「治療上どうしても必要な場合には、あなたの行動を制限することが……」

徐々に細貝先生の声は遠くなり、青い餃子に似た生物が頭の中を揺蕩《たゆた》い始めた。丸椅子に座る背中に、猛毒を含む触手が伸びていく。それは幻だと気付いていても、目を閉じることはしなかった。

幾つかの書類にばあちゃんが時間を掛けてサインをすると、外来に病棟看護師が顔を出した。

「あらー、松永さん、久しぶりね」

その看護師の顔には見覚えがあった。前回の入院で、ばあちゃんの専任看護師だった人だ。確か名前は、奥山《おくやま》さん。母が生きていれば、同じぐらいの年齢かもしれない。

「航平くんも、久しぶり」

「うっす。どうも……」

「早速なんだけど、今日は入院に必要な私物って持ってきてる？」

「いえ……なんも。週明けに親父が顔出すんで、下着とかはその時に持ってくると思います。それまでは、入院セットを出して下さい。それと病衣も契約します。あと、オムツも」

一気に早口で告げた。入院セットは、歯ブラシ、コップ、シャンプー、ボディソープを指す。急に入院が決まった場合、最低限の日用品を病棟から購入することができた。親父が来るまで下着の替えはないけど、パンツタイプのオムツで代用するしかない。失禁が続く恐れがあるし、汚れた下着よりそっちを穿いていた方が清潔だ。

「緊急連絡先とかは、前回の入院と変わってないかな？」

「そうっすね。何かあったら、親父に連絡して下さい」

「了解。それじゃ、病棟に上がろうか」

奥山さんがシワの寄った手を引き、エレベーターの方へ歩き出した。これから病棟に着いたら、最近のばあちゃんの様子を幾つか質問されるだろう。二人の後ろ姿を見据えながら、伝えるべき情報を脳裏で整理した。

エレベーターに乗り込むと、奥山さんが三階のボタンを押した。扉が閉まる音に、労《ねぎら》うような声が重なる。

「航平くんは、偉いね。いつも受診に付き添ってくれて」

身体の奥底から気泡が一つ湧き上がり、音も立てず割れた。そんな言葉を掛けてほしい訳ではない。だからといって、どんな内容を求めているのかもわからなかった。

「家族なんで、当たり前のことっす」

自然と、いつも口にしている返事が零れ落ちた。またあの美しいブルーを思い出しながら、上昇する階数表示をぼんやりと目で追った。


病院の敷地から歩道に出ると、気怠い疲労が両足を重くさせた。地面に伸びる影さえ引き摺るように、駅を目指す。電車に乗り込んだ後は、目に付いた空席に素早く腰を下ろした。行きと違って、周囲に気を留める余裕なんてない。たった三駅分の乗車時間だとしても、少しだけ瞼を閉じていたかった。

結局眠ることはできないまま、電車を降りた。自宅に向かって歩く途中で、海苔《のり》の養殖や販売で有名な水産業者のトラックとすれ違った。ばあちゃんは沿岸部の直売所で売っている、生海苔の佃煮《つくだに》をご飯に掛けて食べるのが好きだった。病院食じゃ、その好物は出ないだろう。

俺がさっき受診の判断をしなかったら、まだばあちゃんは自室の布団で横になっていたかもしれない。大好きな生海苔だって、好きな時に食べられた。とてつもなく残酷な決断が、段々と自分を責める罪悪感に変わっていく。思わず俯いてしまうと、制服のポケットから振動を感じた。スマートフォンを取り出して、画面を確認する。着信の相手は、親父だった。

「……もしもし」

「おう。お袋は、どうやった？」

そのまま任意入院になったことを手短に報告した。親父は何度か相槌を挟んだだけで、ばあちゃんを心配する言葉は聞こえてこない。

「病棟には、週明け親父が顔出すって伝えたから」

「そうか。まぁ、しゃぁねぇな」

その声は僅かに弾んでいた。正直、責めることはできない。俺だって病院に着いた時は、肩の荷が下りたような感覚を覚えてしまった。

「んで、そういうことだから」

電話を切ろうとすると、スマートフォンから「航平」と呼ぶ声が届いた。

「何？」

「お袋は無事入院したたし、今日ちょっと寄って帰るな」

　半笑いの口調から、寄るのは病院ではなく飲み屋だと察した。

「車、どうすんの？」

「代行さ頼む。あんま遅くなんねぇように、すっから」

「……わかった」

「んで、戸締り忘れんなよ」

　子どもに対する義務のような忠告を最後に、電話が切れそうになった。今度は、俺が引き止める。

「そういや、煮付けは？」

「また今度な。その日に食わねぇと、腹下すど」

　唐突に、通話が切れた。数秒だけ不通音に耳を澄ませてから、冷たいスマートフォンを制服のポケットに仕舞う。何故、好きでもない煮付けに拘《こだわ》ってしまったのか不思議だ。上手く言葉にできないもどかしさを無視しながら、自宅に続く寒々しい路地を曲がった。

　家に着くと、庭の物干し竿に顔を向けた。吊るされた全てのバスタオルはゴワつき、親父のスウェットは目を詰まらせながら硬くなっているのが触れなくても伝わる。ハンガーに通されたババシャツは、灰色の空と妙に似合っていた。二日間も干しっ放しの洗濯物には、太陽の香りよりも潮の匂いが染み込んでいるんだろう。

「……生乾きよりは、マシや」

　言い訳のような独り言を、潮風が攫っていく。玄関の鍵を取り出したタイミングで、唐突に背後から自転車のブレーキ音が響いた。

「おばんでがす。『大浜飯店』です」

　冗談めいた口調で、俺たちも使わない方言交じりの挨拶が聞こえた。驚いて振り返ると、郵便受けの真横で、細い足が岡持ち付きの自転車から降りるところだった。

　青葉さんが何故ここにいるのかわからず、目を丸くした。彼女がこちらに近寄って来た途端、不意に模擬店のチケットが脳裏を過る。俺は慌てて、頭を下げた。

「すみませんでした……勝手に帰っちゃって」

「気にしないで。それより小羽から聞いたんだけど、お祖母《ばあ》様が大変だったね」

青葉さんは片手にビニール袋をぶら下げていた。カサカサと揺れる音が、はっきりと鼓膜を揺らす。

「いえ……家族のことなんで、当たり前っす」

自然と目を伏せた。この後、相手が口にする言葉は大体決まっている。

受診に付き添って偉いね。

家族のお世話をして偉いね。

航平くんは優しいね。

数々の的外れな言葉が、胸に開いた穴を通り抜けていく。別に好きでやっている訳ではない。消去法で、俺の役割になっているだけだ。それに、全然優しくなんてない。頭の中では、ばあちゃんを何度も殺している。

「当たり前ではないでしょ。家族の都合で、文化祭も早退してる訳だし」

聞き間違いのような気がして、顔を上げた。目の前に立つ切れ長な一重は、真っ直ぐに俺を見つめている。

「大人が受診に付き添うべきね。君の役目じゃない」

「でも……家のことなんで」

「そりゃ、全く手伝いをすんなとは言ってないけどさ。物事には程度があるから。今の君には、もっとやるべきことがあるでしょ」

言い切る口調の後、ビニール袋が差し出された。

「例えば、青春の一ページを楽しむとか」

受け取って中を覗き込むと、冷えたソースの香りを鼻先に感じた。

「時間が経ってるから、チンして食べてね」

やっとここに来た理由がわかり、曖昧に頷いた。

空腹や感謝より先に、胃の中に仄かな怒りが滲む。

何も、知らないくせに。

苛立ちを顔に出さないよう、密かに奥歯を噛み締めて平然を装った。青葉さんの言葉は、優しくて真っ当な正論だった。裏を返せば、他人が気まぐれに放つ同情。口先だけの内容が、不快に耳の中で渦を巻く。

「俺ん家は、ずっとこうなんで」

話を切り上げる合図のように、軽く頭を下げた。視線の先では、生気のない植物たちが並んでいる。もう何をやっても、葉に緑が戻ることはないような気がした。

「美談で片付けたくないのよ。君たちが、していることを」

潮風に掻き消されそうな声を聞いて、枯れそうな葉から目を離した。

「小羽のママさんから聞いちゃったんだけど、同じ病院に通ってるんでしょ？」

「まぁ……そうっすね」

掠れた声で返事をすると、世間話でもするように青葉さんは続けた。

「因みに、訪問看護は導入してるの？」

「そういうのは、特に……」

「お祖母様は、身体的な介護が必要な状態？」

「……基本的には必要ないです。今日も近所を歩き回ってたみたいだし」

「調子が悪い時に、受診を嫌がって抵抗したりは？」

「そういうことも、特に無いです……さっきも素直に家を出たんで」

青葉さんは真剣な表情で幾つか質問を繰り返すと、何かを思案するように宙を見上げた。視線を追っても、さっきと変わらない寒空が広がっているだけだ。

「君のおばあちゃんは自立してそうだし、現行のサービスでは自費になるかな」

「えっと……何が？」

「受診の付き添い。だから今度何かあったら、わたしが協力するよ」

青葉さんの話が、ようやく結論らしきものに辿り着いた。「勿論、ボランティアでね」という言葉が付け加えられても、燻《くすぶ》った怒りは消えない。

「別に大丈夫っす。他人に、頼めるようなことでもないし」

「でもさ、病院にいるスタッフも地域でサポートする人も、基本的には赤の他人でしょ？」

「まぁ……そうすっけど。とりあえず、身内のことは自分たちでなんとかしますんで」

「それって、どうなんだろ。個人的には、多くの人を頼った方が良いと思うけど」

心臓の鼓動が速くなり、いつものように脈拍を確認したくなってしまう。青葉さんの言葉の全ては理解できなかったけど、今までの他人とは違う意見ということは伝わる。彼女は口元から八重歯を覗かせると、ビニール袋に目を向けた。

「焼きそばの下に、生餃子も入ってるから。お得意様への賄賂《わいろ》として」

「賄賂って……」

「とにかく気が変わったら、小羽にでも連絡して。わたしに繋いでもらうからさ」

　青葉さんはそう言い残し、背を向けた。改めてビニール袋の中に目を凝らすと、焼きそばの下にもう一つパックが入っていた。プラスチック容器から覗く生餃子の形は、あの生物と瓜二つだ。餡を包む白い皮が、脳裏で半透明なブルーに変換されていく。

「やっぱり、カツオノエボシに似てる」

　思わず呟いた声に反応して、青葉さんが再びこちらを振り返った。

「カツオの煮干し?」

「いえ……カツオノエボシっす。そういう名前の生き物がいるんすよ。全身が半透明のブルーで、クラゲみたいな」

「へえ、知らなかった。海に浮かんでたら、綺麗ね」

「でも、触っちゃダメっすよ。触手に猛毒があるんで」

「えっ、危険じゃん」

　時化《しけ》の海のように、胸の中は波打っている。俺自身のために今この感情を吐き出さないと、正気を保てない予感が脇の下に汗を滲ませた。空想の中だけの殺意は、もう手に負えなくなっている。誰だって良い。受け止めてほしくもないし、軽蔑されたって構わない。

「ばあちゃんって、調子が悪くなると『消えてぇ』とか『死にてぇ』って口にするんです。何度も何度も」

　青葉さんの顔から、スッと表情が消えた。

「最近、思うんすよ。だったら、俺が殺してやるよって」

　結局、俺もばあちゃんと同じで身勝手だ。黒い告白を聞かされる相手のことを、考える余裕なんてない。

「俺、ミステリ小説が好きなんで、試しに完全犯罪の計画を練ってみたんです」

　ばあちゃんを頭の中で殺すと、どうしてか動悸《どうき》が和らぐ瞬間があった。一人で考えた完全犯罪を、早口で言葉に変える。揺蕩う美しいブルーが裸のばあちゃんに触手を伸ばし、枯れ枝のような身体が浴槽の底に沈む。言葉で伝えると、脳裏を巡る映像がより鮮明になっていく。

「ばあちゃんの頭が、ぼんやりしている時を狙うんす。浴槽にカツオノエボシが浮かんでても、気付かないと思うんで」

声に出せば、少しは気が晴れると思っていた。イカレた空想をいくら喋っても、口の中が乾いていくだけだ。

「上手くいけば、不慮の事故で処理されると思うんすよね」

全てを話し終えると、余計胸の中が濁っていることに気付く。入院が本当に必要なのは、俺の方なのかもしれない。

「警察は、そんなに甘くないよ」

ずっと相槌も打たなかった青葉さんが、ようやく口を開いた。

「そもそも、その生き物はお湯に入れて大丈夫なの？　茹《ゆだ》っちゃうような気がするんだけど」

「えっと……ソイツが死んでも、触手には毒が残るんで。刺激に反応して『刺胞《しほう》』って呼ばれる毒針が発射されます」

「その毒自体は、お湯の熱に弱くはないの？」

毒の成分はタンパク質性らしいけど、無効化する温度までは知らない。言葉を詰まらせて目を伏せる。

それでも、青葉さんの指摘は止まらなかった。

「そもそも浴室にそんな危険生物がいること自体が不自然だし、毒の強さだってよくわかんない」

うるせぇよ。

「死因は飽くまで溺死にしたいみたいだけど、刺されてすぐなら自力で浴槽から這い出れそうだし」

うるせぇって。

「とにかく他の部分も、完全犯罪には程遠いかな」

尤《もっと》もな言葉で諭される前に、顔を上げた。眉間に力を入れ、美しい顔立ちを睨みつける。感想も、意見も、正論も、求めてはいない。適当に聞き流してくれる相手さえいれば、それで良かったのに。

「もう一回、やり直しね。次はもっと完成度を上げてから教えてよ」

眉間から力が抜けた。青葉さんは冷たい眼差しを浮かべたまま、口元を緩ませている。戸惑いながらも、素直な疑問が口を突いた。

「もっと……まともなことを言われると思いました」

「ごめんねぇ、ミステリ小説は読まないから」

「そうじゃなくて……そんなことは考えるなって」

強い潮風が吹いて、青葉さんの髪の毛が乱れた。どうしてか、その風からは冷たさを感じない。

「ダメよ。人を殺しちゃ」

「今更、そんなこと言っても遅いっすよ」

「だよね」

再び、口元から八重歯が覗く。青葉さんが浮かべた苦笑いは、あのババシャツと同じで寒空とよく似合っていた。

「そのカツオの煮干しってさ、漁港にもいるの？」

「カツオノエボシっす……多分、いないと思います。普通は熱帯の海に生息してるらしくて。ただ……偶にこの辺の浜辺にも、漂着するって聞いたことはあります」

通常、カツオノエボシは温かい海に生息しているらしい。偶に太平洋を流れる黒潮に乗って波打ち際に漂着する奴もいるようだけど、それも時期は限られている。

「近くに、浜辺ってあったよね？」

「まぁ、はい……」

「だったら、探しに行ってみる？」

冗談かと思ったが、切れ長の瞳は真剣な光を宿している。俺は、迷わず首を横に振った。

「絶対、いないですって。漂着するのは、お盆頃みたいだし」

「そうかな？　一匹ぐらい、はぐれた奴がいるかも」

「時間の無駄っすよ」

「でもさ実物を見てみないと、ちゃんとアドバイスできないから。完全犯罪を、成し遂げたいんでしょ？」

俺の返事を待たずに、青葉さんは手招きをしてから背を向けた。徐々に遠ざかっていく後ろ姿を睨みつけ、深く息を吸う。

「これから、ばあちゃんが漏らしたシーツを洗濯しないといけないんで」

細い脚が止まった。振り返った美しい顔立ちは、何処か遠くを見るように目を細めている。その表情は、寂しそうだった。

「ごめんね。わたしが強引だった」

「いえ……焼きそばと餃子、ありがとうございました」

一応頭を下げて、玄関の方に顔を向けた。鍵穴を見据えた瞬間、強い潮風が吹いてビニール袋がカサカサと鳴った。

「本当の意味で、家族は支援者になれないと思うよ」

潮風に乗って淡々とした声が届く。鍵穴に伸ばす手が止まった。

「結局、家族は家族のままだから」

聞こえなかった振りをしながら、鍵穴を回す。何かが噛み合う乾いた音が、耳に残った。

台所のテーブルにビニール袋を置いて、すぐにばあちゃんの部屋に向かった。湿ったシーツを乱暴に剝ぎ取り、尿が染み込んだ衣類ごと洗濯機の中に放り込む。スタートボタンを押すと、辺りに派手な音が響き始めた。

洗濯機の中で回転する衣類のように、さっきの言葉が脳裏でぐるぐると渦を巻く。青葉さんの言うことが正しいなら、今日俺がしたことは何なんだろう。家族が本当の意味で支援者になれないなら、一体誰がこの生活を支えてくれるのだろうか。様々な疑問を繰り返しながら、何も握っていない掌に目を落とした。豆腐のように柔らかい手の感触が、まだ残っている。

「やべっ……洗剤」

ストップボタンを押して、入れ忘れた粉洗剤を洗濯槽の中に散らした。今は疲れ過ぎていて、難しいことは考えたくない。

二階に登るのも億劫で、居間のソファーにそのまま倒れ込む。暖房のスイッチを押すと、外とは違う温い風がすぐに眠気を誘った。


お酒の臭いを感じて、ゆっくりと目を開けた。霞んだ視界の向こうで、頰を赤らめた親父が俺を見下ろしていた。

「こんなとこで寝てたら、風邪引くど」

ぼんやりとした頭で、大きな欠伸だけを返す。メガネを掛け直し時刻を確認すると、もう二十二時を過ぎている。いつの間にか、寝入っていたようだ。着ていた制服には、多くのシワが寄っている。

「航平、今日はお袋のことありがとな」

今更と思いながらも、目を擦りながら呟く。

「……週明け、面会に行ってや」

「おう。医者とも話してくっから」

俺は上半身を起こし、後頭部にできた寝癖を何度か摩《さす》った。寝起きの気怠い時間をやり過ごすように、目頭を揉む。既に、病棟内は消灯している頃だ。ばあちゃんは昨日とは違うベッドに横になりながら、今何を考えているんだろう。金が無くなり、全てを失うことに怯えながら瞼を閉じているのかもしれない。死にたい気持ちに取り憑かれ、虚ろな眼差しを病院の天井に向けているのかもしれない。生まれてから多くの時間を一緒に過ごしてきた筈なのに、幾ら考えてもばあちゃんのことが何もわからない。家族なのに。それとも、家族だからだろうか。

「……ばあちゃんのこと、やっぱり俺らが何とかしなきゃダメだよな？」

短い沈黙の後、親父は皮脂でてかる顔を緩ませた。口元には、笑みを浮かべている。

「あたりめぇだべ。家族なんだから」

「……だよな」

「お袋は、この家に思い入れが強《つえ》えからな。できるだけ入院したり、施設に入ったりしたくはねぇと思うし」

親父の無遠慮な声が、暖房の効き過ぎている居間に漂った。手を引いて病院に連れてったのは、俺だ。口には出せない罪悪感が、心臓を緩やかに締め付ける。また鼓動が速くなるのを感じた。

「航平、メシは食ったか？」

「まだ……帰ってから、寝てたし」

「相変わらず、食が細《ほ》せぇな」

親父は酔っているのか、無邪気な笑みを浮かべたまま絡んできた。俺は鬱陶《うっとう》しさを隠すのが面倒で、逃げるようにソファーから立ち上がった。

「今から、食うって。台所に焼きそばと餃子あっから」

「美味《うま》そうやな。文化祭のか？」

「焼きそばだけ。餃子は『大浜飯店』の姉《ね》ぇちゃんから貰った」

タイミング良く、制服の下で腹が鳴った。台所に向かおうとした瞬間、背中に尖った声が突き刺さる。

「餃子は、絶対食うな」

振り返ると、親父の表情は一変していた。眉間にはシワが寄り、陽気な気配は消え去っている。赤らんでいた頬も、一瞬で血の気が引いたように青白い。

「なして？」

「いいから。腹減ってんなら、オイが何か作っから。

確か袋麺があったべ？」

　酔っ払いの戯言《ざれごと》とは思えないほど、その口調には真剣さがあった。全く意味がわからず、今度は俺が眉を寄せた。

「捨てんのは、勿体無《ね》ぇべや」

「んだけど、やめとけ」

「だから、なして？」

　親父は深い溜息を吐いてから、脂ぎった顔面を何度か勢い良く両手で擦った。

「餃子に、毒入ってかもしんねぇぞ」

「毒？　親父、相当酔ってんな」

「もう酒は抜けてっから。これは、真面目な話や」

　聞いたことがないような、冷たい声だった。親父は台所の方を一瞥してから、重い口を開いた。

「呑みの席で、聞いたんや。あの女は人殺しやって」

　全く予想していなかった内容に、動きが止まった。寝起きの頭を抜きにしても、理解が追いつかない。

「何入ってるかわかんねぇから、餃子は捨てろ。あと、もう『大浜飯店』から出前頼むんでねぇぞ」

「それって……マジ？」

「んだ。マジのマジや。死にたくねがったら、絶対に食うなよ」

　親父は吐き捨てるように告げると、足早に居間から出て行った。少し遅れながら後を追う。広い背中が台所に消えると、すぐにゴミ箱の蓋を開ける音が響いた。

　親父は『賄賂』と一緒に焼きそばまで捨てると、無言でラーメンを作り始めた。鍋の水が沸騰《ふっとう》していく様を見つめる眼差しは、居間にいた時よりも険しく不機嫌だ。俺は青葉さんに関するあれこれを一度飲み下し、湯気で霞む横顔を見据えた。

「ラーメンできるまで、洗濯物を取り込んでくっから。あと、郵便物も溜まってたし」

「おう。頼む」

「卵とソーセージ入れてや。ネギはいらんから」

「野菜もちゃんと食え。ネギの他にも、しいたけともやしを入れっからな」

「しいたけは、マジでいらんって」

　子どもらしい演技をしてから、台所を離れた。親父が話したことは、本当だろうか。美人への陰湿なやっかみにも思えるけど、火のないところに煙は立たないような気もする。明確な答えを出せないまま、汚れたスニーカーを履いた。このことは織月には教えない方が良いだろう。真偽が解らないままじゃ、物静かな美人はまたきっと不機嫌になる。住田も口を滑らせそうだから、アイツにも秘密だ。

　外に出ると、寒さで肩を震わせながら物干し竿の方に向かった。吊るされたままの洗濯物は、夜露に濡れて湿っている。ハンガーや洗濯バサミを一つ一つ外している途中で、まだシーツが洗濯機の中にあることを思い出した。深い溜息を吐いてから、何気なく夜空を見上げる。星は一つもないけど、薄い月明かりが両目に滲んだ。

　取り込んだ洗濯物を玄関前の廊下に一度放置して、再び外に出た。昼間と同じように人通りがない車道を一瞥してから、郵便受けの中を確認する。

「ん?」

　パチンコ店のチラシやガス点検のお知らせに交じって、小さな石のようなものが入っていた。首を傾《かし》げながら、それを摘み上げる。目を凝らすと、仄かな月明かりが指先に灯る青を照らした。最初は石だと思ったけど、磨りガラスのように半透明だ。どこを触っても角はなく、表面は妙にザラついている。この独特な感触には覚えがあった。

　多分、これはシーグラスだ。海に捨てられた瓶が割れて、そのガラス片を波が穏やかに削った品物。

『波打ち際には、宝石が落ちてるんや』

　不意に、いつかのばあちゃんの声を思い出す。俺が小さい頃、シーグラスを探しによく浜辺まで一緒に出掛けた。色褪せた記憶を辿りながら、美しい青に目を細める。突然、脳裏で何かが嚙み合った。

「これは、カツオノエボシじゃねぇよ」

　独り言は白い息に変わり、東京とは違うらしい夜の闇に消えていった。青葉さんが浜辺で目を凝らす姿を思い描いてから、美しいブルーを制服のポケットに仕舞った。あの人の真実は知らないけど、俺の中で燻っていた殺意が綺麗なガラス片に変わったのは事実だ。

　誰にも言えなかった完全犯罪を、青葉さんに伝えられたのは何故だろう。夜に齧られたような月を見上げながら、白い息を吐き出す。タイミングが偶々合ったということもあるかもしれないけど、それだけじゃない。多分、少しだけ面識がある程度の他人だからだ。潮風を挟んだ心地良い距離が、あの時は確かに存在していた。

「焼き餃子にするか、水餃子にするか」

親父が眠った後に、ゴミ箱を漁ることに決めた。パックに入ったまま捨てられていたから、中身は汚れていないだろう。生餃子の調理方法に迷いながら、手首に触れる。感じた脈拍は、凪いだ海のように穏やかだ。

＃2　一月の手紙

先生、明けましておめでとうございます。二〇一一年も、どうぞよろしくお願い致します。

手紙を書くのは、約三ヶ月振りぐらいでしょうか。去年の外来で、先生からの『無理をしないでね』という言葉を真に受けてしまいました。（もちろん、先生のせいではありません。結局は、わたしの筆不精《ふでぶしょう》に対する言い訳です）とにかく年賀状の代わりも兼ねて、久しぶりに便箋《びんせん》の前でペンを握っています。

先生は知ってると思いますが、こっちは既に雪が積もっています。軒先には太い氷柱《つらら》が連なり、道路は凍結して滑りやすいです。雪解けはまだ遠く、白い足跡を刻みながら毎日寒さと闘っています。先生もこっちに住んでた頃は、同じ風景を見ていたのかな？　と、時折考えてしまいます。

東京と違って厳しい寒さですが、新しく温かい服を買う気は全く起きないんですよね。わたしみたいな人間は、他人より辛い思いをするぐらいがちょうど良いと思うので。これも、病状が影響しているせいなのでしょうか？　それとも、あのことに関する罪の意識がそうさせているのでしょうか？

前回の診察では、色々とお話を聞いて下さってありがとうございました。先生は環境の変化によるストレスを心配して下さいましたが、なんとか大丈夫です。夜は眠れてるし、生理前も死にたい気持ちが強くなることはありません。ただ、時々落ち込むことはあります。理由は色々とあって……全て書くと便箋が足りなくなりそうなので、次回の診察の時にでもまとめて話しますね。

振り返ると、先生の故郷に来て約三ヶ月が経ちました。毎日注文を取って、料理を運んで、お皿を洗って、出前に向かって、石を削って。同じことを繰り返す日々ですが、東京にいた頃よりも充実しています。今は東京から離れているだけで、気が紛れます。

先日お客さんに、あのことを訊かれてしまいました。どこでどう噂に尾ひれが付いたのかは知りませんが、わたしは痴情のもつれから恋人を毒殺した女のようです。そのお客さんは相当酔っていて、殺害に使用した毒の種類や、刑務所での暮らしを矢つぎ早に質問してきました。わたしは俯きながら、何も答えられませんでした。だって、何一つ経験していませんし。そのお客さんを、責める気はありません。人の命を奪うということは、許されることではありませんもんね。それは身に染みて、わかっているつもりです。

　新年早々、暗い内容ばかりを綴ってしまいました。最後は、明るい話題で締めたいと思います。

　基本的には繰り返しの日々ですが、こっちの高校生たちと話している時間はとても楽しいです。友だちとまでは言えないけど、漁港の側に住んでいる女の子とは特に仲が深まったような気がします（わたしが強引に通い詰めたせいですが……笑）。

　彼女とは、週に何度か一緒に料理を作ったり、くだらない話をしながら洗濯物を畳んだり、散歩に出掛けたり、石細工を一緒に作ったりしています。この前の外来の時にも話しましたが、彼女が通う学校の文化祭に誘ってくれたことは良い思い出です。わたしは学校行事に殆ど参加したことがなかったので、何周か遅れて青春を味わったような気分がしました。それに彼女の友だちとも、顔見知りになったんですよ。その中の一人に、心優しい文学少年がいます。彼は特にミステリ小説が好きで、今はわたしを殺すための完全犯罪を考えてもらっています。なんだか物騒に聞こえますが、実際はお互いあーだこーだ言って楽しんでいます。彼の考えるトリックは大胆で独創性があるけど、素人《しろうと》目から見ても首を捻る箇所が多々ありますので。いつか完璧な方法に辿り着いて、わたしをちゃんと殺してほしいものです。

　書き始めると、また長くなってしまいました。とにかく今日も、わたしは寒空の下で生きています。

　ＰＳ　石細工に関しては、段々と上達してきました。この前は輪切りのリンゴを御影石で作ったんですよ。漁港の女の子に見せたら『リンゴ以外も作ったら？』と、言われてしまいました。次は、ウサギの飾り切りをしたリンゴに挑戦してみます。耳の部分が難しそうです。

第三章　二〇一一年二月　星の感触

浅い眠りから目が醒《さ》めると、冷たい空気が首筋に触れた。掛け布団を肩まで引き上げて、大きな欠伸を一つ零す。隣の布団では、雄大がまだ小さな寝息を立てていた。

気怠く寝返りを打った瞬間、枕が普段より高いような気がした。後頭部に硬い感触を覚えたのと同時に、昨夜の記憶が一気に蘇る。勢い良く掛け布団を捲って、頭の形に凹《へこ》んだ枕を退かした。

枕の下には、バスタオルで包んだトートバッグが置かれていた。バスタオルの色はショッキングピンクで、生地には無数の水玉が描かれている。寝起きのぼんやりした頭だと、沢山の水玉は虫が這っているように見えた。

バスタオルを開き、現れたキャンバス地のトートバッグを見つめた。恐る恐る中を覗き、昨夜仕舞った数々の銀色を取り出す。包丁、果物ナイフ、カミソリ、ハサミ、安全ピン。数がちゃんと合っているか確認している最中、自然と舌打ちが漏れた。刃物を枕の下に隠して過ごす夜は、安眠なんてできやしない。

多くの銀色を再びトートバッグに戻すと、部屋の隅に目を向けた。ママの処方薬だけは、本棚に隠している。あたしが横になっている間も部屋に入って来た気配は感じなかったし、室内を漁られた形跡もない。それでも昨夜の虚ろな眼差しを思い出すと、確認せずにはいられなかった。ゆっくりと立ち上がり、本棚に近寄る。国語辞典と英和辞典を抜き取り、カモフラージュとして立てていた教科書を端に寄せると、ママの処方薬が入ったプラスチックケースが目に映った。

「ねぇちゃん。おはよう」

背後から、眠たげな声が聞こえた。慌ててプラスチックケースを隠し、平然を装いながら振り返る。

「おはよう。今日は保育園ないから、まだ寝てなよ」

「ぼく、もうおきる」

雄大は気怠そうに目を擦り、口をもごもごと動かした。

「……パンツ、ぬれちゃった」

「えっ、マジ？」

小さな身体が、布団から這い出した。パジャマの股間は濡れて色を変え、薄いブルーのシーツには丸い染みが広がっている。子どものおしっこは、大人の尿より臭くはないような気がする。これからやるべき家事が一つ増えたとしても、少しの救いと思えた。

「漏らしたんなら、早く教えてよ」

「……ごめん」

丸い瞳は、濡れたシーツを見つめている。責めるような口調になったことを反省しながら、付け加えた。

「別に、怒ってる訳じゃないよ。すぐ着替えないと、風邪引くじゃん」

「うん……そうかも」

「でしょ。もう二月になったんだしさ、おしっこも凍っちゃうよ」

「それはウソだよ」

「マジだから。あたしのおしっこは、よく凍ってるもん。氷柱みたいに」

冗談を言うと、無邪気な笑顔が見えた。男の子はこんな下らない内容で、笑ってくれるから楽だ。これも、ささやかな救いなのかもしれない。

「んじゃ、チンチンもこおるの？」

「それは知らん。あたしには付いてないし」

「もしこおったら、すごくつめたいよね？」

「だろうね。だから次は、早めに教えて」

雄大は三歳を過ぎた頃から、オムツは取れていた。それでもママが荒れた後は、こうやって漏らすことが何度もあった。心理的な影響なんだろう。シーツに染み込んでいるのは尿ではなく、五歳の子どもの不安だ。

「とりあえず、綺麗にしないと。着替えは、それから」

本棚の側から離れ、刃物が入っているトートバッグの上に掛け布団を放った。ママの危険な行動を予防するためだとしても、虚しさが胸の中で淀む。今更になって、刃物の硬い感触が後頭部でじんわりと滲んだ。

自室の襖を開けて、短い廊下を進む。家賃四万二千円の平屋は夏だと熱が篭もるし、冬だと氷の上を歩いているように底冷えしてしまう。外よりも室内の方が寒いような錯覚を感じながら、周囲の物音にさり気無く耳を澄ました。廊下が頼りなく軋んでいるだけで、ママが起きている気配はない。

居間に続く磨りガラスの引き戸を開けると、ママが炬燵《こたつ》で眠っていた。テーブルの上には、様々な空き缶が置かれている。ビール、発砲酒、ハイボール、ピンクグレープサワー。梅酒のワンカップだけは倒れていて、おねしょに似た歪な染みをテーブルの上に描いていた。

「おさけくさいね」

雄大の呟きを無視して、居間を横切って台所に向かった。戸棚から毛羽立ったタオルを取り出し、シンクの蛇口を捻る。温かい湯でタオルを濡らしてからパンツを脱がせ、幼虫がぶら下がっているような股間を拭いた。

「くすぐったーい」

「我慢してよ。チンチンが、かぶれても知らないからね」

大まかにおしっこで汚れていそうな箇所を拭くと、柔らかいお尻を優しく叩いた。

「オッケー。そんじゃ、着替えてきな」

下半身を丸出しにして、短い脚が廊下に向かって駆け出していく。去年より、雄大の走る速度は上がっている。あたしが全力を出しても、最近は追いつくことが難しかった。

小さな背中に続き自室に戻ろうとすると、僅かに唸るような声が聞こえた。炬燵で眠っていたママが、奥歯が見えるほどの大きな欠伸をしていた。

「頭、痛っ……」

ママは眉根を寄せながら、気怠そうに上半身を起こした。昨夜はお風呂に入っていないことを証明するかのように、脂ぎった小鼻にはファンデーションが粉を吹いて溜まっている。昨日の出勤前と同じ毛玉だらけのセーターを着て、リング状のピアスは両耳にぶら下がったままだ。

「凛子……コーヒー淹れてくれない?」

「嫌。自分でやって」

「お願い……凄く気分が悪いの。今立ったら、吐いちゃうかも」

あたしは大袈裟に舌打ちをしてから、荒れた居間を眺めた。窓辺にはハンガーで吊るされた洗濯物がだらし無く垂れ下がり、その真下ではコンビニのビニール袋や丸まったティッシュが転がっていた。床に散乱する様々な物に埋もれるように、雄大が遊んだ玩具のレールが伸びている。その行方を目で追うと、壁際で途切れていた。行き止まった新幹線を見つめる。車内にはあたしたち三人だけが、取り残されているような気がした。

「お酒の缶は、ママが自分で片付けて」

「……コーヒー飲んだら、綺麗にするから」

ママがとめどなくお酒を呑むようになると、家の中は荒れていく。散らかった部屋は、不安定な心を反映しているみたいだ。あたしが幾ら掃除をしたって、二、三日でまた酷い有様になっていた。

「……ブラックでお願い」

返事はせず、再びシンクに向かった。鍋に水を張って、ガスコンロに火を灯す。この行動は親切でも、心配でも、愛でもない。酒臭いゲロで、床を汚したくないだけだ。

ママの主治医からは吐いたものを代わりに掃除したり、欠勤の電話を代わりにしたり、酔っ払って床に寝ていても代わりに布団を敷いたりしないようにアドバイスされていた。家族が肩代わりや尻拭いをせず、お酒の問題をその都度本人に返すことが、アルコール依存症からの回復には重要らしい。その道のプロが言うのだから、正しいんだろう。ネットで調べた時も、同じようなことが書いてあった。

でも、ママのゲロをそのままにしていたら、雄大が滑って頭を打つかもしれない。ちゃんと欠勤の電話を入れないと、仕事をクビになって家賃を滞納する羽目になるかもしれない。こんな寒い季節に廊下で寝ていたら、朝には凍死してしまうかもしれない。清潔な診察室で聞いた正しさと、荒れた家の中のリアルは違っていた。

出来上がったブラックコーヒーを差し出すと、ママは礼も言わずに口を付けた。湯気の向こうの唇は、生気がなく青白い。昨夜のように『死にたい』と声に出すだけで、生きる上で必要な何かが少しずつ消えていくのだろうか。そんな子どもじみた空想を抱きながら、立ち去ろうとした。

「昨夜は、ごめんね……本当に辛かったの」

今まで何度も聞いた言葉が、耳の中を冷たくさせた。どうせ明日も、同じような謝罪が繰り返される。

怒りというよりも、諦めに似た虚しさが微かな溜息に変わった。

無視して歩き出すと、途中で何かを踏んだ。足元には、多くの診察券が散乱している。思わず、その枚数を無言で数えた。一枚、二枚、三枚……合計七枚。近所にあるメンタルクリニックから、遠方の精神科病院まで種類は様々だ。多くの診察券は、処方薬を貰うためのチケットと変わらない。あたしはその中の一枚を拾い上げると、背を向けたまま奥歯を嚙み締めた。

「今通ってる病院以外の診察券は、全部捨てたって言ってたよね？」

「掃除してたら、昔のが出てきたから……眺めてただけよ」

「はっ？　掃除？　どこが？」

思わず振り返った。視界には、ママの嘘を証明する光景が広がっている。

「本当に、新しく薬は貰ってきてないの？」

「もちろん……昨夜は、お酒吞んじゃったし」

「仕事帰りなら、受診できるじゃん？」

「何度も言わせないでよ……行ってないって」

ママの生え際は白髪交じりで、艶のない枝毛が目立っている。あたしが小さかった頃はお洒落《しゃれ》が好きで、二ヶ月に一回は美容室に通っていたのに。今は色が落ちてパサついた茶髪が、寝癖で乱れている。あたしは青白い顔を睨みながら、話題を変えた。

「ママさ、今日の予定って覚えてる？」

「……剛《つよし》が、午前中に顔出すって言ってたけど」

半分正解で、半分は不正解。確かに叔父さんが来るとは聞いていたけど、求めていた答えではない。今日はユニクロで、新しいダウンジャケットを買う約束をしていた。二日早いけど、あたしの誕生日プレゼントとして。ママが休みの日に、一緒に選ぼうと約束していたのに。あたしは表情を変えず、楽しみにしていた予定を忘れている女に向けて言い放った。

「叔父さんが来るまで、少しは掃除しといてよ」

「……わかってる」

「あとさ、歯を磨《みが》いて。息が凄くお酒臭いから」

吐き捨てるように告げ、廊下に踏み出した。ママは、かなり頭がぼんやりしてそうだった。お酒がまだ残っているんだろう。それに、寝起きだし。本音ではママの体調よりも、約束を忘れられていたことに対する怒りばかりが胸を満たした。

「ねぇちゃん。ちょっときてー」

声がした部屋に向かい、八つ当たりのように勢い良く襖を開ける。弟はまだパンツすら穿かずに、乗り物図鑑のページを捲っていた。


タイヤが雪を踏み締める音が聞こえたのは、自室で弟とアニメ番組を見終わったタイミングだった。雄大がすぐに、窓を開けて顔を出す。

「あっ、おじちゃんきたー」

弾んだ足取りで、部屋から飛び出す弟を追った。玄関の磨りガラスの向こうには、見慣れたシルエットが写っている。アブラゼミが鳴くような玄関ブザーが響くと、あたしより先に小さな手が鍵を開けた。冬なのによく日に焼けた叔父さんが、表情を崩して立っている。

「二人とも、元気してっか?」

あたしが曖昧に頷くと、早速雄大が叔父さんの太い両脚にまとわり付いた。

「おじちゃん、ドクターイエローは?」

「特別、買ってきたど」

「やったー!」

「あんな真っ黄色な新幹線もいんだな。初めて見たっけ」

叔父さんは、片手に膨らんだビニール袋を二つ握っていた。どちらも表面には、大型スーパーのロゴが印刷されている。浅黒い手がその中を漁ると、新幹線の玩具が入っている箱が弟の前に差し出された。

「おじちゃん、ありがとう!」

「電池も入ってっから、すぐ走るんでねぇか」

雄大は「ママー、ドクターイエローもらったー」と叫びながら、居間に消えて行った。室内を駆ける弾んだ足音に、ビニール袋が揺れる音が重なる。

「凜子。これっ、差し入れ。生ものも入ってっから、すぐ冷蔵庫に入れてや」

あたしは頭を下げて二つのビニール袋を受け取り、中を覗き込んだ。ソーセージやハム等の加工食品の他にも、簡単に食卓に出せる冷凍食品が詰まっている。

「叔父さん、いつもごめんね」

「栄養が偏んねぇように、野菜と果物もあっから」

「マジで、助かる」

「気にすんな。今の姉貴は、料理すらできねぇべ」

叔父さんの口調は、新幹線を取り出した時とは違って尖っている。あたしは苦笑いを浮かべてから、ビニール袋の中で鮮《あざ》やかな赤を宿しているイチゴに目を落とした。

「姉貴、また呑み始めてるんだべ？」

「うん……先週ぐらいから」

「半年も断酒してたのに、勿体無ぇ。俺が探した『AA』も、サボってるみてぇだしな」

『AA』はアルコホーリクス・アノニマスの略語で、飲酒問題を抱える人たちが集まる場だ。そこで共有する体験談や悩みは、アルコール依存症からの回復に役立つらしい。

「『AA』には先週ぐらいから、行ってないと思う……」

「んだべな。姉貴は酒呑むと、全部が億劫になっから」

「……まだ、なんとか仕事は休んでないけどね」

「時間の問題や。このままじゃ、そのうちクビになっと」

叔父さんは舌打ちをしてから、眉間にシワを寄せた。あたしは誤魔化《ごまか》すには手遅れと思いながらも、再びビニール袋を覗き込んで無理やり笑みを作った。

「叔父さんが選んだイチゴ、凄く美味しそう」

「あぁ、それな。ウチで採れたヤツ。今は二番果の収穫がピークだからや」

「先月貰ったリンゴも、美味しかったな。蜜が沢山入ってて」

「寒《さ》みぃと、実が詰まっから。そんで糖度も上がんのよ」

果樹農園を営んでいる叔父さんは、定期的に甘くて新鮮な果物をくれる。その反面、ママに対しては厳しい言葉を投げ掛けることが多かった。叔父さんが声を荒らげる度に、胸が騒めく。怖かったパパの面影が重なるからだろうか。

自動車整備工場に勤めていたパパは、いつも帰ってくるのが遅かった。偶に早く帰ってきても口数は少なく、パチンコ雑誌を不機嫌そうに眺めていた。あたしが幼い時に『どうしてパパは、あんまり喋らないの？』と、ママに訊いたことがある。まだアルコールに依存していなかった頃のママからは『家の中が、静かでいいじゃない』と、答えになっていない返事をされたのを今でも憶えている。

パパに初めて髪の毛を掴まれたのは、小五の夏だった。お風呂が沸《わ》いているのにテレビに夢中になっていたあたしを、大きな手が突然風呂場まで引き摺った。その頃のパパは工場を辞めて、仕事を転々としていた。エアコンの取り付け業者、牡蠣《かき》の養殖場、深夜の警備員。出社初日で俺には合わないと、仕事を辞めてしまったこともある。

髪の毛を掴まれて以来、パパが無口なのは変わらなかったけど、言葉より先に手が出ることが多くなっていった。多分ママに対しては、無理やり身体を重ねるという暴力も加わっていた。歳が離れた弟が生まれた原点に、愛が存在していたのかは怪しい。雄大のことは大好きだけど、当時のママのことを想うと、今でも微かに苦い味が口の中に広がる。

ママが離婚を決めたのは、お腹を蹴られるあたしの姿を見た瞬間だったらしい。確かにその時は「女の子の腹を蹴るなんて！　ケダモノ！」と金切り声を上げて、パパに立ち向かって行った姿が目に残っている。当時は助かったけど、思い返すと胸に冷たい風が通り抜ける。あたしが離婚の切っ掛けを作ったみたいで、なんだか嫌だ。それにパパがいたら、ママがアルコールにハマる時間もなかったかもしれない。あたしと雄大を守ることに必死で、酔っ払っている暇なんてなかっただろう。四人であのまま暮らしていたら、誰かが殴り殺されていたかもしれないけど。

パパのせいで、未だに中年男性は苦手だ。暴力の記憶は、自然と身体を強張らせてしまう。

「姉貴は、出迎えにも来ねぇのな」

叔父さんは嫌味を一つ口にすると、雪が表面に張り付く長靴を脱ぎ始めた。つま先から落ちた白はすぐに溶けて、三和土のコンクリートを微かに濡らした。

居間では、炬燵に入ったママが背中を丸めてテレビを観ていた。青白い顔色は朝と同じだけど、テーブルの上から空き缶は消え去っている。それに窓辺で吊るされていた衣類は畳まれ、床に伸びていたレールも片付けられていた。なんとか最低限の約束だけは、守ってくれたみたいだ。

「相変わらず、部屋ん中がごたごたしてんな」

あたしとは違う感想を漏らしながら、叔父さんは炬燵の近くで胡座を掻いた。ママはリモコンでテレビを消すと、ようやく力なく口を開いた。

「……雄大の玩具、ありがとう」

「食品も買ってきたから。凛子に渡してる」

「……いつも、ごめん」

「謝るぐらいなら、二人のためにもちゃんとし。朝っぱらから、そんなシケた面してねぇでや」

叔父さんがいるだけで、室温が少し上昇するような気がした。あたしは貰った食品を冷蔵庫に詰め込みながら、二人のやり取りに耳を澄ました。

「仕事は行ってんだべ?」

「今週は一度早退してるけど……なんとか」

「さっき凛子から聞いたけどや、昨夜も呑んでたみてぇだな?」

イチゴを入れようとした手が止まった。告げ口のようになった後悔が、野菜室から漂う冷気と混じる。

「……もう呑まないから」

「嘘つけ。これで何度目や。また救急車を呼ぶようなことがあったら、次は親戚中にバレっからな」

いつかのサイレンの音が鼓膜の奥で蘇った。ママは以前、様々な病院やクリニックから手に入れた薬を大量に飲んで、病院に搬送されている。過量服薬をする前のママは本当に具合が悪そうで、普段のように『死にたい』と口にすることすらなかった。大量の薬の空袋と発泡酒の空き缶に囲まれ倒れているママを発見したのは、あたしだ。白目を剝いて口からヨダレを垂らす姿は、死人みたいだった。未だにあの衝撃的な光景が、脳裏に焼き付いている。その一件以来、ママがお酒を呑んで不安定になると、早めに処方薬や刃物のような危険物を隠す癖が付いていた。

「私は……別に、知られたって良いし」

「姉貴はそう思っても、二人が可哀想だべ。こんな酒浸りな母親を持って」

叔父さんの視線を感じて、今度は絶対に手を止めないように意識した。プリン、チルドのハンバーグ、しらすの釜揚げパック、海苔の佃煮。頭の中を空っぽにしながら、食品を冷蔵庫に入れ続ける。

「気仙沼《けせんぬま》のおばちゃんたちも、最近姉貴が顔出さないって勘繰《かんぐ》ってたしや」

「勘繰ってたっていうか……心配してくれてるだけ

でしょ」

「随分と、能天気やな。姉貴が離婚した時も、アイツらに陰で散々言われたべ。あのババアたちは、噂話が生き甲斐だからや」

　ママの肩を持つ訳ではないけど、誰が何を言おうと離婚の判断は間違っていない。パパの暴力から逃れるために、裸足で走った道路の冷たさを思い出す。目の上に青痣《あおあざ》を作った当時のママが、脳裏を過った。

「俺が教えた『ＡＡ』も、行ってないんだべ？」

「通ってたけど……仙台は遠いから」

「偉そうに。近所の目があっから、わざわざ仙台にしたのにや」

　叔父さん曰く、アルコール依存症を患《わずら》うことは、意志が弱くてみっともないことらしい。だから常日頃から、ママの病気のことは秘密にしろと言われていた。そんな母親がいたら学校でもいじめられると、根拠もなく念を押されている。ビニール袋からバナナを取り出した手に、思わず力が入る。黄色い皮には、あたしの指先の跡が刻まれていた。

「……『ＡＡ』は匿名《とくめい》での参加なんだし、別にどこだって良いじゃない」

「アホンダラ。会場に知った顔がいっかもしんねぇべ」

　雄大が居間の隅で、カチャカチャと玩具の新幹線を繋げている。その音だけが、しばらく耳の中で響いた。

「もう、知らん。そんな酒が好きなら、風呂にでも入れてずっと浸かってろ」

「私は別に……お酒が好きな訳じゃないし」

「また、トンチンカンなこと言って。朝から、酔っ払ってんのか？」

　視界の端で、ママが俯く横顔が映る。血色の悪い手は、キツく炬燵の掛け布団を握っていた。

「……素面《しらふ》でやり過ごせないことが、多過ぎるのよ」

「なんやそれ。姉貴は、社会を舐め過ぎだって」

　叔父さんの苛ついた声を掻き消そうと、勢い良く冷蔵庫の扉を閉めた。あたしは二人の側に寄ると、精一杯明るい声を出した。

「『ＡＡ』のことは、あたしからも言っとくね」

　間に入っても、叔父さんは鋭い眼差しでママを睨んでいる。

「ママも、ありがとうぐらい言ってよ。色々差し入れを持ってきてくれたんだから」

新幹線の玩具に関しては、素直に礼を言っていたのに。居間に漂う重い沈黙を終わらせるように、軽い足音が響いた。

「おじちゃん、みてみて。ドクターイエローに『やまびこ』と『はやて』をがったいさせた！」

張り詰めていた空気が、ようやく少しだけ緩んだ。叔父さんはママから目を逸らすと、連なる車両に向けて何度か頷いた。

「おじちゃんも、せんろつくるのてつだってよ」

「よっしゃ、いいぞ。俺は誰かさんと違って、手先が震えてねぇから。こういう作業は得意なんや」

玩具の線路に手を伸ばす大小の背中を眺めてから、ママの方に顔を向けた。落ち窪んだ目元には、濃い隈ができている。まだお酒臭い息が、ゆらりと鼻先に触れた。

しばらくすると、叔父さんはおもむろに腰を上げた。ママは密やかな反抗のようにテレビを観続け、雄大はまだ黄色い新幹線に夢中になっている。見送りに立ったのは、あたしだけだった。

「んでな。まだ寒みぃから、風邪に気を付けろよ」

「叔父さんもね。今日は、ありがとう」

あたしは玄関先で身体を抱きしめるように腕を組み、長靴が刻む足跡に目を落とした。降り続く雪が、この瞬間も庭先を白く染めている。頭の中にも、雪が積もれば良いのに。そうすれば、嫌な記憶だって真っ白に塗り潰してくれる。

「そうや。忘れるとこやった」

顔を上げると、振り返った叔父さんが手招いていた。白い庭先に踏み出すのは億劫だったけど、色々と援助してもらったし拒否はできない。無理やり笑みを浮かべながら、足を進めた。

「凜子、明後日《あさって》は誕生日だべ」

浅黒い手が、ダウンジャケットの内ポケットを探っている。取り出されたのは、茶色の封筒だった。

「俺は、若い子の趣味は知らんから。自分で好きなの買えや」

受け取ってから封筒に目を凝らすと、福沢諭吉《ふくざわゆきち》がうっすら透けていた。

「三万、入ってっから」

「そんなに、貰えないよ。食品も沢山持ってきてくれたし」

「子どもが遠慮すんな。あんな母親だと、色々と手が掛かるべ」

「でも……」

「日頃から、家事や雄大の世話を頑張ってる訳だし。せめてもの駄賃や」

封筒の上に雪が落ちて、すぐに溶けた。思わず、お札に染みないようにポケットに仕舞ってしまった。

「何に使っても、良いからや」

「……ありがとう」

「とにかく、これからも頼むぞ。凛子がいねかったら、この家は破綻《はたん》すっからな」

叔父さんは軽く手を挙げ、乗ってきた軽トラックに乗り込んだ。短いクラクションが響いた後、タイヤが雪を踏み締める音が不快に届く。徐々に小さくなるテールランプを見送っている最中、軽いはずの封筒が重さを増した。背後を振り向くと、あたしがいなくなったら破綻するらしい家が佇《たたず》んでいる。

「雪、凄っ」

あたしがどうこうの以前に、ボロい平屋は屋根に積もった雪で潰れそうだった。

自室に戻ると、本棚の前に立った。隠している処方薬は無視して、違う段に並ぶ背表紙を指でなぞる。目当てのものは、一番端に仕舞っていた。慣れた手つきで取り出し、美術部の誰かが描いた表紙のイラストを眺めた。制服を着た男女が、東京タワーや浅《あさ》草《くさ》の雷　門《かみなりもん》を指差している。空中を駆ける新幹線の車両には『二〇一〇年度・修学旅行のしおり』と、角張ったフォントで記載されていた。あたしが通っている学校では、高二の秋に修学旅行が企画されていた。参加はできなかったけど、しおりだけは貰っていた。表紙を捲り、二泊三日の日程表のページで手を止める。初日は仙台駅から新幹線に乗って、東京を目指す予定だった。その後は都内の観光スポットを見学して、班に分かれての自主研修も企画されていた。

高二の修学旅行費として積み立てていたお金は、高一の終わりに返金してもらった。当時のママは精神科病院へ何度目かの入院が決まって、色々とお金が必要だった。今思えば、最初から修学旅行に行くことなんて無理だったと思う。あたしが二泊三日も家を空けたらと想像するだけで、冷たい汗が脇の下に滲む。叔父さんは気まぐれに差し入れを持ってきてくれるけど、保育園の送り迎えはしてくれない。それにママがまた過量服薬をしたら、幼い弟では救急車を呼ぶことすらできないだろう。

　不参加が決まってから、日に日に東京への憧れは強くなった。今の時代ネットで検索すれば東京の情報なんてすぐに出てくるし、お金さえあればお洒落な服だって簡単に通販で買える。わざわざ時間を掛けて足を運ばなくても、都会の欠片なんて手に入れることができる筈なのに。

『持ち帰るのは、最高の思い出』

　しおりの十二ページ目には、大きな文字で修学旅行のスローガンが描かれている。聞こえの良い言葉に、不参加が決まってから何度も胸を抉《えぐ》られた。ネットの情報だけじゃ、都会に吹くビル風や人混みの喧騒《けんそう》は感じられない。画面の中から服を選ぶのは便利だけど、生地の手触りはわからないし、原宿やスクランブル交差点を行き交う人波に交じることはできない。

　しおりを読み返す度に、修学旅行の行き先は憧れの地へと変わっていく。輝く街で煌めく人々と同じ空気を吸えば、新しいあたしに変身できそうな予感を漠然と覚えていた。

　深い溜息を吐いて、しおりを本棚に戻すと左耳に触れた。一個百円の樹脂製ピアスは、見るからに安っぽい。頻繁《ひんぱん》に触ってしまうせいか、偶に耳たぶが熱を帯びて腫れることがあった。数ヶ月前、刃物と一緒に安全ピンなんて回収しなければ良かった。そうすれば気まぐれに、ピアスの穴なんて開けることはなかったのに。

『これからも頼むぞ』

　さっき叔父さんが何気なく口にした言葉が、冷たい鎖のように身体を締め上げていく。あたし一人だけだったら、修学旅行だって行けたかもしれない。様々なタラレバを考えたとしても、現実での答えは決まっていた。今のママの元に、雄大を置いては行けない。

「こうなったら、来世に期待するか」

　冗談のつもりだったのに、呟いた声には切実な響きが込められていた。しおりの中に茶封筒を挟み、本棚に戻す。暗くなりそうな気持ちを忘れようと、小羽の姿を頭の中に思い浮かべた。彼女の高い鼻は見惚れてしまうほど綺麗で、アーモンド形の瞳は吸い込まれそうなほど澄んでいる。本当なら今すぐにでも、小羽の側に飛んで行きたい。話を聞いてほしい、一緒にいたいという願いの他にも、湿った感情が渦巻く。制服の下にある二つの膨らみにも触れてみたいし、薄い唇にキスもしてみたい。誰にも相談できない秘密の感情は、下腹辺りを気怠く痺れさせた。

　小羽に友達以上の気持ちを抱くようになったのは、いつ頃からだろう。中学生の時に一緒の委員会になった時かもしれないし、初めてママの病気を打ち明けた時かもしれない。明確な日にちなんて忘れてしまったけど、小羽に対する愛情が冷めることはない。寧《むし》ろ、日に日に燃え上がっていく。いつか、本気で告白してしまいそうで怖かった。

　痺れた頭を冷まそうと、窓辺に向かった。窓を開ける前に結露したガラスに、ハートの形を指先で描く。それはすぐに滲んで、歪な形に変わった。

「ねぇちゃん、そといこう」

　背後で襖が開く音が聞こえ、窓ガラスに滲むハートを急いで消した。その先から、白く染まった庭先が透ける。

「外で遊ぶのは、午後になってからにして」

　振り返ると、黄色の新幹線を持った雄大が鼻息を荒くして立っていた。遊び盛りの五歳の子どもが、一日中狭い家で過ごすのは無理だ。まだ外では雪がチラついていたけど、午後には止むと予報で知っていた。

「そうじゃなくて、きょうはおべんきょうでしょ？」

「お勉強？」

「このまえ、ねえちゃんがでんわしてくれたじゃん」

　首を捻りながら、記憶を探る。先週、幼児教室の無料体験学習の予約を取っていたことを思い出す。その幼児教室には、雄大の保育園の友人たちが通っているらしく、「ぼくもいってみたい」としつこくねだられていた。根負けして塾に電話をしてみると、まずは十五分程度の無料体験学習を提案されていた。

「ヤバっ、そういえば今日じゃん」

　塾から告げられていた時間は、十一時四十五分だった。時刻を確認すると、ギリギリなんとか間に合いそうだ。

「急いでジャンパー羽織って、靴下も履いて」

「わかった！」

「あと、おしっこもしてきてよ」

言い終わる前に、雄大は廊下に飛び出していった。あたしも、手早く外に出る準備を始める。ニット帽を被り厚い靴下を履いてから、着古したダウンジャケットに手を伸ばす。結局、あたしもママと同じだ。家族との大切な約束を忘れている。


雪に延びるタイヤの跡や誰かの足跡を辿って、幼児教室を目指して歩き続ける。最初はビニール傘の下で幼い手を握っていたけど、進むにつれて雄大はあちこちと動き回った。

「フラフラしないで！　危ないでしょ！」

雄大は黄色い新幹線を片手に攫んだまま、車道を横切ろうとした。あたしの叫び声は周囲に積もる雪に吸収され、家の中よりも響かない。

「ねぇちゃん、どうぶつのあしあとがあっと」

「そんなことより、歩道からはみ出さないでよ！　塾にも遅れちゃうって」

「あっ、ぐんてもおちてる」

蛇行する小さな足跡を踏みながら、着膨れした背中を追った。最近、家族三人で外出したことはあっただろうか。当たり前のように、息子の習い事にすら付き添えないママを想う。ママは再びお酒を呑み始める前から、休日も怠そうにしていることが多かった。仙台の『ＡＡ』と職場を行き来する日々は、想像する以上に大変だったんだろう。だからといって、同情はできない。そのツケは、全てあたしが背負ってるんだから。

「ねぇちゃん、ほいくえんにだれもいねーぞ」

目的の幼児教室と雄大が通う保育園は、網磯漁港に続く道路沿いにあった。保育園の正門前で背伸びをする後ろ姿に追い着くと、無人の園庭を眺めながら息を整えた。

「今日は、先生もお休みだからね」

「そっかー。ユリせんせいと、シンちゃんにあいたいなー」

「明後日になったらね。それに塾には、お友達がいるかもよ」

園庭の滑り台や鉄棒が、雪で白く染まっていた。一日の多くを雄大と一緒にいるせいか、あたしの日常は幼い品々に囲まれている。居間で干された百十センチサイズの衣類、床に伸びる玩具のレール、テレビ画面から流れる子ども向け番組、保育園の保育士に渡す連絡帳、ママチャリ後部の小さな座席。癖のように左耳に触れると、ピアスの硬い感触が手袋越しに伝わる。あたしが、あたしだけのために選んだ安っぽいお洒落。こんな生活だからこそ、偶に本物の宝石のように輝いて見えるのかもしれない。

「あー、しんかんせんがおちた」

雄大が指差す方を眺めると、正門の向こう側で黄色い車体が雪に沈んでいた。

「もうっ、急いでるのに何やってんのよ」

慌てて、正門の柵の間から手を伸ばす。何度か繰り返しても、指先は空を切った。

「ちょっと、届かないんだけど」

「ねぇちゃん、がんばれ」

「塾の時間に遅れたって、知らないからね！」

一度手を引っ込め、仕方なく柵を乗り越えた。あたしが不法に侵入した跡が、着地した雪の上にはっきりと残る。

「最悪……靴の中に、雪が入ったんだけど」

ぶつぶつと文句を口にしながら、白に埋もれた黄色い新幹線を取り出した。軽く表面に付いた雪を手で払っていると、さっきのしおりが脳裏を過った。

「この新幹線ってさ、東京にも向かうの？」

質問しながら、柵の間から湿った新幹線を差し出した。幼い手は、憧れの街に停まるかもしれない車両をすぐに受け取る。

「ドクターイエローは、おきゃくさんをのせないよ。せんろのけんさとかをするから」

「そうなんだ。因みに、東京に向かう新幹線って知ってる？」

「うん。かっこいいのは『はやて』かな。こんどから『はやぶさ』っていう、あたらしいしんかんせんがはしるんだよ」

そういえば去年の年末頃に、東北新幹線が全線開通するというニュースが流れていた。その時に、今年から新しく運行するエメラルドグリーンの新幹線が紹介されていた。

「流石、毎日乗り物図鑑を眺めてるだけあるじゃん」

もう一度両脚に力を入れて、柵をよじ登る。新幹線に乗って東京に向かう光景を思い描くと、雪で湿った靴下がすぐに乾いていくような熱を感じた。

「ねぇちゃんは、とうきょうにいきたいの？」

「フラフラ歩く人には、教えない」

今日貰った三万円で新幹線の乗車券を買ったら、多くは残らないかもしれない。それでもただ東京の空気を思いっ切り吸い込んで、都会の煌めく人々が行き交う光景を眺めてみたかった。

「あっ、ねぇちゃんのふくから、またはねがでてっと」

雄大の手が、あたしのダウンジャケットに伸びた。幼い指先は、縫い目からハミ出した羽毛を摘んでいる。

「これって、なんのはね?」

「さぁ、知らない。何だろうね」

くすんだ羽毛を見ていると、さっきまでの空想が急速にしぼんでいく。三万円もあればお洒落なダウンジャケットが買えるし、もっと質が良いピアスだって手に入れることができる。今後の生活を想うと、目的なく東京に行くより物に使った方が良い。

「ねぇ、あたしって何色が似合うと思う?」

「あお! でも、なんで?」

「新しい服を買うか、迷ってるの」

「えー、いいな。ぼくはピンクのふくがほしい」

「雄大は、新幹線の玩具を貰ったでしょ」

再び、雪道を歩き始める。網磯漁港の方に近づくと、潮風は冷たさを増した。

ようやく到着した幼児教室は、平屋の貸家のような外観をしていた。玄関の引き戸を開けると、すぐ目の前に教室が広がっている。長机が並び、鉛筆を握る子どもたちが背を向けていた。

「こんにちは。本日、無料体験学習の予約をしていた住田です」

一応、確認の意味も込めて『無料』という部分を強調した。教室では四人の中年女性が、それぞれ別の子どもたちに付き添っていた。みなエプロンを身に纏い、講師というよりは普通の主婦のようだ。あたしの挨拶を聞いて、近くにいた女性が顔を上げた。

「どうぞ、上がって。体験学習はそこの机でやりますので。座ってて下さい」

講師が指差した先には、一組の椅子と机があった。雄大を促し、下駄箱に二つの靴を揃えて並べる。教室の隅で熱を放つ石油ストーブの臭いを嗅ぎながら、弟を指定された席に座らせた。すぐに、さっきの女性が近寄って来る。

「お待たせしました。本日雄大くんを担当させて頂く、高橋《たかはし》です」

高橋さんは軽く挨拶をすませ、雄大と対面する位置に腰を下ろした。

「体験学習は短い時間ですので、早速始めましょうか。今日は読み書きの練習をしようかな。真っ直ぐ線を描いて、他にもひらがなを読んでみようね」

机の上に、二枚のプリントと鉛筆が差し出された。ここに来る時とは違って、雄大の横顔には緊張の色が滲んでいる。

「まずはこの二つの絵を、線で結んでみてね」

雄大は無言で頷くと、鉛筆で線を引き始めた。あたしも近くの椅子に腰掛けながら、幼い手元を見守った。

「おっ、雄大くんは線を引くのが上手いね。次もできるかな」

雄大が引いた線に、素早く花マルが描かれる。それから次々と、机の上にプリントが現れた。

「次は、この絵の横に書いてある文字を読んでみようか。まずは『あ』からね」

「あ、い、す」

「正解。それじゃ今度は、区切らないで読める？」

「……あ、いす」

プリントを見つめる横顔は、真剣な眼差しを浮かべている。石油の臭いが滲む温かな空気を纏いながら、教室の片隅で弟の成長を実感した。同時に、こんな瞬間に立ち会えないママが可哀想でもあり、虚しくもあった。アルコールはママの健康だけではなく、家族の時間も確実にすり減らしている。

十五分はあっという間に過ぎた。高橋さんに頭を下げて再び外に出ると、雪の降る勢いは弱まっていた。天気予報は、ちゃんと当たりそうだ。

「たのしかった！」

行きと違って、雄大の手には宿題のプリントが入った手提げがぶら下がっている。

「また、いく！」

「来週、もう一回だけ無料体験学習ができるよ。ってかさ、本当に通えんの？」

「うん！　おべんきょうしたい！」

「途中で、やっぱ辞めたはナシだからね。本格的に通うと、月に五千円も掛かるんだから」

宿題の見守りという新たなやるべきことができた

けど、あの真剣な眼差しを思い出すと文句は言えない。小さな手を握りながら、何気なく空を見上げた。ビニール傘越しに、雪がチラつく寒空が広がっている。見慣れた灰色を眺めながら、見知らぬ都会の空を想い描く。

「ねぇ、雄大」

「なに？」

「東京に行くか、新しい服を買うか。雄大なら、どっちを選ぶ？」

「とうきょう！」

「答えんの、はやっ」

迷いのない返答を聞いて、燻っていた気持ちが再び燃え上がっていく。事前に土曜保育を申請すれば、学校が休みの週末に弟を預けてから東京に向かうことができる。多分、お迎え時間の十八時までには、戻ってくることができる筈だ。東京タワーのような高いところは苦手だから、浅草の雷門だけ記念に観光して帰ってこようか。弟のお土産は雷おこしと、適当に新幹線グッズを買えば良い。

具体的な想像を膨らませていると、自然と頰が緩んだ。上京することばかりを考えていたせいか、凍結した道路に足を取られそうになった。

週明けの登校日、雪は降っていなかった。普段通り雄大を起こして、朝の支度を急かす。今日もママは、炬燵で眠っている。テーブルの上にはテレビのリモコンやマグカップが置かれていたけど、お酒の空き缶は散乱してはいなかった。

家を出る時間を気にしながら、雄大の朝食を用意し始める。食パンにブルーベリージャムを塗って、コップに牛乳を注ぐ。手早く目玉焼きを作り、できた料理を炬燵の上に並べた。最後まで迷ったけど、湯気の上がったブラックコーヒーもマグカップに注いだ。

「雄大、早くご飯食べて」

あたしの呼ぶ声を聞いて、廊下を駆ける足音が聞こえた。雄大が居間に来ると、ママが目を擦りながら上半身を起こした。今日も頭痛が酷そうだけど『大丈夫？』の言葉が喉元で引っ掛かる。今は人の心配より、あたしも制服に着替えないと。小羽と航平との待ち合わせに、遅れてしまう。

全ての支度を終え、いつものように慌ただしく家を出た。小さな身体をママチャリの後部座席に座らせ、慎重にペダルを漕ぎ出す。背後から聞こえる遊び歌に、道路に撒《ま》かれた凍結防止剤を車輪が踏み締める音が重なった。

「ねぇちゃん。かえったら、しゅくだいしような」

「うん。良いよ」

周囲に積もった雪が、目を刺すように朝の光を反射している。白んだ視界の中で、今日が誕生日ということを思い出した。

開園時間ちょうどに雄大を保育園に預け、再び正門横に停めていたママチャリに跨った。走り出そうとした時、ダウンジャケットのポケットが震えた。携帯電話を取り出し画面に目を落とすと、ママからメールが届いていた。

『包丁って、どこにあるの?』

さっきまで眩《まぶ》しかった光が、急速に翳《かげ》っていく。メール画面を閉じたくても、内容が内容だけに無視できない。

『なんで?』

『料理するから』

必要最低限の言葉が、画面を行き来する。包丁を使う目的に、料理以外が浮かぶのが虚しかった。とりあえず返信はせず、携帯電話をポケットに仕舞って、代わりにハンドルを握る。走り出すと、また凍結防止剤がプチプチと鳴った。背後から陽気な遊び歌が聞こえないせいか、その響きは耳障りだ。

顔面に触れる冷たい空気が、嫌な想像を膨らませていく。背後でサイレンが鳴ったような気がして、恐る恐る後ろを振り返った。気のせいだったのか、赤色灯の光は見当たらない。ママチャリが残したタイヤ跡が、延びているだけだ。

こんな気持ちになるぐらいだったら、ママの分も朝食を作れば良かった。

気付くと待ち合わせ場所ではなく、自宅に続く道を進んでいた。

ママチャリを乱暴に停め、玄関の引き戸を開けた。必要以上に足音を鳴らしながら、居間に踏み入れる。目の前の炬燵布団には、ママが抜け出した形がくっきりと残っていた。

「学校はどうしたのよ?」

声がした方に顔を向ける。ママは冷蔵庫を開けて、中を漁っていた。

「そっちこそ、仕事は？」

「今日は休んだの……体調が悪くて」

淀んだ両目が、泳いでいる。無言で観察していると、ママが左手を不自然に背後に回していることに気付いた。唐突に、あの忌《い》まわしい臭いが鼻先に漂う。

「朝から、お酒呑んでるの？」

短い沈黙が漂った後、冷蔵庫の扉が閉まる音が響いた。ママの左手には、予想通りビールの缶が握られている。

「……凜子には、関係ないでしょ」

捨て台詞にしては、力のない声だった。ママは背を向けると、シンクの前でビールを口に運び始めた。一気に呑み干すように、喉を鳴らしながら缶を呷《あお》っている。

「あぁ、不味い」

ゲップ交じりの声は、異常に明るい。ママはそれから何度も「不味い、不味い」と、同じ言葉を連呼した。

「なんで、こんなモノを呑まなきゃいけないのかしら」

呑み干した缶を握り潰す不快な響きが、寒々しい空間に漂う。

「なんで、こんなモノに頼らなきゃいけないのよ……」

不意に、潰れた空き缶が床に落下した。シンクの前で崩れ落ちる後ろ姿を見つめながら、だったら呑まなきゃ良いじゃんという返事が喉元で引っ掛かった。それが簡単に伝わったら、どんなに楽だろう。あたしが幾ら声を荒らげて叫んだって、ママには届かない。

だから、アルコール依存症は病気なのだ。

叔父さんの考えは間違っている。この病気は、意志の強さだけではどうにもならない。回復するためには、適切な医療を受けて、その後も同じ問題に苦しむ人々と悩みや苦しさを共有する。ママだって、それは理解しているはずだ。深い穴に落下していくような心地を覚えながら、一度唾を飲み込んだ。

「とりあえず、布団で横になったら？　最近はずっと、炬燵で寝てるし」

こんな冷たい床の上で泣いていたら、余計気分は滅入ってしまうのに。震える背中に近づいても、ただ側で立ち尽くすことしかできない。

ママは両目を潤ませながら、下唇を強く嚙んでいた。細い足が立ち上がるのを待ちながら、床に転がる潰れた空き缶に目を向ける。表面には、星のイラストがデカデカと描かれていた。みるみるうちに、視界は霞んでいく。

まだ雄大が生まれる前、あたしが小さい頃の誕生日会は賑《にぎ》やかだった。窓辺には紙の輪っかが飾られ、周囲の壁には折り紙で作ったチューリップやバラの花が咲いていた。テーブルにはロウソクが立つホールケーキや、フライドチキンとポテトが並び、色とりどりのゼリーと新鮮な果物が入ったフルーツポンチがハート形の器に入っていたのを憶えている。まだ暴力を振るう前のパパは、小さな声でハッピーバースデーの歌で祝ってくれた。あたしはピザやお寿司より、ママが作るカレーを毎年リクエストしていた。ママは固形のルーは使わず、小麦粉と見たこともないスパイスでカレーを作っていた。具材は旬の野菜と角切りの豚肉で、前日から煮込まれたルーを纏う里芋や南瓜《かぼちゃ》は口に入れただけで蕩《とろ》けた。野菜の旨味《うまみ》とふんだんなバターが溶けていたせいか、子どもでも食べられる甘口に仕上がっていた。本当にママが作るカレーは美味しくて、必ずお代わりをしていた記憶がある。あの頃のあたしの誕生日は、お酒の臭いではなく、大好物のカレーの香りや、パパの歌声や、カメラのシャッター音が室内を満たしていた。

「今日が、何の日か覚えてる？」

遠い記憶を頭の隅に追いやり、独り言のように呟く。ママは何度か洟を啜った後、か細い声で答えた。

「夕方から……仙台の『ＡＡ』……」

あたしは目を伏せると、足元に転がるビールの空き缶を拾い上げた。不意に、また思い出してしまう。当時ママが飾り付けた壁には、折り紙で作った花の他にも沢山の星飾りが煌めいていたことを。

「だったら、参加して来なよ」

「……うん」

潰れて歪んだ星をゴミ箱に放った。ようやくママの青白い手を取って、ふらつく身体を支える。廊下に出ると、雄大の落書きが目立つ寝室の襖を目指した。

「あたしも今日、学校休む」

これ以上飲酒が続けば、また救急車を呼ぶハメになる。嫌な予感というより、それは確信に近い。今日はママがお酒を呑まないか、監視しないと。敷きっ放しの布団に、ゆっくりと華奢な身体を横たわらせる。

「それじゃ。何かあったら、呼んで」

後ろ手で襖を閉め、自室に向かった。さっき空き缶なんて拾わないで、そのまま家を飛び出せたらどんなに楽だったんだろう。喉に引っ掛かった言葉を無邪気に吐き出せたら、気分は晴れたんだろうか。

自室の本棚の前に立つと、修学旅行のしおりを迷わず取り出した。挟んでいた茶色の封筒だけを、ポケットの中に突っ込む。東京に行くのは、やっぱり夢のまた夢だ。あたしが長時間家を空ける訳にはいかない。一昨日、シーツに描かれた歪な染みを思い出す。ママの飲酒問題を、雄大の小さな身体では背負い切れないだろう。

淡々と指先に力を入れて、しおりを引き裂いていく。日程表や東京駅構内の案内図や一日の感想を書くページが、次々と細かい紙片に変わった。一人だけの修学旅行は、出発することすらできずに終わりを迎えた。

しおりを破り終えた後、床に仰向けになった。視線の先にある窓枠は、いつの間にか雪がチラつき始めた灰色を切り取っている。今まで何度も、同じような寒空を見上げてきた。陰鬱《いんうつ》な灰色で、やたら広い空。あたしはこれからもずっと、この空の下で生きていくんだろう。枕の下に刃物を隠して、幼い手を握りながら。

「ダウンジャケットは、青色にしよっと」

無理やり弾んだ声を出して、茶色の封筒を机の引き出しの中に仕舞った。それから居間に戻り、散らかった室内の掃除に取り掛かる。

トイレや浴室等の水回りを綺麗にしながら、時々寝室の様子を覗いた。ママはお酒臭い寝息を立て、目を閉じている。横になっているママを確認してから、再び手を動かし始めた。真冬の水道水で雑巾《ぞうきん》を絞ると、指先が悴《かじか》んで感覚が鈍っていく。

数時間掛けて掃除を終えると、最後の仕上げに取り掛かった。ママが家のどこかにお酒や処方薬を隠してないか、隅々まで目を凝らす。あたしを突き動かしているのは、純粋に不安と恐怖だけだ。もう庭先で停まる鋭いサイレンの音は聞きたくないし、白目を剝いた顔だって見たくはない。

　冷蔵庫の野菜室で発泡酒二本と、台所の戸棚の奥で赤ワインの瓶が転がっているのを発見した。勿体無いけど、捨てるしかない。銀色のシンクに薄い黄金と血液に似た赤を流している最中、明日も同じようにお酒を捨てているような予感がした。

　掃除を終えてから少し休むつもりが、気付くと炬燵のテーブルに突っ伏して眠っていた。微睡《まどろ》みを終わらせたのは、玄関から響くブザーの音だった。慌てて口元に垂れたヨダレを拭い、炬燵から這い出す。叔父さんは一昨日来たし、他に訪ねてくる人は少ない。多分、ガス点検の挨拶か郵便の配達だろう。居間の窓からは、夕暮れの気配が差し込んでいる。飴《あめ》色に変わった空間で掛け時計に目を向けると、いつの間にか十六時近くになっていた。

　玄関の磨りガラスに映るシルエットを見て、思わず目を丸くした。見慣れた黒髪に、プリーツスカートと通学バッグが透けている。急いで玄関先に顔を出すと、寒さで頰を赤らめた大好きな人が白い息を吐き出していた。

「あれっ、小羽じゃん。どうした？」

　平然を装おうとしたけど、思わず口元が緩んでしまう。小羽の背後には自転車が停まっているから、下校途中に寄ってくれたのを察した。

「ごめんね、急に。さっき一応、メールしたんだけどさ」

「マジか。爆睡してたから、気付かなかった」

　小羽は傘を差していなかった。ママとは違う血色の良い手が、雪で湿った前髪を掻き上げる。そんな些細な仕草が目に映るだけで、下腹辺りにムズムズする妙な感覚が滲んだ。あたしの指先で、その濡れた前髪を整えてあげたい。

「今日は、体調が悪かった感じ？」

「まぁ……あたしって言うより、ママがね」

「そっか。大変だったね」

　誰にでも口にできそうな短い返事だったけど、あたしの今日の辛さを共有してくれたような気がした。小羽と航平の前だと、ママの悪口も本気で言えるし、心の底から軽蔑もできる。同時にママの好きなところだって、偶に口に出すことができていた。二人は、他の同級生たちとは違う。相手を本当に理解するには、同じような立場にいる人間じゃないと無理なのかもしれない。

「そんな日もあるよね」

「まぁね。明日は、ちゃんと学校行くから」

小羽の長い睫毛や、スッと伸びた鼻筋や、小さな唇を密かに脳裏に焼き付ける。こんな最低だった誕生日に、大好きな人が会いに来てくれた。それだけで、生まれてきて良かったと思える。

「少し、上がってく？」

「大丈夫。家に帰って、やることがあるし」

小羽は微笑んでから、通学バッグの中を漁り始めた。

「今日寄ったのは、凜子に渡したい物があってさ」

色白の手が取り出したのは、ピンクのリボンで結ばれた小さな不織布《ふしょくふ》の袋だった。表面には、可愛らしいウサギのイラストが刺繍《ししゅう》されていた。

「誕生日、おめでとう」

「マジで！　覚えててくれたんだ！」

「もちろん。本当は今朝、渡そうと思ってたの」

「超嬉しい。早速、開けて良い？」

小羽が頷くと、プレゼントを受け取り、ピンクのリボンを解いた。中には、チューブタイプのクリームが入っていた。控え目な『organic』の文字の下には、葉を付けた柚子《ゆず》の手書き風イラストが描かれている。

「これって、ハンドクリーム？」

「そう。薬局の店員さんのオススメなんだよね。柚子の香りも爽やかだし、保湿力もあるんだって」

「マジ、ありがとう。絶対、学校にも付けてく」

「それとね、まだあるんだ」

再び小羽が、通学バッグの中を漁った。今度は、じゃがりこのチーズ味が取り出された。パッケージの蓋の部分には航平の文字で『百歳おめでとう』と、メッセージが添えられている。その冗談は少しも笑えなかったけど、頰が緩んだ。

「航平も、朝から準備してたんだよ」

「このお菓子、あたし好きなんだ。アイツ、意外と見てるじゃん」

「あと、もう一個プレゼントがあるの」

小羽が最後に取り出したのは、白いリボンが結んである紺色の小箱だった。思わず、息を吞んでしまう。あたしの見間違いでなければ、箱の表面に『＋α』と言うブランドロゴが印字されていたからだ。

「マジ……」

『＋α』は、最近注目されている自社店舗を持たないアクセサリーブランドだ。東京の限られたお店でしか販売されていなくて、デザイナーの強い拘りから通販の類は一切していなかった筈。この前コンビニで立ち読みした雑誌でも、最近人気の若手女優が『＋α』のピンキーリングを嵌めていた。

「コレは、青葉さんから。東京に行った時に買ってきたみたい」

青葉さんとは去年の文化祭で、初めて喋った。最初は小羽と仲良くしている嫉妬から、一方的な敵意を向けてしまったのを憶えている。東京の話題で盛り上がってからは、そんな嫌な気持ちは瞬時に晴れた。今では雄大も連れて小羽の家で一緒に餃子作りをしたこともあるし、先々週は出前途中の姿を見かけ真っ先に声を掛けた。青葉さんが偶にしてくれる東京の話は、毎回前のめりで聞いてしまう。

「嬉しいけど、貰って良いのかな？　なんか高そうだけど……」

「受け取ってくれた方が、青葉さんも喜ぶよ。色々と迷って、コレに決めたみたいだから」

絶対に落とさないよう、慎重に小箱を受け取った。リボンを解くこともできないまま、銀色で描かれたブランドロゴに見惚れてしまう。

「それじゃ。改めて、ハッピーバースデー」

「あっ……うん。わざわざ、ありがとうね。プレゼントも、大切にする」

小羽は地面に足跡を残しながら、自転車に跨った。まだ話したかったけど、家に帰ったら沢山やることがあるんだろう。無駄に引き止めることはできない。その大変さは、痛いぐらい知っている。

軒先で寒さを忘れ、同じ立場の友人に手を振り続けた。小羽の後ろ姿が完全に見えなくなると、雪で湿った前髪をかき上げて家の中に戻った。

炬燵に足を入れて、貰ったプレゼントをテーブルの上に並べる。小羽と航平のプレゼントをもう一度眺めてから、意を決して小箱に手を伸ばした。叔父さんが巻き付けた冷たい鎖とは違って、白いリボンは簡単に解けていく。ゆっくり小箱を開くと、控えめな輝きが両目に映った。

「……超、可愛い」

身体の奥底から、吐息交じりの声が漏れる。小箱の中には、星形のピアスが二つ並んでいた。色は肌馴染みの良さそうなピンクゴールドで、小粒なのも上品だ。片方を摘み上げると、樹脂製ピアスとは違う硬い質感が指先に伝わった。

はやる気持ちを抑えながら、洗面所に向かった。鏡に顔を近づけ、小さな星を左の耳たぶに飾る。それからしばらく、様々な角度で左耳だけを眺めた。さっきまで胸を覆っていた暗闇の中で、ピンクゴールドの星が煌めく。

『色々と迷って、コレに決めたみたいだから』

あの三人が、最低な誕生日を彩《いろど》ってくれた。小羽と航平には改めてお礼のメールを送ることに決めたけど、青葉さんの連絡先は知らない。それでも今日中にちゃんと感謝を伝えたいし、何よりピアスが似合ってるかも見てほしい。この時間帯は仕事中かもしれないけど、一言添えて頭を下げるだけだ。それに今から家を出れば、余裕で保育園のお迎えには間に合う。

右耳にもピアスをつけて洗面所を出ると、足音を忍ばせて寝室に向かった。物音をできるだけ立てないように、襖越しに耳を澄ませる。まだ寝息が響いているのを確認すると、あたしとママのスニーカーが並んでいる玄関を見据えた。

ママチャリのハンドルを握り、凍結した道路を注意しながら進んだ。『大浜飯店』は、小羽のおじいちゃんが働く石材店の近くで暖簾《のれん》を掲げている。徐々に周囲は、雪を被った田んぼしか目に映らなくなった。見通しは良いけど、冷たい潮風を遮《さえぎ》る建物が無いのは辛い。海から吹く冷気に白い息を滲ませながら、必死にペダルを漕ぎ続けた。

目的の外観が見えてくると、自然と頰が綻《ほころ》んだ。タイミング良く店の出入り口のすぐ側で、カーキ色のMA－1を羽織った人物が背を向けて佇んでいる。顔を覗き込まなくてもわかる。絶対に、青葉さんだ。片手でピアスの感触を確かめ、ママチャリのスピードを上げた。声が届きそうな位置まで近付くと、深く息を吸い込んだ。

「青葉さん。こんにちは」

振り返った美しい顔は、目を見開いていた。あたしが手を振ると、すぐに驚きの表情は消えた。

「ごめんねー。今はまだ、中休みなの」

「大丈夫です。ご飯食べに来た訳じゃないんで」

やっと青葉さんの側に近寄り、ブレーキを握った。早速ママチャリから降りて、すぐに頭を下げる。

「小羽から、誕生日プレゼントを受け取りました。超嬉しかったです」

顔を上げながら、ピアスがよく見えるよう髪を耳に掛けた。切れ長な目元が、何度か瞬きを繰り返す。

「凄く似合ってる。買う前は少し地味かなって心配したけど、全然そんなことないね」

「マジですか？」

「本当よ。このピアスを選んで良かった」

口調は弾んでいたけど、零した笑みは普段よりも強張っていた。無理やり気を遣われているような不安に駆られ、まじまじと八重歯が覗く顔を見つめる。ふと、青葉さんが背にしている店の外壁が目に入った。トタンの壁には、殴り書きで二つの文章が並んでいた。

「気にしないで。ただの落書きだから」

トタンの壁から目を離すと、青葉さんの笑顔が更に硬くなっていた。余計気になってしまい、再び壁に描かれた文字を見つめる。落書きの内容を知った瞬間、心臓が強く鳴った。

「酷い……」

「朝はなかったから、さっきヤられたみたい」

「警察には、通報したんですか？」

「してないよ」

「絶対、通報した方が良いですって。また、落書きされちゃいますって」

「そうね」

他人事のような返事の後、あたしはもう一度落書きの内容を眺めた。

『鬼畜女は、死んで詫《わ》びろ』

『お前をなますにしてやる』

口に出したくもない過激な文章だった。そもそも、誰に向けたメッセージなのかもわからない。『大浜飯店』は、何の変哲もない田舎の中華屋だ。落書きをする場所を間違えたのか、それとも逆にどこでも良かったのか。とにかく、歪んだ悪意がその文字から滲んでいた。

「油性のマジックみたいで、擦っても消えないのよ」

青葉さんは鼻先を掻くと、妙に明るい口調で話題を変えた。

「今日って、外食とかするの？」

「いえ……そういう予定はないです」

「だったらせっかく来てくれたんだし、何か持って行きなよ」

「大丈夫です。お礼を言いに来ただけなので」

「遠慮しないで。こんな落書きがあったら、お客も寄り付かないしさ」

あたしの返事を待たず、青葉さんは暖簾が仕舞われた店内に足を踏み入れた。彼女の手招きに誘われ、躊躇いながらもＭＡ‐１の後に続く。客がいない店内は、静まり返っていた。斜めに差し込んだ夕暮れの橙や香ばしい残り香だけが、冷たい空気に交じっている。

「大浜のおじちゃんやおばちゃんは、いないんですね？」

「うん。今は家で休んでるの。すぐ準備するから、好きな席に座ってて」

「なんか……すみません」

「気にしないで。因みに、餃子と焼売《シューマイ》ならどっちが好き？」

「えっと……どっちでも」

「それじゃ、餃子にするね」

短い会話を交わして、カウンターの丸椅子に腰を下ろした。寒そうな厨房で、手際よく作業をする後ろ姿を眺める。今日の青葉さんは、やはり普段より元気がない。さっきの落書きのせいだろうか。大型冷蔵庫を開ける音や戸棚の扉を閉める響きを縫って、控え目に提案した。

「あの落書き、消すの手伝いますよ」

「大丈夫。適当に張り紙で隠すから」

「そうですか……でも、マジ最低ですよね。なんの恨みがあって、あんなこと書くんだろう」

返事はない。その代わり、カウンター越しに二つの半透明なタッパーが差し出された。

「こっちは生餃子。こっちのタッパーには、カレーが入ってるから」

「えっ……カレー？」

「そう。先週から、カレーだけは任されてるの。今日のランチの時も割と出たから、勝手に好評だと思ってる」

餃子だけだと思っていた。茶色のルーが透けるタッパーを目にすると、喉が仄かに熱くなる。

「カレーは甘口にしてあるから、弟くんも食べられると思うよ」

お礼も忘れ、具材が透けるタッパーを凝視してしまう。ママが誕生日に作っていたカレーよりルーの色は薄く、豚肉ではなく鶏肉を使っているみたいだった。パッと見たところ、里芋や南瓜は入っていない。その代わり人参《にんじん》やジャガイモの切り方は大きくて、食べ応えがありそうだ。

「そうだ。大事な仕上げを忘れてた」

青葉さんは思い出したように呟くと、厨房内の棚を探り始めた。彼女は取り出したものを、タッパーの上に載せた。

「ミックスナッツは、ご飯に混ぜて。ツナキューブは、らっきょや福神漬けの代わり」

個包装されたおつまみが、それぞれ二つずつ転がっている。カレー専用という訳ではなさそうで、普通にスーパーやコンビニで売っている品だ。

「……こういう食べ方が、東京では流行ってるんですか？」

「全然。でも、意外とカレーに合うの。嫌なら、普通にこのおつまみは食べて。そのままでも十分美味しいから」

ただのおつまみが、正直カレーに合う気は全くしなかった。ママにこのおつまみを見せたら、反射的にお酒を連想してしまうだろう。このミックスナッツとツナキューブは、雄大と食べることに決めた。

「青葉さんって、エスパーですか？」

「何、急に。そんな訳ないじゃない」

色白の手が、二つのタッパーをビニール袋に仕舞い始めた。不意に、カレーの香りが強く漂う。密閉されたタッパーから滲んでいるのか、遠い記憶がもたらした産物なのかはわからなかった。

「あたし、誕生日にはいつもカレーをリクエストしてたんです。ピザとかお寿司とか、所謂《いわゆる》ご馳走ではなく。ママが作るカレーが大好きだったので」

「それじゃ、今日のメニューと被っちゃった？」

「いえ……もう随分、ママは料理をしてませんから」

朝のメールを思い出した。ママは今日、何の料理を作ろうとしていたのだろう。お気楽に、カレーとは思えない。胸の中にある天秤は『信用』とは真逆の方に傾いている。

「お母さんが料理をしないのは、体調のせい?」

「そうですね……最近、またお酒を呑み始めちゃって」

以前小羽の家で餃子作りをした時に、ママの病気については軽く話していた。その時の青葉さんは、ママをけなすこともせず、わざとらしく同情することもせず、ただ静かに話を聞いてくれた。帰る時には雄大の頭を撫でて、ママの分の餃子まで多く包んでくれたのを憶えている。

「酔ってる時のママは、超ムカつくんですよね」

「そっか」

「でも……呑んでない時のママは嫌いになれないんです。偶に、自分でも馬鹿だなって思います」

あんな華奢な身体を盾にして、パパの暴力からあたし達を守ってくれた姿が脳裏を過る。青痣を作ろうが、お腹を蹴られようが、真っ先にあたしと雄大を外に逃がしてくれた。当時のことを思い出すと、いつも僅かな熱が目頭に滲みそうになって困る。取《と》り繕《つくろ》うように、慌てて話題を変えた。

「青葉さんって、次はいつ東京に行くんですか?」

「来週かな」

「良いな。あたしも一緒に行きたい。そんで、雷門を見るの」

「懐かしい。わたしは以前、割と浅草に近い場所で働いていたことがあって」

「えっ、どこですか?」

「短期間だけなんだけど、錦糸町《きんしちょう》の遊園地で」

青葉さんは悪戯《いたずら》っぽく微笑み、すぐに小さく手を打った。

「それじゃ、今度一緒に東京に行く? 新幹線に乗れば、すぐよ」

思わず息を呑んだ。さっきの何気ないお願いが、急に現実味を帯びていく。並んで新幹線に乗り込む光景を想像しながら、苦笑いを浮かべた。

「やっぱり無理かな。ママの調子が悪いし、雄大の世話もあるし」

本音を隠しながら、丸椅子から腰を上げた。軽く頭を下げて、カウンターに置かれたビニール袋に手を伸ばす。

「青葉さんの超能力のお陰で、今年の誕生日はカレーが食べられそうです」

「わたしにそんな隠れた能力があったなんて、今まで気付かなかったよ」

「感謝して下さいよ。あたしが、気付いてあげたんだから」

静かな店内に、お互いの乾いた笑い声が響いた。出入り口の方に歩き出そうとすると、いきなり青葉さんが派手な音を立てて両手を合わせた。すぐに短い唸り声のような、デタラメな呪文のような言葉が聞こえた。

「最後にもう一回、超能力で念を送っとく。来年の誕生日は、凜子のお母さんがカレーを作ってくれますようにって」

愛想笑いを返そうと思ったのに、顔の筋肉が硬くなって動かない。胸の奥に波紋が広がり、青葉さんが戯《おど》ける姿が滲んでいく。目頭に熱が帯びていくのを、どうやっても止められなかった。

「来年より……今日からお酒を呑まないでって、ママにテレパシーを送ってください」

いつの間にか、頬に生温かい感触が伝っていた。恥ずかしくなって顔を隠すように俯くと、タイル張りの床に雫が落ちた。これ以上床を汚さないように、右手で乱暴に両目を擦る。涙を止めようと思えば思うほど、口元は震え呼吸は乱れていく。心臓の鼓動も痛いぐらい早鐘を打ち始めた。

「ちゃんと念じたよ。大丈夫だから、今はゆっくり深呼吸して」

穏やかな声がすぐ耳元で響いた。何度も「大丈夫、大丈夫」と繰り返しながら、冷たい手があたしの頭を撫でている。密着しているＭＡ－１からは脂っぽい匂いがしたけど、全く不快ではない。青葉さんの手は冷たいのに、胸の感触は凄く温かかった。

「ごめんね。わたしが調子に乗ったから。ゆっくり息を吸って、吐いて。そうね。その調子」

青葉さんの掛け声に合わせて、乱れた呼吸を整えていく。突然の動揺に陥りながらも、握りしめたビニール袋は絶対に離したくはなかった。このカレーだけは、落とす訳にはいかない。

「折角の誕生日なのに、わたしなんかに会いに来てくれてありがとね」

お礼を言いに来たのは、こっちなのに。返事をしたくても、呼吸の仕方がわからなくて声が出せない。

「凜子は絶対に、優しい大人になるよ」

ママや弟の世話をしてるから？

「凜子の周りには、これから沢山の人が集まると思う。だって、一等星のように明るいもん」

あの家に縛り付けられてるのに、本当かな？

「いつか、凜子の行きたい場所に行けるから大丈夫」

東京にも行ける？

「絶対保証する。わたしはエスパーだから。予知能力だってあるの」

声に出せないまま、脳裏で疑問を投げ掛ける。あたしが洟を啜ることしかできなくても、青葉さんはずっと優しく囁いてくれた。次第に、呼吸が楽になっていく。肺が正常に酸素を取り込み始め、動悸が治まっていくのがわかった。

でも、あと十秒だけで良いから身を任せていたい。青葉さんが抱き締めて頭を撫でてくれている時だけは、久しぶりに子どものままでいられた。


気分を落ち着かせてから外に出ると、完全に陽は落ちていた。壁に描かれた落書きを薄闇が覆い、過激な内容が霞んでいる。落書きがこれ以上増えないように願いながら、ママチャリに跨った。貰ったお土産を前カゴに入れて、最後に振り返る。

「餃子とカレー、美味しくいただきます」

見送りに来た青葉さんが、口元から八重歯を見せた。さっきまであたしの頭を撫でていた手を、小さく振っている。

「凜子、ハッピーバースデー」

頭を下げてから、ペダルを思いっ切り踏み出した。海から吹く風が泣き腫れた両目を心地よく冷やし、凍結した道にママチャリのライトが寂しく伸びる。今だけは、東京よりもこの町が好きになれた。都会とは違って人影がないし、こんな酷い顔を誰かに見られる心配はない。

家には戻らないで、そのまま保育園に向かった。お迎えには少し早い時間だけど、貰った餃子やカレーを早く食べたい。カレーは辛くないと聞いたから、雄大も喜ぶだろう。

保育園に着くと、朝と同じ場所にママチャリを停めて園内に入った。お迎え時間を打刻するタイムカードを押して、近くにいた顔馴染みの保育士に声を掛ける。雄大の名前が呼ばれると、廊下の奥から疾走する足音が聞こえた。聞き慣れたリズムだ。姿が見えなくても、弟のそれだとわかる。

「ねぇちゃん、おむかえはやいね」

現れた雄大は、汗で前髪が湿っていた。今日も怪我なく元気に遊んでいたことが伝わる。担任の保育士に排泄《はいせつ》回数や日中の様子を聞いた後、並んで外に踏み出した。

「ねぇちゃん、やくそくおぼえてっか？」

「うん。塾の宿題やるんでしょ」

後部座席に雄大を乗せ、チャイルドシートをロックした。自宅に続く道を漕ぎ進みながら、ママのことを考える。もう、起きているだろうか。今日の十九時から始まる仙台の『ＡＡ』まで、あの状態で向かうのは難しいだろう。外出は無理でも、せめてシャワーぐらいは浴びて、何日か分の汚れを洗い流しておいてほしい。

「夕飯は、カレーと餃子だよ」

「やった！　ママもいっしょ？」

「さぁ……どうだろうね」

夕飯を準備する度に毎日繰り返される質問に対して、今日も曖昧な返事をした。二人だけの食卓に慣れてしまったのは、実はあたしだけなのかもしれない。

自宅に着いてチャイルドシートを外すと、恐る恐る玄関の引き戸を開けた。三和土に目を落とした瞬間、小さな息が漏れる。予想に反して、ママのスニーカーは消えていた。それに室内からは、うっすらシャンプーの残り香が漂っている。嬉しい誤算に戸惑っていると、先に靴を脱ぎ始めた雄大が言った。

「ママは、まだおしごと？」

「そうだね……もしかしたら、仙台に寄ってから帰ってくるかも。ご飯は先に食べてよっか」

あたしも靴を脱ぐと、そのまま寝室に向かった。敷きっぱなしだった布団は畳まれ、室内も軽く片付けてある。久し振りに現れた畳はくすんでいたけど、染みや汚れは目立たない。

「あの人、本当にエスパーかも」

独り言にしては弾んだ声が、冷たい寝室に響いた。

ママの分のカレーと餃子を冷蔵庫に仕舞ってから、ご飯に混ぜ、皿の隅にツナキューブを添えた。迷った末にミックスナッツは炬燵に夕食を並べた。

「ねぇちゃん。ごはんに、まめがはいってっと」

「豆じゃなくて、ミックスナッツね。この茶色いのはアーモンドで、白いのはカシューナッツ、このギザギザしたのは胡桃かな。喉に詰まらせないように、よく噛んでよ」

「わかった。あと、このしかくいのは？」

「これは、ツナキューブ。魚のマグロを、甘辛く固めた大人のお菓子みたいなもの」

「おかしと、ごはんをいっしょにくうんか？」

「もうっ、つべこべ言わないで」

雄大と一緒に手を合わせ、カレーを口に運ぶ。ママが作るものよりバターは効いていなかったけど、ルーは甘くて鶏肉の旨味が溶け出している。問題のミックスナッツを混ぜたご飯は、意外なほどカレーに合った。三種類のナッツの食感は心地良く、甘いルーに仄かな塩気とコクが足されている。ツナキューブは箸休めというより、カレーと一緒に食べた方が美味しかった。甘辛いツナの風味は、味の輪郭をはっきりとさせスプーンが進んだ。結局、あたしと雄大はカレーをおかわりして、餃子も全て平らげた。

食器を洗い終わると、再び炬燵に足を突っ込んだ。小さな手が宿題を広げる様を眺めながら、明日は登校しようと強く誓う。人影のないお店の中で『大丈夫』と繰り返された声が脳裏で響く。青葉さんが予知した未来は、胸の中でお守りに変わっていた。

「せんひくもんだいからやるー」

間延びした声を聞いて、宿題に手を伸ばす。Ａ５サイズの用紙は、計六枚あった。ザッと内容に目を通すと、両端の絵を線で結ぶ問題やひらがなを読む練習が控えている。プリント一枚一枚の設問数は少なく、意外と時間が掛からずに終わりそうだ。真剣な眼差しを浮かべ鉛筆を握る弟の横顔に、あたしは時折アドバイスをした。

「曲がる線を書く時は、紙から鉛筆を離さないで。最後もしっかり止めるんだよ」

雄大は素直に、黙々と宿題をこなしていく。幼い指先が握る鉛筆は、問題に沿って次々と直線や曲線を描いた。への字の線、くの字の線、波打つ線、Ｓ状の線。様々な線を眺めながら思う。弟は、勉強が好きなのかもしれない。これから長い人生の中で、この子はどんな線を描いて行くのだろう。

「ねぇちゃん、つぎは『は』のひらがなをよむもんだいな」

雄大が目を落とすプリントには三つのイラストと、

その横にひらがなが描かれていた。

「は、な。は、ぶ、ら、し。は、り、ね、ず、み」

「花、歯ブラシ、ハリネズミ。今度は一文字ずつ、区切らないで読んでみ」

　辿々しくひらがなを音読する声を、玄関を乱暴に開錠する音が掻き消した。反射的に、居間の掛け時計に目を向ける。ママが『ＡＡ』に行ったとしたら、まだ帰宅するには随分と早い時間だ。

「ママ、かえってきた」

「……雄大は、宿題の続きやってて。教室でも、授業中は席に座ったままでしょ」

　立ちあがろうとする弟を制して、あたしだけ炬燵から這い出した。居間の磨りガラスを開けると、玄関でママがスニーカーを脱いでいた。ママの顔は、明らかに赤らんでいる。あたしが口を開くより先に、約束をまた破った女が呟いた。

「そんな顔しないでよ」

　ママは俯きながら廊下に踏み出した。あたしとすれ違う前から、お酒の臭いを放っている。

「これで、最後。明日は、呑まないから……」

　力なく寝室の襖が閉まった。振り返らず、握った掌に爪を突き立てる。こんな現実に直面してもまだ、青葉さんをエスパーだと信じていたかった。そうじゃないと、予知してくれた未来も否定することになる。

　何度か深呼吸をして、居間に戻った。磨りガラスの引き戸を開けると、雄大がプリントから顔を上げた。

「ママは？」

「疲れたから、寝るって。そんなことより、宿題の続き、続き」

　何事も無かったような顔を作って炬燵に足を突っ込んだけど、全く温かさを感じない。雄大は何か言いたげな表情を浮かべながらも、再びプリントに目を落とした。

「次の『ほ』が、さいごのもんだい―」

　あたしが頷くと、雄大が緊張した面持ちで息を吸い込んだ。

「ほし、ほんだな、ほうちょう」

　さっきよりスラスラ読めたことより、三つの単語が胸に沁みた。思わず、あたしも声に出してしまう。

「星、本棚、包丁」

まるで、ここ数日の出来事を象徴しているような単語だった。お酒臭い息を思い出しそうになって、青葉さんの『大丈夫』を頭の中で繰り返す。何度も何度も。あたしが本当に信じられるまで。

「ねぇちゃん、どうした？　ボーッとして」

「幼児教室の先生も、エスパーかもって思っただけ」

首を捻る雄大に向けて、微笑む。あたしはこれからどんな線を描いて、誰のために言葉を紡いでいくのだろう。幼い手がプリントを片付ける音を聞きながら、左耳の星に触れる。僅かな痛みが走っても、指先を離しはしなかった。

＃3　二月の手紙

最初に、昨日の外来診察の時は泣いてしまってごめんなさい。

　確かに先生がおっしゃる通り、どこに行ってもわたしはわたしのままで生きていくしかないんですね。そんな当たり前のことを、今更実感しました。本音を言えば、辛過ぎる真実です。

　再入院の件は、納得しています。日に日に調子が悪くなっているのは、自覚していますので。夜は眠れなくなってきてるし、朝方は特に気分の落ち込みが酷いです。唐突に涙が溢《あふ》れることもあって、あの子の側に行きたいと最悪な考えが浮かぶことも増えています。先生は「瑠璃《るり》ちゃんも、それは望んでないと思う」と慰《なぐさ》めてくれたけど、あたしが望んでいるのです。あの子の手を、もう一度握ることを。

　昨日の外来診察で即日入院を提案された時、わたしは何度も首を横に振ってしまいました。本当、ワガママだったと反省しています。結局、再入院日を一ヶ月先にしてくれたこと、感謝しています。その代わり、先生が提示した約束はちゃんと守ります。薬は飲み忘れない。辛い時は頓服薬も併用する。希死念慮が酷くなる前に病院へ連絡する。そして、来月の再入院日には必ず行く。

　わたしは診察中ずっと、二月に再入院をしたくない理由を説明しませんでしたね。口にしたら「そんな理由なの？」と呆れられ、「やっぱり、今日入院した方が良いんじゃない？」と、告げられるのが怖かったからです。本当にごめんなさい。こっちに帰って来てから、先生にちゃんと伝えるべきだったと思い直し、すぐに手紙を書くことに決めました。卑怯ですけど、許して下さい。

　わたしが今すぐの再入院を頑なに拒んだのは、石細工が関係しています。実は先週、やっと満足のいくリンゴが完成したんです。ブロック状の白御影石を形成して（近くのホームセンターで買いました）、両手に収まるサイズに仕上げました。特にリンゴの自然な丸みを出すのが難しくて、何度も失敗しました。他にも先端の果梗《かこう》の細さや梗窪《こうあ》にできるシワを彫るのに苦労しました。仕上げはアクリル絵の具を使って、全体を赤く塗りました。

完成したリンゴは、石工職人が作るモノよりは見劣りします。所詮《しょせん》は素人の作品で、プロとは歴然の差がありますから。でも、家族に対する祈りを込めながら、白御影石を彫ったり削ったりを繰り返したのは本当です。

ただ、もう一つだけ作りたい石細工があるのです。初めて自分のためではなく、他人のために作りたいと思いました。それが完成したら、石細工はキッパリ辞めようと思います。正真正銘、わたしの最後の作品です。今までのペースを踏まえると、完成までに一ヶ月ぐらいは掛かりそうな気がしました。だから、二月中の再入院は嫌だったのです。

唯一、漁港の女の子の前では自然に笑えます。自分でも不思議です。東京での暮らしが頭を過るからでしょうか。その子の家に行くと、背筋が伸びて頭の中の霧も晴れていくんです。家族をサポートしていた時の経験が、無意識のうちにそうさせるんでしょうね。改めて思うと、悲しい原動力です。

とにかく最後の作品が完成したら、入院して体調を整えますので。その時は、よろしくお願い致します。それでは、再入院日の三月十一日に。先生、わたしの意向を尊重してくださってありがとうございました。

第四章　二〇一一年三月　十四時四十六分

手付かずの焼きそばは、もう冷めきっていた。皿に張ったラップの内側には水滴が滲み、具材のキャベツは張りを失って麺は固くなっている。夕食の時に温め直して、また食卓に並べようか。今のお母さんのままなら、やっぱり手を付けなそうだけど。

焼きそばを冷蔵庫に入れた後、固定電話の着信音が響いた。居間に続く磨りガラスの格子戸を開け、急いで受話器を耳に当てる。

「もしもし、織月です」

「おう。藤原《ふじわら》です。体調はどうだ？」

受話器の向こうから聞こえて来たのは、担任の声だった。瞬時に頭を回転させ、わざと大袈裟に咳き込んだ。

「まだ喉が痛くて……」

「大丈夫か？　病院には行ったの？」

「いえ……でも、薬局で買った風邪薬は飲んでます」

「今年の風邪はしつこいって聞くからや、長引きそうなら病院さ行けよ」

居間の壁に掛けてあるカレンダーを眺めた。最後に登校したのは、三月四日。今日は十日だから気付けばもう四日間も、制服を着ていない。

軽い風邪を引いていたのは嘘ではない。五、六日の土日で三十八度まで発熱して、週が明けた七日も鼻水は垂れていた。八日には登校ができそうなぐらい体調は回復したけど、今度はお母さんが『嵐』を迎えた。

年に数回訪れる『嵐』は、頓服薬もあまり効果はない。去年の『嵐』の期間中は、腹痛と嘘を吐いて学校を四日間も休んだ。一昨年は確か、重い生理痛と頭痛を理由にした記憶が残っている。

「まぁ、今週は自宅学習が殆どだし、ちょうど良かったべや」

「はい……来週からは登校できるように、ゆっくり休みます」

九日は、県内公立高校の一般入試日だった。先生たちは今日と明日も入試に関する事務作業があるらしく、学校は休校日になっている。部活動や補習があって登校する者もいるようだけど、それ以外の生徒は自宅学習という名の連休を与えられていた。

受話器を耳に当てたまま、もう一度カレンダーを眺める。土日を挟むから、次回の登校は十四日の月曜日。それまでに、お母さんの『嵐』は過ぎ去るだろうか。そうじゃないと、来週も学校を休む羽目になる。予防線を張るように、また咳き込む演技をした。

「まだ咳ひどそうやな。部屋、あったかくしてっか?」

「はい……一応」

担任は喉に効く生姜《しょうが》湯の作り方を簡単に紹介してから、話題を変えた。

「そんで、織月んちは地震大丈夫だったの?」

「昨日は、棚から落ちた食器が割れちゃいましたけど……今朝の揺れは大丈夫でした」

「怪我無くて、良かったべや。最近多いから、気を付けろよ」

昨日のお昼頃に、大きな地震があった。震源地は三陸沖《さんりくおき》で、マグニチュードは7・3。この地域では、震度4を観測したらしい。私はその時家にいて、かなり強い揺れを感じた。食器棚は倒れはしなかったけど、数枚の平皿やガラスのコップが破片に変わった。ニュース番組では牡蠣や昆布の養殖施設がダメージを受けたと伝え、地震の影響でうっすらヒビが入った地面を映し出していた。町内放送でも津波注意報が繰り返し流れていたけど、到達しても五十センチ程度の高さだと知り、避難することはしなかった。

今朝の地震は、震度3。昨日の方が酷い揺れだったせいか、割と落ち着いてやり過ごせたような気がする。

「来週、学校で待ってっと」

「……ご心配ありがとうございました」

受話器を置くと、深い溜息が漏れた。先生に、今はお母さんの方が体調が悪いと伝えられたなら、少しは楽になるのだろうか。多分、何も変わらないような気がする。それに、上手く説明できる自信もなかった。

「今の電話、盗聴されたわよ」

背中に尖った声が突き刺さり、振り返った。いつの間にか眉間にシワを寄せたお母さんが、背後に立っていた。

「小羽ちゃん、何度も言ったよね？　電話のベルが『夕焼け小焼け』を奏でる時以外は、絶対に出ちゃダメって。普通のベルの時は、プーちゃんが盗聴してる証拠なんだから」

「お母さんの言ってること、意味わかんない……今の相手は担任だよ。風邪で休んだまま連休に入っちゃったから、心配して電話してくれただけ」

「騙されないで！　最近は声を変える飴玉が、警察で売ってるんだから！　多分プーちゃんは、賄賂を渡して手に入れてるのよ！」

お母さんの目尻は吊り上がり、鼻息もだいぶ荒い。普段の穏やかな口調は影をひそめ、明らかに怒りっぽくもなっていた。こんな『嵐』の時は、幾ら正論を返したって無駄だ。適当に相槌を打ちながら、遠巻きに様子を窺《うかが》うしかない。

「ホラッ、あそこの窓から視線を感じるでしょ。急いでカーテンを閉めて」

お母さんが声を潜めながら指差した窓は、いつもと変わらない庭先を映し出している。私は大袈裟な溜息を吐いて、改めて妄想の内容には触れないことに決めた。

「お母さんさ、お腹減ってないの？　今日は朝から何も食べてないじゃん」

「毒殺されるより、空腹の方がマシよ！　あっ、また窓から誰かが見てる」

食事や飲み物に毒が入っているという被毒妄想が現れ始めたら、いよいよマズい。過去にはブツブツと独り言を口にしながら家から飛び出したこともあったし、近所に妄想の内容を伝え歩いていたこともあった。

お母さんを心配しながらも、同時に怒りが胸に淀む。

普段のお母さんはご飯を残さず食べてくれるし、今は症状に振り回されているだけだと頭では理解している。でも、娘が作った焼きそばに『毒が入ってる』と信じ込むなんて酷いんじゃないか。航平のお父さんや、凛子のお母さんや、クラスメイトの両親は、我が子が作った焼きそばを食べた時にどんな感想を漏らすんだろう。たとえ不味くても、毒が入ってるとは絶対に口にしないような気がする。

「もう一回、戸締り確認しないと」

お母さんは勝手にカーテンを閉め、足早に居間から出ていった。薄闇に覆われた部屋は、一気に冷たさを増した。

軽く頭を振って掛け時計に目を向けると、そろそろあの人の中休みの時間だった。青葉さんの姿を一秒でも早く目に映したくて、再びカーテンを開けた。雪解けの名残が目立つ湿った地面で、枯れた雑草が潮風に煽られ揺れている。漁港の先で広がる灰色の空は、まだ春が遠いことを教えていた。

チャイムが鳴ったのは、十五時を少し過ぎた頃だった。急いで廊下に出ると、玄関の磨りガラスにカーキ色のブルゾンが透けている。その姿を見て安心したせいか、朝からずっと強張っていた身体から力が抜けた。私は裸足のまま三和土に降り、勢い良く引き戸を開けた。

「今日も寒いね」

寒さを凌《しの》ぐように、腕を組んでいる青葉さんが微笑んだ。可愛らしい八重歯を見ると、私の頬も緩む。

「来てくれて嬉しい。どうぞ、上がってください」

「それじゃ、お言葉に甘えて」

青葉さんはいつものように、私の頭にポンポンと二度軽く触れてから靴を脱ぎ始めた。

「ママさんの調子はどう?」

「良くないです……さっきも一人で怒ってたし」

「まだ、嵐の中ってことか。処方された薬は、ちゃんと飲んでる?」

「毒が云々とは言いますけど……なんとか」

私が本当に体調を崩していた週末、おじいちゃんは仕事だった。その代わり、青葉さんが毎日顔を出してくれている。ご飯の準備や諸々の家事、そしてお母さんの相手。発熱して食欲が無かった時、青葉さんは卵を溶いたお粥《かゆ》を用意してくれた。薄味だったけど、卵の甘さが美味しくて滑るように喉を流れて行ったのを憶えている。完食した後、生まれて初めて風邪の時にお粥を食べたと告げると、青葉さんは少しだけ驚いた表情を浮かべた。そしてすぐに「また作ってあげる」と、優しい表情を浮かべた。

「天気だってさ、嵐の後は快晴になることが多いし」

前向きな言葉を聞いて、大きく頷く。青葉さんが家に来てくれただけで、室内に温かい空気が流れ始める。

青葉さんは寝室にいるお母さんに声を掛けてから、すぐに家事に取り掛かった。洗濯物を畳んだり、部屋に掃除機を掛けたり、ストーブの灯油を補充したり。私はその間、溜まっていた宿題を炬燵の上に広げた。来月には、最上級生になる。模試の回数は増えて、将来に関する話題も現実味を帯びていくんだろう。

炬燵に足を突っ込みながら、しばらく英語の問題集に集中した。仮定法の文が交じる長文問題に頭を抱えていると、すぐ側で足音が止まった。

「うわぁ、難しそう」

顔を上げると、ゴム手袋を嵌めた青葉さんが宿題に目を落としていた。私は苦笑いを浮かべ、一度大きく背伸びをした。

「知らない英単語が多くて、辞書引きながら解いてます」

「少し休憩したら？　ココアか紅茶でも淹れよっか？」

「それじゃ、ココアで」

まるで青葉さんの自宅に、私がお邪魔しているような会話だった。数分後に再び現れた彼女は、湯気の上がるマグカップと個包装されたクッキー三枚をテーブルの上に置いた。

「このクッキー、ファミマで売ってた春の新作なの。一緒に食べよう」

「ありがとうございます。ちょうど、甘いもの欲しかったんですよね」

青葉さんも一息吐くように、炬燵に足を入れた。ココアの甘い湯気の向こうで、一度大きく欠伸をする可愛い表情が覗く。

「そういえばさ、小羽って進路は決めてるの？」

「一応、ここら辺で就職を考えてます」

「そっか。進学はしないんだ？」

「うーん。学費だって掛かるし」

「奨学金制度とかも、あるじゃない」

ココアを少し口に含んだ。甘いはずなのに、熱さしか舌に伝わらない。

「だとしても、無理ですよ。お母さんがいるんで」

四月の中旬には、進路希望調査が控えている。担任には、地元のスーパーか石巻の水産加工工場への就職希望を伝えるつもりでいた。

「進学したいなって思ったこともあったけど、大丈夫です。青葉さんもこうやって、遊びに来てくれるし。今の生活は、以前より楽しいもん」

「何言ってるの。わたしなんか、いついなくなるかわかんないのよ……」

青葉さんは目を伏せて、炬燵布団の解れた糸を弄《いじ》っている。どうしてか、今の返事の語尾は弱々しかった。

「えーっ、ずっとこの町にいて下さいよ」

「うーん……どうだろうね」

「青葉さんがいなくなったら、私泣いちゃう」

冗談めいた口調で、本音をぶつけた。青葉さんと出会って、他人に甘えることを知れた。誰かにもたれ掛かれば気持ちが楽になると思っていたけど、それは誤解だった。甘えれば甘えるほど、凄く怖くなる。こんなにも頼りになって大好きな人が、いつか私の目の前から消えるかもと想像するだけで胸が締め付けられる。青葉さんは苦笑いを浮かべながら、隅に避けた教科書に目を向けた。

「進学したかったのは、大学？」

質問を聞いて、温かいマグカップをテーブルに置いた。

「いえ、専門学校です」

「へぇ、どんな？」

「看護師の……」

口籠もりながら、クッキーの包装を開けた。お母さんのことが切っ掛けで、看護師を目指したい時期が確かにあった。

「小羽は優しいし、ぴったりじゃん」

「そうですかね……」

「やっぱり、幼い頃からママさんのサポートをしてるから？」

「それもあるけど、原点はただの怒りだと思います」

青葉さんが首を捻る仕草を目にしながら、春の新作らしいラズベリー味のクッキーを口に運ぶ。甘酸っぱい香りが、私の吐息に交じる。

「おじいちゃんが入院していた病院で、看護師さんから嫌なこと言われちゃって」

「どんな？」

「呆れたような感じで、お母さんのことをプシコって。医療用語で『精神科』って意味らしいんですけど」

口の中を満たしていたラズベリーの香りは消え、クッキーのカスが奥歯に挟まった。

「だから看護師になって、自分なりに患者さんとその家族の力になりたくて。私みたいな嫌な想いをする人を、減らしたいっていうか」

「小羽らしい、誠実な考えじゃない」

「でも、もう止めました。私の怒りって、あんまり長く続かないし」

看護師を一時目指して、結局諦めたのも、お母さんの影響だった。専門学校に通うとなれば、勉強や実習で今より確実に忙しくなる。帰宅するのは、夜になることが多くなるかもしれない。症状に波があるお母さんを、長い時間一人で家に残すことはできない。定時が決まっている就職の方が都合が良い。

「小羽は、本当にそれでいいの？」

「別に、本気でなりたいと思った訳じゃないし。ほんの気まぐれで、考えてただけですから」

弾んだ口調で、五ヶ月前の自分をいつわる。鎮火していた炎がまた燻り始め、無理やり消火するように話題を変えた。

「そういえば、おじいちゃんが青葉さんのこと褒めてましたよ」

「えっ、なんでよ？」

「ウチの若い衆より、よっぽど筋が良いって」

居間の隅にある、籐《とう》製の棚に目を向けた。そこには、青葉さんが作った石細工が並んでいる。全てリンゴをモチーフにしていて、真っ二つのリンゴ、輪切りのリンゴ、一口サイズのリンゴ、ウサギの飾り切りのリンゴ。最新作のリンゴには、アクリル絵の具で色も塗ってある。青葉さんは偶に完成間近の石細工を持って来て、お母さんと一緒に作業をしてくれる。その間、私は休んだり、テレビを観たり、勉強に集中したりすることができていた。

「こちらこそ、いつもお店にお邪魔してすみませんって伝えといて」

「気にしないで良いと思いますよ。おじいちゃんも若い人が石細工に興味を持ってくれて、嬉しそうだし。寧ろ、歓迎されてるかな」

多分おじいちゃんは、青葉さんのことを気に入っている。入院の時にお世話になったということもあるけど、一番は石細工に興味を示しているからだろう。青葉さんは石材店の体験プログラムに毎週参加し、今では作業場の隅を借りて自分の作品を作ることも許されていた。正直、青葉さんが石細工に興味を持ってくれて良かった。ちゃんとおじいちゃんとも顔見知りになれたから、ウチに頻繁に出入りしたって家族の誰も文句は言わなかった。

　青葉さんは炬燵から這い出すと、棚に近寄った。並ぶ石細工を眺めながら、鼻先を掻いている。

「こうやって見ると、沢山作ったな」

「私は、最新作が好きです。色が塗ってあって可愛いし」

「やっぱり？　一番の自信作なんだよね」

　青葉さんの横顔から、何故か表情が消えた。続く言葉を待っても、薄い唇が動く気配はない。

「今も何か作ってるんですか？」

「実はもうできてるの。本当は、持ってきたかったんだけど……まぁ、今度見せてあげる」

　歯切れの悪い返事だった。完成した作品は、あまり満足の行く出来ではなかったのだろうか。青葉さんは取り繕うように、輪切りのリンゴを手に取った。

「あれっ、このリンゴの角っちょ欠けてる」

「そうなんですよ。昨日の地震の時に、落ちちゃって」

「仕方ないか。凄い揺れだったもんね。本当びっくりした」

　この石細工は、確か青葉さんとお母さんの合作だったはず。彼女は欠けた輪切りのリンゴを棚に戻すと、こちらに向き直った。

「小羽はさ、『津波てんでんこ』って知ってる？」

「知ってますよ。地震の後は津波が来るから、とにかく各自で逃げろっていう教訓ですよね。家族や友達にも構わずに」

　てんでんこは、東方の方言で『各自』を意味する。港町では昔から、もし津波が来たら誰にも構わず各自てんでばらばらに高台に逃げろと、教えられていた。要は、自分の命は自分で守れという教訓だ。

「わたし、その言葉を知らなくてさ。昨日の地震の時に、叔母さんが教えてくれたの」

「私は正直、その教訓が嫌いなんですよね。だって一人だけで逃げるって、なんか薄情じゃないですか。昨日も、まずはお母さんの様子を見に行ったし」

　私が誘導しないと、お母さんはテーブルの下に避難することもできなかったし、倒れそうな家具の側から離れることもできなかった。身体を恐怖で振るわせ『プーちゃんが怒ってる』と、非現実的な言葉を繰り返していた姿を思い出す。私にとっての『津波てんでんこ』は、防災訓練の時だけ聞く胸に響かない心構えだ。

「実はわたしも、叔母さんに同じようなことを言ったの。なんか、それって冷たくない？　って」

「やっぱり、そう思いますよね？」

「でもね、叔母さんはこう返したんだ。人間の心理として、誰かが一目散に逃げてる姿を見せれば、必ず他の人も続くって。結果として、多くの命が助かる可能性が高まるって」

「まぁ……そうかもしれないですけど」

「要は、逃げる背中で語るのよ」

青葉さんは戯けた口調で話を終わらせると、廊下に続く磨りガラスの格子戸を一瞥した。

「そういえば、しばらくママさんの気配がないね」

「多分、部屋で寝てるんじゃないですか。昨夜は落ち着かなくて、殆ど眠ってなかったし」

玄関を開ける音は聞こえなかったから、家の中にはいると思う。そんな予想とは裏腹に、嫌な漣《さざなみ》が胸に広がる。

「一応、様子見てきますね」

私は気怠く立ち上がると、廊下に踏み出した。

「お母さん、ココアでも飲む？」

呼び掛けても返事はないが、三和土にはお母さんの汚れたスニーカーが並んだままだ。やっぱり、昼寝でもしているのかもしれない。

寝室に近づくと、襖の隙間から冷たい風を感じた。思わず、息を呑む。いくら建て付けが悪くても、こんな隙間風を今まで感じたことはない。

「ねぇ、入るよ」

一気に襖を開けた。まず目に飛び込んできたのは、乱れた寝具だった。お母さんの姿はどこにもない。窓が開けられ、カーテンが潮風に煽られ揺れているだけだ。

「あれっ……」

それから足早にトイレと浴室を見て回ったけど、結果は同じだった。不穏な気配を察したのか、居間から青葉さんが顔を覗かせた。

「ママさん、いた？」

「いないです。靴はあるんですけど、寝室の窓が開いてて」

そういえばさっき、窓から誰かが見ているという妄想を口にしていた。お母さんの思考回路はわからないけど、病的体験に左右されて突発的に外に飛び出した可能性は考えられる。

「どこ行ったんだろ……」

「家にいないなら、外を探してみよっか。そんな遠くには行ってないでしょ」

青葉さんの落ち着いた声に救われた。私は急いでダウンジャケットを羽織ると、汚れたスニーカーを片手に玄関の引き戸を開けた。

外は陽が落ち掛けていた。家の前から見える網磯漁港には、人影はない。もうこの時間は、漁は終わっているからだろう。船溜まりには係留された漁船が並び、静かな波を受けていた。

「まずは、近所を探そうか」

「それか……いつもの場所に、いるような気がします」

そう告げただけで、青葉さんは網磯漁港に向けて足を進めた。私も、カーキ色のブルゾンの後を追う。

網磯漁港の湿ったコンクリートの上に立ち、端にある突き出た防波堤に目を凝らす。遠くからでもわかるずんぐりとした背中を確認すると、安堵と呆れが交じった溜息が漏れた。お母さんはいつものお気に入りの場所で、造船所から伸びる赤と白のクレーンを眺めている。

「いましたね」

「良かったー。ママさんはやっぱり、あの場所が好きなんだね」

「裸足だし……本当に、何考えてるんだろう」

ガラスや釣り針を踏んで足を怪我でもしたら、病院に連れていくのは私だ。海から吹く冷たい潮風が、脇の下に滲んでいた汗を不快に冷やしていく。

「お母さーん！　何やってんのよ！」

ここから防波堤までは、数十メートルの距離があった。大声で呼び掛けていると、さっきまでの心配が苛立ちに変わっていく。お母さんの変な行動のせいで、人気《ひとけ》のない寒々しい漁港に出向く羽目になった。まだ宿題も終わってないし、美味しいクッキーだって一枚しか食べていない。家に帰ったら、熱々だったココアは冷めきっている筈だ。

青葉さんが家事やお母さんの相手をしてくれるよ

うになってから、一人で自由な時間を過ごす素晴らしさを知ってしまった。洗濯物を畳まなくていいし、夕食のメニューに悩むこともない。深夜に眠気と闘いながら、机に向かうことも少なくなった。自由な数時間は、自分のことだけを考えられる。一時だけ、お母さんの存在を忘れることができていた。

「小羽、その靴貸して」

防波堤に向かって歩き出そうとしたタイミングで、隣から淡々とした声が聞こえた。

「わたしが連れて帰るよ。小羽は家に戻って、勉強の続きしてな」

「えっ、別に大丈夫ですよ。ここまで来たんだし」

私が断っても、色白の手が汚れたスニーカーに伸びた。そのまま渡すと、当たり前に私の手が軽くなる。

「小羽」

青葉さんは私の名を呼んだきり、口元から八重歯を覗かせて黙り込んだ。切れ長な目元は、真っ直ぐに私を捉えている。彼女の背後には、藍色の空が広がっていた。見惚れてしまうほど澄んだ色なのに、お母さんのことを考えていたせいか今になって気付いた。

「いつかちゃんと、手を離しなさいね」

海鳥の鳴き声や波音に掻き消されそうな、小さな声だった。私は何も持っていない両手を一瞥してから、顔を上げた。

「えっと……どういうことですか?」

「ママさんのこと。いつか手を離して、誰かにゆだねるんだよ。小羽には、小羽の人生があるんだから」

青葉さんがスニーカーを片手に歩き出す。徐々に離れて行く後ろ姿を目にしながら、胸の中がザラついた。

私に、私だけの人生があることなんてわかっている。

教えて欲しいのは、そんな綺麗事じゃない。手を離すための具体的な方法だ。生理前だからだろうか、青葉さんに対しても刺々《とげとげ》しい感情が生まれた。

私は家には戻らず、靴紐が揺れるスニーカーを目指した。青葉さんに追い付くと、カーキ色のブルゾン越しに腕を絡ませる。

「だったら、明日も来てくださいね」

青葉さんを試すような気持ちが、言葉に変わった。

彼女は少し黙ってから、顔を顰めた。

「明日は、厳しいかな。東京に行く予定なのよ……」

言い淀んだ返事を聞いて、心臓が強く鳴る。以前から何度か、東京に向かう理由を訊ねたことがあったけど、全てそれとなくはぐらかされていた。

「えーっ。手を離してゆだねろって言ったのは、そっちじゃないですか」

「うん……ごめんね」

「私たちを置いてくほど、大事な用なんですか？」

青葉さんを困らせるだけの質問だった。今日の私はどうかしている。たとえ普段より気が立っていたとしても、意地悪過ぎる。青葉さんは瞬きを繰り返すだけで、何も言葉を発しない。気不味くなった私は取り繕うように、なんとか戯けた雰囲気を醸し出しながら口を尖らせた。

「さっきのアドバイスって、綺麗事だったりして」

「そんなことないよ。わたしはずっと、心底そう思ってる」

「本当ですか？　大人は平気で、嘘つくからなー」

ただ甘えようとしただけなのに、上手く行かない。まだ甘えることに、慣れていないからだろうか。私への愛情を確かめるように、我儘《わがまま》な言葉だけが口から零れ落ちてしまう。

「青葉さんも、お父さんと同じ。どうせ私たちを置いて、遠くに行くんだ」

「また、帰ってくるから……」

「どうだか。あーあ。嵐のお母さんと二人っきりは、キツいな」

これ以上言ったら嫌われる予感がしたけど、濁った言葉は止まらない。吐く言葉と、本音は真逆なのに。明日は予定通り東京に行って、凄く楽しんで来てほしい。こんな潮風なんかじゃなく、都会のビル風を感じながら一息吐いて来てくれたら嬉しい。

でも、あともうちょっとだけ、行くのを躊躇ってほしい。小羽は頑張ってると労ってほしい。何もなくても、頭をポンポンと撫でてほしい。明日は来れないから、今日は遅く帰るねと宣言してほしい。胸の中で一方的な『ほしい』だけが溢れ出していく。私はいつも貰ってばかりで、青葉さんに何も返せていないのに。

「ねぇ、小羽。空が凄いよ」

「あー、話を逸らしてる」

「だって、本当に綺麗なんだもん」

スニーカーを持ってない方の手が、前方を指差した。遠くに見える製紙工場の白い煙が、さっきより夜に近づいた空を霞ませている。防波堤の近くにいるお母さんは、まだ造船所に灯る明かりを眺めていた。全てが藍色に染まっているような時刻の中で、確かな寂しさを感じた。


翌朝の気温は、氷点下に達していた。台所の窓を開けると、吐いた息が白く色付く。相変わらず空は灰色だけど、雪は降っていなかった。

「生海苔の佃煮って、まだあっか?」

背後で、スポーツ新聞を捲る音が聞こえた。私は冷蔵庫に近寄り、生海苔が入った瓶を取り出す。無言で食卓に置くと、おじいちゃんが欠伸をしながら短髪を摩った。

「今日は野蒜《のびる》まで、軽石取りに行ってくっから」

「そう」

「晩飯はいらねぇ。多分、呑んでから帰る」

野蒜地区は、凝灰岩《ぎょうかいがん》と呼ばれる加工し易い岩石が採石できることで有名だ。もう使われていない石切場の跡地も、沢山点在している。ここと同じ海沿いの町で、駅から徒歩圏内の場所には海水浴場が広がっている。夏場の海は多くの人で賑わうけど、今の季節は寒々しい波が寄せては返しているだけなんだろう。

「香澄は、寝てんのか?」

「起きてるけど、まだ寝床にいるかな」

「アイツ、ちゃんと薬飲んでっか?」

「……昨日の夜は、嫌がって飲まなかった」

おじいちゃんは新聞を畳むと、食卓に伏せてあるお母さん専用の茶碗に目を向けた。

「あんまり渋るんなら、メシに混ぜれば良いべや」

「無理。そんなことできないって」

万が一、食事に薬を混ぜたことがバレたら、被毒妄想は悪化する筈だ。それにお母さんには、薬を内服する必要性をちゃんと理解してもらいたい。

「まぁ、そのうち良くなっぺ」

浅黒い手が、椅子に座ったままタバコに火を付けた。おじいちゃんは簡単に『そのうち良くなる』なんて言うけど、それまでの大変さを知っているのだろうか。妄想を聞き、落ち着かなくなれば一緒に散歩に出る。家事をこなしながら常にお母さんの行動に目を光らせ、食べないと分かっていても毎回食事を用意する。昨日だって、薬を飲むように一時間以上も説得を続けた。私は揺らめく煙に向けて、心の中で舌打ちをした。

「小羽は、今日も学校休むのか?」

「もともと休み。この前入試があって、先生たちは事務作業があるんだって」

自然と、壁に掛かっているカレンダーを確認する。苦い臭いを鼻先に感じながら『十一日(金)』と描かれた文字を眺めた。

作業着姿のおじいちゃんを見送ってから、寝室の襖を静かに開けた。お母さんは鏡台の前に座り、ずんぐりとした背中を向けている。

「お母さん、朝ごはんは?」

「いらない。今忙しいから」

お母さんは独り言をブツブツ呟きながら、手元をずっと動かしていた。この位置からだと、何をしているのかよく見えない。

「お腹、減らないの?」

「大丈夫。心配しないで」

そう言われても、せめて水分ぐらいは摂ってほしい。寝室に足を踏み入れた瞬間、お母さんが銀色のニット帽のような物を被った。

「何……それ?」

「アルミホイルで作ったの。脳を守るためにね」

振り返ったお母さんの表情は、能面のように色を失っている。不意に気付く。寝室の至る所が、銀色に光っていることに。

「アルミホイルは、違法電波を弾くから」

私は返事に詰まったまま、改めて室内を見回した。鏡台の鏡面や窓の一部にはテープでアルミホイルが貼られ、お母さんが使ってる枕も銀色で包まれている。

「次は、両足を保護したいの。小羽ちゃん、手伝ってくれる?」

お母さんは穿いていたジャージを捲ると、太い足にアルミホイルを巻き始めた。アルミホイルが擦れる耳障りな音が、寝室を満たしていく。

「ちょっと、お母さん……」

「この世は弱肉強食の世界だから。自分の身は、自分で守らないとね」

「変なことは止めてよ。それに、アルミホイルが勿体無いし！」

　私が尖った声を放つと、芝居掛かった溜息が聞こえた。

「小羽ちゃんは、何も分かってないもんね」

「……どうゆうこと？」

「昨日の夜、天井の豆電球が点滅を繰り返してたでしょ？　それを見て、何か思わなかった？」

「普通に……電球が、切れ掛かってただけじゃん」

「違うの。あの点滅はプーちゃんにバレないように、東北《とうほく》電力の人が送ってくれた暗号。ちゃんと解読しなきゃダメよ」

　太い足に、また銀色が巻かれる。お母さんが持っているアルミホイルは、まだ沢山残っていた。

「NASAもこうやって、宇宙服を作ってたのよ」

「そんな訳ないって……」

　肉付きの良い手がアルミホイルを千切る光景を眺めていると、胸の中に重油のような黒い液体が溢れ出していく。もう、どうでもいい。今はただ、訂正できない会話を続けることに疲れた。私は、その場を立ち去ろうと背を向けた。

「安心して。小羽ちゃんの帽子は、もう作ってあるから」

　振り返ると、お母さんが鏡台の上を指差していた。そこには、ボウルを逆さまにしたような銀色の物体が放置されている。

「私には、そんなの必要ないから」

　後ろ手で思いっきり襖を閉め、居間に直行する。冷えた身体を炬燵に滑り込ませると、静かに目を閉じた。寝汗を掻くとしても、このまま少し眠りたい。横になりながら、子どもじみた空想に浸った。私の心にもスマートフォンみたいに、簡単に電源を落とせるボタンがあれば良いのに。そうすれば苛立ちや、呆れや、悲しみや、寂しさという面倒な感情を一時だけ忘れることができる。炬燵のファンモーターの音を耳にしながら、一度寝返りを打つ。身体の表面は温かいけど、いつまで経っても芯《しん》は冷え切っていた。

　微睡むこともできないまま、雨垂れが滲む天井を眺め続けた。時々廊下や寝室の方から物音が聞こえたけど、顔を向けることはしなかった。

　玄関のチャイムが鳴ったのは、午前十一時を過ぎた頃だった。いつも通りガス点検の人が来たか、郵便でも届いたのかもしれない。私は気怠く炬燵から這い出し、廊下に顔を覗かせた。

玄関の磨りガラスを見て、息が止まった。何度か瞬きを繰り返しても、カーキ色のブルゾンが透けている。私もお母さんと同じように、幻を見ているのかもしれない。だとしても、構わない。自然と駆け足になっていた。

急いで立て付けの悪い引き戸を開けると、寒さで赤らんだ綺麗な鼻が目に映る。

「おっ、いたね。元気？」

私は現実であることを確かめるように、青葉さんの全身をまじまじと眺めた。コンバースのスニーカー、細い足、いつも通りのカーキ色のブルゾン、お母さんと同じぐらい高い鼻、一重瞼の澄んだ瞳。東京に行くためか大きなリュックを背負い、片手にはビニール袋をぶら下げている。

「何、じろじろ見て」

「だって……今日は、来ないって言ってたから」

「仙台駅まで行ったんだけど、気が変わってさ。今日は、こっちにいることにしたんだ」

予想外の告白を聞いて、目を見開いた。青葉さんは笑ってからビニール袋を漁り、徐《おもむろ》に長方形の箱を取り出した。その箱の表面には、陸奥《むつ》、仙台味噌、生麵と太字で描かれ、湯気を上げたラーメンの写真がプリントされている。

「仙台駅で買ったの。お昼に、三人で食べようと思って」

「……三人って、私とお母さんと青葉さん？」

「そう。当たり前じゃない」

「そんな理由で、東京に行かなかったんですか？」

「だって、マジで美味しそうだったんだもん。ついでに、ラーメンに入れる具材も沢山買ってきたから」

青葉さんと一緒に、ビニール袋の中を覗き込む。キャベツやニラ、もやし等の野菜の他に、メンマやナルトが沈んでいた。

「入って良い？　リュックも重いし」

「勿論です……どうぞ」

三和土でスニーカーを脱ぎ始める姿を、黙って見つめる。青葉さんが、私たちを心配して戻って来てくれたことは明らかだ。ラーメンを口実にしたのも、こちらに気を遣わせないためだろう。そんな優しさを察しながら、私は何も言えなかった。余計なことを口走れば、青葉さんの気がまた変わってしまうかもしれない。リュックも背負っているし、これから東京に向かうと宣言されてしまう可能性だってある。自分が狡《ずる》い人間だと自覚しながらも、口元を引き結んだ。

「それで、ママさんの様子は？」

「相変わらずです。ご飯には一切手をつけないし、昨夜から薬も飲まなくなって」

「それは良くないね。今は寝室にいるの？」

私が頷くと、青葉さんが迷わず寝室の襖に向かって歩き出した。

「ママさーん、こんにちはー。入りますねー」

色白の手が、襖を開けた。

「あれ？　部屋中が、銀ギラギンじゃないですか」

青葉さんは軽い口調を発しながら、寝室に足を踏み入れた。私も急いで、その後に続く。目に映った室内は、数時間前よりも銀色が目立っていた。何より、お母さん自体がアルミホイルで包まれているみたいだ。朝は帽子だけだったのに、着ている服全体に銀色がテープで貼り付けられている。首には、アルミホイルを細長くして作ったネックレスに似た物体が巻かれていた。

「ママさんは、これからホイル焼きにでもされちゃうんですか？」

質問を聞いたお母さんは、鋭い目付きを浮かべ鼻の穴を膨らませた。

「これはね、冗談でも何でもないの。違法電波を跳ね返すためなんだから」

「だとしても、動きづらそうですよ。シャカシャカうるさいし。でもまぁ、確かによくできてはいるけど」

「でしょ。ＮＡＳＡ式電波反射服を作るためには、国家資格が必要だからね」

お母さんは鋭い目付きのまま、妄想交じりの話を一方的に喋り出した。青葉さんは腰を下ろし、時折相槌を挟みながら話に耳を澄ませている。

「変装したプーちゃんが東北電力の社員に化けてたら、それこそ本当に終わり。ジ・エンド」

お母さんが一通り喋り終えたタイミングで、青葉さんはビニール袋の中に手を入れた。

「とにかく、部屋中を銀ギラにして疲れたんじゃないですか？　それに小羽から聞いたけど、何も食べてないんですよね？」

「だって食べ物は全部、電波で汚染されてるもの」

「そうですか、残念。折角、ママさんが好きな味噌ラーメンを買ってきたのに」

ビニール袋から、生麺が入った箱が取り出された。虚ろな瞳は、パッケージにプリントされた味噌ラーメンを捉えている。一拍置いて、青葉さんが落ち着いた口調で続けた。

「そんなに口に入れる物が心配なら、一緒に作りましょうよ。それなら安心でしょ？」

「ダメよ……麺を湯がくにしても、水に電波が溶けてるもの」

「沸騰させれば大丈夫ですって。煮沸《しゃふつ》消毒って、言葉もあるぐらいですし」

「でもねぇ……」

「入れる具材は、わたしが責任を持って一つ一つ調べますから」

青葉さんが、肉付きの良い手を握った。お母さんは眉を顰めながら、渋々といった様子で立ち上がった。

「お母さん、今日は薬も飲んでよ」

返事はない。太い身体の動きに合わせて、アルミホイルの擦れる音が返ってくるだけだ。溜息交じりに私も動き出そうとすると、爪先に何かが触れた。足元には、使い切ったアルミホイルの芯が転がっている。

「もうっ……勿体無いな」

筒状の芯を拾い上げる。殆どが空洞な筈なのに、どうしてか重たさを感じた。

「それっ、捨てるよ」

顔を上げると、青葉さんが手を伸ばしていた。私は思わず、リレーのバトンのように芯を手渡した。その瞬間何故か、ゆだねるという言葉が頭の中で浮かんでは消えた。

青葉さんがラーメンを作っている間、お母さんは台所から片時も離れなかった。訝《いぶか》しむ目付きで生麺が泳ぐ鍋の中を覗き込み、独り言を呟きながらスープを入れる丼も指定した。青葉さんが折角作ってくれているのに、意味不明な指摘ばかりを入れる姿に憤《いきどお》りを覚える。結局、一滴のスープさえ残さずに完食した時は、怒りを通り越し呆れてしまった。

「ごちそうさま」

食卓に空の丼を残したまま立ち去ろうとする背中を、私はすぐに呼び止めた。

「お母さん、昼のお薬は？」

「今はお腹一杯で眠いの。少し休ませて」

「そんな言い訳して。本当は薬を飲みたくないだけでしょ？」

逃げるように、銀色の服が廊下に消えた。寝室の襖が開いて閉まる音が、食卓まで届く。私は肩を落として、まだ残っている自分のラーメンの続きに取り掛かった。

「ママさんのことも心配だけどさ、小羽の風邪は治ったの？」

青葉さんが、空の丼をシンクに下げた。彼女は三人でラーメンを食べようと話していたのに、作ったのは二人分だった。残った生麺や真空パックされたスープは、冷蔵庫に仕舞ってある。すぐまた食べられるようにと、刻んだネギや煮卵もタッパーに入れてくれていた。

「私は……大丈夫です」

「本当？　まだ病み上がりなんだから、食べ終わったら昼寝でもしたら？」

青葉さんがシンクにもたれながら、心配そうな表情を向ける。私は啜った麺を飲み込んでから、小さく首を横に振った。

「今日こそは、お母さんの薬をセットしないといけないから」

「セットって、お薬カレンダーに？」

「はい。食器棚の中に、来週分の薬が仕舞ってあるままなんで」

本物のカレンダーの横に、お薬カレンダーは吊るされていた。一週間分セットできるポケットは、どの曜日も空っぽだ。

「わたしが代わりに、しとこうか？」

「いや、それは大丈夫です。お母さんが自らセットすることに、意味があるので」

「なんでよ？　ポケットに入れるだけなら、誰がやっても同じでしょ」

「うーん。別に意地悪してるとかじゃなくて、お母さん自らセットした方が薬に対する意識が高まるような気がして……実際、その週は飲み忘れが少ないし」

最後にナルトを口に入れ、生姜とニンニクが効いたコクのある味噌スープを飲み干す。美味しいラーメンは、冷えきっていた身体の芯にじんわりした温かさをもたらした。

「小羽はやっぱり、看護師を目指した方が良いね」

「もう、その話は大丈夫ですって。来年無事に就職できたら、青葉さんに初給料で何かプレゼントしますよ」

「いらない。小羽自身の為に使って」

「遠慮しないで下さいよ。そうだなぁ、御影石を百個とかは？」

私がワザと戯けた声を出しても、青葉さんは真剣な表情を浮かべていた。

「御影石より、野蒜石の方が良いかな。削り易いし」

「それじゃ、そっちにしますね」

「本気にしないで。ただの冗談よ」

全く冗談を口にしたようには見えない真剣な顔付きのまま、青葉さんはシンクの方に向き直った。

「小羽が、小羽の人生をちゃんと歩んでる姿が一番のプレゼント」

蛇口から水が流れ落ち始めると、スポンジで食器を擦る音が届く。お母さんとは違う華奢な背中を見つめてから、私は空になった丼を持って立ち上がった。

「洗い物、ありがとうございます」

「それより、ラーメンは美味しかった？」

「はい、とっても」

青葉さんの口元から八重歯が覗く。冷たい水に晒された彼女の手は、赤く色付いていた。

「私やっぱり、炬燵で休もうかな」

「どうぞ、ごゆっくり」

「青葉さんも、一緒に来てよ。十四時過ぎからね、面白そうなドラマをやるみたいなの」

「へぇ、どんな？」

「私もよく知らないけど、韓国の恋愛ドラマ。一緒に観よう」

カーキ色の肘辺りに、腕を絡ませる。青葉さんが「泡が付いちゃうよ」と、優しくたしなめた。

「今日ぐらい、ゆっくりしましょうよ。良いでしょ？」

「とりあえず、食器を洗い終わったらね」

「やったー。それじゃ私、ココアでも用意しますね」

腕を離し、食器棚に近寄った。二つのマグカップを取り出した棚には、お薬カレンダーにセットする予定の薬袋も保管されていた。

私は少し迷ってから、お母さんの名前が記載された薬袋から目を逸らした。今は余計なあれこれを考えずに、温かくて甘い飲み物を味わいたい。私が子どもでいられる人と一緒に、面白そうなドラマを待ち侘びながら。

ココアの瓶を取り出したと同時に、蛇口を閉める音が流しから響いた。


十四時過ぎから始まった恋愛ドラマは、五話目の放送だった。今日初めて観る作品だから、登場人物たちの詳しい関係性やストーリーの細部はわからない。それでも、画面の中の華やかな日常に引き込まれていく。

時間的に終盤に差し掛かると、青葉さんが炬燵のテーブルに頰杖を付きながら呟いた。

「この二人、いずれくっつくんだろうね」

確かに主人公らしき男女は、物語が進むにつれて恋に落ちていきそうだ。この二人の役者さんのことが気になり、ネットで検索をしようとスマートフォンに目を落とす。点灯した画面は、十四時四十六分を表示していた。

「ねぇ、なんか揺れてない？」

切れ長の目元が、天井を見上げている。私も視線を上げると、室内灯から垂れた紐が左右に揺れていた。

「また地震かな……」

返事をした瞬間、確かな揺れを感じた。磨りガラスの格子戸が嫌な音を発して、軋み始める。辺りに漂う空気は震え、棚に並ぶ石細工がカタカタと鳴った。

「小羽、炬燵に潜って！」

青葉さんは素早く立ち上がり、炬燵の中に私を追い遣った。上半身だけ潜り込むと、視界が炬燵のヒーターのせいで橙に染まる。揺れは収まらず、深い穴に落ちていくような恐怖が全身を貫いた。

「青葉さん……」

「大丈夫だから！　落ち着いて！」

パニックに陥らないで何とか踏み留まれたのは、腰と足に青葉さんの感触を覚えていたからだ。彼女は、炬燵からはみ出している部分に覆い被さってくれていた。私を守るために。文字通り身を呈して。

「何よこれ……長過ぎる」

震える声が聞こえた後、内臓を掻き乱すような、体験したことのない激しい揺れに襲われた。家全体が悲鳴を上げるように軋み、食器が割れる音があちこちで響く。停電したせいか、視界が急に橙から真っ暗に変わった。

「小羽！　頭を守って！」

炬燵の掛け布団の向こうから届いた叫び声は、何かが倒れる音に掻き消された。全身が左右に揺さぶられる。伏せている床も嵐の海のように波打っていた。居間の窓と磨りガラスの格子戸が割れたのか、すぐ近くで破片が散らばる音が派手に響く。真っ暗な闇に閉ざされた世界で、私に覆い被さる青葉さんの体温だけが今すがれる全てだった。

怖い。

激しい揺れや鳴り止まない轟音は、死の気配を濃密に漂わせている。心臓が踏み潰されるような恐怖が、全身を巡った。

『この二人、いずれくっつくんだろうね』

身体を揺さぶられながら、何故かどうでも良い一言が頭を過った。私は恋をすることもできずに、命を落とすみたいだ。終わることのない激しい揺れは思考回路を滅茶苦茶に絡ませ、時間すら引き伸ばしていく。一秒が、一分にも、十分にも、一時間にも変化し、身体の感覚も曖昧になった。部屋中で絶え間なく、何かが倒れる大きな音が響く。自然と、家が崩壊する映像が脳裏に突き刺さった。

唐突に足を引っ張られ、真っ暗だった視界に切羽詰まった顔が映る。周囲の光景が滲んでいる。目元を擦った手の甲は、涙で濡れていた。

「早く、外に！」

青葉さんに腕を摑まれたのを合図に、散らばったガラス片を避けながら窓から飛び出した。裸足なのに、地面の冷たさや硬さを全く感じない。家の前の道路に辿り着くと、やっと揺れが収まっていることに気付いた。

「小羽、怪我はない？」

青葉さんが中腰になりながら、私の全身を確認するように触れた。喉が固まって、一言も喋ることができない。

「どこか痛いところは？」

身体が小刻みに震え、口の中は砂漠のように乾いている。何か話そうとしても、舌がもつれた。

近所の人たちも、道路まで避難していた。左隣の民家のブロック塀は崩れ、屋根瓦は大部分が落下している。辺りは騒然となり、誰かの啜り泣く声が潮風が鳴る音に交じった。

「とりあえず……お互い怪我はなさそうね」

安堵する声の後、頬に冷たい何かが触れた。ゆっくりと空を見上げる。頭上の灰色から、みぞれ雪が音もなく落下していた。睫毛に白い物体が触れて、大切なことを思い出す。

「お母さん」

やっと震えた喉は、今ここに姿が見えない人物を呼んだ。反射的に、玄関に向けて駆け出していた。

「お母さん！」

立て付けの悪かった引き戸は、地震の影響なのか何度引いても開かない。すぐに諦め、逃げ出した窓から室内に飛び込んだ。

「お母さん！　どこにいるの！」

叫びながら、足の踏み場もないほど荒れた居間に目を凝らした。つい数分前まで存在していた日常が、無惨にも崩壊している。テレビや全ての棚は倒れ、足元には石細工のリンゴが転がっていた。磨りガラスの格子戸は頼りない骨組みを剝き出しにし、テーブルの上に載っていたマグカップは割れて、溢れたココアが炬燵布団を茶色く染めている。

「小羽、今は外に出て！　中に入っちゃダメ！」

「でも、お母さんが……」

「わたしが行く」

返事をする暇もなく、強く腕を摑まれた。外に引き戻され、荒れた居間はカーキ色のブルゾンで遮られる。

青葉さんが「ママさーん！」と大声で叫びながら、居間に踏み込んだ。

何処かで余計不安を煽るようなサイレンが鳴り始めると、身体は再び強張った。私は破壊された居間を見据えるだけで、外で立ちすくむことしかできない。頬に触れたみぞれ雪の冷たさを感じながら、二人が現れるのを微動だにしないで待った。激しい揺れに襲われた時よりも、この時間の方が苦痛だ。

再び居間に現れた青葉さんは、片手に私のスニーカーを持ちながら何度も首を横に振っていた。

「ヤバい。ママさん、どこにもいない」

その事実を聞いて、驚きはしたけど取り乱すことはしなかった。寧ろ、騒めいていた心が落ち着きを取り戻していく。

受け取ったスニーカーを履きながら、何度か深呼吸を繰り返す。ずっと昔からこうだ。自分のことよりもお母さんのことになると、不思議と冷静さを保てる。

私がしっかりしないと。

私がなんとかしないと。

私があの柔らかい手を握らないと。

今までお母さんをサポートしてきた経験は、細胞一つ一つにまで染み込んでいる。

「私も、一緒に探します」

「それは、ダメ。危ないって」

「大丈夫です。窓も開け放って、すぐ逃げられるようにしときますから。それに、貴重品だけでも手元に置いときたいし」

貴重品と告げると、青葉さんは口を噤《つぐ》んだ。私は土足で居間に上がり、早速寝室に向かった。踏んだガラスの破片は、靴底の下で断末魔を響かせた。

青葉さんが話した通り、寝室に人影は無かった。倒れたタンスや鏡台の下にも、お母さんの姿はない。窓だけは何故か開いていて、剝がれかけたアルミホイルが潮風になびいていた。

普段は狭い家を嫌だと思っていたけど、今だけは感謝した。台所、トイレ、風呂場、おじいちゃんの部屋を回っても、やはり銀色の服を着た姿は見当たらない。

「ママさん、いた？」

玄関の引き戸を直し終わった青葉さんに問われ、首を横に振った。

「いません。もしかしたら地震が起きる前に、外に出たのかも」

「これだけ探したんだから、そう考えた方が自然よね……」

「因みに青葉さんが寝室に行った時は、窓って開いてました？」

「どうだったかな……でも、わたしは窓に触ってないよ」

「今見たら、何故か開いてたんです。やっぱり、地震の時は家にいなかったのかも」

「昨日みたいに？」

曖昧に頷きながら、造船所を眺める背中を思い出す。地震が起きる前、私たちは恋愛ドラマに夢中になっていた。その間、お母さんの姿を確認してはいない。

「とにかく、小羽は避難して。津波が来るかもしれないし……わたし一人で探してくる」

「いや、私も行きます」

青葉さんの返事を先回りし、声を張り上げる。

「一昨日の地震でも津波は五十センチぐらいしか来なかったから、多分へーキです」

「でも……あんな大きな揺れだったんだよ」

引き留める声を振り切り、素早く庭先に降りた。倒れている自転車を横目に、全力で走り出す。家の前の道路は、先ほどより人の数は減っていた。周囲の民家からは誰かの話し声や物を動かすような音も聞こえるから、揺れが収まってから避難している人は少ないことを知った。私は立ち止まって、背後を振り返る。

「ほらっ、みんな家に戻ってる」

追い掛けて来た青葉さんも、周囲の物音に耳を澄ませているようだった。まだ断続的にサイレンは鳴っているけど、さっきまでの鋭さは失い間延びして耳に届く。地震が収まった今は、恐怖よりも家の中を片付ける大変さを意識するほどの余裕が生じていた。

「私、漁港を見てきます。多分、いつもの場所にいるような気がするし」

「だから、今は危ないいってば」

「でも……お母さんを、一人にはさせられないから」

徐々に、あの激しい揺れから生き延びた解放感が全身に巡り始めていた。家の中は悲惨な状態だけど、あれほど揺れたのに潰れはしなかった。今はとにかくお母さんを見つけて、それから倒れた棚を直し、割れた破片を片付けないと。

青葉さんは少し黙り込んでから、漁港の方に目を向けた。

「わたしが危険だと判断したら、すぐ逃げて。それは約束」

「わかりました……」

それからお互い無言のまま、駆け足で進んだ。漁港の船溜まりには、何人かの漁師の姿が見える。大きくて浅黒い手が、岸壁にある錆びた係船柱にロープを巻き付けていた。ザッと見渡した限り、転覆している漁船はなさそうだ。

「ねぇ、あそこ！」

息を切らした青葉さんが、防波堤を指差した。みぞれ雪で霞む向こうに、銀色が光っている。お母さんは防波堤の先端で、海に向けて土下座を繰り返していた。そんな姿を見て、雪で湿った髪が一気に乾いていくような怒りを感じた。

「こんな時に、何やってるのよ……」

この位置からだと、お母さんに私の声は届かない。防波堤に向けて走り出そうとすると、右の手首を強く摑まれた。

「今すぐ、海から離れて」

冷た過ぎる声より、手首から走る痛みに意識が向く。青葉さんは血流を止めてしまうような強さで、私の手首を握っている。

「何で？　お母さんは、あそこにいるのに」

「防波堤をよく見なさい！」

強い口調で気圧《けお》され、再びお母さんがいる方角に目を凝らす。思わず息を呑んだ。防波堤のコンクリートは雪で湿りながらも、水位が下がった跡をはっきりと側面に描いていた。

「……波が引いてる」

いつの間にか、手首の痛みは消えていた。その代わり、熱い掌が両肩に触れる。

「一刻も早く、ここから離れて」

「離れるって……」

「内陸の方に、小学校があったでしょ。そこで落ち合おう」

網磯地区は田んぼが広がっているせいで、平地が続いている。避難できるほどの高い建物と言えば、確かに小学校ぐらいしかない。

「私だけなんて、嫌……」

「お願い。言うこと聞いて」

青葉さんが目の前に立っているせいで、お母さんの姿が遮られていた。

「小羽、逃げるって約束したでしょ」

青葉さんが洟を啜りながら、突然私を抱きしめた。手首を摑まれた時のように強い力なのに、全然痛くも苦しくもない。みぞれ雪が降る勢いは増しているのに、身体は温かかった。

「オメェら、そんなとこで何しててんや！　早ぐ逃げれ！　津波くっと！」

漁師の一人が、私たちに尖った声を放つ。その怒号を合図に、青葉さんの身体が離れた。

「走って！」

色白な手に強く突き放され、そのままの勢いで走り出した。それでも二人が心配で、一度振り返ってしまう。青葉さんが何か言いかけてくれたような気がして、思わず立ち止まった。

「早く、行って！」

青葉さんは怖い顔で叫ぶと、私に背を向けた。すぐにカーキ色のブルゾンが、防波堤の方へ駆け出して行く。目前には、津波が来るとは思えない凪いだ海が広がっている。逃げる背中で語ると話していたのに。やっぱり大人は嘘つきだ。

自宅に着くと、自転車に跨がった。みぞれ雪を顔面に受けながら、通学で使っている道を立ち漕ぎで進む。私の真横を凄いスピードを出した車が通り過ぎて行き、何度かクラクションを鳴らされた。ある民家では窓から顔を覗かせているおばあさんがいたけど、明らかに避難を始めた人々の方が路上には増えている。いつもは人気のない道路に、多くの足音や叫び声が溢れていた。

近所の交差点では、渋滞が起きていた。前方を観察すると、停電の影響なのか信号機が消灯している。指示を失った交差点は、かなり混乱していた。待つことに焦れた車からは何度もクラクションが鳴らされ、運転手の怒号が途切れることなく聞こえる。いつの間にか、不穏な空気が辺りを覆い始めていた。

交差点を渡るタイミングを図りながら、何度も後ろを振り返った。波が迫ってくる気配は、今のところない。

なんとか交差点を突っ切り、ペダルを漕ぎ続けた。車道では、まだ渋滞が続いている。多分国道に入るところでも、同じことが起きてるんだろう。

連なる車に乗っている人々は、不安げに顔を曇らせていたり、目を剝いてハンドルを強く叩いていたり、涙を流している人もいた。車窓に誰かが動揺する横顔が映る度に、私の心も騒めきを増していく。

やっと小学校が数百メートル先に確認できた時、私は思わずブレーキを握った。

今、私が追い抜いた背の低い女性は、髪の毛すら生え揃っていない赤ちゃんをおぶっていた。彼女は両手にボストンバッグを抱え、早足だったけど進むスピードはかなり遅かった。恐る恐る振り返ると、抱っこ紐を胸で交差させた女性と目が合った。彼女は白い息を必死に吐き出しながら、表情を歪ませている。

今は、見知らぬ他人を心配してる場合じゃない。

再び前を向いて、ペダルに足を乗せた。強く漕ぎ出そうとすると、辺りに響くサイレンの合間に幼い泣き声が重なった。あの赤ちゃんはまだ明確な言葉すら持っていない筈なのに、私の胸に波紋を広げる。甲高い泣き声を耳にしてしまうと、ハンドルを握る力が緩んだ。

正しいか間違っているかなんてわからないまま、気付くともう一度背後を振り返っていた。

「避難先は、この先の小学校ですか？」

私の問い掛けを聞いて、赤ちゃんを背負う女性が力なく頷いた。

「乗ってください！」

気付くと、二人に向けて叫んでいた。背の低い女性は目を見開きながらも、自転車に近寄ってくる。

「途中で乗り捨てたって構いません。とにかく、早く」

中古で買った自転車に、荷台は付いていない。背の低い母親は何度も頭を下げながら、私と代わってハンドルを握った。背中で泣いている赤ちゃんは頰を紅潮させながらも、こちらを目で追っている。

「バイバイ」

ほんの一瞬だけ、名前も知らない赤ちゃんに向けて微笑んだ。スピードに乗った自転車とは、すぐに距離が開いていく。

私も小学校に向けて、全力で走り始める。必死に肺を軋ませながら祈った。どうか、漁港の二人が早く安全な場所に避難できますように。名前も知らない赤ちゃんが、安心して泣ける場所に辿り着けますように。そう胸の中で願いながら、太腿に力を入れる。

ようやく小学校の入り口を捉えた時、渋滞していた車から続々と人が降りてくる姿が目に映った。

「津波がくっと！　早《は》えぐ、逃げろ！」

誰かの叫び声に背中を押されながら、小学校の敷地内に入った。広い校庭は、避難してきた人々の乗用車で溢れ返っている。

校舎の昇降口を目指しながら、千切れそうな両脚に鞭《むち》を打って心臓の鼓動を更に上げた。あと、もう少し。後頭部で結んでいた髪が解けたのも気にせず、頭の中を真っ白にしながら走る。悪寒がするほど恐怖が増し、今はもう背後を振り返ることができない。

校舎内に身体を滑り込ませた後、昇降口に引いてあった簀《すのこ》に躓《つまず》いた。強く膝を打ったけど、全く痛みを感じない。息つく暇もないまま再び立ち上がり、目に映った階段を必死に駆け登る。二階の踊り場にいた中年の男性が、私に向けて大声を張り上げた。

「女川《おながわ》方面で六メートル級の津波！　早えぐ、上さ行け！」

六メートルという言葉を聞いても、全く想像ができなかった。

二階建ての家ぐらいの高さ？　それとも、この校舎ぐらい？

二十五メートルプールの約四分の一？

私が縦に連なったら、何人分？

まとまらない疑問を抱きながら、最上階の三階に辿り着く。廊下に立つと、膝に手をついてようやく足を止めた。全力疾走した後の肺は、焦げるほど熱を帯びている。膝の次は脇腹を押さえ、喘ぎながら呼吸を整えた。今更になって、膝が痛み始めた。

不意に地鳴りのような轟音が響いた直後、斜向かいの教室から大勢の悲鳴が聞こえた。ふらつきながら、声がした方に進む。

教室内には子どもが多くいたけど、高齢者や大人の姿もあった。皆、校庭が見える窓辺に立ち外に目を向けている。私は小さな机や椅子を避けながら、人垣に近寄った。子どもたちの数人が咽《むせ》び泣いている。窓から離れて、念仏を唱え始めたおばあさんもいた。呆然と校庭を眺めているおじさんの隣で、私も外を見据えた。

校庭で巻き起こっている現実を知って、言葉にならない声が漏れた。私がさっきまで駆け抜けた場所は、黒い水で覆われている。停まっていた車は水面に浮き、校庭の中心辺りにできた渦に呑み込まれていた。漏れ出したガソリンに引火したのか、所々で小さな炎が上がっている。その揺らめく橙に黒い水が触れると、白い煙が上がった。

正門の方から、轟音と共にまた黒い水が現れた。初めて鮮明に目にした津波は、この町の夜のように真っ黒だった。街中のあらゆる物を呑み込んで来たせいか、ヘドロと油が混ざったような汚水で、焼きそばのソースのようにドロッとしている。黒い波は正門から激しい勢いで流入し、校庭に浮かぶ車や原付バイクを次々と呑み込んでいく。一緒に流れてきた瓦礫《がれき》が校舎の一階にぶつかり、骨が軋むような響きを辺りに撒き散らす。津波は、長い絨毯《じゅうたん》が凄い速さで巻かれていくような動きをしていた。

まるで、黒い手だ。

津波には、残酷な意志が宿っているように思えた。この黒い手に摑まれたら、沈むだけだ。逃れられる自信なんて全くない。

「おいっ、早く逃げろ！」

ずっと隣で呆然としていたおじさんが、突然窓から身を乗り出して叫んだ。彼は校庭の左端を見つめながら、口角に泡立った唾を滲ませている。その視線を追うと、私の口からも短い悲鳴が漏れた。

若い女性が、黒い水に浮かぶ軽自動車の屋根にしがみ付いていた。彼女は泣きながら何かを叫んでいるけど、はっきりと聞き取れない。軽自動車は校庭で浮かぶ他の車や瓦礫とぶつかりながら、渦の方へ向かっていく。

屋根にしがみ付く怯えた瞳と目が合った直後、彼女の身体が黒い手に摑まれた。

目の前で起こっていることが現実とは思えなくて、強く目を瞑《つぶ》る。もう一度瞼を開けると、彼女は視界から消えていた。

夜になっても、教室の照明が灯ることはなかった。窓辺のカーテンは全て取り払われ、お年寄りや子どもたちの掛け物に代わっている。私は暗い教室の隅で膝を抱えながら座り、骨に染み込む寒さに耐えた。呼吸をする度に、凍える吐息が白く霞んだ。

教室には、避難して来た人々が身を寄せ合っていた。泣いている子どもを気遣う女の人もいれば、うるさいと怒鳴る男の人もいた。正直、どちらの気持ちもわかる。子どもに怒鳴った男性を、誰も責める人はいなかった。

教室に響く誰かの声は、聞きたくなくても自然と耳に入ってくる。

宮城県北部で震度7。

太平洋沿岸に大津波警報。

体温を少しでも逃がさないように、膝を抱えながら縮こまる。津波を見てから他の教室を探してみても、二人の姿は見当たらなかった。漁港で別れた時に、小学校で落ち合おうと約束したのに。スマートフォンを逃げる途中で落としてしまったから、連絡も取れない。

膝の間に顔を埋め、冷たい床を眺め続けた。頭に過る嫌な予感を、明るい想像で塗り潰す。

おじいちゃんは軽トラックで内陸まで逃げ切って、今は紫煙を吐き出しながら私たちと再会する術を考えている筈だ。

漁港の二人は小学校には辿り着けなかったけど、多分どこかの民家に避難している。きっと、そうだ。明日になれば、ここまで私を迎えに来てくれる。この寒さや孤独も、また陽が昇れば終わる。

「あのっ……さっきは、ありがとうございました」

すぐ近くで声が聞こえ、ゆっくりと顔を上げた。

避難する時に赤ちゃんをおぶっていた背の低い女性が、目の前に立っている。

「借りた自転車は校庭に停めたんですけど、流されて……」

「あぁ……大丈夫ですよ。それより、二人が無事で良かったです」

「助かったのは……あなたのお陰です。なんと、お礼を言って良いのか……」

女性は目を潤ませながら、おぶっていた赤ちゃんを私に見せた。

「この子も無事です。今はミルクを飲んだばかりで、お腹いっぱいなんです」

赤ちゃんの長い睫毛は下を向き、穏やかな寝息が聞こえた。彼女は何日分かのオムツと粉ミルクの缶を、ボストンバッグに詰めて避難したらしい。理科準備室にあったアルコールランプを借りてお湯を沸かし、赤ちゃんに与えるミルクを準備できたようだ。

「落ち着いたら、自転車は弁償しますので……」

「大丈夫です。気にしないで下さい」

そう断っても彼女は引き下がらず、一応私の住所と名前だけは教えた。

「改めて、本当にありがとうございました」

最後に彼女は握手を求めてきた。冷たい手で応じると、掌に硬い感触を覚える。薄闇の中で目を凝らすと、包装された飴玉が一個渡されていた。

彼女は秘密を共有するように口元に人差し指を立て、それから踵を返した。この小学校には、食糧の備蓄は無いに等しいらしい。教室にいる殆どの人々は、寒さ以上に空腹とも闘っていた。

私は貰った飴玉を指先で弄りながら、気怠く腰を上げた。教室の窓辺には、何時間も独りで外を眺めている小学生ぐらいの女の子がいた。ゆっくりと近づき、隣に並ぶ。

「飴、舐める?」

中腰になって耳打ちすると、女の子が無言で頷いた。飴玉の包装を静かに破り、小さな口に入れてあげる。今の私には、こんなことしかできない。

「いちごミルクだ」

「そうなんだ。良かったね」

私も窓辺に立ったまま、外を眺めた。現実から目を逸らすように、校庭の光景は敢えて視界から外した。見上げた夜空には、ヘリコプターが飛んでいる。今日のニュースでは、この町を見下ろした映像が流れているのだろうか。

「星、凄いね」

隣から漂う甘い香りを嗅ぎながら、呟く。黒い水に覆われた町の上で、沢山の星が煌々と瞬いている。気付くと、夜空の輝きに向けて何度も何度も祈っていた。明日になったら、大切な人たちの手をまた握ることができますようにと。

遠くの空では、まだヘリコプターが翼を回転させている。私の祈りを、掻き消すかのように。

【第二部】

第一章　二〇二二年七月　川沿いの街

沈黙を埋めるためだけのウーロン茶を口に運ぶと、グラスの中で氷が鳴った。アルコールで頰が赤らんだ同僚たちを横目に、本日三杯目のソフトドリンクを飲み干す。大皿に残ったシーザーサラダはぬるくなり、唐揚げも既に冷めきっている。満腹に近いが勿体無さの方が勝り、目の前の割り箸を手に取った。

「織月さんって、ずっと東京の人なんですか？」

黙っていた私に気を遣ったのか、斜向かいに座る女性から質問された。確か名前は、井上可奈《いのうえかな》さん。箸を持つ手を引っ込め、首を横に振った。

「いえ、地元は宮城なんです」

「えっ、そうなんだ。あたし、宮城の男と付き合ってたことがあって。何度か仙台の七夕《たなばた》まつりに参加したな。あと、定禅寺《じょうぜんじ》通りの光のページェントが超綺麗でした」

「井上さんの方が、詳しそうですね。私は仙台のイベントに、あまり参加したことがなくて」

連休と夜勤が続いていた井上さんとは、この歓迎会で初めてちゃんと言葉を交わした。私より看護経験年数は少し上のようだが、年齢は同じ二十八歳。彼女の耳周りの髪の一部は、明るいブラウンに染まっていた。目を引くイヤリングカラーが、居酒屋の柔らかい照明を弾いている。

「私の地元は、石巻の方だったので」

「石巻ってことは……震災の時は、大丈夫でした？」

お決まりの質問が聞こえた。私が宮城県出身と知ると、多くの相手はある種の挨拶のようにこの話題を口にする。僅かな耳鳴りを覚えながら、場の空気を乱さないように笑みを浮かべた。

「自宅に波は来ましたけど、床下浸水ぐらいで」

「良かったー。ニュースを見る限り、当時は酷かったですもんね」

「そうですね。でも、自然災害ですから。どうしようもないです」

その後の話題は、仙台の食へと移って行った。牛タン、ずんだ餅、地元の通学路の看板に描かれていた銘菓。笑みを絶やさず頷きながらも、さっきの耳鳴りが徐々に大きくなっていく。その響きは、彼女に吐いた嘘と交じり合った。

『床下浸水ぐらいで』

十一年前の記憶が、鮮明に蘇る。剝き出しになった家の基礎にはみぞれ雪が積もり、黒い波が去った町に吹く潮風は心臓を凍て付かせた。残ったのは瓦礫の山や、民家の二階に突き刺さる漁船。そして、ヘドロに塗《まみ》れた遺体たちだ。あの日初めて、悲しみの先にあるのは無力感だということを知った。

「ちょっと、お手洗いに」

また静かに嘘を吐く。酔った同僚たちに背を向け、私は席を立った。

外は、生温かい空気が漂っていた。早くも汗ばみそうな首筋を手であおぎながら、小さく息を漏らす。出入り口の直ぐ側には、ベンチと灰皿が置いてあった。ポケットからミントガムを取り出し、一つ口に含む。鼻から抜ける爽やかな香りを感じながら、雨晒しのベンチに腰を下ろした。

半袖のブラウスから覗く腕には、様々な飲食店から落ちた明かりが滲んでいる。何気なく天を見上げると、建物に遮られた新宿《しんじゅく》の夜空が目に映った。星は一つもないのに、周囲のネオンの影響もあって妙に明るい。街の灯りが彩る夜をぼんやり眺めながら、できるだけ頭の中を空っぽにする。それでも、耳鳴りは止まない。

「織月さんって、喫煙者なのね」

声がした方に顔を向けると、すぐ側に師長が立っていた。もう数年で定年と聞いていたが、肌には張りがあり、髪の毛は黒々としている。童顔のせいもあって、容姿はかなり若々しい。

「いえ……タバコは吸いません。ちょっと外の空気に触れたくて」

「そっか。一応言っとくけど、院内は全面禁煙だからね」

師長は微笑むと、手に持っていたポーチから細長いタバコを取り出した。一つの火種が、東京の夜に灯る。

「どう？　少しは慣れた？」

「なんとも……まだ入職して二週間も経ってないの

で」

「前勤めていたところも、精神科病棟だったんでしょ？」

「はい。でも、転職する前は半年ぐらい休んでましたから」

「少しブランクがあっても大丈夫よ。まるっきりの新人さんじゃない訳だし」

　転職した病院には、パニック症のことを伏せていた。看護師から離れていた半年間は、友人の事業立ち上げを手伝っていたと告げている。嘘を吐く罪悪感より、色々と説明する煩わしさの方が勝った結果だった。

　師長は何度か紫煙を吐き出すと、話題を変えた。

「早速だけど、明日はお願いね」

「転院の件ですか？」

「そう。看護サマリーや医師の診療情報提供書は、事前に先方に送ってあるから。転院先の病院に着いたら、簡単な申し送りで済むと思う」

「わかりました」

「本当、織月さんがいてくれて助かったわ。明日はどうしても、付き添えるスタッフがいなくて」

　曖昧に頷く。今の病院に転職してからまだ日は浅いが、明日はある患者の転院を任されていた。元々は統合失調症の治療のために入院していた患者だが、当院で実施したＣＴ撮影で肺の異常を指摘されたらしい。より精密な身体的精査を受けるため、西東京の総合病院で加療することが決まっていた。

「因みに、転院の帰りは？」

「電車で戻ってきてくれる？　そうすれば、帰りの交通費は戻ってくるよ」

　つまり、電車じゃないと自腹なんだろう。私は静かに頷き、口の中でガムを転がした。場を繋ぐように、取り留めのない質問をしてみる。

「師長は、禁煙する予定はありますか？」

「今の所はないかな」

「やっぱり、止められないものなんですか？」

「そうねぇ。身体に良くないことは、わかってるんだけど。管理職だと、ストレスも多くて。特に去年までは、コロナ対応が大変だったしさ」

　二〇一九年に突如現れたウイルスは、去年まで私たちの生活を一変させた。現在は完全に終息し、周囲を見回してもマスクを付けている者は見当たらない。不織布で覆われていない口元に、温い夜風が直に触れた。

「確かに、去年までは大変でしたよね」

何度か頷きながら吸い殻が散らばる灰皿を眺めていると、不意に視界がぼやけていった。こんなネオンが輝く都会の夜の中で、港町の朝の風景が何故か瞳に滲んだ。

「以前、祖父が脳梗塞を発症したことがあって」

「あらま。大丈夫だったの？」

「手足の麻痺や構音障害は残りませんでした。ただ、血圧が高めで。入院中に生活習慣の改善も指導されて、一時禁煙もしたんです。でも、そのうちまた吸い始めちゃって」

「患者さんを見てても、なかなか止められないからね」

「ええ。祖父の病状も心配でしたけど、入院時のあれこれが大変でした」

確かあの時は、入院時の預かり金を数日待って貰った。祖父の容体が安定してから、通帳がある場所を教えて貰って銀行に走った記憶が残っている。事務に支払うまで、引き出した大金を落としたり失くしたりしないか、凄く緊張した。

「お祖父《じい》様は、今も吸ってるの？」

「いえ、もう亡くなってます」

師長は「そう」と、相槌を打ち、短くなったタバコを灰皿で揉み消した。

「一緒に戻る？」

「もう少しだけ、休んでから行きます」

「なら、お先に」

店内に戻る背中を見送ってからも、まだ耳鳴りは続いていた。噛んでいたガムを銀紙の中に吐き出し、すぐにデニムパンツのポケットを探る。白い錠剤が並ぶシートを取り出すと、一錠だけ口に運んだ。この薬は、アルコールと飲み合わせが悪い。ソフトドリンクで満たされている胃の中に、不安を和らげる錠剤が落ちていく。

会計後は二次会に誘われたが、明日の勤務を盾に断った。礼を告げてから同僚と別れ、自宅の最寄り駅に停まる地下鉄に向かう。抗不安薬の効果が出てきたのか、もう耳鳴りは止まっていた。その代わり、通りですれ違う多くの足音が、潮騒のように鼓膜を揺らした。

新宿三丁目駅《さんちょうめ》から、都営地下鉄新宿線に乗車した。空席は目立っていたが、ドア付近で立ったまま車窓に目を向ける。最近ショートカットにした髪型が、暗いガラスに反射していた。夏の暑さを少しでもやり過ごすためだったが、まだ新しい髪型には慣れない。全く面識のない他人が映っているような気分を抱いていると、ポケットの中でスマホが震えた。取り出して、画面を確認する。渚《なぎさ》から届いたメッセージには、アニメキャラクターが土下座をするスタンプが添付されていた。

『帰りに、アイス買ってきて』

電車が神保町駅《じんぼうちょう》で停まった。本棚風にデザインされた駅構内の壁を眺めてから、返信を打つ。

『何味?』

『小羽ちゃんのセンスで』

再び電車が走り出すと、スマホをポケットに仕舞った。捻った味よりは、無難にチョコやバニラが良いだろう。残りの停車駅を脳裏で数えながら、再び車窓を眺め続けた。

浜町《はまちょう》駅で降車し、地上出口に続く階段を登った。外に出た瞬間、緩い風が前髪を揺らす。目の前の浜町公園では多くの木々が影を伸ばし、その向こうには隅田川《すみだがわ》が流れている。新宿の喧騒交じりの熱気より、この街に漂う夏は穏やかで静かだ。

広い浜町公園を横切り、自宅マンションがある方向に歩き出す。数分もしないうちに、隅田川に架かる新大橋《しんおおはし》が見え始めた。夜空に伸びる橙色の支柱を眺めていると、僅かに生臭い風が鼻先に触れた。隅田川は東京湾に続いている。網磯漁港の臭いとは違うが、海の気配は心を微かに騒つかせた。

ライトアップされた夜の新大橋は、昼間より眩しい。車道を走るバイクを横目に橋の中央辺りで足を止めると、恐る恐る欄干《らんかん》から顔を覗かせた。

星のない夜空の下で、水面が街の灯を滲ませている。少しだけ目線を上げると、隅田川を横切るように首都高速道路が緩やかな曲線を描いていた。一定の車間距離を空けて走る自動車は、ここからだと玩具のミニカーみたいだ。その背後には、様々なビルやマンションがひしめき合っている。東京のデザインされた街並みの中に、自然が溶け込んだ下町の風景。あの日から海に足を向けてはいないが、整備された川が流れる街は悪くない。

水面を縫うように、派手な電飾を付けた屋形船が真下を通り抜けていく。窓から覗く座敷には、誰の姿もない。もう宴は終わった後なのだろうか。それとも、これから始まるのだろうか。

「アイス……」

土下座をするスタンプを思い出し、コンビニの灯りを目指して再び歩き出した。橋を渡り切る直前に、なんとなく背後を振り返る。さっきの光る船は、もう消えていた。

コンビニに寄り、片手にレジ袋をぶら下げて玄関のドアを開けた。同居人はもう入浴を済ませたようで、2LDKの室内には甘いシャンプーの香りが漂っている。私は短い廊下を進み、リビングのドアを開けた。

「ただいま。アイス、買ってきたけど」

スマホを弄りながらソファーに寝転んでいた渚が、瞬時に起き上がった。普段は気怠そうにしていることも多いが、こういう時だけ動作は機敏だ。

「何味?」

「普通にチョコにしたけど」

「マジで、神。食べて良い?」

「代金は?」

「チョコを選ぶなんて、やっぱ小羽ちゃんのセンスは抜群だよね」

「それで、代金は?」

「ショートカット、超似合ってる。帰りにナンパされなかった?」

元々奢《おご》るつもりだったが、軽快なお世辞を聞いて苦笑いが浮かぶ。渚は先月二十歳《はたち》になったばかりだが、私より世渡り上手な気がする。頭の回転は速いし、さり気ない優しさも随所に感じる。何より、場を照らすような天性の明るさがあった。母親が違うだけで、こうも性格は異なるものなのだろうか。渚と再び同居するようになってからは、パニック症も改善に向かっていた。

「今度は、自分で買ってよ」

アイスが溶ける前に、レジ袋を差し出す。渚は仰仰しく受け取り、早速プラスチックスプーンを取り出している。彼女は、風呂上がりの髪を耳に掛けていた。なんとなく、スッピンの横顔を見つめてしまう。長い睫毛と丸い大きな瞳は義母の美奈《みな》さんそっくりで、鼻の形は父と瓜二つだ。

「小羽ちゃんも、一口いる？」

アイスが載るプラスチックスプーンが、目の前に差し出された。そのまま口に含むと、舌の上で冷たい物体が溶けていく。正直私は、もっと苦味が強いチョコの方が好みだ。

「少し、甘過ぎない？」

「そうかな。アタシ的には美味しいけど」

「ちゃんと確かめるから、もう一口」

「ダメ。あげない」

渚は意地悪な笑みを零し、アイスの続きに取り掛かった。そんな口元を一瞥してから、無理やり隣に腰を下ろした。

「小羽ちゃん、狭いって」

「このソファーは、私が買ったんだけど」

「うわぁ、感じ悪っ」

「アイスのお返し」

渚が眉を寄せながら、少しだけソファーの端に寄った。隣から届く甘い香りを感じながら、習慣的にテレビのリモコンに手を伸ばす。何度かザッピングを繰り返しても、目を引く番組は見付からない。結局、当たり障りのないニュース番組にチャンネルを合わせた。

「小羽ちゃんは、明日も日勤？」

「そう。渚は今日も、訪問入浴のバイトだったの？」

「うん。マジで、夏の風呂介助は地獄なんだけど。終わったら、汗でTシャツがビチョビチョ」

「キツそうだけど、気を引き締めてね。入浴介助中は、転倒や急変が起こりやすいから」

柄にもなく、看護師の先輩としてのアドバイスが零れ落ちた。渚は現在、二年制の看護専門学校に通っている。高校時代は衛生看護学科に通学しており、既に准看護師の資格を取得していた。来年は正看護師になるための国家試験が控えているが、週末はバイトに明け暮れているようだ。

「あと半年で、国家試験でしょ。バイトばっかりしてないで、少しは勉強したら？」

「ねぇ、ちょっとは優しくしてよ。また明日から、キツい実習が控えてるんだから」

口を尖らせる横顔を見て、それ以上の小言は飲み込んだ。私も通った道だから、看護学生の大変さは理解している。一日の実習が終わり帰宅してからも、やることは異様に多い。実習記録に担当患者の疾患理解。内服している薬の種類や、実施している検査内容の把握。その他にも担当患者の状態変化があると、深夜まで机に向かう時も多かった。

「国家試験が近くなったら、小羽ちゃんに家庭教師してもらおっと」

「無理無理。実習期間が終わったら、速やかに実家に戻って」

「えー、冷たっ。荷物をまた運ぶの面倒なんだけど」

渚の実習先は、殆どが豊洲《とよす》方面にある病院だった。実家から通うと電車で一時間以上も掛かるが、私の自宅からだと自転車で二十分程度。そんな事情もあり、本格的に実習が始まった今年の四月から、渚はこのマンションに居候《いそうろう》している。

「たまには帰って顔見せなさいよ。美奈さんとお父さんが心配するよ」

「小羽ちゃんが側にいるし、逆に安心してるって。それに、この自由を簡単に手放したくないもん。やっぱり、親元から離れるって最高だね」

自然と目を伏せた。渚が穿く短パンから伸びる脚は、すらりとして健康的に日焼けしている。毛穴が目立たない皮膚は瑞々《みずみず》しく、高校生の時に陸上部で鍛えたせいか、しなやかな筋肉も張り付いていた。これから何者かになろうとする脚は、どこにだって行けそうだ。私のように、決まった通勤経路を往復するだけの脚とは違う。

「ごめん……親元から離れて最高なんて言って」

低い声を聞いて、顔を上げた。渚はアイスを口に運ぶ手を止めている。その横顔には、まだ少女の名残が滲んでいた。

「別に大丈夫だから。もう、十一年も経ってるし」

「……でもさ」

「そういう風に気を遣われた方が、余計思い出しちゃうよ」

今まで私から、東日本大震災の出来事を語ったことはない。渚も気を遣っているのか、あの町のことを訊いてくることは一度もなかった。日焼けした手からスプーンを奪い、素早くアイスを口に含む。やはり、私には甘すぎる味だ。

「小羽ちゃんの一口は、大きいって」

「良いじゃん。また買ってきてあげるから」

渚の表情にサッと笑みが浮かぶ。こんな風に切り替えができる異母妹が、少し羨ましかった。

口の中にチョコの余韻を感じながら、テレビに目を向け続けた。もう少しだけ休んだら、お風呂に入らないと。画面には、地方で行われた花火大会のダイジェスト映像が流れている。夜空で散る美しい火花が消えると、スタジオに座るニュースキャスターが話題を変えた。

「次に本日の特集です。病気や障害のある家族の介護や、幼いきょうだいの世話をする十八歳未満の子ども。所謂『ヤングケアラー』。厚生労働省は今年、全国の小学生を対象に大規模なアンケート調査を実施しました」

瞬きも忘れ、ニュースキャスターの神妙な表情を見つめた。

「アンケート結果によると『世話をしている家族がいる』と答えた割合は、およそ十五人に一人。ケアの頻度はほぼ毎日が半数。その中には、六時間以上も家族のサポートに時間を費やしている児童もいるようです」

ニュースキャスターの滑舌の良い声が、徐々に遠くなっていく。自然と俯くと、両足がブルーのラグマットを踏んでいた。足元に、三つ目で尻尾が二股に分かれている生き物は見当たらない。

「厚生労働省と文部科学省が去年発表した初の実態調査報告では、中学二年生の十七人に一人、全日制高校二年生の二十四人に一人が、ヤングケアラーであることが明らかになってきています。つまり、クラスに一人か二人はヤングケアラーが存在していることが推測されます」

胸の中で『プーちゃん』と呼び掛けてみる。何度も何度も。私にも見えるように。

「ケア内容には家族の世話や家事や介護の他にも、感情面のサポートも含まれます。子どもが親のケアをしている場合、親が患っている疾患は精神的な病が最も多いという報告もあるようです」

母の姿と一緒に、別の大人の女性が浮かんでは消えた。正確な顔立ちはもう思い出せないが、笑うと八重歯が覗いていたことは憶えている。

「家族に対する過度なケアを担っていても、ヤングケアラーの自覚がない子どもが多く、周囲の大人たちの気付きが重要です。今回の特集では、うつ病を患う母親と生活する十四歳の中学生に密着しました」

急にテレビから派手な笑い声が聞こえた。顔を上げると、画面はバラエティ番組に切り替わっている。

隣の渚が、持っていたリモコンで頭を掻いていた。

「あれ？　さっきのニュース観たかった？」

「いや、別に……」

「なら、このコント番組観てみ。マジウケるから」

流されるように、再びテレビを見つめた。何組かの若手芸人が、横並びでオープニングトークを交わしている。不意に渚が、画面を指差した。

「アタシ、小羽ちゃんの第一印象をまだ憶えてるよ」

画面の右上には『相方の第一印象は？』と、テロップが浮かんでいた。若手芸人の楽しげな声につられて、冗談を返す。

「美人過ぎて、困ったでしょ？」

「その印象は、全くないな」

「やっぱり、もうアイスなしね」

「嘘、嘘。綺麗なお姉ちゃんが来たって思ったよ」

渚は焦って訂正してから、スッと真顔になった。

「正直言うと、この人は笑顔のお面を被ってるのかな？　って思ってた」

「何よ、笑顔のお面って？」

「だって小羽ちゃん、ウチに来た当初はずっとニコニコしてたじゃん。無理してさ」

返事が喉につかえた。取り繕うように、興味のない番組に目を向ける。

「だからさ、最初の方は妙に怖かったな。なんて言うか、ロボットみたいで」

「ちょっとー、そんな風に思ってたの？」

敢えて弾んだ口調で、渚の肩を軽く叩いた。異母妹は薄く笑ってから、鼻先を掻きながら続ける。

「でもさ、すぐにロボットじゃないんだって思ったよ」

「なんでよ？」

「だって小羽ちゃん、みんなが寝静まってから一人で泣いてたじゃん。トイレに籠もって」

渚の呑気な声が呼び水になり、当時の光景が蘇る。

ウォシュレット付きの便座。

良い香りのするトイレットペーパー。

壁に貼られた九九のポスター。

あの家より遙かに清潔なトイレを、毎晩涙で汚した。新しい日々に適応しようとすればするほど、独りになると涙が零れた。そんな当時の自分から目を逸らすように、無理やり弾んだ声を出す。

「トイレで思い出したけど、今日掃除してくれた？」

「あっ、忘れてた」

「もう、ちゃんと約束守ってよ。定期的に綺麗にしないと、水垢《みずあか》がこびり付いちゃうの」

「はーい」

平然を装いながら、ソファーから腰を上げた。何かの蓋が緩んでしまったかのように、記憶の砂塵《さじん》がサラサラと零れ落ちていく。

「あれっ、もう観ないの？」

「汗でベタベタ。シャワー浴びてくるね」

「了解。この後、ネトフリでドラマ観ようかなって思ってるんだけど、小羽ちゃんも一緒にどう？」

「どんなドラマ？」

「教師と生徒の禁断の恋。一度観たら、意外とハマっちゃう」

「ごめん。私、恋愛ドラマは苦手なの」

恋愛ドラマと聞くだけで、地震に襲われた瞬間が脳裏を過る。私は逃げるように脱衣所に向かい、手早く服を脱いだ。浴室に入ると、普段より熱いシャワーを出す。

シャンプーも付けずに、シャワーを頭から浴び続けた。お湯が足元で跳ねる音を耳にしていると、夕立の中で立ち尽くしているような気分がした。汗や居酒屋の臭いよりも、私に張り付く様々なラベルを洗い流して欲しい。看護師、アラサー、パニック症、ヤングケアラー、震災遺児。その後には、何が残ってるんだろう。本当は何も残ってない方が、幸福なのかもしれない。

お湯が目に入って、ようやく馬鹿な空想を中断した。急に水道代が気になり、シャワーを止めてクレンジングオイルに手を伸ばす。シトラスハーブの香りと共に、薄い化粧は剝がれ落ちて行った。


昨日と同じ車両に揺られ、職場の最寄り駅で降車した。アスファルトに反射する日差しには、既に真夏日の気配が漂っている。冬の方が慣れている身にとっては、辛い季節が続く。うんざりした気分を抱きながら、首筋に滲んだ汗をハンドタオルで拭った。

院内の更衣室で白衣に袖を通し、リノリウムの廊下を進んだ。所属する閉鎖病棟を目指しながら、昨日確認した業務分担表を思い出す。今日の担当は、転院する患者一人しか割り振られていなかった。転院先の病院まで距離はあるが、午後には戻ってくることができるだろう。その後は、処方薬の確認やナースコール対応等のフリー業務を任されていた。

閉鎖病棟の二重扉を抜け、夜勤スタッフに軽く頭を下げた。私物を休憩室に置いてからナースステーションに戻り、隅の方で電子カルテを開く。早速、今日の担当患者の名前にカーソルを合わせた。昨日の勤務中も確認したが、復習のつもりで生活歴に目を通す。

『桐沼利江《きりぬまとしえ》、女性、四十二歳。東京都北区《きた》にて、同胞二名中次女として出生。本人が三歳の頃に両親は離婚し、それ以降は母親の元で育つ。出生時の異常はなく、幼少期の検診で発育の遅れを指摘されたこともない。身体疾患の既往歴なし。アレルギーなし。現在まで違法薬物の使用なし。家族内の精神科負因としては、母親と姉がうつ病を発症している。母親も、当院の外来に通院中。姉は、本人が二十八歳の時に自死している』

マウスを操作しながら、引き続き画面をスクロールさせていく。

『小・中学校時代は学業の成績は優秀で、同級生とも良好な関係を築けていた。高校は都内でも有数の進学校に入学。しかし徐々に授業についていけなくなり、成績は下降の一途を辿る。休日も自室で引き籠もることが多くなり、家庭内での口数も減っていった。

十七歳頃から自室に飾っていた人形を壁の方に向けて並べたり、貼っていたポスターのアイドルの目元をマジックで塗り潰したりする奇行が目立ち始める。本人も「監視されている」「盗聴器が仕掛けられている」等の被注察感を口にすることが多くなっていった。幻聴の影響により対話性の独語も目立ち始め、突然全裸で外に飛び出そうとする奇異行動も散見されるようになった。病的体験が活発になってからは高校も不登校となり、その後は中退している。

十八歳で当院を受診し、統合失調症と診断。薬剤治療と休息目的にて即日医療保護入院となった。退院後は月に一回の外来診療に通院しながら、当院のデイケアを利用。そこで出会った男性と二十二歳で結婚し、長女を出産。現在は離婚している』

生活歴の次に、現病歴に目を向けた。今回の入院は怠薬《たいやく》が切っ掛けで妄想が活発になっていったようだ。不幸中の幸いと言って良いのか、入院時のルーチン検査で肺の異常が発見されていた。

　桐沼さんは十代と今回の他にも、二十代と三十代の時に入院歴があった。二十代の入院は、実姉の自死が切っ掛けで調子を崩したらしい。私は次に、三十代の入院の切っ掛けに目を細めた。

『東日本大震災の津波の映像を見てから、不安定になり……』

　母がもしあの日を生き抜くことができたら、同じように調子を崩していただろうか。今となっては、答えようのない問いが頭の中を巡った。

「そろそろ、朝の申し送りを始めます」

　背後から夜勤者の声が聞こえ、電子カルテを閉じた。いつの間にかナースステーション内には、日勤スタッフが集まっている。まだ慣れない場所で、私は白衣の襟元を直した。

　夜勤者の申し送りが終わると、血圧計と体温計を片手に桐沼さんの病室に向かった。家族が迎えに来るのは、午前十時。すぐ出棟できるよう、荷物をまとめておかないといけない。それに夜勤者の申し送りを聞く限り、昨夜はあまり眠ってはいなかったらしい。転院に対する不安が強いのだろう。その気持ちも、できるだけ和らげておく必要がある。

　桐沼さんは、個室の病室で入院生活を送っていた。ドアを何度かノックすると、室内から「どうぞ……」とか細い声で応答があった。

「おはようございます。転院前の検温で伺いました」

　足を踏み入れると、私物が片付けられた室内が目に映った。桐沼さんはベッドの端に腰掛け、ぼんやりとした眼差しを浮かべている。

「本日担当の織月と申します。転院時には私も付き添いますので、よろしくお願いしますね」

　桐沼さんは、僅かに頷いただけだ。私は床頭台《しょうとうだい》の上に置かれた紙袋を眺めながら、微笑みを向けた。

「もう、私物はまとめているようですね？」

「……十時には出発なので」

「荷造りは疲れませんでした？」

「元々、私物は少ないから」

　声に張りはないが、会話の反応速度は悪くない。礼節は保たれていて、一見すると妄想や幻聴に左右されている様子はなかった。

「夜勤者から、昨夜はあまり眠れていなかったと聞きましたが」

「そりゃ……ねぇ。色々と不安ですから。ここことは違って、全然知らない病院に行く訳だし」

「確かに、そうですよね。因みに今は、息苦しさや呼吸の乱れはありますか？」

「それが、全くないんです。だから、肺がおかしいなんて信じられなくて」

「一応、血中の酸素量を測定してもよろしいでしょうか？」

桐沼さんは慣れた様子で、人差し指を突き出した。その仕草を合図に、白衣のポケットから消しゴム大の医療機器を取り出す。肺から取り込まれた酸素は、赤血球のヘモグロビンと結合して全身に運ばれる。このパルスオキシメーターと呼ばれる医療機器を使えば、ヘモグロビンの何パーセントに酸素が結合しているか皮膚を通して測定することができる。要は血液の酸素供給が正常に行われているか、数秒で調べることができるアイテムだ。

桐沼さんの指先をパルスオキシメーターのクリップ部分に挟み、表示された数値に目を凝らす。血中酸素飽和度の結果は九十八パーセントだった。今のところ、酸素吸入が必要な数値ではない。続けて血圧や体温も測定したが、どちらも正常範囲内に留まっていた。

「問題ないです。安心して、転院先に向かえますよ」

「そうですか……でも今朝は、頭の中が騒がしくて。お前は末期の肺がんだとか、どうせ死ぬとか、甲州《こうしゅう》街道に飛び込めとか」

「そう声が聞こえるんですね？」

「なんとか無視してますけど……それに最近、みんながわざと嘘の日付を教えてくるんです。今朝もテレビを観てたんですけど、男のニュースキャスターが一昨日の日付を伝えてました。途中までは全く気付かなかったんですけど、彼がカメラの目を盗んでネクタイを指差したんです。それって、逆を読めっていう合図なんですよ。危なく騙されかけました」

否定も肯定もせず、上下する口元を見つめた。傾聴した内容は、現実的とは言えない。幻聴や妄想の影響を察しながら、タイミングを計って口を挟む。

「お話を聞いていると、少し気持ちが揺らいでいるように感じました。これから、転院が控えている影響もあると思いますが」

「そうですかね……」

「因みに、朝薬はもう飲まれました？」

「いえ……まだです」

桐沼さんの朝薬には、抗精神病薬が処方されていた。内服すれば、幾らか病的体験は軽減するかもしれない。

「一度ナースステーションに戻って、取ってきますね」

力なく頷く姿を確認して、背を向けた。廊下に踏み出そうとした時、背後から呼び止める声が響いた。振り返ると、桐沼さんがベッドから立ち上がっていた。

「今日って、何月何日ですか？」

質問を聞いて、先ほど彼女が口にしていた妄想内容が蘇る。

「七月十一日ですよ」

「……本当ですよね？」

「もちろん。私が桐沼さんを騙す理由なんてありませんし。病棟ホールに朝刊が置いてますので、朝薬と一緒に持ってきます。ご自身でも、日付を確認してみてください」

「……お願いします」

軽く頭を下げて、ドアを開けた。その瞬間、廊下の天窓から差し込んだ光が視界を霞ませる。全てが白んだ場所で、今日が母と祖父の月命日だということを思い出した。

二人の遺骨は、父が震災後に東京の納骨堂に納めてくれていた。一般的なお墓とは違って屋内にあり、最寄り駅からのアクセスも悪くない。納骨スペースは狭いが、同じだ。納骨堂内の区画割された棚の扉を開ければ、二つの骨壺が並んでいる。二人の命日は同じだ。

その分毎年会いに行くことはできていた。

桐沼さんに朝薬と朝刊を渡し、病室に忘れ物がないか最終確認をしてから、再びナースステーションに戻った。出棟予定時間を気にしながら、先ほど測定したバイタルサインの数値を電子カルテに打ち込む。その途中で、病棟出入り口に設置してあるインターフォンが鳴った。対応した事務スタッフが、周囲に向けて声高に告げる。

「桐沼さんのご家族が、お見えになりました」

急いで電子カルテを閉じ、席を立った。早足で廊下に踏み出し、二重扉を通り抜ける。その先では、セーラー服を着た一人の少女が立っていた。目が合うと、彼女は深々と頭を下げた。

「桐沼利江の娘です。いつも母が大変お世話になっています」

礼儀正しい挨拶を聞いて、つられて頭を下げてしまう。殺風景な場所だからか、胸元で咲くセーラー服の赤いリボンが華やかだ。思わず辺りを見回したが、他に人影はない。僅かに首を捻りながら、まだ幼さが残る顔立ちに視線を戻した。

「看護師の織月です。今日は私も付き添うので、よろしくね。それで、他のご家族の方はいるかな？」

「いません。あたし一人です」

一瞬、理解が遅れた。彼女はそれが当たり前とでも言うように、全く表情に変化はない。

「転院ってことは、今日で当院を退院になるんだけど……入院費のお会計とかは、後日？」

「もう、済ませてきました」

「えっと、それはあなたが？」

「はい。なので、あとは母を連れて行くだけです」

妙に淡々とした声が耳の中に残る。近くの小窓から差し込んだ光が、セーラー服を斜めに照らしていた。本当は眩しい筈なのに、瞬きができない。彼女は背負っていたバックパックの位置を直しながら、続ける。

「もう、病院の駐車場でタクシーが待ってます」

さり気なく急かされ、慌てて頷いた。

「こっちも準備はできてるの。それじゃ、お母様を呼んでくるね」

「すみません。お願いします」

彼女にはここで待っているように告げ、踵を返した。桐沼さんの病室に向かいながら、カルテに記載されていた内容が脳裏を過る。

『二十二歳で結婚し、長女を出産。現在は離婚している』

元夫が面会に来ている様子はないし、あの子の祖母も当院の外来に通院していると記載されていた。桐沼家で何かあった時に素早く動けるのは、娘さんしかいないのかもしれない。

様々な雑念を振り払うように、軽く頭を振った。今は余計なことを考えなくて良い。無事に桐沼さんを送り、転院先で正確な申し送りを伝える。私がするべきことは、それだけだ。目的の病室前に着くと、一度深く息を吸った。妙に心臓が早鐘を打っているような気がして、指先で手首を走行する橈骨《とうこつ》動脈に触れる。触知した脈拍は、普段よりもだいぶ速い。ここまで足早に、廊下を進んできたせいだろう。そう無理やり納得して、あの子に重ねた十七歳の自分を塗り潰した。

病棟を出る前に抗不安薬を内服した。今までも勤務中にパニック発作が起きたことはないし、看護師から離れていた半年間でタクシーに乗る訓練は繰り返している。きっと、今の私なら大丈夫だ。転院を上手くやれるかの以前に、まずは車内で発作が起きないことを願った。

恐る恐る乗り込んだタクシーは、西東京方面を目指して甲州街道を進んでいく。運転手はしきりに道路の混み具合を気にしていたが、渋滞の気配は皆無だ。フロントガラスに映る街並みを眺めていると、予想以上に平然を保つことができた。やっぱり、窓があると気が紛れる。少し余裕が出てくると、後部座席から聞こえてくる声に耳を澄ませた。

「お母さん、ちょっと痩せた？」

「多分、末期がんなのよ……」

「ねぇ、やめてよ。痩せたように見えるのは、健康的な病院食を食べてるからでしょ。家だと、間食が多かったし」

二人の会話が肩に重くのし掛かり、気付くと記憶の海に沈んでいく。何度も繋いだ柔らかい手、黄ばんだ壁に吊るされたお薬カレンダー、漁港から眺めた造船所のクレーンと石巻工業港の明かり、波音に重なる足音。もう色褪せた様々なイメージが、波のように引いては寄せてを繰り返す。

「お母さんの手続きが終わったら、そのまま学校に行くから。だから何か足りないものがあったら、教えて。病院の売店で買うからさ」

「別に何もいらない……」

「本当？　シャンプーとか歯磨き粉とかは、まだ残ってる？」

「……買っても、どうせ嫌がらせされるから。この前だって、新品の下着がゴミ箱に捨てられてたもの」

「それは幻聴に命令されて、お母さんが自分でやったんでしょ。あたし、見たもん。新しい下着を、次次と捨ててるとこ」

そんな指摘をされても、桐沼さんは何も反論はしなかった。私は加算されていくタクシーメーターを一瞥してから、ずっと気になっていることを訊いた。

「着いたら、入院に関する手続きの諸々は娘さんがやるんですか？」

一拍置いて、母親と話す時とは違う声色が届く。

「そうですね。あたしが全部やります」

「そのっ……まだ学生さんに見えるけど」

「今は高三です。二ヶ月前に十八歳になったので」

彼女の年齢を知って、ある事実を思い出す。今年から民法が改正され、成年年齢が二十歳から十八歳に引き下げられている。当院でも同意書取得関連の対応は全て、新しい成年年齢に合わせるという通達があった。

「……年齢的には、大人の仲間入りだもんね」

間の抜けた声で呟くと、一枚の書類が脳裏に浮かんだ。あの頃の私は、第一緊急連絡先に名前を書くことが許されなかった。それが良いことなのか、悪いことなのかは、瞬時に判断がつかない。

「この後は、学校に行くの？」

「はい。担任には、生理痛が落ち着いたら登校するって嘘ついてます」

「転院に付き添うことは、伝えてないんだ？」

「そうですね。どうせ言っても『家族の世話をして偉いな』とか、『他の大人に頼めないのか？』ぐらいしか返ってこないので」

声色は明るかったが、その裏側には身に覚えのある諦めが滲んでいた。そんな雰囲気を察しながらも、当たり障りのない会話を続ける。

「学校は楽しい？」

「まぁ、それなりに」

「高三ってことは、もう進路は決めてるの？」

「奨学金を借りて、進学したいなって。将来は精神保健福祉士を目指してるんです」

前を向いたまま、何度か頷く。「お母様の影響？」という質問を飲み込みながら、全く違う内容を訊いた。

「転院先の病院からは、学校は近いの？」

「それが、遠くて。帰りは電車の乗り換えを間違えないようにしないと」

振り返らなくても、彼女が苦笑いを浮かべている気配が伝わる。

「でも、仕方のないことですから」

運転手が鳴らすウインカー音が、車内に虚しく響いた。その返事は学校までの距離のことを差しているのか、午前の授業を休んでまで転院に付き添っていることを指しているのか、明確にはわからなかった。敢えて訊き返さずに、現実的な対処だけを告げる。

「あっちに着いたら、私の申し送りを一番最後にしてもらうように頼んでみるね。先にご家族の諸々に対応してもらった方が、そのぶん早く学校に向かえると思うし」

「別に、気を遣わなくて大丈夫です」

「正直言うとね、早く戻ったら色々と仕事を振られちゃうの。だから、遠慮しないで」

本音を見抜かれないように、不真面目な看護師を演じた。彼女も同じかは不明だが、当時の私は他人からの優しさに敏感だった。少しでも同情の気配を感じると、すぐに壁を作っていたような気がする。

「なんだ、そういうことか。だったら、お願いします」

弾んだ声を聞きながら、目の前のカーナビを確認した。目的地周辺まで、あと四十二分。画面の中の矢印が、見知らぬ道を進んでいく。私は居住まいを正してから、後部座席を振り返った。

「寝てても良いですよ。着いたら、起こすので」

その瞬間、頭の中にイメージの濁流が流れ込んだ。二人の表情が霞んでいく代わりに、いつかの光景が瞳に蘇る。夜の闇に紛れた防風林のシルエット、空き地に置かれた大量の消波ブロック、そして助手席に座るあの人の気配。

「あのっ……あたし、何か失礼なことでも言いました？」

「え……？」

「看護師さん、泣いてるから」

二人の表情がよく読み取れない理由に気付いた。目元を拭うと、指先が僅かに濡れている。いつから、こんな風に涙を流すような人間になったのだろうか。

洟を啜りながら、無理やり口角を上げた。

「実は私、酷い花粉症なの。よくあることだから、気にしないで」

「へぇ。花粉症って、春先になる人が多いですよね。珍しい」

「私のアレルゲンは、今が飛散時期だからさ」

適当な理由を並べながら、再び前を向く。それでも取り繕うように、口数は増えてしまう。

「転院先でも、精神科病棟で療養するそうです。肺の件に関しては、他病棟の専門医が診察に来てくれるって聞いてます」

「その方が安心。母は環境が変わると、落ち着かなくなることが多いし。ってか、着いたら色々と訊かれますかね？」

「ご家族への質問は、少しだけだと思うよ。青葉さんの情報は、既にファックスで送ってあるので」

「青葉さん？」

短い沈黙を挟んで、ようやく言い間違いに気付いた。無意識のうちに身体の奥底から湧き上がった名前は、また目頭に熱を帯びさせる。

「ごめんなさい。他の患者さんの名前を、間違って口にしちゃった」

今日は嘘ばかりを吐いている。そんな事実から目を逸らすように、無理やり話題を変えた。

「来年の受験、合格するといいね」

「はい。頑張ります」

フロントガラスに映る空は、あの寒空と違って青く澄んでいる。それなのに、耳の奥で海鳴りが聞こえた。

転院先の病院に到着すると、外来で入院に関する告知を受けてから、三階にある精神科病棟に案内された。転院受けの看護師に頼んで、家族対応を優先してもらう。私が付き添っていたこともあってか、予想通り家族からの聴取はすぐに終わった。

娘さんはバックパックを背負い直すと、私に向けて深く頭を下げた。

「改めて、今日は付き添いありがとうございました。最後に、一階の事務に寄ってから帰ります」

「お疲れ様。気を付けて学校に向かってね」

彼女は笑みを浮かべ、病棟出入り口の方に歩き出した。私と桐沼さんも、その後に続く。

「お母さん、また面会に来るからね。何かあったら、連絡してよ」

病棟の外に踏み出す夏仕様の制服を見送った。自然と、名前すら聞かなかった彼女の行く末を祈ってしまう。

希望校に、合格できますように。

もう、授業を休む嘘を考えないで済みますように。

でも多分、私がいくら祈っても意味なんてないんだろう。あの日だって、何度も何度も祈った。雪が降る寒空の下で、散乱する瓦礫を踏みながら。その時聞いた誰かの悲鳴や嗚咽《おえつ》が、まだ耳の奥にこびりついている。

「制服のリボンが発信源ね」

奇異な呟きを聞いて、隣に顔を向けた。桐沼さんが、既に施錠された二重扉を切なげに見つめている。

「盗聴器が仕掛けられてるようだし……早く警察に連絡しないと」

病棟内に設置された公衆電話に向かおうとする彼女を、必死になだめた。転院早々、トラブルを起こすわけにはいかない。

「桐沼さん、警察には電話しないで大丈夫よ」

「でも……娘が心配なの。産業スパイに監視されてるみたいだから」

病状に左右されながらも、桐沼さんなりに娘さんを心配する気持ちは伝わった。余計な訂正は挟まず、受話器の代わりに私の手を握らせた。

それから滞《とどこお》りなく申し送りを終わらせ、病棟を後にした。桐沼さんはずっと妄想交じりの発言を繰り返していたが、最後は手を振ってくれた。

一人になると、エレベーターではなく階段を使った。できるだけ、閉鎖的な空間に身を置きたくはない。一階に続く階段を下っている途中で、重大なミスに気付く。私服に着替えずに、ここまで来てしまった。

「最悪……」

自腹でタクシーに乗るか、周囲の目を気にしながら白衣のまま電車に揺られるか。迷いながらも、ある考えが浮かぶ。まだ娘さんが外来に残っていたら、一緒にタクシーに乗るよう誘っても良いかもしれない。その方が、彼女も早く学校に着くだろう。財布の中身を確認すると、一万円札と千円札が三枚。彼女の高校を経由して病棟に戻っても、多分支払いは足りる。帰りは下道ではなく高速に乗れば、帰院時間に大差はないような気がした。

週明けということもあってか、外来ロビーはかなり混み合っていた。深緑の長椅子が並ぶ広い空間には、多くの人々が順番が来るのを待っている。混雑する慣れない場所は苦手だが、ミントガムを口の中に放って揺れるプリーツスカートを探した。いくら目を凝らしても、彼女の姿は見当たらない。もう手続きを終えて、駅に向かったのだろうか。仕方なく入退院窓口の方に向かい、事務スタッフに声を掛けた。

「すみません。今さっき、制服を着た女の子って来ませんでしたか？」

「来ましたよ。もう手続きが終わって、帰りましたけど。何か不備でも？」

「いえ……ちょっと用があったので」

「最後にトイレの場所を聞かれたから、もしかしたら寄ってるかもしれませんよ」

事務スタッフが外来ロビーの奥を指差した。その方向に目を凝らすと、トイレマークが掲げられていた。

多くの患者たちとすれ違いながら外来ロビーを進み、目的のトイレに着いた。チラリと中を確認すると、並ぶドアの一つが閉まっている。流石に今声を掛けることは躊躇い、トイレの出入り口付近で待つことにした。

外来を行き来する人々を眺めながら、近くの壁に背を預けた。すぐ隣には、様々なチラシが掲示された一角があった。暇を潰すように、タイトルだけを目で追う。病院便りから始まり、治験の募集、就労サポート案内、子育て支援情報、発達障害や生活習慣病に関する講演。ふと、ある一枚に目が惹かれた。

『Ａ《ア》Ｙ《ヤ》Ａ世代・がんサバイバーたちのメッセージ』

チラシは真っ青で、他のモノよりも派手だった。白字で描かれた『ＡＹＡ』はAdolescent & Young Adult（思春期・若年成人）の頭文字を取った言葉で、日本の場合は十五歳から三十九歳までの世代を指す。見出しを読むと、若くしてがんを患った方々が体験談を伝えるセミナーのようだ。内容も一般向けというより、医療従事者が対象らしい。

紙面には、十人程度の顔写真が載せられていた。多分、全員当事者たちなんだろう。皆それぞれ、フリップボードを持って写っている。そこには、16、18、21、23、28、31等の数字が大きく描かれていた。がんを発症した年齢だと察して、僅かに胸が痛む。私もＡＹＡ世代ということもあってか気になり、チラシの中で並ぶ顔写真を右から順番に眺めた。途中で『25』と書いてあるフリップボードを持つ男性に目が留まった。

「ん？」

気付くと眉根を寄せ、紙面を凝視していた。その男性には、見覚えがあった。以前、関わったことのある患者かもしれない。記憶を探るように視線を宙に向けると、思わず噛んでいたガムを飲み込んでしまった。

「……航平？」

瞬きを忘れ、地元の同級生に良く似た人物に目を凝らす。彼は、薄く微笑みを浮かべていた。当時より顔の輪郭はシャープになり、肌も浅黒くなっている。メガネは掛けていたが、あの頃の黒フレームは薄い茶色に替わっていた。

写真の画質は粗めだが、口元のホクロもちゃんと確認できる。そんな最中、視界の隅を人影が過った。顔を向けると、トイレから見知らぬ女性が出てくるところだった。私がグズグズしているうちに、既にセーラー服は駅に向かったことを知った。

ザラついた後悔を抱えたまま、改めて青いチラシに目を通した。セミナーの開催日は再来週の土曜日で、受講するには事前申し込みが必要らしい。場所は西新宿にあるビルのイベントホール。当日の勤務は日勤だったが、定時に上がれば少しだけでも顔を出すことが可能だ。

その顔写真を何度見ても『本物』と『他人の空似』が、交互に浮かんでは消えていくだけだった。馴染みのない外来ホールの片隅で、気付くと様々な想いが交錯した。こっちに来てからは、あの町のことは考えないように決めて生きてきた。壊滅した地元を見捨て、当時の友人たちとは一切連絡を絶ち、東京の人混みに紛れる。忘れるということは、ある状況では救いにもなり得ると信じていたのに。それが、真っ青なチラシ一枚で掻き乱されるなんて。結局十一年もの間、忘れた振りをしていただけなのかもしれない。

「看護師さん、C7病棟へはどう戻れば良いんでしたっけ？」

いつの間にか、すぐ側に白髪の男性が立っていた。この病院に入院している患者だろうか。病衣を纏い、片手には点滴スタンドを握っている。

「えっと……実は私、この病院の看護師じゃないんです」

「でも、白衣を着てるじゃないですか？」

「今日は、患者さんの転院に付き添っただけなので。あちらに総合窓口がありましたので、詳しくはそこでお尋ねになった方が良いかと」

白髪の患者は事情を理解したように頷いたが、何故かその場から立ち去ろうとはしなかった。再び、呑気な声が耳に届く。

「入院生活って、どうしてこうも暇なんでしょうかね？」

「休息することも、治療の一つですから……」

「でもねぇ。ベッドに横になってるだけじゃ、余計身体が鈍ってしまいますよ」

暇を持て余し、院内を散歩しているのだろうか。白髪の患者はさっきの私と同じように、数々のチラシに目を向け始めた。

「色んな勉強会の案内が貼ってありますな。何か興味を引くものでもありましたか？」

「……どうでしょう」

「去年までは、コロナで大変でしたし。何があるかわからない不安定な世の中ですから、学べる時に学んでおいた方が良いですな。特に、看護師さんのように若い人は」

ふと、点滴スタンドに吊るされたボトルが空になっていることに気付いた。病衣の袖口から覗く管を観察すると、血液が逆流し赤く染まっている。

「あのっ、点滴が終わってますよ」

「あれま、気付かなかった」

「急いで、外来の看護師に伝えましょうか。このまま放置していると、点滴を差し換えることになるかもしれませんし」

患者に付き添いながら、私以外の白衣を探す。周囲を見回していると、彼が何気なく口にした言葉が耳の中で渦を巻いた。

『学べる時に学んでおいた方が良いですな』

その言葉は次第に、個人的な解釈に変わっていく。学ぶこともそうだが、誰かに会える時に会っておいた方が良いのかもしれない。あの日の十四時四十六分を境に、永遠に会えなくなってしまった人が沢山いる。

外来看護師に事情を告げてから、患者を託した。足早にさっきの壁際に戻り、白衣からスマホを取り出す。メモ代わりとして青いチラシに放ったシャッター音が、誰かを呼び出す外来放送に掻き消された。

土曜日は、朝から天気が崩れていた。病棟の窓が映し出す外の風景は、雨脚で霞んでいる。眼下の歩道を進む様々な色の傘や、街路樹の葉が雨で揺れる様子を一瞥してから、ナースステーションに戻った。既に日勤リーダーが、夜勤者に向けて申し送りを始めている。掛け時計を確認すると、終業時刻まであと二十分と少し。心臓の拍動は、既に平常時より速くなっていた。

問題なく定時が過ぎた後は、急いで私服に着替えた。ロッカーに付属してある鏡で軽く髪型を整えてから、傘を持って廊下に踏み出す。職員出入り口のドアを開けると、嫌に湿った空気が肌に触れた。

歩き出す前に、頭上に目を細めた。見上げた空は灰色に染まり、降り続く雨が地面のアスファルトを濡らしている。同じ灰色でも、地元の空とは何かが違う。航平はこの空を見て、どんな感想を抱くんだろう。細かいことにはこだわらない性格だったから、案外『同じだべ』と一蹴されるかもしれない。

最寄り駅から各駅停車の電車に揺られ、新宿駅に到着した。夜の方が明るい街は、いつも多くの人々で賑わっている。できるだけ人通りが少ない道を選びながら、セミナー会場を目指した。

足元を濡らして辿り着いたビルは、かなりの高さがあった。ＩＴ系のオフィスが幾つか入っているようで、エントランス付近ではスーツ姿の人々がチラホラ行き交っている。

ビル内に入ると、まずは階段を探した。周囲を見渡しても、それらしき場所はない。刻々と迫る時間に焦りながら、ようやく覚悟を決める。セミナー会場は、五階だったはず。エレベーターがある方を見据えながら、苦い唾を飲み込んだ。

窮屈な数十秒を耐え、五階のランプが灯ったタイミングで深く息を吐き出した。開いたドアの先には、カーペット敷きの廊下が続いていた。少し離れた場所で、若い女性が机を前にしてパイプ椅子に座っている。彼女が背にしている壁には、真っ青なチラシが一枚だけ貼られていた。私は呼吸を整えながら、受付らしき場所に向かった。

「すみません。ＡＹＡ世代に関するセミナー会場って、ここですか？」

声を掛けると、受付の女性が申し訳なさそうに眉根を寄せた。

「はい。もう終了時刻間近になっております。それでも、よろしいでしょうか？」

「大丈夫です。少し顔を出しに来ただけなので」

彼女は僅かに不思議そうな表情を浮かべ、机上の名簿に目を落とした。紙面には様々な名前が並び、受付を終えた証なのか青いマーカーで線が引かれている。手付かずのまま残っているのは、私の名前だけだった。

「看護師の織月小羽さんでしょうか？」

無言で頷くと、私の名前が青いマーカーで色付いた。

できるだけ音を立てないように、会場に足を踏み入れた。室内は広い会議室といった趣《おもむき》で窓も多く、二人一組で腰掛けられる長机が三列ほど縦に連なっていた。ザッと見たかぎり、五十人以上の参加者がいそうだ。入ってすぐの席が一つ空いていることに気付き、迷わず腰を下ろす。壇上では、司会者らしき男性がマイクを片手に握っていた。

「終了時刻が迫ってきたようです。他に質問がある方は、いらっしゃいますか？」

最後の質疑応答に入っているのを察した。壇上には司会者の他にも、何人かがパイプ椅子に腰を下ろしている。多分、全員当事者たちなんだろう。

この席からだと距離があるが、順番に目を凝らす。向かって左の一番端に座っている男性を確認した瞬間、心臓が強く鳴った。あのチラシに写っていた人物だ。やはり航平に似ているような気がするが、まだはっきりとは言い切れない。もっと前の席に座りたい衝動を、グッと堪《こら》えた。

「真ん中の列の方、どうぞ」

司会者が指名した女性が立ち上がると、この席から見える航平らしき人物の姿がちょうど遮られた。

「都内の総合病院で看護師をしております加藤と申します。今回皆様の貴重なお話を伺い、多くの学びを得ることができました。ＡＹＡ世代で闘病するということは、就学、就労、結婚、出産、育児等のライフイベントと重なり、改めて社会的なサポートや当事者同士が繋がり合える場が増えたらと実感した次第です」

多くの参加者が、一斉に頷く。私だけ不純な動機でこのセミナーに参加しているような後ろめたさが、僅かに頭に過った。

「最後に質問です。闘病中や或いは現在でも、何か生きる希望になっていることはありますでしょうか?」

彼女が再び腰を下ろすと、司会者が向かって右側の女性にマイクを手渡した。

「当時二歳だった長男の存在ですかね。この子のためにも、生きなきゃって思いました」

彼女はそう告げると、マイクを隣の当事者に手渡した。

「僕は大学生だったので、友達の存在がデカかったです。当時はバンドを組んでいて、もう一回ライブをしたくて」

マイクが、また隣に移動する。

「私は十五歳から入退院を繰り返していたので、あまり学校行事には参加できずに卒業式を迎えたんです。だからせめて、成人式には振袖を着て出席したいなって」

「俺はやっぱり、同じ当事者たちの存在です。仲間の前だと、家族にも言えないような本音がさらけ出せたような気がしてたし」

マイクが徐々に彼に近付いていく光景を眺めながら、同じ看護師が言い放った質問を自分に問う。少し考えてみても、胸に濃い影が伸びるだけだ。今の私にとって『生きる希望』という言葉は眩し過ぎた。

「あたしは、当時どハマりしてたアニメです。最終回を観るまでは、絶対死ねないって思ってました」

最後に、彼にマイクが手渡された。私は背筋を伸ばして、第一声に耳を澄ませる。

「このセミナーで話した内容と重複しますが……」

口籠もる声を聞いて、今までの疑念が瞬時に確信に変わった。

「俺は今でも、東日本大震災で見た光景を偶に思い出します。同時に、祖母の遺体も」

心の隅を撫でるような声が、一度途切れた。短い沈黙を挟んで、航平は続ける。

「見つかった祖母の遺体は、仮埋葬と呼ばれる土葬になったんです。当時は被災した火葬場も多かったし、市が、仕方なくそう判断を下して……一旦遺体の入った棺を土に埋めて、火葬の順番が来ればまた掘り返す。その頃にはかなり腐敗が進んでたみたいで、結局最後は祖母の顔すら拝めないまま荼毘《だび》に付されました」

　質問内容とは迂遠《うえん》になっていく返答を、黙って見守った。ある瞬間、レンズ越しの瞳と目が合ったような気がした。

「闘病中に希望は感じなかったけど、死にたくはありませんでした。あの世で祖母に会ったら、何て謝れば良いかわからなかったので」

　航平はそれだけ告げて、マイクを司会者に手渡した。


　セミナーが終了しても、私は立ち上がりはしなかった。参加者が少なくなってから声を掛けようと、目を伏せながら時間をやり過ごす。周囲で椅子を引く音や誰かが談笑する声が、徐々に遠くなっていく。

「マジで、織月？　久しぶりじゃん」

　顔を上げると、微笑みを浮かべた航平がすぐ側に立っていた。不意を突かれ、言葉が出ない。

「髪、バッサリ切ったんだな。昔の印象と違うし、最初は織月って気付かなかったよ」

　大人になった同級生をまじまじと見つめてしまう。色白だった肌には無精髭が生え、当時は目に掛かりそうだった前髪は、清潔感を漂わせながら後ろに撫で付けられている。太い眉毛は精悍《せいかん》な顔立ちを演出し、顔の血色は悪くない。相変わらず細身ではあるけど、開襟《かいきん》シャツから覗く首筋はがっしりとしている。あの頃の面影を探しながらも、変わった箇所ばかりが目に留まった。

「久しぶり。航平こそ……メガネ替えた？　昔は黒縁だったよね？」

「まぁね。ってか、何年前の話してんの？」

　航平は弾んだ声を出しながら、笑みを零した。つられて、私も口元を緩めてしまう。十一年振りに言葉を交わしたはずなのに、不思議とつい最近も顔を合わせたような錯覚を覚えた。

「よく、私って気付いたね？」

「参加者の名簿に『織月小羽』って、あったから。まさかって思いながらも、セミナー中ずっと探してた。気付いたら、隅の方にいるんだもん。マジでビビったよ」

「仕事で、参加が遅れちゃったの」

「変わってねー。一緒に登校する時も、織月はよく遅れて来てたもんな」

「確かに、そうだったね」

チラシを見て足を運んだことは、敢えて口にしなかった。あの町を見捨てたような後ろめたさが、胸の奥底に確かに存在しているからだ。航平は「スゲー、偶然」を連発した後、腕時計に目を落とした。

「織月はこの後って予定ある？　折角だし、飯でも行かない？」

「うん。行きたい」

「んじゃ、ビルの出入り口辺りで待ってて。みんなに、挨拶だけしてくるから」

航平はそれだけ言い残し、壇上の方へ駆け出して行った。徐々に小さくなる背中を無言で眺める。当時三人で通学していた頃も、航平はだいたい先頭を走っていた。額に触れた空調の風に、一瞬だけあの町に吹く潮の香りを感じた。

外は、まだ雨が降っていた。寧ろ、数時間前より雨脚は強まっている。これから駅前の繁華街《はんかがい》まで足を運ぶとなると、お互いびしょ濡れになるのは容易に予想できた。結局、ビルの斜向かいにあるこぢんまりとしたパスタ専門店で、夕食を取ることになった。

天気も崩れているし、駅前から外れた場所にあるせいか、店内には二組の客しかいなかった。ウッド調にまとめられた内装を横目に、案内された奥のテーブル席に腰を下ろす。天井のスピーカーからは軽やかなピアノ音楽が流れ、照明はステンドグラスで彩られている。そこから落ちる光が、対面に座る航平の顔を柔らかに染めた。

「雨スゲーな。土砂降りじゃん」

「帰る頃には、少しはマシになってると良いけど」

航平は無言で頷くと、メニューを眺め始めた。

「織月は呑む？　ワインなら、あるみたいだけど」

「私はソフトドリンクでいいや。元々、お酒は呑まないから」

「俺も、止めとく。身体のこともあるし」

今更になって、あの真っ青なチラシが脳裏を過る。紙面には『がんサバイバー』と記載されていた。その言葉は、がんが治癒した人だけを指す訳ではない。がんと診断された直後の人、現在も治療中の人、経過観察中の人。がんを経験しながら生きる全ての人を含んでいる。

「さっきは途中から参加したから、航平の話を聞き逃しちゃったんだけど……今って、体調は大丈夫なの？」

「おいおい、まだ飲み物も頼んでないぞ。気が早いって。今は素直に、再会の喜びに浸りたい訳ですよ」

芝居掛かった言葉の後、彼は再びメニューに目を落とした。改めて観察しても顔の血色は悪くないし、レンズの向こうの瞳は澄んでいる。

「俺は、ミートボールトマトスパゲッティとジンジャーエールに決めた」

「私は、しめじと小松菜の和風パスタとアイスティーにする」

おしぼりとお冷やを運んで来た店員に注文を告げ、お互い眺めていたメニューを所定の位置に戻した。

一拍置いて、航平が居住まいを正した。

「マジで、久しぶりだよな。十一年振り？」

「そうなるかな。航平は、いつ東京に出てきたの？」

「二十二の時かな。進学した大学が群馬だったからさ、就職を機に上京したんだ。今は、都内の介護老人保健施設で働いてる」

「全然知らなかったよ。ってことは、介護士？」

「そう。職業病として腰は痛むけど、それなりに楽しくやってるよ」

航平は苦笑いを浮かべ、お冷やを口に運んだ。

「織月はあれからすぐ、こっちの高校に編入したんだもんな？」

「うん。東京で、父の家族と暮らすようになったから」

震災から四日目の朝に、東京から父が大型バイクに乗って避難していた小学校に現れた光景を今でも憶えている。ニュースで網磯地区が壊滅する映像を見て、ずっと連絡の取れない私を探しに来てくれた。迎えに来てくれた嬉しさより、祖父と母の死を泣きながら報告した。あの時は、もうどうでも良かった。私はその日のうちに網磯を離れ、数時間後には東京に到着していた。

「織月って高校が再開する前には転校してたもんな。本当、当時はサヨナラも言えなくて寂しかったよ」

「震災遺児になったから……離婚してたとはいえ、東京に住む父に頼るしかなかったの。母や祖父のあれこれも、父が全部代わりにやってくれたし」

また全てを見捨てたような罪悪感が、胸を突く。

航平に濁った気持ちを悟られないように、無理やり笑みを浮かべた。

「でも改めて、航平が介護士ってなんかわかる。当時はお祖母様のサポートを沢山してたもんね」

「まぁな。俺からしたら、織月が看護師っていうのもしっくりくるよ」

「何でも良いから資格を取って、早く自立したかったの。それに、学費のこともあったし。私が新人の頃に所属していた病院には、病院奨学金制度があったから」

病院奨学金制度は、俗にお礼奉公とも呼ばれている看護師の養成制度の一つだ。病院は看護学校の授業料を貸与するが、資格取得後に一定期間その病院で勤務すれば返済が免除される。

「最初は看護助手として働きながら、通学してたんだ。まずは准看護師の資格を取って、それから正看護師になったの」

「へぇ。大変だったんだな。今もその病院に勤めてんの？」

「つい最近、別の病院に転職したよ。今は、精神科だけのところ」

奨学金制度を利用した病院は、民間の総合病院だった。幾つかの科を経て、ずっと希望していた精神科病棟に所属することができたが、また数年も経てば異動を命じられる可能性があった。その頃には、お礼奉公で定められた期間は過ぎていた。思い切って精神科の単科病院に転職したことに、今のところ後悔はない。

それからお互いに、関東に来てからの生活を振り返る内容が続いた。航平は大学時代に親友と呼べる人間に出会い、過去には結婚を意識した女性もいたようだ。趣味は相変わらず読書で、今も本屋でミステリ小説の新刊を漁るのが日課になっているらしい。それに去年までのコロナ禍では、職場の介護老人保健施設でも日々対応に追われていたようだ。私が知らない数年に頷きながら、時折相槌を挟む。航平はこっちでの日常については詳細まで教えてくれたが、現在の病状に関しては口にしなかった。

「織月は、地元に帰ってんの？」

「あれからは、一度も帰ってないよ。家は流されちゃったし」

「今帰ったら、びっくりするぜ。町全体がかなり変わってるから。網磯地区は新しく家も建ってないし、みんな内陸の方に移動してる」

私は胸の苦しさを誤魔化すように、お冷やに手を伸ばした。口に含むと、仄かなレモンの酸味が舌の上に広がる。

「今の沿岸部は、スゲー高い防潮堤に遮られててさ。そこ登んないと、もう海面は見えないんだよな」

「そっか……」

「でも、仕方ねぇな。みんなの安全のためだし」

母や祖父や様々な死を切っ掛けに建てられた高波を防ぐ壁は、どんな質感なんだろう。その先に広がる海は、今は凪いでいることを願った。

「本当はさ、あんなことを言うつもりはなかったんだよ」

「あんなこと?」

「さっきのセミナーでの話。最後に生きる希望は?って、質問があったじゃん」

脳裏に、マイクを握る航平の姿が蘇る。

「手短に友達や当時支えてくれた彼女の存在が大きかったって、口にするつもりだった。でも織月に気付いたら、何でか震災のことを喋ってた。自分でも話しながら、まとまりのないこと言ってんなーって思ったよ」

航平は照れるように苦笑いを浮かべ、視線を私から外した。いつの間にか側に店員が立っていた。食欲を唆《そそ》る香りが鼻先に漂う。

「ミートボールトマトスパゲッティと、ジンジャーエールのお客様」

お互いに注文した品が、テーブルに並び始めた。手早く役目を終えた店員は、一礼して厨房の方へ去って行く。航平は湯気が上がるパスタを一瞥し、小さく呟いた。

「みんな、どうやって折り合いを付けてんだろうな」

私は聞こえなかった振りをしながら、フォークとスプーンに手を伸ばした。

パスタは、想像以上に美味しかった。この店は生麺が売りのようで、モチモチとした食感が和風出汁《だし》の効いたソースと良く絡んでいる。小松菜やしめじも新鮮で、咀嚼する度に自然な甘みを感じた。

私が三分の一ほど食べ終えたところで、航平がフォークにパスタを巻きながら言った。

「さっきはあんな大勢の前で喋ってたのに、昔から知ってる奴の前だと言いづらいな」

「それって……がんのこと」

「うん。少し、恥ずかしいって言うか」

「話したくないなら、無理しないで良いよ。航平のタイミングで」

「でもよく考えたら、織月は看護師だもんな。別に躊躇うことはないか」

航平がパスタを咀嚼した後、突き出た喉仏が上下した。

「当時付き合ってた彼女から『何か、少し腫れてない？』って言われて、気になったから泌尿器科《ひにょうき》に行ったんだよ。そしたら、精巣腫瘍《しゅよう》が見つかってさ」

照れ隠しもあるのか、その口調は思いのほか沈んではいなかった。寧ろ、世間話のように軽い。

「織月は看護師だし、精巣腫瘍って知ってるよな？」

「睾丸《こうがん》にできる腫瘍だよね？　確か、痛みがない場合が多いって聞いたことがあるけど」

「そうなんだよ。当時の俺は、全く痛みを感じなくて。言われてみれば、少し腫れてるかもってぐらいの感覚だった」

頷きながら、知識の引き出しを開ける。精巣にできる腫瘍の多くは、悪性と聞いたことがあった。十代から三十代に掛けての若い男性が、発症することが多い病だったはず。

「診断された翌日には、手術で左の方を取ったんだ。あの時は全部が目まぐるしくて、ショックを受ける暇もなかったな」

航平が、トマトソースが絡むミートボールをフォークで突き刺した。精巣腫瘍は進行も早く、他臓器にがん細胞が転移しやすい。だから、迅速な摘出手術が実施されたんだろう。

「大変だったね……因みに、転移とかは？」

「肺にあったよ。それからは、抗がん剤治療が始まってさ」

ミートボールを食べ終えた口元は、当時について軽妙に語り出した。航平が受けた抗がん剤治療は、BEP療法だった。ブレオマイシン、エトポシド、シスプラチンという三つの抗がん剤を併用する治療法だ。航平曰く、手術よりも抗がん剤治療の方が苦しかったらしい。

「抗がん剤を投与すると、本当に髪の毛が抜けるんだな」

「残念だけど、ほぼ必発の副作用だからね」

「まぁ、お陰で俺の頭の形は綺麗って気付けたよ」

冗談めいた口調の奥に、当時の辛さが滲んでいた。抗がん剤の副作用として吐き気も酷かったようで、体重はかなり減ったらしい。

「一生分は吐いたよ。あの時は、冷奴《ひややっこ》しか食えなくて。他の食べ物の匂いを嗅ぐだけで、無理だったな」

今よりやつれた姿を想像しながら、耳を傾ける。

一般的に精巣腫瘍は、抗がん剤がよく効くケースが多い。がんの組織型や進行度にもよるが、たとえ遠隔転移があったとしても治癒が望める可能性は高いと聞いたことがあった。時折相槌を打ちながらも、胸の中で祈ってしまう。

どうか、良い結果でありますように。

航平は残っていたミートボールを全て平らげると、深く息を吐き出した。

「抗がん剤の効果で、転移は消えたんだ」

その言葉を聞いて、ホッと息を吐き出す。私が返事をする前に、航平は続けた。

「主治医の話によると、数年後に再発する人もいるみたいだからさ。今も定期的に通院して、採血したり、CTを撮ったりはしてる。要は、経過観察中」

「でも、転移が消えて本当に良かったね。安心した」

「人生で、二回目の死ぬかと思った出来事だったよ。普通に生きてくって、なかなか難しいな」

一回目は、多分私も同じ体験をしている。私たちの日常は意外と、綱渡りのようなものだ。ある瞬間を境に、それまでの普通を失ってしまう可能性を孕んでいる。航平の話を聞いて、大事なのは綱の上の歩き方より、落下した時の着地の仕方のような気がした。

「話は変わってさ、住田とは連絡取ってる？」

懐かしい苗字が、他愛もない人生論を掻き消した。私はアイスティーを一口含んで、首を横に振った。

「こっちに来てから、地元の友だちとは連絡を取ってなくて。航平は？」

「俺も今は、住田の連絡先は知らない。雄大のことがあってから、アイツ独りになりたがってたし。自然と通学も別々になって、高三では殆ど喋らなかったから」

「雄大のこと？」

「あぁ……織月は知らないか。住田には小さい弟がいたじゃん？　あの子、津波に呑まれて亡くなったんだよ」

言葉を失った。凜子のママチャリの後部座席では、いつもチャイルドシートのベルトが揺れていた。当時並走しながら目にしていた映像が蘇り、胸が濁っていく。

「住田、今は東京にいるっぽいよ」

思わず目を見開いた。航平は表情を変えず、何故かスマホを取り出した。

「織月って、何かSNSやってる？」

「特に何も。そういうのは、苦手で」

「俺はツイッターだけやってて。でも、滅多に投稿はしないんだけど」

そう前置きをして、長い指がスマホをタップした。光った画面が、こちらに向けられる。

「俺のフォロワーじゃないけど、一度だけ『いいね』をしてくれた人がいて。この『S.rinko』って、多分『住田凜子』じゃないかな？」

画面に目を凝らすと『いいねされました』と言う文字の下に、多くのアカウント名が並んでいた。その中の一つに、航平が疑っているローマ字も交じっていた。

「私はツイッターに、あんまり詳しくないんだけど……凜子っぽいんだ？」

「多分。俺のアカウント名は普通にフルネームで登録してるし、検索すればすぐに出てくるから。それにいいねされた投稿は、震災十年目に関する呟きだったし」

滅多に投稿しないという言葉を思い出す。そんな航平でもあの節目の日には、何かを伝えたかったのだろうか。

「でもさ『S.rinko』のアカウントに飛んでも、住田って、確信がないんだよな。だって、ほぼニュース記事のリツイートしかしてなさそうだし」

「因みに、なんで東京にいるってわかったの？」

「トップページに、東京在住ってだけは書いてあったからな」

航平が再びスマホを操作すると、別のアカウントが画面に表示された。丸く切り取られたアイコンには、一人の女性らしき後ろ姿が映っている。金髪のセミロングを一つに結んでいるバレッタは、綺麗な大小の星が装飾されていた。

「少し、見ても良い？」

「おう。俺も全部確認した訳じゃないから、住田っぽかったら教えて」

スマホを受け取り、画面をスクロールしていく。確かに航平が話した通り個人の呟きは皆無で、ニュース記事をリツイートした内容ばかりが並んでいる。産後うつ、同性婚、ワンオペ育児、生活保護の不正受給、若者の自殺増加。ある瞬間『ヤングケアラー』という文字が目に映り、指先が止まった。

「この人が、リツイートした記事を読んでも良い？」

「別に、大丈夫だけど」

スマホをテーブルに置いて、タップした内容にザッと目を通す。その記事は自民、公明、国民民主の幹事長と実務者で、ヤングケアラー支援に向けて協議していることを伝えていた。今後は、法制化の必要性も含めて議論を継続していくらしい。

「あの頃は、こんな言葉無かったよな？」

記事から目を離すと、航平もスマホを覗き込んでいた。二つのレンズに、画面の光が反射している。

「多分、無かったと思う」

「俺も親からは『身内のことは、身内で』って言われて育ったし。織月もそうだろ？」

「私が小さい頃から、母は変なことを口にしてたから。それが我が家の普通っていうか。それにウチは片親で、祖父は仕事が忙しかったし。自然と、家の手伝いも増えていったって感じ」

正直今だって、元ヤングケアラーと言われてもピンとはこない。それでもこの言葉を見聞きする度に、胸の中に漣が立った。

「俺もばあちゃんの世話は、当たり前のことって思ってた。でもさ、今の子たちはどう思うのかな？こういう風に、ラベリングされて」

「人それぞれなんじゃないかな。でも名前が付くことで、周囲の関心が高まるのは事実だと思う。実際、国も動き始めてくれるし」

一度言葉を区切り、スマホを航平に返した。食事の続きに取り掛かろうとしても、何故かフォークに手が伸びない。

「私個人としては、母のことで可哀想な子って思われたくはなかったな……誰かが私に同情すると、暗に母を非難されているような気がしたし」

「そっか。織月は、ママさんと仲良かったもんな」

「で、そっちはどうだったの？」

航平は遠い眼差しを浮かべながら、トマトソースが絡むパスタをフォークでクルクルと巻いた。彼は食べるのが早く、パスタの残りは少ない。

「ばあちゃんのことは好きだったけど、世話するのは嫌だったよ。包み隠さず言うと、殺意すら感じてた」

「それも、一つの本音かもね。思ってるだけなら、私は咎めることができないかも」

「今思うと、当時は割とギリギリだったな」

航平が自嘲するように笑った。フォークを持つ右手は、まだパスタを巻いている。

「それが今じゃ、介護士なんてな。織月は、精神科で働いてるんだっけ？　患者に、ママさんを重ねたりしないの？」

「偶にはあるけど、仕事は仕事って感じ。多分白衣を着ると、別のスイッチが入るんだろうね」

「実は、俺もそう。ばあちゃんと似てる利用者さんと関わってもさ、不思議と嫌になったりはしないんだよな」

職場で統合失調症の患者と関わっても、母の姿を思い出して個人的な感情が溢れることは少ない。あくまで、医療従事者としての眼差しを向けることができていた。航平はフォークで巻いたパスタをやっと口に運ぶと、咀嚼しながら言った。

「本当の意味で、家族は支援者にはなれないんだろうな」

小松菜が喉に詰まりそうになり、慌ててアイスティーに手を伸ばす。軽い口調だったが、その言葉には彼なりの答えが滲んでいた。

「なんか航平が口にすると、重みがあるね」

「別に織月や住田が言っても、同じように聞こえるって。きっと」

航平は皿に残っていたソースをスプーンで掻き集めながら、また遠い眼差しを浮かべる。

「同じようなことを、当時あの人に言われたんだよ」

「あの人？」

「全然名前が出てこねぇ……凄い美人でさ、『大浜飯店』でバイトしてた。織月と仲良かったじゃん」

「……青葉さん？」

「そう、そう。青葉さん。一時期あの人に、俺が考えた完全犯罪のプロットを見せてたんだよね。でも毎回、ボロクソにダメ出しされちゃってさ。懐かしい」

顔の筋肉が強張り、口の中に残っていたアイスティーの爽やかさが消えていく。私は一つ息を吐いて、できるだけ軽い口調で訊いた。

「航平って、当時からよくミステリ小説を読んでたもんね？」

「今も好きで読むよ。昨日も本屋で、二冊買ったし」

「だから青葉さんと、そんな物騒なことしてたんだ？」

「まぁ、話せば長くなるんだ。とにかくあの頃の俺は、完全犯罪を考えるだけで救われる瞬間があった訳よ」

航平は残ったパスタを平らげると、完食の合図のようにスプーンを皿の端に置いた。

「青葉さんって、まだ見つかってないと思うぞ」

「えっ……」

「震災から三年経ってから、死亡届を出したみたいだけど」

目を見開きながら、言葉を失った。

「前は帰省するとさ、網磯の方で『大浜飯店』のおばさんをよく見かけてたんだよ。いつも、シャベルとか熊手を持ってたな」

「それって……家族の骨とか、遺留品を探して？」

「多分な。稀《まれ》に、震災から数年経って身元が判明した人もいるから」

震災から十年目の節目に見たネット記事には、現在の被災地の身元特定に関する内容が記述されていた。当たり前だが時が経つにつれて、ＤＮＡ型鑑定に必要な試料入手は困難になっていく。通常のＤＮＡ型鑑定では細胞内に一つしかない核を使用して個人を特定するが、損傷の激しい遺体や時が経って発見された遺骨からは核ＤＮＡの抽出が難しいらしい。そんな事情を踏まえ、最近の被災地ではミトコンドリアＤＮＡ型鑑定が実施されるケースがあるらしい。核とは違い、ミトコンドリアは細胞内に多く存在している。それに古くて微量でも、検査は可能だという。特定できるのは母方の血縁関係らしいが、それでも身元の判明に貢献しているようだ。

「今も、『大浜飯店』ってあるの？」

「とっくに潰れてる。確か織月のじいちゃんが勤めてた石材店が土地買い上げて、そこの資材置き場になってるよ」

「そっか……『大浜飯店』は、祖父の職場の近くにあったしね」

「あの石材店、震災後は忙しそうだったから。あんな一気に墓石が必要になるなんて、夢にも思ってなかったろうな」

　警視庁緊急災害警備本部は、東日本大震災から十一年目を迎える前日に被害情報に関するデータを更新した。二〇二二年二月現在で、死者は一万六〇〇〇人近く。行方不明者は、二五〇〇人を超えていた。その後の避難生活で亡くなった災害関連死を含めれば、死者の数はもっと増える筈だ。

「『大浜飯店』のおっちゃんは、津波で流されたし。親父から聞いたんだけど、おばさんも二年ぐらい前に心不全で亡くなったらしくて」

「そうなんだ……」

「そう思うと、ばあちゃんにはやれるだけのことはやったかもな。最期は申し訳なかったけど、ちゃんと火葬できたし」

「あの頃は曖昧な別れ方をする人が、沢山いたしね……」

　シャベルや熊手を使い、土を掘り返す後ろ姿を想像した。満腹に近いせいだけではなく、胃の中が重くなっていく。

「今の俺たちって、当時の青葉さんより年上だよな？」

「そうだね。因みに航平のスマホに、青葉さんの写真とか動画って残ってないよね？」

「うん。そりゃ十一年も前のことだし、スマホも変えてるから。そもそも、あの人と写真を撮った記憶はないし」

　密かに肩を落とす。当時使っていた私のスマホは、津波に呑まれている。航平は感慨深く何度か頷いてから、僅かに眉根を寄せた。

「そういや、あの人って変な噂あったよな？」

「変な噂？」

「嘘だとは思うけど、恋人を毒殺したって」

　全く知らなかった話を聞いて、目を見開いた。もう今となっては、青葉さんの正確な顔立ちや声すら思い出せない。たとえ東京の人混みの中ですれ違っても、絶対に気付くことはできないだろう。それでも、彼女が微笑んだ時の口元だけは鮮明に憶えていた。薄い唇から覗く八重歯を思い出すと、胸が痛んだ。

「その噂は知らなかった……割と広まってたの？」

「どうだろ。少なくとも俺は、親父から聞いたような気がする。でも多分、美人へのやっかみだと思うぞ。確か当時ネットで調べた時も、そういう記事は一切なかったし」

航平は残っていたジンジャエールをストローで啜り終えると、話を戻した。

「とりあえず、例のアカウントにはＤＭを送ってみるよ。人違いだったら、すぐに謝る」

「わかった。本当に凜子だったら、嬉しいね」

「だな。住田も東京にいるとしたら、今度は三人でメシ食おうぜ」

目を伏せると、もう冷え切ったパスタが皿に残っていた。これを食べ終えたら、私たちは再び雨の中に踏み出すんだろう。徐々に、フォークを握る手から力が抜けていく。記憶の蓋の閉め方を忘れてしまったかのように、いつの間にか白い八重歯が脳裏を満たした。

「さっき、話せば長くなるって言ったじゃない？」

「えっと、何が？」

「青葉さんとのこと」

やっと顔を上げると、航平が僅かに首を傾げていた。

「もし良かったら、長くなっても良いから教えてくれない？」

「別に、大したことじゃないよ。当時の些細な出来事っていうか」

「それでも良いの」

二つのレンズを真っ直ぐに見つめ、喉元に力を入れた。

「私はあの日、青葉さんと一緒にいたから」

それだけ告げるのが、精一杯だった。瞬時に目頭が、熱を帯び始める。眉間に強く力を入れて、涙が零れるのを必死に堪えた。航平は鼻先を掻きながら、口元を結んでいる。店内に掛かるピアノ音楽のＢＧＭが、テーブルを挟んだ沈黙に重なり続けた。

「織月は、なんかデザートでも頼む？」

「私は……大丈夫」

「俺は適当に頼むよ。このまま居座るのは、店に悪いし」

航平はメニューを眺めてから店員を呼び、フレンチフライと炭酸水を注文した。伝票にメモをした店員は、ついでに空になった皿や氷だけが残るグラスを下げ始めた。結局私も、アイスティーのお代わりを頼んだ。

「フレンチフライ、美味そうだったぞ。来たら、織月もつまんだら？」

「ありがとう……」

航平は椅子の背もたれに深く寄り掛かり、長く息を吐いた。当時を思い出しているのか、ぼんやりとした眼差しを宙に向けている。

「あの頃は、俺も織月もまだ十七歳だったべ？」

時間を巻き戻すように、僅かに訛った声が片づけられたテーブルの上に落ちた。

第二章　二〇二二年八月　疎い法律

　キッチンの蛇口を捻り、コップに水道水を満たした。口に含むと、生温い液体が寝起きの喉を流れていく。半分ほど飲んだタイミングで、先週パスタ専門店で航平から聞いた内容が、頭の中を巡った。

　スマホで画像検索したカツオノエボシとシーグラスは、夏の暑さを柔らげるような涼し気な色をしていた。航平曰く、当時貰ったシーグラスは津波に攫われてしまったらしい。それでも色や手触りについて詳細に語っていたから、まだ彼の記憶の中では煌めいているんだろう。

　眠気の残る両目を擦りながら、コップの中身を一気に飲み干した。何故かさっきより、少しだけ苦いような気がする。あの噂が、脳裏を過っていたせいだろうか。

　今週も何度か『恋人　毒殺　浅倉青葉』とネットで調べてみたが、未だにそれらしい記事を見付けることはできていない。『浅倉青葉』を『女』に変えて広く検索してみても、結果は同じだった。

　単純な好奇心として、殺人罪の刑罰についても調べた。刑法によれば『死刑又は無期若《も》しくは五年以上の懲役に処する』らしい。基本的に執行猶予は付かず、十年以上の懲役刑になることが多いと知った。

　あの頃の青葉さんの年齢を思い出しながら、ぼんやりと視線を宙に向ける。仮に恋人を毒殺したのが事実だとすれば、二十六歳までには刑務所から出所したことになる。殺人罪の一般的な服役期間と当時の年齢を照らし合わせると、拭い切れない違和感を覚えた。彼女は、未成年の頃に罪を犯したのだろうか。それとも、通常より短い刑期で済んだり、特別な事情で執行猶予が付いたりしたのだろうか。

　深く吐いた溜息が、シンクにコップを置く音と重なった。結局本人不在のままだと、わからないことだらけだ。ネットを漁っても有力な情報は出てこないし、航平が話していたように美人へのやっかみで済ませた方が結局一番しっくりする。今更根も葉もない噂に振り回されたって、虚しくなるだけだ。

「あー、なんで寝落ちしちゃったんだろう」

投げやりな声が聞こえ、リビングの方に顔を向けた。渚がローテーブルの前でペンを握っている。もう家を出る時刻が迫っているようだが、まだ実習記録を書き終えていないらしい。窓から差し込んだ夏の日差しが、眉根を寄せる横顔を照らしている。私は一つ欠伸を漏らし、控え目な声で訊いた。

「間に合いそう？」

「ギリギリ。実習先まで、必死にチャリ漕がないと」

「車に気を付けて行きなよ」

「了解。本当に最悪だよー。マリリンにまた怒られちゃう」

渚は人一倍厳しいらしい教員のあだ名を口にしながら、実習記録をバックパックの中に仕舞い始めた。私の看護学生時代は、ガッキーと呼ばれていた教員が厳しくて怖かったのをふと思い出す。微かな懐かしさに浸っていると、渚が早口で質問した。

「ってか、小羽ちゃんって今日は夜勤だっけ？」

「そう。夜はいないから、戸締りを忘れないようにね」

「夜勤前なのに、起きんの早くない？　まだ七時過ぎじゃん」

「今日は、月一の受診だから。午前中に、予約を入れてるの」

「そっか。小羽ちゃんも、気を付けてね」

渚は後頭部にできた寝癖を摩《さす》り、いそいそと立ち上がった。揺れるバックパックを見送りながら、胸の中で密かにエールを送る。玄関の扉が閉まると、室内に静寂が訪れた。口では早く実家に戻れと告げてはいるが、いざ渚がいなくなったら寂しさが胸を満たす気がした。

簡単に身支度を終えると、テレビボードの引き出しから薬袋を取り出した。母と違ってお薬カレンダーは使ってないが、今まで一度も飲み忘れはない。朝薬が入っている薬包を破り、ＳＳＲＩと呼ばれる抗うつ剤を掌に転がす。パニック症の第一選択薬を飲み下すと、錠剤が纏う仄かな苦みが舌先に広がった。

パニック症は、激しい動悸や息苦しさ等を伴う発作が繰り返される病だ。身体的には何も異常がないのに、死を意識するような辛い症状が出現する。未だに明確な原因はわかっていないらしいが、脳の神経伝達物質が関係していると考えられている。発作が起きる引き金や状況も曖昧で、日常的に恐怖や不安を強く感じてしまう人は多いらしい。私だって、その中の一人だ。

初めてパニック発作に襲われたのは、看護師になって二年目の夏だった。勤務先に向かう各駅停車の電車の中で、なんの前触れもなく心臓が破裂するような動悸に襲われた。すぐに両手が震え始め、酷い眩暈のせいで立っていることすら難しかったのを憶えている。なんとか途中下車した後は、そのままホームに倒れ込んでしまった。多分、私はここで死ぬ。唐突な命の終わりに怯えながら、駆け寄ってくる駅員の足音を聞いていた。

搬送された病院に着く頃には、幾らか動悸は治まっていた。そこでは採血、心電図、CT撮影、脳波の検査を実施したが、結果は予想に反して全て異常なし。発作時の苦痛を思い出すと、正直誤診だと思った。

それ以来、突然発作が出現する日々は続いた。近所の高架下を歩いている時、スーパーでレジ待ちの行列に並んだ時、歯医者で口を開けた時、タクシーやバスに乗り込んだ時。発作が起きると、毎回このまま死んでしまうような苦痛が全身を凍てつかせた。様々な病院で検査を実施したが、結果はやはり異常なし。半ば自暴自棄になりながら、循環器内科、脳神経外科、三半規管の異常を疑い耳鼻科を巡った。最後に辿り着いた精神科でパニック症と診断された時は、やっとこの辛さに名前が付き安堵すら覚えた。原因不明の恐怖に怯えるより、疾患名を知っていた方が対策はできる。

薬袋を引き出しの中に戻し、気怠くソファーに背を預けた。掛け時計の秒針が刻む音や電化製品のノイズを耳にしながら、ポケットにミントガムが入っているかを確認する。パニック発作の予防には頓服薬も有効だが、頻回に使用すると依存を形成する恐れがある。他の予防法としてストレッチをしたり、簡単な呼吸法を試したり、アロマオイルを嗅いでみたりもしたが、私にはあまり効果がなかった。唯一ミントガムを噛んでいるうちは、発作が起きづらいような気がする。短い時間で爽やかな香りは消えてしまうけど、いつも頼りないおまじないに縋《すが》っていた。

時刻が九時半を過ぎると、日焼け止めだけを塗って外に出た。マンションの駐輪場に停めてあるクロスバイクに跨り、気怠くペダルを漕ぎ始める。パニック発作が頻発していた時期は、電車やバスに乗るのが凄く怖かった。その頃に買ったクロスバイクで、今も東京の街を疾走している。

浜町から人形町《にんぎょうちょう》を抜けて、麒麟《きりん》像が佇む日本橋《にほんばし》を渡った。掛かり付けのメンタルクリニックは、都会の中心部にあるビルで開業している。夏服を着た人々が増えていくと、不意に仄かな不安が胸に影を伸ばした。ポケットからミントガムを取り出し、爽やかな香りで嫌な予感を塗り潰す。一体私は、年間どれほどのガムを噛んでいるんだろう。

メンタルクリニックの自動ドアが開くと、汗ばんでいた肌を心地良い風が乾かした。このクリニックの空調は、いつも丁度よく設定されている。それに、床に敷かれたブルーのカーペットは完全に足音を吸収していた。気持ちが不安定な人が来院することも多そうだし、環境調節には特に気を遣っているのを察した。

受付には、ラベンダーが挿してある花瓶が置かれていた。鮮やかな紫を横目に、診察券と保険証を差し出す。整った顔立ちの受付スタッフから『12』と表記された番号札を受け取り、待合室の空いているソファーに腰掛けた。天井からうっすらと流れるオルゴールのBGMは、先月受診した時と同じドビュッシーの『月の光』を奏でている。

「12番の方。診察室へどうぞ」

事前予約をしているので、すぐに私の順番が訪れた。ゆっくりとソファーから立ち上がり、何度となく手を伸ばした診察室のドアを開ける。視界の先では、椅子に座った遠藤明美《えんどうあけみ》先生が微笑みを浮かべていた。彼女は掛けている丸メガネの位置を少し直し、目を僅かに見開いた。

「おっ、髪短くしたんだ?」

「はい。夏ですし。長いと暑くて」

「とっても似合ってる。あたしも織月さんのように、イメチェンしようかな」

遠藤先生とはもう四年近い付き合いにはなるが、見た目はずっと変わってはいない。初診の時から白髪のセミロングで、多分メガネも同じ物だ。

「今日も自転車?」

「はい。ここに来るだけで、汗ばんじゃいました」

「今週は真夏日が続くみたいだから、熱中症には気を付けなよ」

深く頷くと、遠藤先生がドクターコートの襟元を正した。

「それで、新しい職場はどう？　働きやすい？」

「今のところ。同僚も優しいので」

「良かったじゃない。人間関係に、ストレスを感じる人が多いから」

電子カルテのキーボードを小気味良く叩く音と一緒に、質問は続く。

「夜は眠れてる？」

「まずまずです。以前のように、夜中に目が覚めることは無くなりました」

「そう。食欲はある？」

「朝は元々食べませんけど、それ以外はちゃんと」

「気分の落ち込みはどうだろう？」

「うーん。偶にありますけど、酷くはないです」

「良かった。それで、パニック発作は起こってない？」

返事が喉に詰まると、キーボードを叩く音が止まった。さっき人混みで感じた不安の余韻が、また胸をザラつかせる。

「電車にも乗れてるし、この前はタクシーを使って患者さんの転院にも付き添いました。人が多い場所も歩けてはいるんですけど……さっき、ちょっと嫌な感じがして」

「さっきってことは、ここに来る途中？」

「はい。日本橋を渡って、人が多くなってきた辺りで。でも、いつも通りガムを噛んだら治まりました」

「自分で、対処できることは大切ね。環境を変えたばかりだし、無意識のうちに気が張ってることも多いんじゃない？」

パニック発作の誘因には、自律神経系の働きも深く関与している。

活動や緊張時に優位になる、アクセル役の交感神経。

休息や睡眠時に優位になる、ブレーキ役の副交感神経。

相反する二つの自律神経系は、人間の感情に左右される。特に交感神経の働きが高まり過ぎると、パニック発作が起きやすくなるらしい。

「パニック発作が原因で、死ぬことは絶対にないから。それは安心して」

遠藤先生が真剣な顔つきで言い切った。絶対なんてあるのだろうかと感じながら、胸に柔らかな光が灯る。

「頓服薬は飲んでる？」

「偶にですけど。いつも、お守り代わりに持ち歩いています」

「確か、最終発作は半年前だったよね？」

「はい。最近はなんとか、コントロールできてます」

「仕事から離れて、色々と頑張ってた成果じゃない。本当、凄いと思う。素晴らしい」

思わず照れ笑いを浮かべた。遠藤先生は厳しい言葉を投げ掛ける時もあるが、頑張ればちゃんと褒めてもくれる。私はスマホを取り出し、ずっと画面の壁紙にしている写真を遠藤先生に見えるよう掲げた。

「昨日、書き直した不安階層表です。できることも増えたので、前回と変わってます」

「どれどれ、ちょっと見せて」

スマホを手渡すと、遠藤先生は丸メガネを外し画面に目を細めた。ノートに描いた不安階層表には、私が恐怖や不安を感じる状況が羅列してある。一〇〇が最も不安や恐怖を感じる場面で、その他の項目もそれぞれ点数化していた。

「この前は電車に乗るのが二〇だったけど、今回は一〇に下がってるね」

「仕事もまた始まって、毎日電車には乗ってますから。徐々に自信が付いて」

「転職前から、電車の乗り降りは特に頑張ってたもんね」

「でも……まだドア付近に立ってやり過ごすのが、やっとって感じです。『人がいる座席に腰を下ろす』は、レベル四〇に設定してますし。それに駅に止まるまでが長い特急なんかは、未だに乗れなくて」

「焦らず、ゆっくり慣れて行けば良いのよ。おっ、『美容室に行く』も四〇から三〇に下がってる」

見直した不安階層の項目は、全て暗記していた。レベル八〇は満員電車に揺られること。レベル七〇は好きなアーティストのライブに行くこと。レベル六〇は映画館に行って途中離席しないこと。他にもまだ達成できる自信がない項目も多いが、徐々に挑戦していけば良い。前向きな気持ちを感じながら、自然と小さな声が漏れる。

「エクスポージャー療法をやってる時は、正直辛いんですけど……そのぶん、成果は実感しやすいです」

「まぁ、積極的に不安や恐怖に慣れていく療法だから。ある程度の勇気は、必要よね」

エクスポージャー療法を、暴露療法と呼ぶ人もいる。不安や恐怖を引き起こす場所や場面に敢えて自らを直面させ、次第に慣れを生じさせるのが目的だ。

「以前は、電車に乗るのは一生無理って思ってました」

パニック発作の苦痛を思い出すと、逃げ場のない場所や人が多い空間を避ける傾向が強くなっていく。電車やエレベーターの中、途中退場しにくい映画館や美容室も苦手だ。そうなると徐々に行動は制限されていき、外に出ようとするだけで強い恐怖を感じてしまう時期もあった。そんな悪循環を改善する方法として、エクスポージャー療法は一定の効果を上げていた。自らの不安階層表を作り、避けていた恐怖や不安に敢えて向き合う。次第に慣れが生じてくると、負の感情が小さくなっていく実感があった。

「これからも、頑張ります」

「まっ、人間はどんな状況でもいずれ慣れていくから。嫌な感情とは、上手く付き合っていかないと」

遠藤先生はスマホを差し出しながら、続ける。

「一つだけ、アドバイスをしても良い？」

「なんでしょう？」

「不安階層表の九〇と一〇〇の項目なんだけど、変えないの？」

受け取ったスマホの画面に目を落とした。九〇は『アルミホイルに触れる』、最も恐怖や不安が高まりそうな一〇〇は『地元の海を眺める』と表記されている。不安階層表を作成し始めてから、この二つは不動のツートップだ。

「織月さんって、今後も帰省する予定はないんでしょ？」

「はい……家もないし、親戚もいないので」

「だったら、現状に合わせた項目に変えたら？　この前も言ったけど、普段使う乗り物や行きたい場所に関して重点を置いた方が良いかもね。例えば『通勤ラッシュ時の電車に乗る』を一〇〇にして、九〇を『混雑したエレベーターに乗る』とか。それがクリアできたら、また見直せば良いし」

「それは嫌です」

思わず、即答してしまった。遠藤先生は丸メガネを掛け直すと、呆れるような笑みを浮かべた。

「織月さんは、意外と頑固なところがあるからな」

「……すみません」

「別に謝らないで。良く言えば、意志が固いってことだし。個人的には、そういうところも好きよ」

またキーボードが、カタカタと鳴り始める。小気味良い音を耳にしながら、もう一つ最近の出来事を報告した。

「先月、地元の友だちと再会したんです。十一年振りに」

「あらっ、良かったじゃない」

「その人が言ってました。みんなどうやって、折り合いを付けてるのかって」

白髪が、はらりと乱れた。遠藤先生は手を止め、再びこちらを向いた。

「悲しみにも、慣れていくしかないかもね」

「そうですよね……」

「それか、過去を書き換えるか」

短い返事が、胸に沁みた。指先にできたささくれを弄りながら、奥歯を強く噛み締める。

「とにかく、生き残ったあなたたちが罪悪感を抱く必要はないから。それぞれの今を、思いっ切り楽しめば良いのよ」

見透かされたような返事を聞いて、僅かに俯いた。スマホの画面には、ノートに描かれた不安階層表がまだ表示されている。

「やっぱり、このままでも悪くないかもね」

再び顔を上げると、レンズ越しの澄んだ眼差しと目が合った。

「いつか、海を見に行けたら良いわね」

力なく頷く。あの頃毎日聞いていた潮騒より、黒い波が押し寄せる轟音を思い出してしまった。


十四時を過ぎると、通勤用に使用しているバックパックを背負って家を出た。浜町駅から電車に乗り込み、ドア付近から車内を眺める。今は微妙な時間帯だからか、早朝より人影は疎《まば》らだ。少し先のシートに座っているサラリーマンが、口を半開きにして微睡んでいる。私もいつか、あんな風に車内で居眠りをしてみたい。僅かな羨ましさを胸に灯しながら、地下を映す暗い車窓を眺め続けた。

　職場に着くと、タイムカードを押して更衣室に向かった。ロッカーに手を伸ばし、まだ真新しい白衣を取り出す。これから翌朝まで、十六時間ほどの勤務が控えている。今日の夜勤メンバーは男性看護師の平野《ひらの》主任と、もう一人は井上可奈さんだったはず。どちらも話し掛け易いスタッフで、困った時は的確なアドバイスをくれることが多い。ホッと息を吐き出して、白衣のポケットに忍ばせた錠剤とミントガムの感触を確かめる。胸の中で大丈夫と繰り返しながら、病棟に続くリノリウムの廊下に踏み出した。

　日勤者の申し送りを聞き終わると、夜勤業務スケジュールに沿って手を動かし続けた。夕食の配下膳、頓服薬希望者への与薬《よやく》、変化があった患者のカルテ記載、明日施行されるm-ECTの準備。ふと眺めた病棟の窓は、いつの間にか陽が落ちた街並みを映し出している。忙しい方が、時間が経つのが早く感じられる。

　消灯時間になり、就寝薬の配薬をしながら各病室の電気を消してまわった。ナースステーションに戻ると、平野主任と井上さんも業務が一区切り付いたようだった。

「織月さん、何か手伝うことある？」

　平野主任の質問を聞いて、小さく首を横に振った。

「看護記録ぐらいで。他は大丈夫です」

「了解。今日は隔離室の患者も落ち着いてるし、このまま朝が来れば良いな」

　ナースステーション内に設置された五つのモニターに目を向けた。隔離室の監視カメラが撮影する映像には、ベッドとトイレだけの殺風景な空間が映し出されている。殆どの患者は既に眠っているようで、掛け布団が僅かに上下しているのが見て取れた。ジッとモニターを眺めていると、平野主任が続ける。

「この前の夜勤の時は、隔離室の患者たちが不穏でさ。深夜に叫んだり、ドア叩きも頻回で大変だったんだよ」

「今は、落ち着いてるようですね」

「だな。この調子だったら、明日には隔離処遇が終了する患者もいそうだな」

　全ての隔離室は外側から鍵が掛かっていて、内側からは解錠できない。できるだけ外部の刺激を遮断した環境で、治療に専念してもらうためだ。とは言っても、症状が不安定だと隔離室の鉄扉を頻回に叩く患者もいる。今日はそんな騒がしい音が響かず、静かな夜が漂っていた。

　私はモニターから目を逸らし、患者の準夜帯の様子を電子カルテに記載し始めた。数人分書き終えたところで、井上さんが欠伸を噛み殺しながら言った。

「平野主任。そういえば鑑定入院が来るのって、来週でしたっけ？」

「えっ、再来週だろ？」

　平野主任は僅かに首を捻り、入院予約表が綴《と》じてあるファイルに手を伸ばした。パラパラとページを捲る音が、三人だけのナースステーション内に響く。

「悪りぃ。俺が勘違いしてた。井上さんの言う通り、来週で合ってるよ」

「ですよね。因みに、どんな人が来るんですか」

「前情報によれば、三十代の女性みたいだな。名前は井浦静香《いうらしずか》さん。対象行為は、幻覚妄想状態での放火。その件で、自宅が半焼したらしい」

　看護記録を記入する手を止め、二人の会話に耳を澄ませた。ある瞬間、平野主任と目が合う。

「織月さんが前いた病院は、医療観察法の鑑定入院は受けてた？」

「いえ……そういう患者は、一人も」

「それじゃ、医療観察法自体に馴染みがないって感じか？」

「正直言えば、簡単な概要ぐらいしか知らないです……」

　自信がないせいで、返事の語尾が弱々しくなった。私がこの制度に関して覚えていることは、たった三つしかない。

　一つ目は、この制度の正式名称だ。俗に医療観察法と呼ばれているが、『心神喪失等の状態で重大な他害行為を行った者の医療及び観察等に関する法律』と言う。看護学生の頃、国家試験に向けての勉強で必死に覚えた。

　二つ目は、医療観察法が制定される切っ掛けとなった凄惨な事件についてだ。二〇〇一年、大阪の小学校に一人の男が侵入した。男は持参した刃物で、児童八名を殺害。その他にも、児童と教員十五名に重軽傷を負わせている。犯人の男には精神科病院入院歴があり、当時は精神疾患を患う者への偏見に結び付くようなメディア報道も加熱したらしい。すぐに政府は法案を作り、二〇〇三年には医療観察法が制定され、二〇〇五年から施行されている。

三つ目は、法的な強制力を伴う医療ということだ。この制度での入院は厚生労働大臣が指定した『指定入院医療機関』で、手厚い治療を受けることになる。

私は記憶の引き出しを開けたまま、平野主任に向けて訊いた。

「凄惨な事件が切っ掛けで、制定されたんですよね？」

「そうだな。俺にも小学生の息子がいるし、あの事件を思い出すと胸が痛むよ」

平野主任は短い沈黙を挟んでから、再び口を開いた。

「織月さんは『心神喪失』とか『心神耗弱《こうじゃく》』っていう言葉を知ってる？」

「はい。精神障害の影響で、善悪の判断が付かないっていうか……通常の刑事責任を問えない状態のことです」

「正解。そういう人間の中には、誰かを傷付けた者もいる。医療観察法で言えば『重大な他害行為』ってヤツだ」

時折頷きながら、平野主任の話を脳裏で整理した。医療観察法は正式名称からも分かる通り、心神喪失または心神耗弱の状態で、重大な他害行為を行った者が対象となっている。

「そういう方々に医療を提供して、社会復帰を促す制度ですよね？」

「ざっくり言うとな。彼等が不起訴処分、無罪、執行猶予のいずれかになったら、検察官が地方裁判所に申立てを行うんだ。その後はこの制度による手続きが開始されて、彼等は『対象者』と呼ばれる。要は、司法が関与する精神科医療だな」

司法という硬い響きが、耳の中で転がった。平野主任は後退した額を摩りながら、溜息交じりに続ける。

「まぁ、賛否両論ある制度だけど。精神障害者の予防的拘禁だとか、対象者の自殺率が高いだとか」

「そうなんですね……因みに、この制度での入院期間ってどれぐらいなんですか？」

「厚生労働省が定める『入院処遇ガイドライン』によれば、概《おおむ》ね、十八ヶ月以内の退院を目指すってあるよ。でも実際は、もっと長く入院してる者が多いらしいけど」

隔離室が映るモニターに目を向けた。その中の一つは、誰もいない空床《くうしょう》になっている。来週からは対象者と呼ばれる女性が、この殺風景な部屋で治療を受けるのだろうか。それまでに、医療観察法について復習しておかないと。いつも渚に放つ小言が、自分自身に跳ね返ってきたようだ。話を締め括るように、辛うじて憶えていた薄い知識を呟く。

「この病院が、指定入院医療機関だったとは知りませんでした」

看護記録の続きに取り掛かろうとすると、今度は井上さんが口を挟んだ。

「うちは、そういう病院じゃないよ。医療観察法に基づく入院処遇になったら、国立とか都道府県立の医療観察法病棟に移るから」

「えっ、でも……来週には対象者が来るんですよね？」

「そうだけど、医療観察法の鑑定入院としてね」

理解が追い付かず、思考の糸が絡まった。法に触れた精神障害者が、社会復帰を目指して特別な制度の中で治療を受ける。井上さんの返答からは、それとはまた別のニュアンスが滲んでいた。

「平野主任。年明けにやった勉強会の資料って、あります？　織月さんにもあげましょうよ」

「そうだな。確か、あったと思うけど」

平野主任は立ち上がると、ナースステーションの隅にある棚を漁り始めた。しばらくすると、ホチキス留めされた数枚の資料が差し出された。表紙のタイトルには『医療観察法について』と、太字のフォントで書かれている。礼を言ってからページを捲ると、すぐにイラスト付きの図が目に飛び込んで来た。

その図には『審判』『指定入院医療機関』『地域』という三つの項目が並んでいる。その順番に沿って矢印が進んでいるから、対象者が辿る大まかな流れなんだろう。一緒に資料に目を落としていた井上さんが、『審判』という文字を指差しながら告げる。

「来週この病棟に来る対象者は、数ヶ月後に裁判所での審判が控えてるの」

「審判……ですか？」

「うん。それで、医療観察法に基づく医療の必要性を判断されるんだ。審判の決定によっては、入院しないで地域に戻る対象者もいるしさ」

井上さんは突然、親指以外の指を立てた。

「審判の決定には四種類あってね、それによって対象者の今後が変わってくるの」

彼女は言葉を付け加えながら、立てた指を折り曲げていく。

人差し指の時は、入院処遇について語っていた。対象者は速やかに指定入院医療機関に搬送され、そこで手厚い治療を受けることになるらしい。

中指の時は、通院処遇についてだった。医療観察法病棟には入院せず、地域で生活しながら指定通院医療機関に通うことになるらしい。

薬指の時は、不処遇について。言葉通り、医療観察法による治療は不要という判断になるようだ。

最後に小指を折った時は、却下について。そもそも医療観察法の対象になる事件ではなかった等、申し立て自体が適切ではなかったという意味らしい。

不処遇や却下が決定された場合は、医療観察法における審判手続きは終了し、一般の精神保健福祉へ移行となるらしい。その後の治療に関しては多くの人々と同じように、基本的には本人の自己決定に委ねられるようだ。必要時、自ら望んだ医療機関で治療をすることができる。

私は時折頷きながら、絡まった思考の糸を解《ほぐ》そうと訊いた。

「鑑定入院は、審判前の入院ってことですか？」

「簡単に言えば、そうね。鑑定入院中は、鑑定医が来て面接や検査をするの。それに社会復帰調整官って呼ばれる人も関わって、対象者の生活環境調査が行われるし。あたしたちも、標準的な看護をする必要があるんだよ」

井上さんは時々資料を活用しながら、言葉を繋いだ。検察官の申し立て後に地方裁判所の裁判官が、鑑定入院を命ずるようだ。その期間は、二ヶ月から最長で三ヶ月。鑑定医は医療観察法に基づく医療が必要かどうかの情報を得て、対象者に関する鑑定書を裁判所に提出するらしい。頷きながら、浮かんだ疑問が口から零れる。

「例えばの話ですけど……審判で入院処遇になったら、またこの病院に戻って来るんですか？」

「それはないよ。ウチは、鑑定入院医療機関だから。もし審判で入院処遇が決定した場合は、指定入院医療機関の医療観察法病棟に搬送されるの」

「それじゃ、この病院は数ヶ月で退院に?」

「そうなるね」

再び資料に目を落とす。審判によっては、医療観察法病棟で長期間の入院も有り得る。鑑定入院は初期の通過点のようにも思えたが、対象者の今後を左右する大事な期間だ。

「そろそろ、夕メシにすっか。織月さんから、休憩入れる?」

平野主任の提案を聞いて掛け時計に目を向けると、時刻は二十二時に差し掛かろうとしている。夜食に近い夕食なのに、全く空腹は感じなかった。

休憩室に置いてあるソファーに座ると、深い溜息が漏れた。バックパックの中には、夕食として買ったサンドウィッチが入っていたが手は伸びない。自然と、さっきの資料に再び目を落とした。簡単には全てを理解できない制度だが、来週には対象者と関わることになる。それまでに、ある程度の知識は詰め込んでおいた方が良い。

パラパラとページを捲っていると、ある箇所で手が止まった。そこには医療観察法で定められている重大な加害行為が、六つ表記されていた。

殺人
放火
強盗
強制性交等
強制わいせつ
傷害

物々しい単語が並ぶ中で、特に殺人という文字が瞳を焦がす。不意に、平野主任が告げた内容を思い出した。

『概ね、十八ヶ月以内の退院を目指すってあるよ』

あの噂を思い出すと、強く心臓が鳴った。唐突に浮かんだタラレバが、瞬きを止める。

もし青葉さんが、この制度の対象者だったとしたら。

突拍子もない仮説は、徐々に輪郭を増していった。殺人を犯して有罪になったら、十年以上の懲役になるケースが多い。でも、この制度の対象者なら、それよりは短期間で社会に戻ることが可能かもしれない。

あの噂を耳にしてから引っ掛かっていた違和感が、急に晴れていく。夕食の代わりにミントガムを口に入れて、一度深く息を吐き出した。次のページを捲る指先が、確かな熱を帯びていく。体温が上昇していく感覚を覚えながら『この法律による医療の必要性』という項目を読むと、さっきの仮説が現実的ではないことにすぐに気付いた。指先の熱が、一気に冷め始める。

「やっぱり、違うか……」

鼻から抜けていくミントの香りと共に、徐々に動悸は治まっていった。休憩室の天井を見上げながら、何度か深呼吸を繰り返す。私の知る青葉さんは、多分この制度とは無関係だ。もう一度、その理由が記載されているページに目を通した。

例の審判で医療観察法の処遇対象かどうかの判定は、三つの要件が鍵になってくるようだ。

一つ目は、疾病性。

二つ目は、治療反応性。

三つ目は、社会復帰要因。

この中の一要件でも欠けると、この制度による医療を受ける必要性を構成しないらしい。

三要件の中でも特に、治療反応性を説明している文章を読み直す。素直に解釈すると、医療によって積極的な症状の改善が見込めるかどうかだ。この要件があることによって、結果的に対象者の疾患は偏っていた。薬剤等で治療反応が期待できる統合失調症の割合はかなり多く、逆に知的障害や発達障害、パーソナリティ障害や認知症の割合は少ないらしい。同じページには、厚生労働省が調べた『医療観察法の入院対象者の状況』というデータが抜粋してあった。やはり対象者の八割は『統合失調症、統合失調型障害および妄想性障害』となっている。

資料を閉じて、ソファーに背を預けた。味がしなくなってきたガムを嚙みながら、目頭を軽く揉んだ。今でも青葉さんの正確な顔立ちは思い出せないが、一つだけ確信できることがあった。

彼女は、統合失調症ではないと思う。十七年間、母と過ごした日々がそう告げていた。

不意にバックパックの中から着信音が聞こえ、慌ててスマホを取り出した。画面を見ると、航平から一通のメッセージが届いている。内容に目を通すと、思わず頰が緩んだ。

『やっぱり、住田だったぞ！』

短い報告が、潮風になびく髪や左耳から覗くピアスの映像を呼び起こした。今まで疎遠になっていた罪悪感や後悔より先に、純粋な懐かしさだけが胸を満たす。私が既読を付けたせいか、また着信音が鳴った。

『そんで、織月はいつ空いてる？』

夜勤明けも、明後日の休みも、予定はない。休憩時間の終わりは迫っていたが、急いで返信を打った。

『色々ありがとう。早速だけど、明日か明後日は？』

ついこの間まで、地元を忘れようとしていたのが嘘みたいだ。航平と会ったことを切っ掛けに、記憶の水門が開き始めている。彼に倣って、私も連投でメッセージを送った。

『早く、凜子にも会いたい』

彼女と並んで通学路を走っていた頃は、まだ十七歳だった。ママチャリの後部座席でチャイルドシートが揺れる様を思い出しながら、嚙んでいたガムを出して銀紙に包んだ。

夕暮れに吹く風は、昼間の日差しが染み込んだアスファルトを密かに冷ましていた。夜勤明けで三時間しか寝ていない身体には、ありがたい気温だ。浜町駅に続く道に影を伸ばして、靴底を鳴らす。まだ夜勤の疲れは残っているし、これから向かう場所に馴染みはない。予《あらかじ》め飲んだ頓服薬の効果を祈りながら、深く息を吐いた。

いつもの地下鉄で新宿に向かい、そこからＪＲ山手線に乗り換えた。普段は使わない路線というだけで、少しだけ鼓動は速くなる。

緑色の電車に乗り込みドア前の位置に立つと、車窓に目を向けた。地下鉄の暗い景色とは違って、飴色に染まった街並みが流れ去っていく。電飾看板の文字を読んだり、行き交う人々の様子を眺めたりしていると、徐々に鼓動は落ち着いていった。ここ半年間、酷いパニック発作は起こってはいない。一度思い切って仕事から離れ、エクスポージャー療法を頑張った成果だろう。かなり貯金の残高は減ったが、今でも後悔はなかった。死を覚悟するような発作が起きない日常は、以前よりも生きやすい。

池袋《いけぶくろ》で降車し西口を出ると、駅前のすぐ側にある広い公園に向かった。航平との待ち合わせ場所は、敷地内にある噴水付近にしてもらった。最初『改札前は？』と提案されたが、もし私が先に着いたら、人が多くて閉鎖的な空間で時間を過ごすことになる。それとなく外が良いと告げると、できるだけ涼しげな場所がいいなと指定された。

噴水を背に航平を待っていると、いつの間にか陽は沈んでいた。周囲には手元をスマホで光らせる人や、ベンチに座る多くのカップルがいる。夜になっても減る気配のない人々の往来を眺めてから、ふと天を見上げた。群青の空に、星が幾つも光っている。その瞬きを見つめていると、避難した小学校の教室から見た夜空が重なった。津波に襲われた街の上には、あまりにも美しい星々が煌めいていた。あの夜は一睡もしないで、そんな光にひたすら祈っていたのを憶えている。

家族が無事でありますように。

青葉さんが生きていますように。

遠い記憶は、公園内で響く誰かの笑い声や車道で鳴るクラクションに掻き消されていく。

「ごめん、遅れた」

声が聞こえて、夜空から目を離した。航平が、肩で息をしながら額に滲んだ汗を拭っていた。着ているブルーのポロシャツの襟は片方だけ捲れ、履いているスニーカーの紐は解けている。

「人身事故で、ダイヤが乱れちゃって」

「私もさっき着いたから、気にしないで。ってか、こっちこそごめんね。予定合わせてくれて」

「それは、大丈夫。俺も、早く住田に会っときたいし」

航平は口元だけで笑うと、呼吸を整えながら告げた。

「西武《せいぶ》池袋線の改札までは、少し歩くぞ」

「了解。各停で二駅だっけ？」

「そう。乗ったら五分もしないで、着くと思う」

航平がスニーカーの紐を結び直してから、肩を並べて歩き出した。公園を出たタイミングで、彼はポロシャツの襟元を整えながら言った。

「住田ってさ、昔からカレー好きだったっけ？」

「正直、そんなイメージはないけど」

「だよな。大人になって、インドでも行ったんかな？」

「どうだろ。カレーって言っても、国によって沢山種類があるよね。タイ風とか、欧風とか」

「とにかくスゲーよ。自分の店を持ってるなんて」

「確かに。相当、頑張ったんだね」

航平がメッセージをやり取りした結果、現在の凛子は『星とプラム』という名のカレー専門店を東長《ひがしなが》崎《さき》で営んでいるらしい。オープンしてから間も無いようで、忙しい日々を送っているようだ。そんな事情もあり、今日はラストオーダーの二十時四十五分に合わせて、店内で会うことに決まっていた。

「凛子の作るカレー、楽しみだね」

「住田は気が強いし、超激辛だったりして」

航平が楽しそうに、口元を緩ませた。池袋の街灯や飲食店から漏れた光が、彼の横顔を照らしている。日中よりもだいぶ涼しいのに、航平の頬には玉粒の汗が伝っていた。よく観察すると、着ているポロシャツの襟元や脇の下も濡れて色が変わっている。

「今年も暑いよね」

「そうだな。六月ぐらいから、猛暑だったし」

航平は何度か手で首筋をあおぎ、天気の話と同じ口調で続けた。

「がんになってからさ、唐突に汗が噴き出すことがあって。なんでだろう？」

「……一概には言えないけど、自律神経系が関係してるかもね」

「なるほどねぇ。流石、現役看護師」

「ただの憶測だから。汗のこと、主治医には相談してるの？」

「してない。今度の診察の時にでも、話してみるよ」

「そうして。次の受診はいつ？」

「十月。マジで、今から緊張するなー」

取り繕うように、間延びした声が喧騒に紛れていく。航平は睾丸を摘除し、抗がん剤治療もしたのだから、何らかの後遺症だって考えられる。

「俺さ、定期受診前は日帰りで地元に帰省してるんだよね」

「へぇ、家族に会いに？」

「親父が仕事休みなら会うけど、基本は一人。仙台でレンタカー借りてさ、孤独なドライブを楽しんでる」

航平は苦笑いを浮かべ、鼻先を掻いている。彼の頬を伝う汗を、辺りのネオンが照らした。

「今まではそうやって、再発を免れてきたしさ。ゲン担ぎっていうか」

「なんとなくわかるかも。そういう、自分だけのおまじないってあるよね」

　航平には航平なりの、辛い出来事に立ち向かう方法がある。私の場合だと、ミントガムだろうか。噛んでもいないのに、爽やかな香りを鼻の奥に感じた。

「そういえば住田に、開店祝いを渡した方が良いよな？」

「確かに。オープンして、まだ数ヶ月だもんね」

「池袋で買ってくか。花束より食べ物の方が良いか。東武《とうぶ》か西武のデパ地下なら、何かあるべ」

　デパ地下と聞いて、不安が心の薄闇に滲んだ。人が多くて、窓がない場所は苦手だ。ポケットに手を入れて、何気なく呟く。

「ねぇ、ガム食べる？」

「おっ、サンキュー」

　航平に一粒あげてから、ガムを口の中に放って覚悟を決めた。デパ地下に行くのだって、エクスポージャー療法だ。雑踏に吹く夜風が、ミントの吐息を何処かへ運んでいく。

　なんとかデパ地下を耐え切り、クッキーの詰め合わせが入った紙袋を揺らして、黄色の電車に乗り込んだ。ドア付近で一駅通過すると、東長崎駅に到着した。降り立ったプラットホームから、駅前を見渡す。スーパーや飲食店も多そうで、住みやすそうな雰囲気が漂っていた。

「織月は、この駅で降りたことある？」

「ないよ。生活圏からは、完全に外れてるし」

「俺も。でもなんとなく、良さそうな街だよな。下町っぽくて」

　第一印象を口にしながら、改札を通り抜ける。駅から出ると、航平はスマホを取り出して画面をタップした。

「住田の店は、あっちかな。駅前からは少し外れてそう」

　航平のナビに従い、見知らぬ街を歩き出す。『長崎銀座』と描かれたアーチの先には、様々な店舗が並んでいた。カットされたスイカが瑞々しい青果店、四川仕込みの麻婆豆腐が売りの中華料理屋、水出しコーヒーが一押しらしいレトロな喫茶店、水曜日は半額のクリーニング屋、コロッケやトンカツがショーケースに並ぶ精肉店。誰かの営みが凝縮されたような通りで、航平と足音を重ねる。周囲の光景に気を取られていると、いつの間にか商店街の終わりが迫っていた。

「この突き当たりを、左かな」

左折した後は、住宅地が続いていた。ポツポツと並ぶ街灯と静けさが、同じ街でも商店街とは違う雰囲気を演出している。しばらく道なりに沿って進むと、航平が前方を指差した。

「あれっぽくない？」

道路に面するように、二階建ての建物が明かりを灯していた。外壁はグレーのレンガ調で、木造風の周囲の家々より目を引く。出入り口の上に設置された小さめの照明が、ブルーのドアを柔らかに照らしている。店の前にはメニューが描かれた立て看板が置かれ、前髪を揺らした夜風にカレーの香りを感じた。

「絶対、あそこだね。美味しそうな匂いがするし」

「スゲー洒落た店だな。住田って、こんなセンス良かったっけ？」

店に着くと、まずは道路沿いの窓から店内を覗いた。想像以上にこぢんまりとした造りのようで、テーブル席は一つしかない。客らしき姿は一人もなかったが、見知らぬ女性がカウンター内で何か作業をしていた。

「あの人は、凜子じゃないよね？」

「だよな。この店で、合ってると思うけど……」

もう一度、外観を眺める。出入り口のドアには『星とプラム』という小さなプレートがぶら下がっていた。やはりこの店で、間違ってはいないようだ。

「とりあえず、入ってみっか」

航平がブルーのドアを押すと、カウベルが涼しげに鳴った。その音を合図に、カウンター内に立つ女性が愛想良く微笑みを浮かべた。

「いらっしゃい」

彼女が背にしている棚には、香辛料が入った大量のガラス瓶が並んでいた。粉末に加工された香辛料もあったが、原形をとどめている物も多い。小さな木の実やただの枯れ枝のようにしか見えない物体が、ガラス瓶から透けている。

「こんばんは。僕たち、今日は久しぶりに住田さんと会う約束をしてまして」

「あなたたちのことは聞いてる。地元の友達なんだっけ？」

彼女はカウンターから出て、近寄って来た。顔立ちを見る限り、年上のような気がする。多分三十代半ばか、後半。身長はすらりと高く、微笑んだ時にできる目尻のシワが印象的だ。

「凜子は、二階の自宅にいるの。呼んでくるね」

彼女は店内の奥に進み、出入り口と同じブルーのドアを開けた。確かにその先には、急な階段が続いている。

「適当に座って、待ってて」

彼女はそう言い残し、再びドアを閉めた。航平は早速カウンター席に腰を下ろし、並ぶガラス瓶を指差した。

「スパイスの量、ヤバくね？　三十種類以上は、ありそうだぞ」

私も隣に腰を下ろす。大量の香辛料からは、店主の強い拘りが溢れ出している。凜子はいつから、カレーの世界に夢中になっていったんだろう。少し考えてみても、頭の中で十七歳の少女がはにかむだけだ。凜子なりの十一年に想いを馳せていると、焦点は合わなくなり、棚に並ぶガラス瓶が霞んでいく。

「織月」

航平が、奥にあるブルーのドアを指差していた。

耳を澄ますと、階段を下る軽快な足音が聞こえる。すぐに、勢い良くドアが開いた。

「二人とも、マジ懐かしいんだけど。元気してた？」

胸の砂地に染み込んでいくような声が、三人だけの店内に響いた。隣の航平が、短い歓声を上げる。久しぶりに見た凜子は、更に垢抜けて綺麗になっていた。金髪のミディアムヘアの毛先は緩く畝《うね》り、白く透き通るような肌によく似合っている。化粧は薄めだが、血色の良い唇には瑞々しい艶があった。着ているカットソーは袖がレースになっていて、目が冴えるほど鮮やかなブルーに染まっていた。彼女が歩き出すと、穿いているリネン調のワイドパンツが涼しげに揺れる。

「凜子！　本当、久しぶり。また会えて嬉しい」

「あたしも！　小羽とは十一年振り？」

「多分、そうなるよね！」

弾んだ声を出しながら、お互い表情を崩した。当時と見た目はかなり変わっているのに、凜子の笑顔は十七歳の頃と同じだった。

「航平は、ちょっと痩せた？」

「どうだろ。特に今は夏バテしてっから、そう見えるのかも」

「あんたは、昔から食が細かったもんね。毎日暑いんだから、ぶっ倒れないでよ」

　航平が苦笑いを浮かべた。痩せたように見えるのは、夏バテだけではなく病気の影響もあるのかもしれない。

「大丈夫。俺、今日は腹減ってっから。なんかこの辺に、美味いカレー屋があるって聞いてさ」

「美味いじゃなくて、超美味いね」

　当時もこんな風に、二人の軽口をよく耳にしていた。十一年の空白なんて存在しないかのように、あの頃に流れていた空気が急速に店内を満たし始める。私は再会の喜びを噛み締めながら、西武のデパ地下で買った紙袋を差し出した。

「これ、航平と一緒に選んだの。北欧で人気らしいバタークッキー」

「うわぁ、ありがとう。なんか気を遣わせちゃったね」

「遅ればせながら、開店おめでとう。私も凜子が作るカレー、楽しみにしてたよ」

　凜子は金髪を耳に掛けてから、紙袋を受け取った。小ぶりな耳たぶを、ピンクゴールドの星が彩っている。ありふれたデザインのせいかもしれないが、そのピアスには見覚えがあった。

「遅くなっちゃうし、早速二人のために作ろっかな。メインのカレーと、飲み物はどれにする？」

　凜子は大きく背伸びをすると、カウンターの隅に置かれていたメニューを差し出した。航平と一緒に目を落とすと、手書きの文章が並んでいた。メインのカレーは、チキンとポークの二種類のようだ。

「俺は、ポークとコーラにする」

「それじゃ、私はチキンとアイスコーヒーをお願いしようかな」

　オーダーを聞いた凜子はカウンターの中に入り、デニム地のエプロンを身に付けた。その姿を見た航平が、口を開いた。

「さっきの女の人って、この店のスタッフ？」

「斎藤《さいとう》のこと？　スタッフって言うか、二人で店を切り盛りしてるの。あの人がいなかったら、この店もオープンできなかったし」

「へぇ。共同経営者って感じ？」

「うーん。パートナーって言った方が、しっくりくるかな。コロナが完全に終息してから、斎藤と開店に向けて動き出したの」

彼女は照れ臭そうに笑うと、大型の冷蔵庫からコーラの瓶とアイスコーヒーのボトルを取り出し、氷の入ったグラスに注いだ。その手付きは慣れていて、今まで何度も繰り返しているのが伝わる。

「ウチのカレーは、南インド風なの。二人は食べたことある?」

「俺はないなぁ」

「多分、私も」

「南インドのカレーは、ルーがサラッとしてるから。暑い夏でも、ペロッとイケるよ」

続く凜子の声に、耳を傾ける。『星とプラム』では、数種類のおかずと一緒にカレーを提供しているらしい。簡単に言えばカレー定食のようなもので、南インドではミールスと呼ばれるスタイルと説明された。メイン以外にもサンバルという豆と野菜のカレーが付き、その他にもパパドという豆粉のせんべい、アチャールという玉ねぎの漬物、ラッサムというスパイシーなスープが同じプレートに並び始める。

凜子はミールスを構成する品を一つ一つ説明しながらも、手を止めることはなかった。カウンターの向こうから漂うスパイシーな香りが、徐々に強くなっていく。

「ウチは普通に器を使ってるけど、南インドだとライスやおかずをバナナの葉に盛って出す店が多いんだよね」

本場の情報を告げながら、凜子は銀色のボウルの中にライスを盛った。その後、アーモンドや胡桃やカシューナッツを一緒に混ぜ合わせている。日本ではあまり見ない組み合わせに驚き、思わず質問した。

「本場では、ライスにナッツを混ぜるんだ?」

「あっちでもレモン汁で風味付けしたライスを提供するお店はあるけど、これは地元で知った味なんだよね」

凜子は手元を探ってから、透明なタッパーを掲げた。その中には、茶色いサイコロ状の物体が数個転がっている。

「小羽は、これ知ってる?」

「なんだろう、南インドのクルトンとか?」

「残念、不正解。それじゃ、航平は?」

「多分、カレーのルーを四角く切ったものだろ。そんで、鍋で溶かして……」

航平が言い終わる前に「不正解」という声が響いた。凜子はスプーンで茶色い物体を二個掬《すく》うと、私と航平の掌にそれぞれ転がした。

「二人とも、多分食べたことがあると思うな」

口に運ぶ前に、茶色い物体をまじまじと見つめる。私より先に鼻を近づけた航平が、大きく頷いた。

「俺、わかったかも。これ、ツナキューブや。よく親父が酒のつまみで食ってた」

「正解。ウチのカレーには、このおつまみを二つ添えてるの。まぁ、日本のカレーで言えば、福神漬けの代わりみたいな」

キャンディーのように、銀紙で包まれたおつまみが脳裏を過った。祖父も、このおつまみを偶に食べていたような気がする。ツナキューブを口に含むと、甘辛い味が舌の上に広がった。マグロの風味も仄かに感じたが、お酒のおつまみということもあって味は濃い目だ。航平はツナキューブをもう一つお代わりしてから、出入り口の方に顔を向けた。

「あのさ、店名の『星とプラム』ってどういう意味があんの？」

「単純に、お互いの好きな物を繋げただけ」

「お互いって、さっきの人？」

「そう。あたしは星で、斎藤は果物のプラム」

「なるほどねぇ。それと星繋がりで、もう一つ訊いて良い？　俺が間違ってるかもしれないけど、なんか気になって」

航平はそう前置きすると、自身の耳たぶに触れた。

「そのピアスって、高校生の時から付けてなかった？」

「おっ、よく見てんじゃん。さては航平、意外とモテるな」

「意外とは、余計だな」

私も、ピンクゴールドの星に目を向けた。さっきの既視感は、やはり間違ってはいなかったようだ。

「このピアスは誕生日に貰ったんだ。震災の時も付けてたから、津波に攫われずに済んだし」

淡々とした声が、グラスの氷が立てる涼しげな音に重なる。凜子は初めて手を止めると、私の方に顔を向けた。

「小羽が、このピアスを渡してくれたんだよ」

「えっ、嘘。全然覚えてないんだけど」

「えー、忘れちゃったの。青葉さんの代わりに、届けてくれたじゃん」

思わず言葉を詰まらせ、凜子の耳で煌めく星を眺める。急速に身体の芯が冷えていったのは、空調のせいじゃない。この冷感を、私は鮮明に憶えている。地元を覆う雪景色が、脳裏に広がった。

「思い出した……」

上ずった声が漏れ、急に心臓が脈打ち始めた。天井の明かりが絞られたように暗くなり、視界が不明瞭になっていく。

「確か、学校帰りに私が……」

呼吸が乱れ、それ以上言葉が続かなかった。周囲の壁が迫ってきて、身体を押し潰されそうな恐怖が胸を突く。頓服も飲んで来たし、ここ数ヶ月は発作が治まっていたのに。肺は石のように硬くなり、内臓が時化の海のように波打つ。あと数秒も続けば死んでしまうような苦しさが、全身を貫いた。酷い眩暈のせいで、座っているのも立っているのもキツい。耐え切れず、カウンター席から崩れ落ちた。

「おいっ、織月！」

「ちょっと小羽、急にどうしたの？　大丈夫？」

二人の声が、遠くに聞こえた。私は肩で息をしながら、胸に手を当てた。苦しさの合間を縫って、精一杯喉元に力を入れる。

「大丈夫……心配しないで……」

「でもよ、顔が真っ白だぞ。救急車を呼んだほうが……」

「本当に大丈夫だから……」

今は立てそうもないし、椅子に座るのすら無理だ。脱力していく身体に抗えず、そのまま床に倒れ込む。無機質な冷たさが、頰に広がった。

「航平、小羽を背負える？　二階が自宅だから、そこで一旦横にさせよう」

凜子の声が響いた後、私の身体が持ち上がった。冷や汗が目に入って、余計視界は滲んでいく。

「織月、今から階段上がっと。ちゃんと摑まってろよ」

全身が痺れ、上手く力が入らない。航平の硬い背中と凜子の手が、抜け殻のような身体を支えている。階段を登っていく振動を感じると、頰に生温かい液体が伝った。こんな楽しい日を、私のせいでぶち壊してしまった。二人に対する罪悪感が、心臓を締め付ける鎖に変わっていく。二階に続く階段にも、仄かにスパイスの香りが漂っている。手付かずのカレーを思い出すと、余計涙は止まらなくなっていった。

「せっかく作ってくれてたのに……ごめんなさい……」

「また作るから。カレーのことは気にしないで」

「住田も、そう言ってっと。とりあえず今は、息を吸って、吐いてを意識しろな」

航平は階段を登る足を止めず、凜子はずっと背中を摩り続けてくれた。浅い呼吸を繰り返しながら、パニック発作という嵐が過ぎ去るのを願う。そんな想いとは裏腹に、手足の痺れは強さを増した。

二階に着くと、階段を登ってすぐの部屋に運ばれた。寝室のようで、室内の殆どをキングサイズのベッドが占領している。航平は大きなベッドに近づくと、私をゆっくりと寝かせた。

「織月、マジで大丈夫か？」

「とりあえず、水持ってくるね」

凜子の言葉に、小さく首を横に振った。まだ浅い呼吸の合間を縫って、やっと声を出す。

「大丈夫……いずれ治まるから……」

「でも、一口ぐらい飲んだ方が良いよ。汗も凄い掻いてるもん」

「正直……水より、ちょっとだけ一人にさせてくれると嬉しいかも……」

ここまで運んで貰い、ベッドまで借りているのに図々しいと、自分を軽蔑した。それでも他人の気配があるより、独りで苦痛をやり過ごした方が早く治まることを知っていた。私は胸に手を当てながら、精一杯口角を上げげた。

「大丈夫……死んだりはしないから……」

パニック発作が原因で、命を落とすことは絶対にない。その事実は、遠藤先生からも繰り返し伝えられていた。死に至るような苦痛は本当だが、それに囚われると余計発作は酷くなっていく。できるだけ平然とした振りをしながら、落ち着くのを待つ。その方法が私にとっては最善だった。

「本当に、一人で大丈夫なの？」

「うん……ヘーキ」

「わかった。隣の部屋にいるから、何かあったらすぐ言って」

私が微かに頷くと、二人は躊躇いながら踵を返した。寝室のドアがゆっくりと閉まった後、静寂が訪れる。私しかいない部屋で、苦痛をやり過ごせる体勢を探し始める。奥歯を噛み締めながら色々試すと、床に座ってベッドに上半身だけ覆い被さるのが一番楽だった。

寝具から漂う甘くて清潔な香りを嗅ぎながら、目を閉じた。どうしてさっき、パニック発作が起こったのだろう。霧が掛かった頭で、答えすら用意されていない疑問を考えた。身体の芯は冷え切っていて、肩は小刻みに震えている。まるで津波に破壊された町の中を彷徨っているかのような錯覚を抱きながら、必死に呼吸を整えた。

ようやく動悸が落ち着き始め、肺が正常に働き始めると、ポケットに入れていたスマホで時刻を確認した。体感では二時間以上も発作に苦しんでいたような気がしたが、四十分しか経っていなかった。だとしても、二人には心配と迷惑を掛けた。拭い切れない罪悪感が、また胸を濁らせる。

ふと視線を感じて、ゆっくりと背後を振り返った。完全に閉まっていたはずのドアが、少しだけ開いている。その隙間から幼い顔が覗いていることに気付くと、息を呑んだ。一瞬幽霊を見ているような気がしたが、すぐに否定した。幽霊にしては血色が良いし、鮮明過ぎる。

「お姉ちゃん、具合悪いの？」

可愛らしい声と一緒に、ドアが完全に開いた。廊下に立っていたのは、パジャマを着た少女だった。風呂上がりなのか、湿った髪が肩辺りまで垂れている。多分、小学校低学年ぐらいだろうか。私を捉える丸い瞳に、興味と少しの不安が滲んでいた。

「心配、ありがとうね……体調は、大丈夫になってきたかな」

「そっかー。なら良かったー」

丸い瞳は、まだ私を捉えている。女の子は着ていたパジャマのボタンを弄りながら、口を尖らせた。

「いつもこの部屋で、ママとリンちゃんと三人で寝てるの」

「そっか……ごめんね。フカフカのベッドだから、休み過ぎちゃった」

ベッドを摑みながら、ゆっくりと腰を上げた。全身に倦怠感《けんたいかん》は広がっているが、発作時の動悸や息苦しさは治まっている。もう、あの嵐は過ぎ去ったようだ。

「お姉ちゃんは、リンちゃんのともだちなんでしょ？」

「そうだよ。昔からの大切な友達」

「それじゃ、リンちゃんのこと好きなの？」

「勿論、大好きよ」

私の返事を聞いて、幼い手がボタンを弄るのを止めた。

「でも、お姉ちゃんもリンちゃんとは結婚できないよね？」

「そうね……友達として、好きって意味だから」

思わず首を傾げた瞬間、廊下から足音が響いた。

「リカ、その部屋は覗いちゃダメ」

叱る声が響くと、少女は凄い速さで何処かへ駆け出して行った。代わりに現れたのは、昔からの大切な友達だった。

「小羽、もう大丈夫なの？」

「なんとか……さっきは、色々ありがとう。それに、ごめんね」

心配そうな表情を浮かべる凜子に、深く頭を下げた。数秒前の幼い足音を思い出しながら、顔を上げる。

「今の女の子って……」

「斎藤の娘よ」

「あの子にも、改めて謝らないと。私がここで、休んでたから……」

「リカのことは、気にしないで。さっきまで航平と、楽しそうに遊んでたし」

「でも、いつもこの部屋で寝てるって……」

視界の隅に乱れたシーツが映り、慌てて謝った。

「ベッド、ごめんね。すぐに整えるから」

「いいよ。そのままにしといて」

そうは言われても、申し訳なさは拭えない。躊躇っていると、凜子がベッドの端に腰掛けた。

「久しぶりに会ったのに、小羽は謝ってばっか」

「ごめん……」

「流石に今の『ごめん』は、狙った？」

私が必死で首を横に振ると、凜子が吹き出した。少しの間、楽しげな笑い声は止まらなかった。

「そうそう。リカから、変なこと訊かれなかった？」

「変なこと？　別に何も」

「例えば、結婚に関することなんか」

「そういえば、お姉ちゃんもリンちゃんとは結婚できないよね？　って訊かれたけど」

「やっぱりな。ほぼ、アウティングじゃん」

　呆れるような口調だったが、凜子の口元には笑みが滲んでいる。アウティングは、本人が秘密にしている性自認や性的指向を勝手に暴露することだ。この部屋で三人で眠っていると聞いてから、なんとなくそんな気がしていた。無言のまま、私も凜子の隣に腰掛ける。

「斎藤とは、仕事もプライベートもパートナーって訳なんですよ」

「それじゃ……リカちゃんって？」

「斎藤は昔、普通に結婚してた時期があって。リカは、その時に」

　斎藤さんは多分、男性とも女性とも恋愛ができるバイセクシャルなのかもしれない。私が頷くと、凜子は堰《せき》を切ったように話し出した。

「津波で網磯地区がダメになってからは、ママと一緒に叔父さんの家に身を寄せることになったの」

「そうなんだ……」

「叔父さんはアルコール依存症に強い偏見がある人だったから、ママはずっと同居は避けてたのに。でも、あの時はそんなこと言ってられなくて」

　凜子が苦笑いを浮かべた。その表情を目に映すだけで、多くが伝わる。突然現れた黒い波に日常を破壊され、家族も奪われた。そんな言葉を失う辛い経験をしたって、お腹は減るし、風呂に入らなければ身体は汚れ、排泄もしたくなる。失ったものを数えるだけの日々だとしても、せめて雨や寒さを凌げる屋根のある場所で眠りたい。

「そんで高校卒業後は家を出て、埼玉の工場で卵の検品作業をしてたんだ。とりあえず、お金を貯めるために契約社員として」

「へぇ、知らなかった」

「あの時期はキツかったよ。朝から晩まで、卵と睨めっこ。もう、白くて丸い物は見たくないね」

　本気と冗談が入り交じったような口調で笑った後、凜子は続けた。二十歳で工場を辞めた後は、浅草のスパイスカレー専門店で働いたらしい。そこで斎藤さんと出会い、恋に落ちた。パートナーとなってからは、既に五年以上も経過していると知った。

「浅草って、私の自宅から近いな」

「マジか。浅草は良い街だよね。なんか、東京って感じがするし」

「確かに。観光客も多いしね」

「それもあるんだけど。なんて言うか……まっ、東京って感じだ」

凜子は話を無理やり打ち切り、苦笑いを浮かべた。

「リカには、早いうちから隠さずに話してるの。この国では同性婚が認められてないから、色々と難しいことが多いし。法的に見れば、あたしはただの同居人なんだもん」

さっきよりも、沈んだ声に耳を澄ます。二人は今後『同性パートナーシップ証明制度』を結ぶ予定らしいが、それも自治体の要綱レベルにとどまっているのが現状らしい。要は、婚姻関係に相当する法的な効力はない。

「だから、心配事は尽きないんだよね。斎藤が何かの病気で入院したら、あたしが保証人になれる確証はないし。それに一番大きな問題は、あっちが先に死んじゃった時。あの最低なＤＶ夫でも、一応リカとは血が繋がってるから」

斎藤さんの両親は既に亡くなっていて、親戚とも疎遠らしい。それに彼女の元夫は、かなり問題があるようだった。

「……もしそうなった場合は、凜子がリカちゃんを引き取るの？」

「どうだろう。生前にあっちが公的な遺言書を作って、あたしがリカの未成年後見人になるって方法もあるけど……」

未成年後見人は、親権者がいなくなった子どもの親代わりのような存在だ。私も含め、津波によって親を奪われた子どもたちは多くいる。一時期、里親や未成年後見人という言葉をよく耳にしていた。

「でも所詮、あたしは同居人だから」

その返事が本心ではないことが、声の僅かな震えから伝わる。現状を想うと、この国の法律に対して皮肉の一つも口にしたくなるんだろう。美味しそうなカレーを作っていた手が、ベッドシーツを強く握っている。波打つシワが、目に焼きついた。

「どんな形だって、愛があれば大丈夫なんじゃない？」

私の耳あたりが良いだけの返事を聞くと、凜子は鼻で笑った。

「素敵な考えだとは思うけど、あたしは違うかな」

「まぁ……現実的に、お金とかも大事だけど」

「そういう意味じゃなくてさ。結局、愛が人を歪ませるから」

簡単には同意できない返事だったから、沈黙を返した。それから凜子はベッドに仰向けになり、乾いた声で笑った。

「高校の時はさー、地元に就職して、そのまま死んでくんだと思ってた。一応、石巻の水産加工場やスーパーとか狙ってたし」

「私も東京で生活するなんて、夢にも思ってなかった」

「人生は、何が起こるかわかんないねー。大人になってから、こんなに卵が嫌いになるなんて予想外だったよ」

今の私たちは「震災が起きなかったら？」というタラレバを、飲み込んでいる。そんなことを幾ら考えたって、何一つ元通りにならないのを知っているから。

廊下から誰かの気配がすると、凜子は上半身を起こした。控え目なノックの後、ドアがゆっくりと開いた。

「おっ、さっきよりは顔色がマシになったな」

顔を覗かせた航平が、安心したように一つ息を吐いた。彼は、銀色の盆を両手に持っていた。ストローが刺さった細長いグラスが三つ並んでいる。どれも表面に汗をかき、並々と半透明な液体が満たされていた。

「斎藤さんが、様子見るついでに持ってけって。南インドのリフレッシュジュースだってよ」

「おっ、クルツキサラバスじゃん。これ、マジで夏にぴったりだよ」

凜子が弾んだ声で手を叩いた。グラスの中には、氷と一緒にカットされたライムが沈んでいた。その他にも胡麻《ごま》に似た粒々した物体が浮かび、青々としたミントの葉が彩りを添えている。驚いたのは、氷の隙間から青唐辛子が一本覗いていたことだ。日本では見たことのない組み合わせに目を見張っていると、凜子が続けた。

「この粒々したのは、チアシード。他にも、レモンの果汁やジンジャーが入ってるの」

「あっちでは、青唐辛子も入れるんだ?」

「後味が少しピリッとするぐらいだから。そんなに辛くはないよ。口の中がサッパリするし」

私より先に、航平がストローを啜った。

「美味っ!」

「でしょ。昔、インドのケララ州にある屋台で飲んだの。その日は超暑かったし、マジで美味しかった」

私も一口含むと、爽やかなライムの香りと酸味を感じた。インド版のレモネードとでも、言えば良いのだろうか。舌を刺激する仄かな後味が、見知らぬ異国を想像させる。青唐辛子が入っているジュースは、意外と悪くない。

「俺も、生きてるうちにインドに行ってみてぇな」

「それなら、ウチの店に通えば。あたしが作るカレーを食べれば、いつだってあっちの風を感じられるよ」

「だな。旅費も浮くし」

「浮いたぶんは、ちゃんとカレーの料金に上乗せしとく」

続く軽口に耳を傾ける。私がこの部屋で休んでいる間に、二人はお互いの深い事情も打ち明けたんだろう。航平は入院中の差し入れで印象に残った物について喋り、凜子は世界の同性婚事情について話していた。三人で顔を合わせていると、不思議と内容の深刻さは影を潜めていく。タイミングを計って、私も口を挟んだ。

「実は私……パニック症って診断されてるの」

渚以外には隠している病を、淡々と告白した。なんのキッカケもなく動悸や眩暈、呼吸困難や吐き気等が起こることを伝え、改めて二人に頭を下げる。

「今日は頓服薬も飲んできたんだけど……ごめんね」

「別に謝ることねぇって。今は、発作が治まってる訳だし」

「そうよ。カレーなら、いつでも作るから。気にしないで」

二人の優しさが身に沁みる。ふと、廊下を走る小さな足音が聞こえた。航平も気付いたようで、うっすらと口角を上げた。

「リカちゃんって、元気だよな。しかもませてるし」

「さっきは、相手してくれてありがと。ウチって普段は女だけだからさ、大人の男が新鮮なのかも」

あの子が、この部屋で寝起きしていることを思い出す。もう一度謝ろうと隣に顔を向けると、凜子は虚ろな眼差しを浮かべていた。その視線の先には、廊下に続くドアがあった。

「リカの足音を聞いてるとさ、偶に雄大のことを思い出しちゃうんだよね。あの子もよく、家の中を走り回ってたから」

寝室に漂っていた和やかな雰囲気が、凍りついた。航平も、無言で目を伏せている。

「リカはもう、雄大より年上になっちゃったよ」

凜子が、内容にはそぐわない笑みを零した。私は、その理由を知っている。あまりに辛い出来事を話す時は、常に笑顔で武装しないと無理だ。そうじゃないと、すぐに視界は滲んでしまう。上京したての自分を思い出しながら、言葉を探した。

「……雄大くんって、五歳ぐらいだったよね？」

「うん。五歳と六ヶ月。よく考えれば、ちょうど斎藤と付き合ってる期間ぐらいかも」

「そっか……毎年お墓参りとかは行ってるの？」

「ずっと行ってないんだ。でも、あっちにはママと叔父さんがいるから。お墓は荒れてはないと思う」

「地元には帰らないんだ？」

一拍置いて、凜子はゆっくりと頷いた。

「小羽はどうなの？」

「私は……帰れない」

「その気持ち、わかるなー。あの町に、良い思い出なんてないもんね」

ほっそりとした指が、金髪を耳に掛けた。凜子は飲み干したグラスを床に置いて、大きく背伸びをしながら続ける。

「震災の節目になるとさ『あの日のことは忘れない』とか『風化させない』とかって、よく目にするじゃん。そんなキャッチコピーを見る度に、マジで破り捨てたくなるもん」

「どうして？」

「だって、あんな悲惨な光景をいつまでも憶えてろって言うの？　あたしは無理。良い加減、忘れさせてよって。こっちはもう、風化させたいんだけどって。無理やりでも忘れなきゃ、美味しいカレーだって作れないよ」

あの日を忘れることで、前に進む。凜子なりの折り合いの付け方を、否定なんてできない。短い沈黙の後、航平が口を挟んだ。

「だったら、なんで青葉さんから貰ったピアス付けてんの？」

「別に深い意味なんてないから。単純に気に入ってるだけ」

ピンクゴールドの星が、シーリングライトの光を弾いていた。青葉さんから頼まれて、私が届けたピアス。一気にクルツキサラバスを飲み干し、次に放つ言葉のために喉を潤《うるお》した。

「青葉さんの遺体は発見されてないらしいんだけど、三年後に死亡届を提出したんだって」

凜子は目を丸くすると、落ち着きなくピアスに触れ始めた。

「凜子は、当時のスマホや青葉さんが映ってる写真って持ってる？」

「何もないよ……当時使ってたガラケーは、もう捨てたし」

「それじゃ、青葉さんの噂を知ってた？　過去に恋人を毒殺したって」

「えっ、嘘でしょ？　その話は初耳なんだけど」

「私も、嘘だと思うけど……何か青葉さんのことで憶えてることがあれば、教えてくれない？」

「でも、なんで？　今更……」

凜子が言い淀んだ続きは、簡単に予想が付いた。あの日から、既に十一年が経過している。それに青葉さんは、既に亡くなっているのだ。今更、蒸し返す必要はない。それでも、私は言葉を紡いだ。

「なんかさ、あの人の顔をもう上手く思い出せなくて。当時のスマホや写真も、津波に攫われちゃったし」

「仕方ないよ。だって、十年以上も前のことじゃん。小羽に限ってのことじゃない」

「でもね、凜子や航平に再会して思ったんだ。良い加減、ちゃんと青葉さんに謝らないとって」

二人が同時に首を傾げた。私は深く息を吸い込み、ずっと誰にも言えなかった事実を口にした。

「私のせいで、あの人は被災したから」

震災が起こった日から、未だに消えない罪悪感や自責の念が黒い渦を巻く。二人は目を見張っただけで、相槌は打たなかった。

「あの大震災が起きた日、青葉さんは東京に帰る予定だったの。それなのに、私が我が儘を言ったから……戻って来てくれて」

鼻の奥が湿って、目頭が熱を帯びていく。今は絶対に涙を零さないように、奥歯を強く嚙み締めた。震える涙声で、私の罪を告白したくはなかった。今泣いてしまったら、卑怯な気がする。涙を零したら、取り返しがつかないほど自分を軽蔑してしまいそうだ。

「予定通り東京に戻ってれば、少なくとも津波には呑まれなかったと思うんだ」

よく考えれば、青葉さんのことを殆ど知らない。高二の秋に突然現れ、翌年の春が訪れる前に消えてしまった人。たくさん甘えたり頼ったりしたけど、当時の私には彼女のことを知ろうとする余裕なんてなかった。

「身勝手なんだけど……ちゃんと青葉さんのことを思い出してから、謝りたいなって」

心に一つ線を引いた後は、今より視界が広がっていると信じたい。そんな希望とは裏腹に、胸に長い影が伸びる。結局は、青葉さんに対する罪悪感から解放されて、楽になりたいだけのような気もする。あの人のことを思い出したいと口にしながら、本当は区切りをつけて完全に忘れ去りたいだけなのかもしれない。

「小羽が、身勝手なのは知ってる。ずっと連絡もくれなかったし」

「それは……ごめん」

「冗談、冗談。多分みんなどっかで、必死に生きてるんだろうなって思ってたから。結局さ、人生は『津波てんでんこ』でしょ。海が近くになくても」

地元の防災訓練で何度も耳にした合言葉が、胸に響いた。津波てんでんこの果てに、私たちはどこに辿り着いたのだろう。今は同じ部屋にいても、明日にはそれぞれの場所で日々の営みを続けることになる。今の生活は自ら望んだのか、それともたまたま流れ着いたのか。きっと私は、後者なんだろう。そんなことを思っていると、不意に凜子が両手を叩いた。

「青葉さんの話に戻るけど、一つ思い出したことがあるかも」

「どんなこと?」

「当時、変な落書きを見たの。『大浜飯店』でさ」

凜子は短く告げ、床に置いていた空のグラスに手を伸ばした。

「二人とも、まだ時間は大丈夫？」

「俺は良いけど」

「私も……」

「それじゃ、隣のリビングで話さない？　みんなのグラスも、ちょうど空きそうだし」

　凜子は立ち上がると、口元に笑みを浮かべた。

「忘れたい昔話をするなら、もう一杯リフレッシュジュースが必要かも」

　空のグラスから、溶けかけた氷同士が鳴る音が響いた。

第三章　二〇二二年九月　未完成の塔

　病棟の窓から差し込んだ朝の光が、リノリウムの廊下を照らしている。私が履くナースシューズが日溜まりを踏むと、爪先の生地が黒ずんでいることに気付いた。患者の酸化した血液や、排泄物が付着している訳ではなさそうだ。多分、どこかに擦って汚れたんだろう。この病院に転職して約二ヶ月。ナースシューズに付着した汚れは、精一杯働いた小さな証だろうか。たとえそうだとしても、見た目は悪いし、不潔なことに変わりない。今日中に除菌クロスで綺麗に拭かないと。

　ナースステーションに戻り、電子カルテを開いた。早速、先ほど測定したバイタルサインの数値を経過表に打ち込み始める。

「織月さん。ちょっと」

　手を止めて振り返ると、平野主任が立っていた。病棟内の室温は二十六度に設定してあるが、彼の後退した生え際には玉の汗が光っている。

「織月さんに、頼みたいことがあって」

「何でしょうか？」

「午前中のどこかで、シャワー浴の見守りをお願いしたいんだけど」

「わかりました。因みに、どなたですか？」

「鑑定入院の井浦さん。今日は俺が担当なんだけど、流石にこんなオッサンが風呂場まで付き添う訳にはいかないから」

　隔離室を撮影するモニター画面に、目を向けた。カメラが映す一室には、一ヶ月前に検察事務官に付き添われ入院した華奢な女性の姿があった。私は井浦さんと、まだまともに会話をしたことがない。何度か与薬をする機会はあったが、いつも彼女は終始伏し目がちで、言葉を交わすどころか、視線が合うことすら無かった。

「今日の十五時に、社会復帰調整官が面会に来るんだ。シャワー浴は、それまでに終わらせてくれると助かる」

「えっと……私一人で、大丈夫そうですか？」

「問題ないよ。井浦さんは時間解放中も、逸脱行動はないし。ずっと、落ち着いて過ごしてはいるから」

入院した当初の井浦さんは、終日隔離処遇となっていた。彼女は隔離室に入室してからも、症状の悪化なく過ごしているらしい。診察に来棟した鑑定医と病棟担当医の指示で、現在は午前と午後の二時間だけ解放処遇になっている。限られた時間だけは他の患者と同じように、病棟内を自由に行き来することが可能になっていた。

「私、まだ井浦さんとまともに話したことないんですけど、何か関わる際に注意することってありますか？」

「そうだな。彼女の対象行為については、敢えてこっちから触れなくていいぞ。本人もシャワー浴のついでに訊かれたって、困るだろうし」

井浦さんが入院してから、看護師間で申し送りされてきた留意事項だった。当院の方針では、看護師から対象者が起こした事件について、積極的に触れないよう説明されていた。対象行為に関しては鑑定医が面接で掘り下げているし、それ以外の余計な一言で彼女を動揺させないためだろう。あくまで、標準的な看護を提供する。穿《うが》った見方をすれば、他の患者たちとは違って、一歩踏み込むような関わりは避ける。今後は審判も控えているし、その結果によっては、指定入院医療機関の医療観察法病棟で入院治療も有り得る。今は粛《しゅく》々《しゅく》と対応することが、間違いではないのかもしれない。

「あとは、自傷に注意だな。シャワー浴中に、剃刀《かみそり》を使う時もあるだろうし」

「わかりました。何かあったら、すぐに浴室のナースコールを押します」

平野主任は手の甲で額の汗を拭ってから、深く頷いた。そういえば彼にはまだ、あの質問をしていなかったことを思い出す。踵を返そうとする白衣を、思わず呼び止めた。

「確か平野主任って、お子さんがいますよね？」

「おう。小さな怪獣がな。それが、どうかしたか？」

「お子さんと、遊園地って行きます？」

「偶に行くよ。先月はヒーローショーを目当てに、後楽園《こうらくえん》まで行ったたな」

「因みに、錦糸町に遊園地があるって聞いたことありますか？」

この前、凜子から聞いた内容が脳裏を過る。青葉さんは以前、錦糸町の遊園地で働いていたらしい。ネットで検索してみたり、一人で街に出向いたりもしたが、いくら探しても錦糸町に大規模な遊園地は存在しなかった。駅前の商業施設の中に幾つか子ども向けの遊び場はあったが、どれもオープンしたのは二〇一一年以降。青葉さんが働いていた可能性は、ゼロだろう。

「聞いたことないな。そこら辺で言えば、浅草の花やしきとか、それこそ後楽園ぐらいしか知らんな」

「ですよね……すみません、変なこと訊いちゃって」

苦笑いを浮かべると、今度こそ平野主任は踵を返した。私は途中だった経過表を閉じて、井浦さんの名前にマウスのカーソルを合わせた。シャワー浴の準備を始める前に、本人の情報を復習しておいた方が良い。

『井浦静香、三十九歳、女性。同胞二名中、第二子として出生。十九歳で統合失調症を発症し、他院に四回ほど入院歴がある。現在まで未婚で挙児なし。違法薬物の使用なし。アレルギーなし。家族内の精神科負因としては、父親がうつ病を患っていた。対象者が十二歳の時に、父親は自死している。対象行為に至る以前は、母親と長らく同居していた。

今回の対象行為は自宅に放火（現住建造物等放火）。去年の二月、同居していた母親が心筋梗塞で急逝した。母親の死を契機に、対象者は葛飾《かつしか》区に住む兄の元に転居することになる。兄の住居から対象者の掛かり付けの病院までは距離があり、次第にデイケアや外来診察に現れなくなっていった。

怠薬や慣れない環境下でのストレスもあってか、幻聴や妄想が活発化。特に兄と同居を始めた自宅に対して、被害妄想を強く抱くようになる。日に日に症状は増悪し「居間でアスベストが四六時中舞っている」「屋根裏で藁《わら》人形が集会をしている声が聞こえる」「兄の嫌がらせで、事故物件（そのような事実なし）に無理やり住まわされた」等の発言が増えていった。五ヶ月間の通院中断後、藁人形が家の至る所で自分を見張っているという妄想に駆られ、それらを焼き尽くすために対象行為に至る。兄は外出中で怪我はなし。

その後は起訴前簡易鑑定が実施され、統合失調症の症状により、対象行為に及んだとの判断で心神喪失と認定。不起訴となり、医療観察法の鑑定入院となった』

鑑定入院後の看護記録にも目を通し、電子カルテを閉じた。入院後に目立った症状の増悪はなく、二時間の解放処遇が開始となってからも病棟ルールは守れているようだ。私は一つ息を吐くと、まずはバスタオルが置いてあるリネン室に足を向けた。

シャワー浴の準備が整う頃には、午前中の解放時刻になっていた。モニターを確認すると、隔離室から彼女の姿は消えていた。

病棟の回廊を歩きながら、華奢な背中を探す。井浦さんは病棟ホールの隅で、四階の窓が映す外の風景を見下ろしていた。

「井浦さん、こんにちは」

私の挨拶を聞いて、彼女はゆっくりと窓から目を離した。細面で表情は乏しく、寝癖が目立つセミロングには白いものが交じっている。彼女が着ているパジャマタイプの病衣はサイズが合ってなさそうで、かなり大きく見えた。

「看護師の織月と申します。今日の担当看護師から、シャワー浴のことって聞いてます？」

「はい……」

「早速なんですけど、今から如何《いかが》ですか？　午後からは、面談が控えていると聞いていますし」

井浦さんの目元は落ち窪んでいて、無表情に近かった。相変わらず視線は合わず、感情の動きは読み取れない。彼女はもう一度窓の外に目を向け、ゆっくりと口を開いた。

「お風呂より……あの部屋から、もっと出たいんですけど。二時間だけじゃなくて」

「そうですよね。今は、午前午後の限られた時間しか出られませんもんね」

「……そのうち、鍵の掛からない部屋に移れますか？」

「医師の指示があれば、今後個室や四人部屋に移室することも検討されると思います」

勘違いや余計な期待を煽らないように、事実だけを返す。彼女の淀んだ目元《めもと》にこびり付く乾燥した目脂《やに》を、夏の日差しが照らしてる。

「毎晩、隣の部屋の人がドアを叩くんです。何度も何度も。凄い音なんですよ……」

「それは、すみませんでした。今日の夜勤者とも、情報を共有しておきますね」

「はい……あんまり音を立てると、藁人形たちに見付かっちゃうから」

　対象行為に及んだ妄想は、未だに残存しているようだ。それと同時に思う。井浦さんが法に触れたのは事実だが、口籠もりながら目を伏せる横顔を見ていると、危険な雰囲気は微塵《みじん》も感じない。寧ろ、妄想に怯え切っている気配の方が濃い。私は気弱そうな女性に向けて、できるだけ穏やかな口調を意識した。

「隔離室は井浦さんの身を守るためにも頑丈にできてますので、安心して下さい。鉄扉を開錠するのも、医療スタッフだけですし。他には、誰も入ってきませんよ」

　井浦さんの表情に全く変化は無かったが、微かに頷いてはくれた。

　誰もいない大浴場は、まだ浴槽に湯を張っていないせいか幾分涼しかった。井浦さんが浴びるシャワーが床のタイルに跳ね返り、夕立に似た響きを発している。

「剃刀を使う時は、教えてくださいね」

　返事はない。私は少し離れた位置で腰掛け、肩甲《けんこう》骨《こつ》が浮き出た背中を眺め続けた。彼女は髪を洗い終わると、一度シャワーを止めた。

「お母さんは、牛乳石鹸しか使わないの。他のモノで洗うと、肌がかぶれるから」

　淡々と呟く声を聞いて、最初は症状に左右された独語かと思った。そうではないことに気付いたのは、彼女がタオルでボディソープを泡立てながら、こちらを振り返ったからだ。やはり視線は合わないが、何かを話したがっている気配を察した。

「お母様と、仲が良かったんですね？」

「はい……偶に、回転寿司に連れてってくれて。看護師さんはお寿司だと、何が好きですか？」

「私はイクラかな。井浦さんは？」

「……コーンマヨネーズです」

「私も好きです。美味しいですよね」

　唐突に会話が途切れた後、井浦さんは肋骨《ろっこつ》が浮き出る身体を丁寧《ていねい》に洗い始めた。洗い方に拘りがあるのか、左右の脇と首筋を何度も擦っている。

「火事のこと。何も憶えてないんです」

　脈絡のない言葉に、息を吞んだ。私は、首筋の泡が背骨に沿って流れていくのを黙って見つめた。

「だから、先生に色々と訊かれてもピンとこなくて」

先生というのは病棟担当医ではなく、主に面接を担当している鑑定医のことだろう。私は対象行為についてはは触れないというルールを思い出しながら、片手に握っていた剃刀を意味もなく持ち換えた。改めて周囲を見回しても、広い大浴場には私と彼女しかいない。薄皮を捲りたくなるような気持ちが、胸の奥底で輪郭を増した。

「申し送りでは……嫌な考えに支配されて、自宅に火を付けたって聞きました」

「みたいですね。本当に、あまり憶えてなくて」

「対象行為……火事の時は、井浦さんの症状が酷かったようですし。記憶が曖昧なのは、仕方がないことかもしれませんね」

私の当たり障りのない返事は、再びシャワーを浴びる音に掻き消されていく。これ以上の好奇心にブレーキを掛けるように、泡が排水溝へと流れていく光景を見送った。

井浦さんは身体に付着した泡を全て洗い流すと、もう一度こちらを振り返った。

「売店に、牛乳石鹸って売ってますか?」

「多分、売ってないかと。液体のボディソープならありますよ」

彼女は特に残念がる様子は見せず、蛇口を閉めて立ち上がった。小ぶりな胸に張りはなく、鎖骨や肋骨は浮き出ている。

「久しぶりに、お母さんの香りを嗅ぎたくなっちゃって」

初めて、井浦さんと目が合った。彼女は母親の死を、今でも引き摺っているのだろうか。病気を患っていようが、いまいが、他人の心はわからない。一方的な憶測を幾ら繰り返しても、多分どこにも辿り着けないんだろう。今私がわかるのは、彼女は今回のシャワー浴で剃刀を使わなかったことだけだ。

「牛乳石鹸の件、ご家族が差し入れできるか訊いてみます」

彼女は痩せた身体から水滴を滴らせ、表情を変えずに頷いた。

井浦さんのシャワー浴の見守りを終えた直後から、急に病棟内が慌ただしくなった。患者同士の口論から始まり、その仲裁が終わると、別の高齢患者がトイレで転倒した。極め付けは、これから双極性障害の患者と覚醒剤精神病の患者が即日入院してくることを告げられた。急性期病棟特有の入退院の激しさに、密かに肩を落とす。私は昼休憩を大幅に短縮し、割り振られた業務に徹した。

　病棟内が落ち着きを取り戻したのは、十六時を過ぎた頃だった。ナースステーションで作業する同僚たちの顔には、疲労感と忙しい時間帯を乗り越えた達成感が交じり合いながら滲んでいる。夜勤者との勤務交替まで、もう一時間を切っている。私は残業を覚悟しつつ、電子カルテを開いた。今日の担当患者に関する看護記録を書き始めようとすると、事務スタッフの声が響いた。

「面会の方が、お帰りです」

　窓口に目を向けた。スーツを着てネクタイを閉めた中年男性が、廊下に立っている。私が窓口に一番近い場所に座っていたこともあって、腰を上げた。ナースステーションのドアを開けて廊下に踏み出すと、中年男性が軽く頭を下げた。

「こんにちは。先ほどまで、二番の面会室を使用していました。今から帰ります」

「承知致しました。最後に、退出時刻の記入をお願いします」

　彼は嵌めていた腕時計を確認し、現在時刻を面会受付票に記載し始めた。何気なく紙面に目を落とすと、面会患者の欄には『井浦静香』とあり、面会者の欄には『工藤健一《くどうけんいち》（社会復帰調整官）』と書いてある。私は思わず、言葉を漏らした。

「牛乳石鹸……」

　工藤さんが面会受付票から顔を上げ、僅かに首を捻る。

「どうかなさいました？」

「いえ……井浦さんの社会復帰調整官の方だったんですね？　初めまして、看護師の織月と申します」

「工藤です。こちらこそ、お世話になっております」

　彼は書き終わった面会受付票を、私に向けて差し出した。受け取りながら、初めて会う社会復帰調整官の顔を盗み見てしまう。

　社会復帰調整官は、保護観察所に所属している。彼等は対象者の生活環境調査を実施し、今後『審判』が行われる裁判所に報告書を提出するらしい。報告書には対象者の家庭環境や生活環境に関する内容は勿論、それらを踏まえて社会復帰できる状態かどうか、という意見も添えるようだ。

社会復帰調整官が調査した結果も加味し、医療観察法による治療の必要性が判断される。この前知った三要件の中に『社会復帰要因』というキーワードがあったのを、実感を伴いながら思い出す。対象者を受け入れてくれる家族や環境が整っていれば、医療観察法病棟には入院せず、地域で生活しながらの通院処遇や不処遇になるケースもあるようだ。

「入院後の彼女は、落ち着いて過ごしているようですね？」

工藤さんの質問を聞いて、私は首を縦に振った。

「明らかな問題行動はないです。今日は、シャワーも浴びましたし」

「あっ、だから牛乳石鹼ですか？」

「お母様がよく使ってたみたいで。ご本人も久しぶりに香りを嗅ぎたいと、おっしゃっていましたので。これからご家族に、差し入れを依頼しようかなと」

差し入れの話をすると、僅かに工藤さんの表情が曇った。

「正直、難しいかもしれません。ご本人と同居していたお兄様は、今後一切関わりたくないとおっしゃっているので。勝手な印象ですが、石鹼一つ届けてくれるかどうか……」

「そうですか……やはり、火事のことが原因ですかね？」

「勿論それもありますが、対象行為の前から彼女に関する近隣住民からのクレームは多かったようです。お兄様も、対応に困ってたみたいで」

社会復帰調整官は、対象者の住居や金銭の他にも、近隣の状況や家族の協力態勢に関しても調査する。工藤さんの発言を踏まえると、受け入れ先の選定は困難を極めそうだ。

「井浦さんのご家族も、複雑な気持ちを抱いているんでしょうね」

「ええ。審判前に関係者と話し合う機会はありますので。色々と情報は共有しておきます」

最後に、彼と肩を並べて病棟出入り口の二重扉に向かった。一つ目の扉を解錠した後、ふと質問してみる。

「医療観察法の対象者になる方は、やはり統合失調症圏の方が多いんですか？」

「そうですね。個人的な印象としては、八割は占めてると思います」

二番目の扉に近づきながら、自然と青葉さんのことを想った。当時の彼女からは、妄想めいた発言や幻聴に左右されているような様子を感じたことはなかった。やはり、青葉さんは医療観察法と無関係だ。冷静に考えれば、毒殺という時点で私の突拍子もない思い付きは外れている。

誰かを殺すために、毒を用意する。

自分の行動が悪いと分かっていて、止めることができるのが刑事責任能力だ。精神疾患を患っているからといって、一律に心神喪失や心神耗弱と判断される訳ではない。青葉さんに何かしらの精神障害があったと仮定しても、人を殺す計画を練り、毒を用意したとすれば、刑事責任能力が認められる可能性は高いような気がする。そうなると、懲役刑は免れないだろう。結局、そもそもの毒殺自体がただの噂、美人へのやっかみの可能性がやはり高い。

二枚目の扉を解錠しようとすると、すぐ背後で咳払いが聞こえた。

「他にも、アルコール依存症やうつ病の対象者もいますけどね」

思わず、彼と一緒に病棟外の廊下に出てしまった。

「そういう方々も、対象者になり得るんですね？」

「ええ、統合失調症圏の対象者よりは少ないですが」

工藤さんはすぐ近くのエレベーターのボタンを押すと、淡々と続ける。

「例えばアルコール依存症の方だと、幻聴の影響や幻覚妄想状態に陥り、誰かに傷害を負わせてしまうケースがありますし」

「それは……離脱症状の影響ってことですか？」

「そういう場合もあります」

工藤さんが、神妙な表情で頷く。離脱症状は、依存しているアルコールや薬物を減量したり、中止したりする際に生じる身体的・精神的な症状だ。所謂、禁断症状。幻覚やせん妄が生じることもあり、自分自身をコントロールできなくなってしまう人も多い。

まだ到着しないエレベーターを一瞥し、続けて質問した。

「依存症の方が離脱症状によって、一時的に自分自身を見失ってしまう姿はイメージが付きます。ただ……うつ病の方が『重大な他害行為』に至るイメージが湧きませんね」

単純な疑問だった。うつ病は意欲の低下や気分の落ち込み、喜びの喪失や不眠等を主訴としている。活動的というよりは、自閉的な生活になってしまう印象が強かった。そのような状態で、六罪種の『重大な他害行為』を実行できるのだろうか。うつ病の人は誰かを傷付けるというより、その刃は自らに向くことが多いような気がする。

「織月さんが、言いたいことは分かります。確かに抑うつ気分によって、活動性が減退していく人が多いですから」

「はい……思考も抑制されて、普通の会話すら困難になる人もいますし」

工藤さんは同調するように、何度か頷いた。エレベーターはまだ到着しない。

「僕が知る限り、うつ病の方で多いのは幼い実子を殺害してしまうケースです。色々と追い詰められ、正常な判断ができなくなってしまうんでしょう」

「確かに、そんなニュースを偶に見かけますが……」

「子殺しの他にも、介護で疲弊《ひへい》し……なんて場合もあります。あとは拡大自殺ですね」

「拡大自殺？」

「所謂、無理心中です。単独の自殺未遂では、医療観察法の対象者になることはありません。しかし、うつ病の影響下で誰かを道連れにしようとした場合は、この制度の対象者になり得るので」

扉が開く音が響いた。工藤さんは最後に深く頭を下げると、到着したエレベーターに乗り込んだ。

三日間の連勤をこなした翌日は、休みだった。特に外出する予定がないのは、いつものことだ。家で漫然と過ごすのは勿体無く、病院の図書室から参考書や専門誌を五冊借りた。パニック症に関する参考書が一冊、ヤングケアラーが特集してある看護系の雑誌が一冊、司法精神医学に関する専門書が一冊、残りの二冊は医療観察法関連の書籍だ。

午前中からリビングのソファーに腰を下ろし、借りてきた本に目を通した。過去の症例報告や最新の治療介入方法を眺めながら、ページを捲る。世界と比較し、日本の精神科医療は遅れていると噂されているが、日々新しい考えや治療法は試行錯誤されている。私はあるページに太字で書かれていた、『リカバリー』という言葉を見つめた。精神科によるリカバリーは、精神障害がある人が主体的に自分の生き方を追求することだ。パニック発作の辛さを思い出しながら、長く息を吐く。私はこれから何をしたくて、どんな人生を望んでいるのだろう。どうしてか、地元で聞いていた潮騒が鼓膜の奥で響いた。

医療観察法病棟で実施されている内省プログラムに関する記事を読んでいると、井浦さんの虚ろな眼差しが脳裏を過った。

『お兄様は、今後一切関わりたくないとおっしゃっているので……』

井浦さんのお兄さんには、牛乳石鹸の件で二度電話を掛けた。全て不在で留守電にもメッセージを残したが、私の連勤中に折り返しの連絡はなかった。

工藤さんが話していた通り、今回の放火が切っ掛けで、家族とは没交渉になってしまうのだろうか。言いようもない切なさを振り払うように、借りてきた本のページを捲り続ける。

時刻はいつの間にか十一時を過ぎていた。集中力が途切れ、読んでいた専門誌を閉じてソファーに寝転んだ。窓から差し込んだ光が、フローリングに陰影を描いている。ふと部屋の隅に視線を向けると、小さな輝きが見えた。ソファーから立ち上がり近付くと、渚のピアスが落ちていた。

渚は看護学校が夏休みに入った翌日に、耳周りの髪の一部を鮮やかなピンクに染めた。髪を下ろしている時は目立たないが、耳に掛けると派手な色が現れる。本当は髪の毛全体を明るいカラーに染めたかったらしいが、夏休み中も訪問入浴のバイトを入れているせいで利用者の目もある。だから妥協案として、イヤリングカラーを選択したらしい。彼女は今日、茨城まで友人たちと海水浴に出掛けていた。帰ってきたら、健康的に日焼けした顔で土産話を語ってくれるだろう。

私は十一年間、海で日焼けをしていない腕を摩ってからピアスを拾い上げた。最近掃除をサボっていたせいで、部屋の隅にはうっすらと埃が積もっている。

それから無理やり予定を作るように、掃除に熱中した。塩素系漂白剤を使って水回りの滑《ぬめ》りを落とし、トイレの芳香剤も新しい物に替えた。リビングや自室に掃除機を掛け、弱アルカリ性洗剤でフローリングを隅々まで丁寧に磨き上げる。

最後に、掃除機を片手に渚の部屋に足を踏み入れた。約五畳の空間の殆どは、ベッドと学習机が占領している。学習机の上には、彼女が看護学校で使用している教材や、実習記録が綴じてあるファイルが積まれていた。思わず、自分の看護学生時代を思い出してしまう。実習が辛かった記憶しか残っていないが、同時に懐かしさも覚えた。

積み重なったファイルの山を崩さないよう、恐る恐る一冊を手に取った。表紙には『外科・2B病棟』と表記されている。目を通すと、渚は胃がん患者を受け持っていたようだ。特徴的な丸文字で、術後のダンピング症候群についてや、退院後の食事摂取方法に関して細かく記述されている。胃がんについての関連図は良く書けていて、毎日の行動計画には患者に対する個別性が滲んでいた。

「頑張ってるじゃん」

小さく呟いてから、実習記録を戻そうとした。不意に、手が止まる。表紙に『こども食堂』と記されたファイルが目に映り、今度はそちらを取った。

こども食堂は、無料や低価格で子どもたちに食事を提供する場だ。渚は以前から、様々なこども食堂のボランティアに参加していた。渚が料理を作ることはないらしいが、皿洗いをしたり、会場の掃除をしたり、子どもたちと遊んだりして過ごしているらしい。本人は「ただの暇潰し」と素っ気なく話していたが、照れ隠しだろう。以前、渚に看護師になったら所属したい科を訊いた時も、「小児科《しょうにか》」と迷いなく答えていた。

こども食堂のファイルは、クリアポケットタイプだった。パラパラと捲ると、ポケット一枚一枚に、こども食堂に関するチラシやパンフレットがファイリングされていた。渚がボランティアに参加した場所だろうか。時折、折り紙で作った花や幼いタッチの絵が差し込まれていた。交流した子どもたちが、渚に贈ったんだろう。

私は尊敬の念を抱きながら、もう一度最初からファイルのページを捲った。保管されているチラシやパンフレット一枚一枚に、目を凝らす。一口にこども食堂と言っても、様々な種類があった。社会福祉法人、NPO法人、個人が運営しているもの。開催日も各所異なっていて、月に数回の場所もあれば、毎日低価格な食事を提供しているところもあった。

食事をするだけではなく、スタッフも交じえてビンゴ大会をしたり、中には学習支援をしたりしている場所もあるようだ。

中野区《なかの》にあるこども食堂のパンフレットには、継続的に開催する難しさも記載されていた。運営費の多くは寄付や善意によって支えられていて、ボランティアスタッフの確保も重要な課題らしい。大田区《おおた》にあるこども食堂の一つは、夜は普通の居酒屋として営業していた。夜に呑みに来た一般客が特定の煮込みや串盛りを注文すると、その五十パーセントの金額が、こども食堂の運営費に充てられるらしい。似たようなシステムは、主に個人で運営しているこども食堂で採用されていた。元々はイタリア料理店、大衆食堂、焼肉屋、自然派食品を扱うカフェ。料理や飲み物を注文するだけで、結果的に子どもたちの笑顔に繋がるなんて素晴らしいアイデアだ。

昼食は素麵《そうめん》でも湯がこうと思っていたが、細やかな貢献として足を運んでみても良いかもしれない。チラシやパンフレットを眺めながら、試しにできるだけ近所の子ども食堂を探す。表紙にスカイツリーの写真がプリントされている細長いパンフレットが目に留まり、ファイルから丁寧に取り出した。表紙には『こども食堂・コチュカル』と描かれている。個人で経営している韓国料理屋のようで、店名のコチュカルは『赤唐辛子粉』を指す韓国語のようだ。

細長いパンフレットを開くと、子どもたちが食事をしている風景や、エプロンを身に付けた大人たちが笑顔を浮かべていた。紙面には、実際に出されているメニューの写真も並んでいた。ミートソーススパゲッティにポテトサラダとプリン、目玉焼きが載ったハンバーグにフライドポテトとぶどうゼリー、ビビンパとチェレギサラダと杏仁豆腐《あんにんどうふ》。カレーの写真が目に映った瞬間、呼吸が止まった。

人参やジャガイモが覗くカレーがかかったご飯には、ナッツがちりばめられていた。写真の下には『アレルギーがある方はナッツ無し可能』と、注釈までしてある。それにカレーが盛られている平皿の端には、小さな四角い物体が二つ並んでいた。写真の画像は粗かったが、ツナキューブだとわかる。

東長崎で聞いた内容を思い出す。凜子が十七歳の誕生日に食べたカレー。青葉さんが作った料理。

私が知らないだけで、韓国のカレーはナッツとツナキューブの組み合わせがポピュラーなのだろうか。急いでリビングに戻り、ローテーブルの上に置いていたスマホに手を伸ばす。再び渚の部屋に足を踏み入れながら『韓国、カレー』と打ち込んで検索を掛けてみる。表示された画像を確認してみると、付け合わせにナムルやキムチが添えられたものはあったが、見た目は日本のカレーと大きく変わらない。私が確認した限り、ご飯にナッツを混ぜ、ツナキューブが添えてあるカレーは見当たらなかった。

スマホをポケットに戻し、もう一度パンフレットに目を落とす。最後のページには『コチユカル』の住所と、簡素化された地図が表記されていた。思わず、読み上げてしまう。

「東京都墨田区錦糸……」

地図には、JR錦糸町駅も描かれていた。探していた遊園地とは全く関係なさそうだが、気になる。

私はファイルを元の位置に戻すと、素早く掃除機を片付けた。部屋着にしているノースリーブから無地のTシャツに着替え、リビングのチェストの上に置いているクロスバイクの鍵に手を伸ばす。家を出る前にパンフレットに表記されていた住所を地図アプリに入力し、例のカレーが写っている部分をスマホのカメラで撮影した。

スニーカーを履いて外に出ると、日焼け止めを塗ってないことに気付いた。それでも部屋には戻らず、玄関の鍵を施錠した。

まずは両国《りょうごく》に向かい、京葉《けいよう》道路沿いを荒川《あらかわ》方面へと直進した。二十分もペダルを漕げば、JR錦糸町駅に辿り着く。視界の先では逃げ水が揺れ、陽炎《かげろう》の中を走るセダンは溶け出したように歪んで見える。さっき渚の部屋で覚えた予感も、猛暑が作り出した幻かもしれない。ハンドルから右手を離し、早くも頬を伝う汗を拭った。

JR錦糸町駅に停まる総武《そうぶ》線快速は、東京と千葉を結んでいる。ここ数年でこの街は再開発が進み、駅前には洒落たショッピングモールが複数建設されていた。大型家電量販店やファッションビルもそびえ立ち、この街に来れば一通りの物が揃う。そのせいか、人々の行き来は多い。

辿り着いた錦糸町南口駅前で、一度ブレーキを握った。ポケットからスマホを取り出し、地図アプリで目的地をもう一度確認する。錦糸町は二つの顔を持っている。ファミリー向けのマンションや、芝生が生い茂る錦糸公園がある北口。風俗店やガールズバーがひしめき、場外馬券場もある歓楽街の南口。『コチュカル』は北口方面にあり、密かに胸を撫で下ろす。目的地周辺の位置を瞳に焼き付け、再びペダルを漕ぎ出した。

今の時間帯は『準備中』という札が掲げられた多くの居酒屋をやり過ごし、徐行しながら駅前の道路を進んだ。時折停まって、それらしい店舗がないかを確認する。北口駅前から少し離れた路地裏で『韓国料理・コチュカル』と描かれた看板が目に映った時は、着ていたTシャツの脇の下が汗で色を変えていた。

『コチュカル』は、ベトナム料理店と鉄板居酒屋に挟まれる場所で営業していた。出入り口の側の立て看板には、テイクアウトメニューが写真付きで表示してあった。韓国海苔で巻かれたキンパは具沢山で、ビビン麺は真っ赤なコチュジャンで和えてあり辛そうだ。他にも店の窓には自家製キムチの販売についてのチラシや、韓国焼酎のポスターが貼られていた。

幾ら外観を眺めても、こども食堂に関する記述は一つもない。とにかく、お店の人に訊いてみないと。私はクロスバイクを店の側に停めて、ガラス製のドアを開けた。店内から漏れ出した冷たい空調の風が、汗ばんでいた肌を一気に乾かしていく。

『コチュカル』は縦に細長い造りをしていた。入ってすぐ手前にある厨房をカウンター席が囲み、奥にはテーブル席と座敷席が覗いている。割と広そうな店内だが、客の姿は二人しかなかった。スポーツ新聞に目を落とした男性がカウンター席で冷麺を啜り、黒髪をひっつめた女性が座敷席で足を崩していた。お店には悪いが、これぐらい広くて空いていた方が心に余裕が持てる。

「いらっしゃいませ」

女性店員から声を掛けられた。渚は耳周りの髪の毛がピンクだが、その店員はセミロングの毛先だけをオレンジに染めていた。

「お好きな席へ、どうぞ」

少し迷ってから、奥にあるテーブル席に腰を下ろした。斜向かいの座敷席では、黒いTシャツの女性客がスマホに目を落としている。彼女のテーブルの上には、何故か肩掛け用の紐が付いた小型のクーラーボックスが置かれていた。健康食品等の訪問販売をしている人なのかもしれない。

女性店員がお冷やを運んで来たタイミングで、メニューを片手に質問する。

「ここって、こども食堂も開催してるんですか？」

「はい。第二と第四水曜日だけですけど」

女性店員は愛想よく微笑み、出入り口の方を指差した。

「レジ前で、お持ち帰り用のチャンジャとナムルを販売してるんです。その売上の半分が、子ども食堂の経費に充てられるようになっていまして」

「それじゃ、帰りに買わせてもらいますね」

「ありがとうございます。なんだかんだ言って、毎月持ち出しが多くて。助かります」

彼女が苦笑いを浮かべた。チャンジャとナムルだけでは、全ての運営費を賄《まかな》うことは難しいんだろう。

「もう一つ、お訊きしたいことがありまして。パンフレットに写っていたカレーのことなんですけど」

「あぁ、偶に出してますね。子どもたちに、カレーは人気なんで。それが何か？」

私はポケットからスマホを取り出し、撮影していたカレーの画像を拡大した。

「写真を見る限り、ミックスナッツとツナキューブらしき物が写っています。こういう組み合わせって、割とポピュラーなんでしょうか？」

女性店員はスマホに目を落としながら、軽く首を捻った。私の説明不足のせいで、質問の意図が上手く伝わっていないようだ。急いで言葉を付け加える。

「このカレーを作った方に、少しお話を伺いたくて」

彼女はスマホから顔を上げると、何故か背後を振り返った。

「舞《まい》さん。カレーについて訊きたいって言ってるお客さんが、来てるんですけど」

座敷席の小上がりに腰掛け、ビーチサンダルを履こうとしている女性と目が合った。さっきまで、スマホを弄っていた人だ。

「カレー？」

舞さんと呼ばれた女性が呟く。彼女は立ち上がると、私のテーブルに近寄ってきた。肩に、小型のクーラーボックスを掛けている。細身だが、背は高い。

「こども食堂で、出してるカレーですか？」

私を品定めするような、訝しんだ眼差しが痛かった。小さく「はい……」と返事をしてから、スマホを差し出す。舞さんを間近で見ると、少しだけ身体が強張った。彼女の耳の軟骨には棒状のピアスが突き刺さり、Tシャツの袖口からは蓮の花の刺青《いれずみ》が覗いている。眉間にシワを寄せて画像を確認する表情は、不機嫌さを隠そうとはしていなかった。

「確かに、アタシが作ったカレーだね」

「実は知り合いに、同じようなカレーを作ってた人がいて……その方は以前、錦糸町で働いてたみたいなんです。だから、ちょっと気になってしまいまして……」

舞さんは画面をもう一度眺めてから、スマホを私に返却した。その時に気付いたが、手首の内側にも梵字《ぼんじ》の刺青が刻まれていた。

「その人の名前は？」

「浅倉青葉という女性です……今は、三十代後半ぐらいの年齢だと思います」

生きていれば、という言葉を密かに飲み込む。舞さんは、アラフォーぐらいだろうか。目鼻立ちがはっきりとした美人だが、口元のほうれい線は深く、右頬には褐色《かっしょく》のシミが目立っている。

「あなたって、マスコミ関係の人間？」

予想外の質問の後、舞さんの鋭い眼差しが胸を貫いた。先ほどより明らかに刺々しい口調に気圧され、返事が喉に詰まってしまう。

「青《あお》ちゃんのこと、そういう奴等に何も話すことはないから」

「私は別に、そんな……」

突然向けられた怒りに動揺し、口籠もった。彼女は小さく舌打ちをしてから背を向け、出入り口の方へ歩き出した。私は呆然としながらも、ある確信が芽生えるのを感じた。

彼女は今確かに、青ちゃんと呼んだ。

親しげなあだ名を口にした時だけは、尖った口調が僅かに和らいでいた。この人は、青葉さんのことを知っている。私は掌を強く握ってから、不安を嚙み砕くように奥歯に力を入れた。

「あの……」

胸の中で「大丈夫」を繰り返しながら、パニック症を克服するために敢えて恐怖や不安に飛び込んでいった記憶を脳裏に満たす。竦む足を必死に動かし、ふらつきながら立ち上がった。

「私は、ただの看護師です……」

叫んだつもりだったが、想像以上に弱々しく掠れた声だった。それでも、舞さんが足を止める後ろ姿が目に映る。

「青葉さんには、とてもお世話になった時期があって……」

舞さんは振り返らなかったが、再び歩みを進めようとする気配はない。

「当時、青葉さんとよく一緒にいたんです……」

か細い声が途切れた。口の中が渇き、舌が痺れ始める。それでも握ったままの掌に爪を突き立て、喉元で言葉を探した。やっと出会えた青葉さんの手掛かり、彼女と関係がありそうな人。前髪を揺らす空調の風は、あの港町に吹く冷たい潮風を想起させた。

舞さんの背中を見つめている筈なのに、ある映像が脳裏に差し込まれた。一重瞼の涼し気な目元が、台所の磨りガラスから入り込んだ光に照らされ輝いている。彼女の手が、ボウルに入った餃子の餡に触れた。

『隠し味は、仙台味噌とハチミツなの』

餃子の餡を捏《こ》ね続けながら、あの人が笑いかける。そうだった。あんな寒い季節だったのに、青葉さんが私に向ける眼差しはいつも優しくて温かかった。

不意に舞さんが、再び出入り口の方へ歩き出した。私の想いは、届かなかったようだ。揺れるクーラーボックスが、霞んでいく。

「あなた、本当に看護師?」

再び、視界の焦点が合った。彼女は出入り口のドアに手を掛けながら、こちらを振り返っていた。私は戸惑いながらも、二度頷いた。

「息子がお世話になってるから、無下《むげ》にはできないか」

彼女は独り言のように呟くと、気怠そうに手招きをした。

「これからすぐそこまで行くんだけど、一緒に来る?」

「えっ……」

「溶けちゃうから、来るんだったら早く」

舞さんが、肩に掛けたクーラーボックスを軽く叩いた。私は意味がわからないまま、気付くと一歩を踏み出していた。

外に出ると、夏の光に目が眩《くら》んだ。停めていたクロスバイクを手で押しながら、既に何処かに向かって歩き出している黒いTシャツを急いで追う。私のクロスバイクは、カーボン素材のフレームを採用している。全重量は九・九五キログラムで、一般的な自転車と比較すると約半分程度の軽さだ。それでも焦げ付くようなアスファルトの上を手押しで進み始めると、すぐに汗が滲んだ。

ようやくクーラーボックスに追いついた瞬間、店内とは違う穏やかな声が聞こえた。

「さっきは悪かったよ。言い訳させてもらうと、最近気持ちが不安定で」

「いえ……私も、突然お邪魔しましたし」

「ウチに来る客は、誰も予約なんてしないから」

舞さんは鼻で笑った後、赤信号で足を止めた。

「これから息子に、会いに行くの。十分もしないで着くけど、病院の前までなら話せる」

「わかりました……お子さん、入院してるんですか？」

「そう。南口の先にある、大きな病院でね」

ＪＲ錦糸町駅から徒歩圏内の場所に、都立の総合病院があるのを思い出した。病床数は、確か七百床を超えるマンモス病院だ。

「半月前に、長男を出産したばかりなのよ」

突然の報告を聞いて、再び隣に顔を向ける。私がお祝いの言葉を告げる前に、彼女は続けた。

「出産予定日より、一ヶ月近く早く産まれちゃって。妊娠三十四週目に破水して、出生児体重は二千百二十八グラム。マジで、あの時は焦った」

耳にした数字を聞いて、産婦人科の知識を引っ張り出す。日本では妊娠三十七週未満で出産した場合、早産と呼ばれる。出生時の体重に関しても、二千五百グラム未満の場合は低出生体重児に分類される。

一般的に、産後の入院期間は一週間程度だ。彼女だけ先に退院し、お子さんは『ＮＩＣＵ』と呼ばれる新生児集中治療管理室か、『ＧＣＵ』と呼ばれる新生児回復室で引き続きケアを受けているんだろう。

「徐々に母乳の飲み方は上手くなってきてるし、体重も少しずつ増えてはきてるんだ」

「……早くおウチに帰れるのを、陰ながら祈ってます」

「担当医の話だと、再来週ぐらいを目処《めど》に退院って言われてる」

自然と、舞さんが持つクーラーボックスに目を向ける。蓋を開けなくても、中身は想像がついた。

「クーラーボックスに入ってるのは、冷凍した母乳ですか?」

「正解。流石、看護師ね」

専用のフリーザーパックに保管された冷凍母乳が、脳裏に浮かんだ。胸が張っているように見えるのは、産後の影響なのかもしれない。

「これが息子の拓也《たくや》。この写真は、生まれてすぐの時」

私の目の前にスマホが掲げられた。ひび割れた画面には、オムツしか身に付けていない半裸の新生児が映っていた。フードが付いた定置型保育器内で横になり、澄んだ瞳がカメラのレンズを見つめている。

「目元はアタシに似てて、鼻は旦那似」

「凄く可愛いですね」

本当に可愛らしかったが、戸惑いを覚えたのも事実だ。肋《あばら》が浮いた薄い胸には心電図を測る電極が貼られ、胃に続くチューブが鼻から挿入されている。細い左手には点滴の管が覗いていたが、骨折をした時のようにシーネ固定がされていた。点滴の管を誤って、自己抜去しないためだろう。

「拓也のこともあって、看護師さんたちには心の底から感謝してる。ありがとう」

「私は何も……所属しているのは、精神科ですし」

小さな身体から伸びるチューブや電極を固定するテープには、手書き風のイラストが描かれていた。リボンを付けたウサギ、ピンクに色付いたハート、猫型の有名アニメキャラクター。拓也くんの担当看護師が、描いたものだろう。可愛らしいイラストたちは、治療の深刻さを少しだけ和らげている。

信号が青に変わり、横断歩道を渡った。錦糸公園沿いの歩道を進んでいる途中で、沢山の幼い声が耳に届く。園内にある噴水周囲には子どもたちが群がり、小さな手が煌めく水飛沫に触れていた。舞さんも、はしゃぐ声が響く方を眺めている。

「最後に青ちゃんと会った時は、まだスカイツリーが完成してなかったな」

舞さんと肩を並べながら、背後を振り返る。青空を突き刺すように、スカイツリーがそびえ立っていた。

「その時は、ばったり再会してさ。そのまま錦糸公園のベンチで、久しぶりに話したんだ」

「……それって、いつ頃ですか？」

「確か、二〇一〇年の春だったかな。翌年に震災が起こったのを、憶えてるし」

「それ以降、連絡は取ってました？」

「一度だけ電話をしたけど、もう番号が変わってて」

二人が最後に会ったのは東日本大震災以前と知り、密かに肩を落とした。頭では生きている可能性はゼロだと理解していても、心は違っている。素知らぬ顔で、東京の人混みに紛れる青葉さんを想像した。

「そういえば、あなたの名前は？」

「すみません。自己紹介が遅れました。織月と申します」

それから、青葉さんとの関係を手短に伝えた。私が高校生の時に出会い、当時は多くの時間を一緒に過ごしたこと。既に彼女の死亡届が受理されていることは、口にしなかった。舞さんはさっき、最近不安定と話していた。多分、拓也くんが心配だからだろう。これ以上、彼女を動揺させるような内容は、今は伏せておいた方が良い。

鉄道高架下に差し掛かった辺りで、今度は私が質問した。

「二人は、どこでお知り合いに？」

「青ちゃんとは、一緒に働いていた時期があって。年齢はアタシの方が三つ上なんだけど、気が合ってね」

職場の同僚と知って、クロスバイクのハンドルを握る手に自然と力が入る。

「お二人が働いてた場所って、錦糸町の遊園地ですか？」

「何それ。全然、違うわよ。そもそも、錦糸町に遊園地なんてないし。一緒に働いてたのは、アタシの母がやってたスナック。ちょうど三年前に、畳んだんだけどさ」

予想外の返答に、目を見張った。スナックに関する勝手なイメージが、脳裏を満たしていく。個性の強いママがカウンター越しに接客をし、店内には一昔前のカラオケの曲が流れている。棚には常連客がキープした酒瓶が並び、ママが喋る人生論や苦労話を反射している。所謂、水商売。夜の社交場。

舞さんは宙を見上げながら「そういえば……」と

呟いた。

「今思い出したんだけど、当時の青ちゃんはそんなことを言ってたかも。『この店は、錦糸町の遊園地だね』って」

「それは……何かの例えで？」

「違うよ。単純にウチの店名が『スナック・回転木馬』だったから。自然と、遊園地を思い浮かべちゃうって」

手押しするクロスバイクの細いホイールが、緩慢に回っている。

回転木馬、メリーゴーラウンド。

夜のネオンが灯る時だけ現れる、錦糸町の遊園地。

「あなたが気になってたカレーは、元々はアタシの母が考えたの。賞味期限が近い乾き物は客に出せないし、捨てるのは勿体無いからって」

「えっと、乾き物とは？」

「酒のつまみのこと。柿の種とか、さきイカとか、ビーフジャーキーとか。ミックスナッツとツナキューブなんて、スナックで出される定番の乾き物だから」

舞さんは一度言葉を区切り、僅かに口元を緩めた。

「賄いのカレーを、青ちゃんは『美味しい、美味しい』って食べてたっけ。変な組み合わせなんだけど、意外とイケるのよ」

鉄道高架下を抜けると、再び青空が覗いた。錦糸町駅前交差点を赤信号に捕まることなく渡り、都立病院に続く四ツ目通りを進む。南口方面の一角は夜になると、風俗店やキャバクラのネオンが怪しい光を放ち、黒いスーツを着た客引きが路上でたむろする。大通り沿いを歩きながら、ラブホテルが連なる路地裏を眺めた。この時間帯はまだ、混沌とした雰囲気は影を潜めている。電柱の側に捨てられたタバコの吸い殻と派手な名刺が、昨夜の喧騒の名残を漂わせていた。

「青ちゃんと初めて出会ったのは、あそこら辺だったかな」

突然、舞さんが前方を指差した。そこは大通りに面して、銀行やコンビニが連なっているなんの変哲もない街角だった。

「何度も頭を叩かれてたから、びっくりしてさ」

「叩かれてたって……青葉さんがですか？」

「そう。あの時は店から帰る途中で、まだ完全に夜は明けてなかったの。遠目からだと、小柄な男が女性に暴力を振るってるように見えて。だから、急いで駆け寄ったんだ」

舞さんが、腕に咲く蓮の花を摩った。水商売という特性上、酒に酔った客同士の喧嘩《けんか》を仲裁することもあるんだろう。

「近寄ったら、叩いてた方は髪の短い女性だって気付いたの。そのうち青ちゃんが、その子を強く抱き締めて」

「……その女性は、酩酊しているような感じだったんですか？」

「全然。ただ、興奮して自分を抑えられないような感じ。『まーど、まーど』って、何度も繰り返してた。青ちゃんは、そんな彼女に『痛いのおしまい、痛いのおしまい』って優しく声を掛けていて」

舞さんの返事に、違和感を覚えた。すぐに質問してしまう。

「確認なんですけど、その女性の年齢って……？青葉さんの口調が、子どもに言い聞かせてるような感じなので」

「確か、二十代前半だったと思う。あとで、青ちゃんの二つ下って聞いたから」

舞さんの話を聞いても、状況がよく分からない。唯一、その女性が不穏状態だったことは理解できた。

「瑠璃ちゃんはその後、自分の顔を叩きながら、地面に頭突きも始めちゃって」

「……瑠璃ちゃん？」

「そう。青ちゃんの妹」

息が詰まった。青葉さんに、妹がいたなんて初耳だ。

「そんな二人を見て、これは普通の喧嘩じゃないなって思ったの。瑠璃ちゃんの額からは、血が滲み始めてるし。とにかくアタシも手を貸して、必死で頭突きを止めさせてさ」

それから二人は瑠璃さんの両脇を抱え、何とか立たせることができたらしい。

「そのっ、妹さん……瑠璃さんは、何故そんなことを？」

「後で聞いたら、よく起こすパニックだったみたい。乗って来たタクシーの窓が開かなかったとかで、スイッチが入ったらしいね」

「そんな些細なことで？」

「仕方ないの。瑠璃ちゃんには、知的な障害があったから」

心の中に漣が立っていく。『まーど、まーど』と連呼する声を想像しながら、頭の中を整理する。知的な障害。頻回なパニック。相手を叩く加傷行為と、自分の額を路上に打ち付ける自傷行為。青葉さんの慣れているような対応。絡まる思考の糸の合間に、あるワードが覗いた。でもまだ、確信はできない。

情報が少な過ぎる。

「二人は、そんな時間帯に外で何を？」

「今アタシたちが向かってる病院に、瑠璃ちゃんが受診する予定だったみたいよ。病院までタクシーで向かってたらしいんだけど、突然車内でパニックを起こして。どうしようも無くなって、仕方なく途中下車」

舞さんが大通りから外れて、路地に足を向けた。そろそろ、目的地の外観が見えてくる頃だ。無駄に引き止めたら、冷凍母乳が溶けてしまう。この散歩の残り時間は少ない。

「そんな朝方に受診するってことは、急患ってことですよね？」

「その時は、瑠璃ちゃんが毛染めに付属していたビニール手袋を飲み込んだらしくて」

「……誤嚥《ごえん》ってことですか？」

「青ちゃんの話では、昔から色々な物を口にしちゃうんだって。小銭とか、電池とか、キーホルダーとか。髪の毛も食べちゃうから、短くしてるって話してた」

誤嚥というよりは、異食行動。子どもや認知症患者も含め、基本的には理解力や判断力が乏しい人が起こす。摂食障害の一つにも異食症はあるが、私の直感が違うと言っていた。

「それからは結局、青ちゃんと協力しながら病院まで連れてったの。向かう途中でも、瑠璃ちゃんは落ち着かなくて。何度も、車道に飛び出そうとしてさ。本当にあの時は、必死だったな」

続く舞さんの話に耳を傾けた。引き込まれ、相槌を打つのさえ忘れてしまう。

病院に辿り着くと、瑠璃さんはすぐにCT室に運ばれた。役目を終えた舞さんが帰ろうとした時、青葉さんが後日お礼をしたいと告げた。スマホがまだ日本では主流になってない、二〇〇七年の夏だった。二人はガラケーの赤外線通信で、連絡先を交換した。

青葉さんから連絡があったのは、それから六日経ってからだった。舞さんが待ち合わせ場所に選んだのは、錦糸公園。そのままスナックに出勤する予定でいた。

夕暮れ前の錦糸公園で、二人は再会した。青葉さんから贈られた菓子折りは、おかきの詰め合わせだった。舞さんは長居する気はなかったが、瑠璃さんの経過が気になった。それとなく尋ねると、瑠璃さんはそのまま入院になったことを知った。検査によって、胃の中にビニール手袋が確認されたという。内視鏡下では摘出できず、入院二日目に開腹手術を実施。摘出されたビニール手袋は、丸まって硬くなっていたらしい。

『汚れたイカ焼売に似てたの』

青葉さんは摘出した異物を、そう表現したという。

貰ったおかきを常連客にお裾分けしながら、舞さんは考えた。日暮れ前の錦糸公園で見た青葉さんの横顔は、かなり美形だった。瑠璃さんを病院に連れて行った時は、お互いに必死だったから気付かなかったが。

青葉さんの鼻筋はよく通っていて、肌は透き通るように白かったらしい。舞さんが一番魅力的だと感じたのは、彼女の目元だった。一重瞼の大きな瞳には、仄かな陰が宿っていた。それが素敵だった。キャバクラやガールズバーではウケなそうな顔立ちかもしれないが、スナックに来る年配の客たちにはお淑《しと》やかに映る筈だ。きっと人気が出る。店の売上に貢献してくれる。ちょうど先週、素行の悪いフロアレディが一人辞めたばかりだった。それに青葉さんは学生でもなく、最近スーパーのレジ打ちのバイトを辞めたと話していた。

舞さんは、その日のうちに連絡した。単刀直入にウチでバイトをしないかと告げると、青葉さんは少し迷ってから、一つ条件を提示した。

『二ヶ月間だけなら』

舞さんが理由を尋ねると、その二ヶ月間は瑠璃ちゃんの入院予定期間だった。

飲み込んだビニール手袋は摘出できたが、手術創部の状態や何かしらの合併症の有無を観察する必要がある。しかし瑠璃ちゃんは、入院中も落ち着かない日々を過ごしていたようだった。外科的処置は半月程度で終了するようだが、その後も精神科病棟で薬剤調整を実施する予定になっているらしかった。舞さんはその話を聞いた後、スナックのママである実の母親に適当な理由を言って、時給を五百円上げることを心に決めた。

　出勤中の衣装は、舞さんが貸した。どれも糸が解れたり、スパンコールが剝がれ落ちたお古のドレスだったが、青葉さんは修繕し上手に着こなしていたらしい。

「青ちゃんが約束通り二ヶ月後に店を辞めてからも、偶に会ってたの」

　舞さんが足を止めた。私も反射的にクロスバイクのブレーキを握る。目前の看板には東京都のシンボルマークと一緒に、目的地の病院名が描かれていた。車椅子に乗った高齢者や松葉杖をついた若者が、病院の出入り口に向かっていく。

　話の途中だったが、冷凍母乳のこともあり、無理に引き留めることはできない。私は後ろ髪を引かれる思いを抱きながら「最後に一つ質問を……」と呟いた。

「初め私のことを、マスコミ関係者って勘違いしてましたけど……それは、何故ですか？」

「当時は、三文雑誌のライターが沢山訪ねてきたからね。あの事件について、話を聞きたいって。すぐ、追い返してやったけど」

　汗が頰を伝っているのに、身体の芯が急速に冷たくなっていく。表情が強張っていくのを感じながら、苦い唾を飲み込んだ。

「青葉さんが、恋人を毒殺したという噂を聞きました……それは、本当だったんですね？」

　何処かで蟬《せみ》が鳴いている。その響きは耳鳴りに変わり、微かな眩暈を引き起こす。

「質問は、一つじゃなかったっけ？」

「すみません……どうしても気になって」

　舞さんは大袈裟な溜息を吐くと、肩に掛けたクーラーボックスに目を向けた。

「悪いけど、そろそろ行かないと。拓也が待ってるから」

　沢山の管が繫がった小さな身体を思い出す。これ以上、舞さんを引き止めることは無理だ。もしも不適切に冷凍母乳が溶けたら、菌が繁殖してしまうだろう。免疫が未発達な乳児だと、命を脅かす事態になりかねない。私は自然と、深く頭を下げていた。

「それじゃ今度また、色々とお聞かせ下さい。お願いします」

「だったら、来週の水曜日はどう？　こども食堂を開催してるから」

「わかりました。必ず行きます」

「あなたに、見せたい物もあるし」

舞さんはそれだけ言い残し、病院の出入り口に向かって歩き出した。徐々に遠ざかってく背中を見つめながら、最後に告げる。

「その日、青葉さんのことを知る友人たちも一緒で良いですか？」

彼女は前を向いたまま、一度片手を挙げた。クーラーボックスが院内に消えていく姿を見送ってから、私はクロスバイクに跨った。太陽に晒され続けたサドルは、焼石のように熱くなっている。ペダルを漕ぎ出そうとする足に、上手く力が入らない。

約束の水曜日の最高気温は、三十度を超えていた。なんとか仕事を定時に上がり、急いで自宅に戻ってからクロスバイクに跨った。街は夕暮れの気配が漂い、日中よりも幾らか涼しい風が頰を撫でている。確実に、日の入り時刻は早くなっていた。

今日の錦糸町駅前も、人の行き来は多かった。前回のように地図アプリは確認せず、北口方面へ向かう。

パンフレットで確認した限り、第二、第四水曜日に開催している子ども食堂は十七時から二十時までらしい。凜子は既に『コチュカル』に到着しているようだが、航平は仕事が長引いて遅れるようだ。『多分、十九時過ぎになるかも』というメッセージが、汗マークの絵文字付きで届いていた。

北口方面の路地に入り、迷うことなく『コチュカル』に到着した。店の外観は、先日来た時と変わっていた。メニューが描かれた立て看板は消え、その代わり『こども食堂・コチュカル』という暖簾が揺れている。

出入り口のドアを開けると、店内の雰囲気もかなり変わっていた。この前は男性客が冷麵を啜っていたカウンター席で、小学生らしき男の子二人がハンバーグを美味しそうに頬張っている。その隣では、同い年ぐらいの女の子がナポリタンスパゲッティをフォークに巻き付けていた。奥のテーブル席や座敷席では走り回る子どもたちと、ボランティアらしき大人たちの姿が見える。

前回は広く感じた店内も、今日は少し窮屈に感じる。単純に人の数が多いということもあるが、沢山の声が響き渡っているせいかもしれない。窮屈さは感じるが、不快ではない。多くの人の気配を感じるのに、何だか安心感すら覚えた。店内を満たす幼い声が、楽しげに聞こえるからだろうか。

「おーい、小羽。こっち、こっち」

座敷席の小上がりから身を乗り出すように、凜子が手を振っていた。私は口角を上げて、歩みを進めた。

「ごめんね。遅くなって」

「全然、大丈夫。それより、仕事お疲れ」

凜子が座敷席で足を崩しながら、微笑んだ。彼女の服装はノースリーブのトップスと、色褪せたデニムパンツ。両耳にはリング状のピアスが揺れている。今日は元々、『星とプラム』は定休日らしい。服装からも、リラックスした雰囲気が漂っていた。

「凜子は、何時に着いたの？」

「一時間前ぐらいかな。今は、みんなのお勉強を監督中」

凜子のいる座敷席は、四人掛けだった。残りの三つの座布団には、女の子二人とメガネを掛けた男の子が座っていた。それぞれ、テーブルの上に問題集を広げている。

凜子の隣に座るメガネを掛けた男の子が、鉛筆を握りながら口を尖らせた。

「凜子先生、『む』が上手くなぞれないー」

「うーん。『む』の丸まってる箇所は鉛筆を離さないで、一気にクルッと書いた方が良いね。そこを意識して、もう一回やってみ」

凜子はそうアドバイスをしてから、私の方に向き直って囁いた。

「最初から、凜子先生って呼ばせてるの」

彼女は戯けて舌を出していたが、どこか目の奥に寂し気な光を宿していた。多分隣の男の子に、弟との記憶を重ねているのかもしれない。私は、そんな様子に気付かない振りをしながら尋ねた。

「凜子先生は、舞さんと話した？」

「腕にタトゥーが入った人でしょ？　さっき挨拶したよ」

「そっか。その人って、今どこにいるか知ってる？」

「なんか、搾乳《さくにゅう》しに一回帰るって言ってた。また戻ってくるみたいだけど」

女の子の一人が、九九の問題に関して質問した。すぐに凜子が、七の段を声に出し始める。

とりあえず舞さんへの挨拶は後回しにし、私も何かやることを探す。視界の隅で毛先をオレンジに染めた女性店員が目に留まり、軽く頭を下げながら近寄った。

「先日は、どうも」

「あれっ、また来てくれたんですね」

舞さんに誘われたことを告げてから、彼女に『コチユカル』の子ども食堂について訊いた。今日はハンバーグ定食、ナポリタンスパゲッティ定食、プルコギとビビンパセットのメニューを用意しているらしい。子どもは一食五円で、大人は三百円で注文できる。因みに子ども料金の五円は『ご縁』と掛けているらしい。食事をする際はカウンター席かテーブル席を利用し、食べ終わったらすぐに帰ることも可能だ。遊んだり、勉強を見てもらったり、話をしたりしたい人は、座敷席を利用する決まりになっていた。

何か手伝えることがないか訊くと、彼女は一番奥の座敷席の方に顔を向けた。

「あの子、ボードゲームがマジで強いんです。一度、対戦してみて下さいよ」

女性店員の視線を追うと、セーラー服を着た女の子が一番奥の座敷席でスマホを弄っていた。ふくよかな頰には赤く膿んだニキビが点在し、丸い鼻が愛くるしい。多分、中学生ぐらいだろうか。高校生にしては幼い顔つきだ。

私が近づくと、彼女がスマホから顔を上げた。

「こんばんは。私も座って良いかな？」

女の子が、無言で頷いた。特徴的な垂れ目には、少しだけ警戒するような色が差している。私はテーブルに置かれた緑色の盤面と白黒の駒を一瞥してから、彼女の対面に位置する座布団に腰を下ろした。

「初めまして。織月小羽って言います。よろしくね」

「よろしくです……津田《つだ》みゆきです」

津田さんは弄っていたスマホを仕舞い、ゆっくりと居住まいを正した。か細い声には、緊張の気配が滲んでいる。

「津田さんは、もう何か食べたの？」

「……今日は、ビビンパセットを食べました」

「いいね。美味しかった？」

「……はい」

「津田さんは、今中学生？」

「はい……中二です」

予想が当たった。

「学校は楽しい？」

「……普通です」

「部活には、何か入ってるの？」

「なにも……帰宅部なので」

弾んでいるとは言えない会話が、緑の盤面上を行き来する。まずはボードゲームをして、彼女の緊張を和らげることにした。

「さっき、ボードゲームが強いって聞いたんだよね」

「そんな……普通です」

「本当？　ちょっと私とやってみない？」

「別に……いいですけど」

津田さんは、盤面の中央に白と黒の駒をそれぞれ二つずつセットした。彼女は黒の駒を、私は白の駒を手にし、正方形のマス目を見据える。

対戦中に会話を広げようと思っていたが、そんな余裕はなかった。確かに彼女は強かった。緑色の盤面が、いつの間にか黒一色に染まっていく。

「えー、もう八方塞がりなんだけど」

終盤に差し掛かりながら、逆転できる一手を探す。しかし、私の負けは明らかだ。結局、最後に残った白い駒はたった二つだけだった。

「ありがとうございました」

彼女は終了の挨拶を告げると、一瞬だけ笑みを零した。肉付きの良い頬は柔らかそうで、笑うと両目が糸のように細くなる。とても、愛嬌《あいきょう》のある表情だ。

「完敗だったな。津田さんって、本当にボードゲームが得意なんだね」

「……毎日、おばあちゃんとやってるから」

「それにしても強いよ。私も偶に患者さんと対戦するから、自信はあったんだけどな」

彼女は駒を片付ける手を止め、こちらをまじまじと見つめた。

「織月さんって、医療のお仕事をしてるんですか?」

「そうだよ。実は看護師なの。今日も仕事だったんだ」

初めて津田さんから質問されたことが、嬉しかった。続けて、将来の夢でも訊こうかと思った瞬間、彼女の唇が上下した。

「あの……教えてほしいことがあるんですけど」

「ん? 何だろう」

「えっと……オムツの横漏れを防ぐコツって、ありますか?」

予想外の質問を聞いて、返事ができなかった。短い沈黙を挟んで、浮かんだ疑問を口にする。

「津田さんには、幼いきょうだいでもいるの?」

「違います。おばあちゃんのオムツです。わたしが替えると、偶に横漏れしちゃって」

目線を合わせながら、大きく頷く。傾聴の姿勢を見せると、彼女は話を続けた。

「ウチのおばあちゃん、認知症なんです」

津田さんの指先が、頬にできたニキビに伸びる。彼女の祖母は、三年前にアルツハイマー型認知症と診断されたらしい。それに加え、二年前に浴室で転倒し、左の大腿骨《だいたいこつ》を骨折してしまったようだ。

「骨折の治療で入院したら、認知症が一気に進んじゃって。それ以来、歩くことを嫌がるようになって……今は一日中、ベッドで寝て過ごしています」

長期の安静を機に、認知機能の低下が目立ってしまう高齢者が多いのは事実だ。

「お祖母様は、自宅で過ごしてるの?」

「はい……主に、お母さんが面倒を見ています。大変そうだから、わたしも学校から帰ってきたら手伝うようにしてて」

話を聞くと、彼女はオムツ交換や食事介助、床ずれ予防の体位変換を毎日実施しているらしい。

「今日、おばあちゃんはショートステイってところに泊まってるんです。明後日まで、帰ってこなくて」

ショートステイは『短期入所生活介護』と呼ばれる介護サービスの一種だ。利用目的の一つに、家族の介護負担軽減を掲げている。所謂、レスパイトケア。当事者は短期的に施設に入所し、介護や生活支援を受けることができる。

「それじゃ、今日のお母様は一息吐けてるんだね?」

「はい。お母さんはお酒が好きなので、近所の居酒屋に行ってると思います。三ヶ月に一回の楽しみで」

彼女はようやく、ニキビから指先を離した。弄ってた箇所からは、うっすらと血が滲んでいる。

「ショートステイの日は、ここでご飯を食べてるんです。こども食堂がやってなくても」

「どうして？」

「家にいると、お母さんがご飯を作ろうとしちゃうので」

ショートステイの日ぐらい、母親をできるだけ休ませたいという意味だろうか。彼女は照れ隠しのように小さな笑みを浮かべ、テーブルの上に目を向けた。

「もう一戦やりませんか？」

「いいよ。今度は、私が勝っちゃうかもよ」

私の返事を合図に、再び白と黒の駒が中央に並び始める。

「おばあちゃんとボードゲームをしても、つまらないんですよね。毎回、わたしの駒をひっくり返しちゃうから」

緑色の盤面に、呆れるような声が落ちた。たとえ退屈だとしても、彼女は祖母の余暇活動に付き合っているのを察した。不意に、最初の質問を思い出す。

「さっきの話だけど、パットの中央に尿道口が位置してるとか、両サイドのギャザーがちゃんと足の付け根に沿ってることが大事だよ。横向きになって寝てたりすると、隙間ができちゃうことも多いし」

「えっ……？」

「オムツを当てる時のコツ。まぁ、コツっていうか基本的なことなんだけど」

彼女が一呼吸置いて、頭を下げた。私はまだ幼さが残る顔を見つめながら、口角を上げた。

「お母様もそうだけど、津田さんは疲れてない？」

「わたしは別に……大丈夫です」

私にも覚えがある『大丈夫』だった。無責任だと思いながら、言葉が零れ出すのを止められなかった。

「できるだけ、大人を頼ってね。それにショートステイ以外にも、家族の負担を軽減する介護サービスはあるからさ」

「はい……」

「津田さんには、津田さんの人生があるんだから」

唐突に、周囲の子どもたちの声が消えた。その代わり、頭の中で波音が響き始める。漁船のエンジン音や海鳥が鳴く声も聞こえ始め、鼻の奥に潮の香りを感じた。突然呑み込まれた記憶の渦の中で、あの人が囁く。

いつかちゃんと、手を離しなさいね。

小羽には、小羽の人生があるんだから。

声の主の口元からは、八重歯が覗いている。青葉さんの背後には、藍色の空が広がっていた。日の出前なのか、日没後なのか、どうしても思い出せない。

「あっ、次は俺も交ぜてよ」

記憶の渦から這い出すように、瞬きを繰り返す。振り返ると、額に汗を滲ませた航平が立っていた。


二十時ちょうどに、毛先をオレンジに染めた店員が外の暖簾を下ろした。店内からは既に、子どもたちの姿は消えている。今はボランティアスタッフがお互いを労う声や、店員が皿を洗う音だけが漂っていた。

私たち三人は、一番奥の座敷席に腰を下ろした。最後にこども食堂と同じメニューを、ご馳走してくれるらしい。私と凜子は悩んだ末、ビビンパセットを選択した。

「俺ボードゲームしかしてないけど、食っても良いのかな？」

「勉強教えながらチラチラ見てたけど、航平マジ弱いじゃん。全敗だったね」

凜子の指摘に「あの子が強過ぎるんだよ」と航平は呟き、ハンバーグ定食を注文した。ようやく一息吐こうとした瞬間、店のドアが開く音が聞こえた。

小上がりから身を乗り出すと、出入り口付近で舞さんが厨房のスタッフと言葉を交わしていた。彼女は先日と同じひっつめ髪で、Tシャツとダメージデニムというラフな格好をしている。

舞さんは厨房の側を離れると、参加したボランティアスタッフがいる席を回り始めた。感謝の言葉を告げながら、笑顔を振り撒いている。この前カレーの画像を見せた時とは、正反対の明るい表情だ。

彼女は最後に、私たちが腰を下ろす座敷席に近寄ってきた。

「今日はお忙しい中、ボランティアに参加してくれてありがとうございます」

微笑む舞さんに向けて、凜子と航平が「こちらこそ楽しかったです」と声を揃えた。

「織月さんも、お友だちを連れてきてくれてありがとう」

「私も楽しかったです。子どもたちと、沢山遊べたので」

舞さんは何度か無言で頷いた後、笑顔を消した。

「あなたたち三人は、青ちゃんのことを知ってるんだよね？」

凜子と航平には、先週の出来事を事前に伝えていた。二人に目配せをしてから、私は大きく頷いた。

「あなたたちに、見せたいものがあって。搾乳の後に押し入れを掻き回してたから、遅くなっちゃった」

舞さんはそう前置きをしてから、背後に手を回した。ダメージデニムのバックポケットから取り出されたのは、青い封筒だった。彼女はそれを、私に向けて差し出した。

「青ちゃんと最後に話した後、これが錦糸町の遊園地に届いたの。切手も貼ってないし、裏に住所も書いてないから、直接お店の郵便受けに入れたんだと思う」

舞さんの口調は淡々としていたが、両目は少しだけ潤んでいる。私は、恐る恐る封筒を受け取った。

「最後に話した時は、お互いに事件の話題を避けてたから。文字にした方が、伝え易いことがあったんだろうね」

心臓が強く拍動した。凜子と航平と頭を寄せ合い、青い封筒の中身を覗く。折り畳まれた便箋の他にも、写真が一枚同封されていた。

「写真は、織月さんにあげる。人探しには、必要でしょ」

「……良いんですか？」

「どうぞ。アタシは、飽きるほど目に焼き付けたから」

強張った指先で、まずは写真を慎重に取り出した。私たち三人が作り出した影が、いつかの切り取られた瞬間に重なる。

写真には、リクライニング式車椅子に乗った女性が写っていた。髪は短く、浴衣《ゆかた》タイプの病衣の上に、カーキ色のブルゾンを羽織っている。彼女の背後には大きな窓があった。差し込んだ光が、掛け布団が畳まれた病床を照らしている。彼女の側には、四人の女性が写っていた。その内三人は白衣を身に付け、すぐに医療スタッフだと察した。

写真の中の青葉さんは中腰で、リクライニング式車椅子に座る女性の左手に触れていた。カメラ目線で、口元からは八重歯が覗いている。

「車椅子に座ってるのが、妹の瑠璃ちゃん。この写真は、入院先で撮ったみたいよ」

舞さんの補足を聞いて、改めてベリーショートの髪型の女性を凝視する。辛うじて目を開けてはいるが、眼差しは虚ろだ。他の四人とは違い、一人だけカメラから外れた場所を見据えている。口元は半開きで、表情は乏しい。ほっそりとした首の中央辺りには、気管切開チューブが覗いていた。

不意に、凜子が呟く。

「ビニール手袋を飲み込んで、入院した時じゃないよね？」

「うん。違う日だと思う。写真の日付も、二〇〇九年だし」

写真に印字されている日付は『2009／1／14』となっている。私は東日本大震災が起こる以前の数字を眺めながら、呟く。

「それに、なんていうか……私が想像していたADLよりも、だいぶ低いように見えるな」

凜子が「ADL？」と口にしながら、首を傾げた。

「日常生活において最低限必要な基本動作のことを、『Activities of Daily Living』って呼ぶの。だから、略してADL。例えば、一人で起き上がれるとか、歩けるとか、着替えられるとか、トイレに行けるとか」

「確かに車椅子に乗ってるし、誰かの手が必要そうではあるね」

「瑠璃さんが乗ってる車椅子は、リクライニング式だと思う。頭部まで背もたれがあって、後ろに倒すことができるタイプ。普通の車椅子だと座る姿勢を保持できない人が、使用することが多いの」

先日聞いた瑠璃さんに関する話を、胸の中で反復する。青葉さんを叩き、地面に頭突きをし、二人で病院に連れて行く際も車道に飛び出そうとした。写真の中の瑠璃さんは、そんな活発に動けそうには見えない。その時から数年は経ってるとはいえ、明らかにADLの低下が写真から見て取れた。

今度は航平が呟く。

「青葉さんの妹さん、気切《きせつ》してるんだな」

浅黒い指先が、瑠璃さんの首に触れた。気管切開は喉の一部を切開し、そこから専用のチューブを留置する。長期的に人工呼吸器が必要な人だったり、痰を自力で排出できない人だったり、口から声帯までに何らかの通過障害がある人だったりが適応となる。要は、確実な気道確保と呼吸管理を目的とした処置だ。

不意に満面に笑みを零す青葉さんと、目が合った。写真の中の彼女は表情を崩しながら、瑠璃さんの方に少しだけ首を傾げている。青葉さんの両手は、妹の掌を優しく包み込んでいた。

十一年振りに再会した青葉さんは、私よりも年下になっている。確かな感傷が胸を突くと、凜子が僅かに首を捻った。

「妹さんが羽織ってるアウターって、昔の青葉さんがよく着てたやつだよね?」

「俺もそれ思った」

二人がほぼ同時に、瑠璃さんが着ているブルゾンを指差した。看護師的な眼差しを写真に向けていたせいか、気付かなかった。確かに、当時青葉さんが来ていた服とよく似ている。いや、同じだった。

「その上着は、瑠璃ちゃんのお気に入り。彼女は色色と拘りが強かったから」

顔を上げると、舞さんが懐かしむような眼差しを写真に向けていた。腕で咲く睡蓮を見つめながら、頭の中を整理する。知的な障害、青葉さんへの他傷行為、自身の頭を地面に打ち付ける自傷行為、車道に飛び出そうとする危険行動、よく起こすと聞いたパニック、異食、強い拘り。もう一度、写真に目を落とす。数秒前と変わらず、青葉さんは妹の手を握っている。

「憶測だけど、瑠璃さんには強度行動障害があったような気がする」

三人の視線が集まるのを感じた。一拍置いて、凜子が口を開く。

「それって、何かの病気?」

「違うよ。特別な支援が必要な状態かな」

そう言い切ってから、三人に向けて言葉を紡いだ。

強度行動障害の定義には、二つの要点がある。

一つ目は、本人の健康を損ねる行動だ。瑠璃さんの場合だと、自傷行為、異食行動、車道への飛び出し等が該当するだろう。

二つ目は、周囲の暮らしに影響を及ぼす行動だ。彼女には、青葉さんを叩く他傷行為が見られていた。

このような行動が頻繁にあり、特別な支援が必要になっている状態を強度行動障害と呼ぶ。

「重度の知的障害がある人や自閉症スペクトラム症の人が、強度行動障害の状態になりやすいと言われてるの」

話し終えたタイミングで、斜向かいのテーブル席に料理が運ばれてくるのが見えた。席に座っていた大学生風の男女が、銀色の器に入ったビピンパをスプーンで掻き交ぜ始める。

沈黙を破ったのは、舞さんだった。

「アタシは、そういうことに関して詳しい知識はないけど……」

彼女は言い淀みながら、梵字の刺青がある方の掌に目を落とした。何度も、握って開いてを繰り返している。

「青ちゃんが、よく話してた。妹の手を、離せないって」

厨房の方から、舞さんを呼ぶ声が聞こえた。彼女は「今、行く」と短く返事をしてから、私たちに視線を走らせた。

「コチュジャンで、便箋を汚さないようにね」

舞さんは冗談とも本気とも取れる言葉を残し、背を向けた。彼女が厨房に消えた後、航平が促す。

「とにかく、手紙を読んでみようぜ」

「そうだね」

私は封筒の中に指先を入れた。取り出した便箋は、全部で四枚あった。

「小羽が、最初に読みなよ」

「だな。俺は一番最後で良いや」

気を遣ってくれた二人に礼を告げ、折り畳まれていた便箋を丁寧に開く。青葉さんの心を映したような形の良い文字が、罫線に沿って並んでいる。

舞ちゃんへ
突然の手紙、ごめんね。
この前錦糸公園で話した時は、ちゃんと感謝を伝え切れなかったような気がして、手紙を書くことにしました。読んでくれたら、嬉しいな。
母が妹を殺害しようとしてから、気付けばもう二年以上が経ったよ。当時のワイドショーや雑誌の記事で知ったけど、わたしのことを訊きに、回転木馬にもマスコミ関係の人が訪ねて来たみたいだね。迷惑を掛けてしまいました。本当にごめんなさい。

事実だけを伝えている報道もあったけど、中には嘘だらけの記事も沢山あったな。母と妹を放置してスナックで奔放《ほんぽう》に働く姉、介護は手伝わず酒に酔ってばかりの姉、仕舞いには障害のある妹を幽閉していた姉なんて書かれてた。母が精神を患っていたせいか、わたしに関する作り話が多かったような気がする。でもね、ある週刊誌の記事を読んだら驚いたんだ。お店に突撃した記者が、チーママに凄い剣幕で追い返されたって書いてあったから。回転木馬のチーママって、舞ちゃんだよね？　世界に一人でも味方をしてくれる人がいるって、こんなにも心強いんだって知ったよ。あの時は、ありがとう。そして、やっぱりごめんね。

事件の後、妹はなんとか命を落とさずに済んだの。もう歩いたり声を出すことはできなくなったけど、療養型の病院に移ってからは穏やかな時間を過ごせてた。

以前の妹は、音や光に凄い過敏だったんだ。自宅の窓には遮光《しゃこう》カーテンがドりてたし、生活音を遮断するためにヘッドフォンを付けていることも多かったしね。それなのにさ、妹の病室は凄く日当たりが良かったの。差し込んだ光がベッドの隅隅まで照らして、埃が舞うのがキラキラ輝いて見えるほど。病室の大きな窓を開けるとね、中庭から誰かが楽しそうに話す声も聞こえて賑やかだったし。本当、自宅とは真逆の環境。最初は皮肉のようにも感じていたんだけど、今となっては明るい病室で過ごせた日々は、幸せだったんじゃないかって思ってる。

妹の面会に行くとね、舞ちゃんと出会った時のことを偶に思い出してたよ。二人で暴れる妹の手を握って、なんとか受診できた日。あの時はお互い必死だったし、舞ちゃんに申し訳なくて言えなかったけど、路上から見上げた藍色の空はとても綺麗だったのを今でも憶えてる。ごめんね。変なこと書いて。呑気過ぎる感想だよね。

母は裁判の判決が出た後、精神科病院に入院したの。退院してからは、指定された病院へ三年間の通院を命じられたんだ。病院から処方された薬を飲んで、特別なプログラムを受けて、定期的に保護観察所でも面談をしてた。母なりに決して許されない出来事を振り返ってはいたけど、結局は耐え切れなかったんだと思う。妹を手に掛けた前後の記憶は曖昧でも、我が子を殺そうとした事実だけは絶対に消えないから。

去年、妹は亡くなったんだ。肺炎を拗《こじ》らせて、悪い菌が全身に回っちゃって。唯一の救いは、亡くなる週に何度も面会に行けたこと。妹の目脂や口元のヨダレを拭いて、掛け布団を整えて、沢山手を握って。それでも、わたしが最後に掛けた言葉は「ごめんね」だったな。

妹が天国に行ってから、母は浴室で首を吊ったの。発見したのは、わたし。もちろん動揺はしたんだけど、涙は出なかった。母のこんな最期を、頭のどこかで予見してたからかな。それとも、やっぱり許せなかったからかも。今でも、どう言葉にして良いかわかんないや。

一人になってから、事件が起きる前の日々をよく思い出してる。そして考えるんだ。わたしは、どうすれば良かったんだろうって。母が、わたしと妹を心の底から愛していたのは真実だと思う。だからこそ、あんな悲しいことが起こったような気がするの。怒りとか憎しみとかよりも、絡まった愛の方が厄介だなって思うよ。妹は確かに多くのサポートが必要だったけど、瑠璃には瑠璃の人生があったのに。母が勝手に見切りをつけて、終わらせようとする権利なんてないよね？

巷《ちまた》では母が起こした事件のことを、介護殺人とか無理心中って呼んでる。確かに、概ねそうかもしれない。結局さ、わたしと母は然るべき時に、然るべき方法で、妹の手を離せなかったんだと思うんだ。手を離すことは、誰かに託すとか、他人に委ねるって言い換えることができるかもしれない。今更何を言ったって、もう遅いんだけどね。

長くなってごめんね。最後にわたしのことを綴るね。多分、もう少し経ったら東京を離れることになるかな。地方で飲食店を経営している親戚がいて、お店を手伝う予定なの。正直言うと二人がいなくなった今は、東京から離れたい気持ちが強いし。でもね、きっとまた戻ってくるよ。東京は辛い思い出がある場所と同時に、家族で過ごした記憶が沢山ある街だもん。その頃には、スカイツリーは完成してるかな？　完成してたら、一緒に登ろうよ。今度は舞ちゃんと、空を見下ろしてみたいな。

空が藍色で染まってた美しい時間に、舞ちゃんと出会えて本当に良かった。今は頻繁に会えてないけど、大切な友達って思ってるよ。

最後に一番重要な約束。またいつか、生きてるうちに会いましょうね。

ＰＳ　この前再会したのは、実は偶然じゃないの。東京を離れる前に、もう一回だけ舞ちゃんと話したくて。お店の近くをウロウロしてたんだ。気持ち悪くて、ごめんね。許してね。

浅倉　青葉

手紙の冒頭で感謝を伝えたいと書いていた割に、謝ってばかりの文面から目を離した。顔を上げると、凛子と航平が無言でこちらを見つめている。

「読み終わったよ」

分かり切った事実だけを告げ、凛子に便箋を渡した。店内には美味しそうな香りが充満しているが、私たちの料理はまだ来ない。

夜でも、錦糸公園には多くの人影があった。幾つかあるベンチにはカップルが並んで座り、噴水付近の芝生では数人の男女が楽しげに笑っている。街灯が多いせいか、園内はそれなりに明るい。奥にある野球場でも煌々と照明が灯り、大人たちが白球を追いかけていた。

遊具がある方のベンチは、比較的空いていた。クロスバイクを手で押しながら、螺旋《らせん》を描く長い滑り台やカラフルな複合遊具を見据える。

街灯の光が伸びる二人掛けのベンチに、凛子と並んで腰を下ろした。航平は私たちの前に立ち、スマホに目を落としている。

「小羽は水で、航平はコーラだっけ？」

凛子がコンビニ袋を漁り、それぞれ選んだものを手渡した。早速ペットボトルのキャップを捻り、一口含む。ビビンパで満たされた胃に、冷たい感覚が広がっていく。凛子は、チョコミントの棒アイスを買っていた。彼女が包装を破ると、微かに甘い香りが鼻先に漂った。深爪の指が、持っていた棒アイスを前方に向ける。

「夜だと、こんなに光ってるんだね？」

大型商業施設やビルの間から、青く発光するスカイツリーが覗いている。私は夜空を彩る電波塔を眺めながら、もう一度ミネラルウォーターを口にした。

「今日は青だけど、日によって色んなライティングがされてるよ。虹色に光ってる時もあるし」

「へぇ。小羽、詳しいじゃん」

「浜町のマンションから見えるんだ。今度、遊びに来てよ」

「いいね。まだまだ暑いし、みんなで納涼会でもしよっか」

返事をする前に、ずっとスマホを眺めていた航平が声を上げた。

「青葉さんの母親が起こした事件って、これじゃね？」

私たちに見えるように、スマホが向けられた。画面は、スカイツリーより明るい光を放っている。

「……知的障害の次女と無理心中を図った母親、執行猶予付き判決。東京地裁、心神耗弱を認める」

自然とネットニュースのタイトルを、読み上げてしまった。記事のトップには、東京地方裁判所の堅牢な建物の写真が掲載されていた。

「これ、二〇〇八年の記事な」

航平はそう前置きをしてから、私にスマホを差し出した。受け取り、凛子と一緒に目を通す。

知的障害のある次女（当時二十二歳）と、自宅で無理心中を図ろうとしたとして、殺人未遂の罪に問われていた母親（五十七歳）の判決公判が東京地裁で開かれた。茄子川勇一《なすかわゆういち》裁判長は『重度うつ病の影響下にはあったが、犯行を思い留まる能力は残存していた。よって、心神耗弱に留まる』と説明。続けて『被告人の更生のためには、服役より治療が優先されるべき』とし、母親に懲役三年、執行猶予五年（求刑・懲役四年）を言い渡した。

「小羽、心神耗弱って何？」

「簡単に言うと、精神疾患の影響で善悪を判断する能力とか、その判断に従って行動する能力が減退していること。限定責任能力とも呼ばれてる」

「それじゃ、刑が軽くなるの？」

「そうだね。心神耗弱って認定されたら、減刑されると思う」

　逸る気持ちを抑えながら、画面をスクロールしていく。判決内容の後には、事件の概要が記載されていた。

　二〇〇八年一月。被告は東京都江《え》戸《ど》川《がわ》区の自宅で、次女の頭にビニール袋を被せ、首を炬燵の電源コードで絞めて殺害しようとした。その後、被告も次女の側で自殺を図ったが失敗。外出から帰宅した長女が警察に通報し、殺人未遂の罪に問われていた。

　病院に搬送された次女は一命を取り留めたが、低酸素脳症による遷延《せんえん》性意識障害（所謂、植物状態）と診断。現在も都内の病院に入院している。次女には自閉症と重度知的障害があり、養育手帳の交付を受けていた。

　被告は長年次女の介護をする中で、うつ病を発症。精神科病院に通院していたが、犯行時は服薬治療を数ヶ月の間、自己中断していた。被告は次女を出産後に離婚を経験しており、周囲に頼れる友人や親戚はいなかった。犯行前の数年間は、主に長女が次女の世話を担っていた。

　被告は事実関係を認めており、裁判では情《じょう》状《じょう》酌《しゃく》量《りょう》の余地や量刑に関して注目が集まっていた。

　被告人質問で弁護士から、次女に対しての今までの気持ちを問われると『世話をするのは辛い時もありましたが、憎んだことは一度もありません』と重い口を開き『今でも、心の底から愛しています』と続けた。犯行を振り返る質問では『身を焼かれるような後悔しかありません』と告げ『ビニールから透けて見えた、苦しむ顔が忘れられません』と涙ぐんだ。

　記事を読み終え、スマホを航平に返した。夜風が吹いて、園内に生える木々の葉が微かに騒めく。不意に、チョコミントの香りを強く感じた。凜子がアイスの先端を舐めながら、遠い眼差しを浮かべ呟いた。

「青葉さんも、家族の世話をしてたんだね」

　少し間を開けて、今度は航平がコーラのペットボトルのキャップを捻る。

「青葉さんの母ちゃん、執行猶予ってことは服役しないで家に帰ったんだな」

私は、炭酸が抜ける音を聞きながら、航平に向けて首を横に振った。

「手紙には、精神科病院に入院したって書いてあった。多分それは、医療観察法の鑑定入院だと思う」

手紙に書かれていた『三年間の通院』、『特別なプログラム』、『定期的に保護観察所での面談』という内容を思い出しながら、二人に向けて言葉を紡いだ。

青葉さんの母親は、鑑定入院の結果、医療観察法の審判で通院処遇が決定したんだろう。医療観察法病棟には入院せず、指定通院医療機関に通院して治療を受ける処遇だ。確か、原則三年で自動的に通院処遇は終了する。ただし、保護観察所の長の申し立てがあれば、処遇を早期に終了することも、また最大二年延長することもできるらしい。特別なプログラムというのは、再他害行為防止を目的とした内省プログラムや、自身の疾患への理解を深める心理教育だろうか。保護観察所で定期的に面談していたのは、社会復帰調整官から生活に関して助言や指導を受けるためだ。

「多分、そういう流れだったと思う」

「なるほどねぇ。青葉さんは、退院したママのサポートもしてたのかな?」

「それはわかんないけど……」

凜子の質問に言い淀みながら、ゆっくりとベンチから立ち上がる。私はクロスバイクのハンドルに掛けていたバックパックから、舞さんから譲って貰った写真を取り出した。街灯の光が、写真の中の笑顔を照らす。結局舞さんには、震災のことを言えずじまいだった。

「私の母の手は、よく握ってくれてたな」

あの町で散歩した記憶が蘇る。母が体感幻覚を強く感じている時は、漁港の近くをよく三人で歩いた。船溜まりに寄せては返す静かな波音の合間に、「プーちゃんは、いなくなりました?」と、青葉さんが優しく問い掛ける。母が「まだついて来てる」と返せば、彼女は安心させるように肉付きの良い手を握っていた。

ずっと私の役割だったことを、青葉さんが代わってくれた。

写真を持って再びベンチに座ると、航平が鼻先を搔きながら言った。

「来月さ、例のアレで地元に帰るんだよ。予定が合いそうなら、二人も一緒に行かない？」

「例のアレって、定期受診前のゲン担ぎ？」

「そう。二人はだいぶ帰ってないんだろ？　俺、いつものように仙台でレンタカー借りるからさ。そしたら、生まれ変わった町も車で案内できるし。織月と住田がいれば、俺も気が紛れそう」

「……正直、海がまだ怖いな」

「大丈夫だって。マジで高い防潮堤に囲まれてっから。近づいて登らなきゃ、海面も見えないしさ」

微かに気持ちが揺れた。タクシーには乗れている。レンタカーなら、海沿いを走らないように事前にお願いしておけば良い。それに何より、少しでも航平の不安を和らげることができるなら協力したい。

「俺も青葉さんにはお世話になったから、『大浜飯店』の跡地で手ぐらい合わせたいなって。今更だけど」

私だって、本当はそうしたい。でも、首筋が強張って簡単に頷くことができない。

「うーん……あたしは悪いけど、パスかな」

凜子は食べ終わったアイスの棒を、タバコのように咥えていた。彼女の返事を聞いて、航平の両目に落胆の色が滲む。

「まぁ……そうだよな。店がオープンしたばっかりだもんな」

「別にそういう訳じゃないの。お店は、相方にお願いすれば休めるから」

凜子は乱れた金髪を手櫛で直してから、航平を見据えた。

「ママに会うのが嫌なだけ。それにセクマイってことも、伝えてないし」

「……そういうことって、やっぱり親に言うもんなの？」

航平の質問には答えず、凜子は「コーラ、一口ちょうだい」と告げた。彼女は受け取ったペットボトルに口を付けた後、両耳のピアスに触れた。

「人によるよ。『クローゼット』って言って、性的指向や性自認を周囲に隠している人もいるし。でも最近のあたしは、カミングアウトしたいモードだから」

「住田も色々と思うことがあるかもしんねぇけど……今回は、帰った時に母親に会わなきゃ良いじゃん」

「それは無理。思い切って帰るんだったら、雄大に会いたい」

　航平は小さく溜息を吐いてから「コーラ、全部飲むなよ」とだけ返した。

「あたしだって、『大浜飯店』の跡地で手合わせたいよ。本当は」

「だったら、行こうぜ。母親と会う時は、俺もついてくから」

「何言ってんの。航平より、可愛い女の子と一緒の方が頑張れるんだけど」

　航平が肩を落としながらも、吹き出した。凜子の口元にも笑みが滲んでいる。

「航平とあたしは、戦術が違うから」

「なんだよ、戦術って」

「航平は辛い過去に立ち向かうじゃん。それはマジで凄いと思う。あたしは辛い過去から逃げて、忘れて、ようやく今を生きてる。前向きな逃避っていうか」

「別に俺だって、立ち向かってる訳じゃねぇし。ただ、現状を受け入れるしかないだけだって」

　二人が同時に私を見つめた。無言で、小羽はどっち？　と訊かれている気がした。

「私は半々かな。逃げて、忘れようとして、時々立ち向かってる」

「織月って、ずりー」

「小羽には、小羽のやり方があるの。みんな人それぞれ」

　目の前で薄闇を纏う複合遊具を眺めた。螺旋を描く長い滑り台に、短い雲梯《うんてい》や網トンネル。吊り橋渡りに、ジャングルジム。少し離れた場所には、ブランコや砂場もある。難易度に差はあるが、どれで遊ぶかを決めるのは自由だ。

「まぁ、小羽が一緒なら帰っても良いかな」

「おっ、住田は覚悟を決めたか」

「その言い方、ウザっ。でも、二人と一緒なら頑張れるかも」

　友人たちと目が合った。それでも、まだ迷ってしまう。戸惑いながら、決断を先送りにする嘘が口から零れ落ちる。

「まだ来月の勤務表が出てないの。確認してから連絡するね」

「おう。できれば、早めによろしく。レンタカーの手配とかあるからさ」

それから地元に帰る話は終わり、話題は『大浜飯店』で好きだったメニューに移った。航平はあんかけ五目焼きそば、凜子はチャーハン。私もすぐに答える。

「私は『大浜飯店』っていうか、青葉さんが作ってくれた味噌ラーメンかな」

彼女が作った餃子は沢山食べたが、あの日に食卓で湯気を上げていたのは味噌ラーメンだった。思い出したくない過去から目を逸らすように、写真の中の青葉さんを指先でなぞる。今日知った事件は悲しかったが、青葉さんの疑惑は晴れた。私自身何か大きな一歩を踏み出せた訳ではないし、完全に過去と折り合いをつけられた訳でもない。それでも、心に薄い線ぐらいは引けたような気がする。

「青葉さんにも、見せてあげよっかな」

私はスカイツリーに向けて、写真を高く掲げた。

「ちゃんと、完成したよ」

これなら、よく見えるだろうか。私たちはしばらく無言のまま、夜空を背景に輝く電波塔を眺めた。スカイツリーのブルーのネオンぐらい、青臭い感傷が夜風に攫われていく。ほんの一瞬だけ肌寒さを感じて、季節が移り変わる気配がした。夏は、もうすぐ終わる。


二人を錦糸町駅まで見送り、夜の街をクロスバイクで疾走する。自宅の玄関を開けると、室内に明かりは灯っていなかった。

部屋着に着替える前に、ソファーに寝転んだ。バックパックから写真を取り出し、青葉さんの笑顔を見つめる。部屋に飾るのは躊躇ったし、もちろん捨てる訳にはいかない。アルバムの中に仕舞ったら、数年に一度見返す程度の写真になるんだろう。

それも悪くない。

もう会えない人を思い出すのは、そのぐらいの頻度が丁度良い。だから今夜だけは、彼女の姿を焼き付けていたかった。

「ただいま」

玄関の方から、渚の声が聞こえた。上半身を起こし、写真をテーブルにソッと置く。リビングのドアが開くと、汗で化粧が崩れた顔が覗いた。

「お帰り。遅かったね」

「バイト終りに、友達とファミレスに寄っちゃって。マジで、ドリンクバー飲み過ぎた」

「お疲れ。私も錦糸町で、友達と会ってたの。今さっき帰ってきて」

「へぇ。この前の地元の人?」

「そう。韓国料理屋で、ビビンパを食べて」

「えっ、ズルいんだけど。良いなー」

渚は口を尖らせながら、視線をテーブルの上に向けた。

「何この写真、患者さんと撮ったの?」

「違うよ。昔の知り合いが写ってるの」

私は腰を上げて、浴室に向かった。部屋着に着替える前に、シャワーを浴びた方が良い。それに渚も疲れていそうだから、ソファーを独占させてあげたかった。

「えっ、マジ! 嘘でしょ!」

突然、リビングに声が響き渡った。振り返ると、渚が写真を目元に近づけたり離したりを繰り返している。

「びっくりした。何、急に大きな声出して」

「驚いたのは、こっちなんだけど」

渚は興奮した様子で、写真に写る一人の女性を指差した。

「なんで、マリリンが写ってるの?」

渚の指先は、向かって一番左端に立つ白衣を着た女性に触れていた。

「この頃のマリリン、超若っ。眉毛も細っ」

「……他人の空似じゃないの?」

「絶対、マリリン。名札に『鞠田《まりた》鈴音《すずね》』って書いてあるもん」

近寄り、白衣の胸ポケットからぶら下がるネームプレートに目を凝らす。確かに、鞠田鈴音という名前が確認できた。

「現役時代のマリリン、意外と優しそう。みんなに教えよっと」

確か看護学校の教員になるには、五年間の臨床経験が必須だったはず。渚は写真を眺め続けながら、楽しげに軽口を叩いている。私は驚きと混乱を同時に抱きながらも、口を開いた。

「この鞠田先生っていう人と、話してみたいんだけど」

「えっ、なんで？」

　渚から視線を逸らした。ソファーには、私が寝転んでいた凹みが残っている。今なら、あの時のことを話せそうな気がする。寧ろ今ちゃんと伝えないと、青葉さんに続く糸が途切れてしまう。

「車椅子に座ってる人と、手を繋いでいる女性がいるでしょ？」

「あぁ、この綺麗な人？」

　私は無言で頷き、ソファーに腰を下ろした。深く息を吐き出して、喉元に力を入れる。

「彼女がいなかったら、多分私は津波に呑み込まれていたと思う」

　津波と口にしただけで、身体の奥底に冷たさを感じた。三月十一日に体験した揺れや、家の中が鳴る音や、瓦礫を踏み締める感覚や、町を覆ったヘドロの臭いや、届かない祈りが蘇り、肌が一気に粟立《あわだ》っていく。舌も硬くなって、思わず俯いた。

「聞かせてよ、小羽ちゃんの昔のこと」

　ソファーが軋んだ。渚は写真を持ったまま、隣で長い脚を組んでいる。いつかの青葉さんと目が合うと、私はようやく顔を上げることができた。

第四章　二〇二二年十月
藍色時刻の君たちは

　面会室前の廊下には、多くの病院スタッフが集まっていた。井浦さんの病棟主治医や日勤看護師の他にも、事務スタッフや三名の警備員が待機している。誰もが口数は少なく、緊張感を孕んだ沈黙を纏っていた。

　面会室のドアが開くと、関東信越厚生局《かんとうしんえつ》の職員たちに付き添われ、井浦さんが姿を現した。移送に同行する厚生局の職員は男性と女性で、二人ともシワのないスーツを着こなしている。男性職員は片手に、選定通知書を持っている。女性職員は、私服に着替えた井浦さんの側に寄り添っていた。

「告知が終了しましたので、出棟します」

　厚生局の男性職員が淡々と告げると、周囲のスタッフが慌ただしく動き出した。指定入院医療機関への移送スケジュールは、事前に分単位で提示されている。腕時計に目を落とすと、出発時刻ちょうどを指し示していた。

　警備員が解錠した二重扉を、華奢な背中が通り抜けていく。井浦さんは、半袖のTシャツと綿のパンツを身に付けていた。入院時の格好なんだろう。十月になったのに服装だけ見ると、彼女だけ夏に取り残されてるみたいだ。正面玄関前に停まっている移送車にそのまま乗り込むとしても、半袖だと外は肌寒い。

　最後まで井浦さんは一度もこちらを振り返らなかったし、私も普段退院する患者を見送る時のように微笑みは浮かばなかった。彼女はこれから、医療観察法病棟での入院治療が控えている。素直に『ご退院おめでとうございます』とは、口に出せない。

　スタッフたちに付き添われたTシャツが、呆気なく視界から消えた。再び自動で施錠された二重扉を見つめながら、せめて『お大事に』ぐらいは声を掛ければ良かったと、仄かな後悔が胸に淀む。

「転院先の病院に着くのは、夕方頃だな」

　隣に立っていた平野主任が呟く。私は少し間を開けて、質問した。

「地方にある病院ですもんね？」

「そうだな。東京の病院だったら良かったのに。井浦さんもあっちの土地に、馴染みはないだろ」

　数日前、井浦さんに対して出頭命令が下った。審判期日当日に、検察庁職員に同行されて地方裁判所へと向かった後ろ姿を思い出す。その審判で、入院処遇が決定されていた。

「まぁ、俺たちがどう言おうが仕方ないよ。上の命令だからな」

　対象者の入院先は、今後帰る地域に近い指定入院医療機関が選ばれることが多い。その方が、退院後の生活もイメージしやすいからだろう。でも、指定入院医療機関の整備状況や偏りによって、遠隔地の医療観察法病棟で入院治療を受ける場合もあるようだ。厚生労働省のホームページを確認してみても、指定入院医療機関が整備されてない県は存在している。

　ナースステーションに戻る平野主任に続き、私も足を進めた。

　井浦さんは、放火で入院処遇。

　青葉さんの母親は、殺人未遂で通院処遇。

　私には、その違いの明確な理由はわからない。

　井浦さんは、家族の協力が乏しそうだった。

　次女を殺そうとした母親には、長女のサポートがありそうだった。

　多分それだけじゃなく、症状の程度や様々な事情が絡み合って出た決定なんだろう。悶々《もんもん》としながら、いつかシャワー浴の見守りについた時の映像が脳裏に再生された。転院先の売店には、牛乳石鹸が売っていることを密かに祈ってしまう。

「そうそう、来月辺りに桐沼さんが戻ってくるらしいよ。確か転院に付き添ったのって、織月さんだったよな？」

　その事実を知って、桐沼さん本人よりも夏仕様の制服を思い出した。

「私が付き添いました。桐沼さんの肺は大丈夫だったんですか？」

「手術はしたって。腫瘍があったらしいけど、良性だったみたいだな」

　一先《ひとま》ず、悪い結果ではなさそうで安堵する。この病棟から出て行く患者もいれば、戻ってくる患者もいる。何気なく背後を振り返ってみても、閉ざされた二重扉が沈黙しているだけだった。

午後も、新規入院の依頼は来なかった。久しぶりに落ち着いてる病棟で、やり残した業務がないか電子カルテを確認する。今日は残業をせずに、定時で上がりたい。

退勤時刻になると、急いで白衣から私服に着替えた。外は街灯の明かりが色付き、十月の風は秋を吹き飛ばして既に冬の気配を孕んでいる。病院前にあるイチョウの並木道から覗く空は、群青に染まっていた。私は羽織っていたベージュのコートを掻き合わせ、路上に落ちているイチョウの実を踏まないよう注意しながら最寄り駅に向かった。

電車に乗り込み、所定の位置を確保した。普段のように車窓は眺めず、コートのポケットからスマホを取り出す。ＬＩＮＥのアイコンをタップし、昨日渚から送られて来たメッセージに目を通した。

『神保町の『カサブランカ』に、十八時半。二階の窓際の席にいるって』

メッセージの次には、両目に炎を宿しながら親指を突き立てるペンギンのスタンプが続いている。ペンギンの頭上には『ファイト』と、文字も添えられていた。可愛らしいキャラクターは、厳しいと噂されている教員に会う緊張を少しだけ緩ませてくれた。

神保町駅で降車し、地上出口に進む階段を登った。外は帰路を急ぐ者も多いせいか、人々の往来は激しい。予防的にミントガムを口に含みたかったが、なんとか我慢した。初対面なのにガムを噛んでたら、印象が悪いだろう。私が失礼な態度を取ってしまえば、渚の学生生活に影響が及ぶかもしれない。

神保町の『カサブランカ』には、何度か足を運んだことがあった。チェーン展開しているカフェで、深煎りのコーヒーが有名だ。軽食も充実していて、教材に目を落としている学生も多かった記憶が残っている。

『カサブランカ』は、神保町の大通り沿いから外れた場所にある。早めに路地を曲がり、人通りの少ない道を進んだ。視界の先で湯気を上げるコーヒーカップの看板に気付くと、少しだけ歩調が早まった。

客足がまばらな店内に入り、アイスティーを注文した。受け取った飲み物を片手に、奥にある螺旋階段を登っていく。二階に着くと、窓際の席に目を凝らした。高齢者や若いカップルに交じって、縁なしメガネを掛けた中年の女性が一人で手帳を眺めている。テーブルの上ではコーヒーカップが湯気を上げ、二枚のクッキーがそれぞれ小皿の上に置かれていた。

　舞さんから貰った写真で事前に顔を把握していなくとも、あの人が鞠田さんと気付けた自信がある。乱れなく横に流している前髪や遠目からでもわかる深爪気味の指先は、白衣が似合いそうだった。

　席に近づくと、鞠田さんが手帳から顔を上げた。視線が合ったタイミングで、無言で軽く頭を下げる。彼女も会釈《えしやく》を返し、手帳をベージュのトートバッグの中に仕舞った。

「渚さんのお姉様？」

「はい。初めまして、織月小羽と申します。妹が、大変お世話になっております」

　鞠田さんは細面で、高い鷲鼻《わしばな》が特徴的な顔立ちをしていた。薄い唇やレンズ奥の吊り目は、少しだけ神経質そうな印象を抱かせる。多分四十代後半ぐらいだろうか。お互い簡単な自己紹介を終えてから、私は彼女と向かい合うように腰を下ろした。

「本日はお忙しい中お時間を作って頂き、ありがとうございます」

「気にしないで下さい。担当しているグループが、今日で実習最終日だったから。少しホッとしてまして」

　看護学生の実習は、少人数のグループを組んで病院や施設をローテーションする。そういえば渚も、今日で産婦人科の実習が最終日と告げていた。来週からは待ちに待った、小児看護実習が控えているらしい。

「渚は、先生たちにご迷惑をお掛けしていませんか？」

「全然。彼女は、とっても素直ですから。患者さんに対しても優しいですし、将来有望だと思いますよ」

　鞠田さんは「たまに、注意散漫なところはありますけど」と付け加えてから、口角を上げた。彼女の頬にはエクボが刻まれ、笑うと吊り上がっていた目尻が優しく垂れた。意外と話しやすそうな人だ。私が最初に感じた印象が、早くも良い意味で崩れ去っていく。

「このお店、クッキーが美味しいの。織月さんの分も注文しておいたので、食べてみて下さい」

「すみません。逆に気を遣っていただいて」

「こちらこそ。学生実習があったのでなかなか予定を組めず、ごめんなさいね」

茶色のクッキーが載る小皿が、私の前に差し出された。表面は艶のあるチョコでコーティングされている。確かに美味しそうだが、話を先に進めたくて手は伸びない。

「織月さんは、現役の精神科ナースなんですよね?」

「はい。今は単科病院に勤めています」

「大変そうですね。病棟は忙しい?」

「所属しているのは急性期なので、入退院は多いですかね。因みに鞠田さんは教員になる前、何科に勤めていらしたんですか?」

「わたしは、新人の時から大学病院に勤めてたの。様々な科に配属されたけど、一番長かったのは脳神経内科ですかね。そこには、十二年ぐらい所属してたんで。脳血管障害の方はもちろん、神経難病を抱えてる患者さんが多く療養してたかな」

改めて、経験年数の違いを実感した。鞠田さんにとって臨床経験七年目の看護師なんて、まだまだ若手同然なんだろう。

それから数分、本題を避けた会話が続いた。鞠田さんが看護学校の教員になった切っ掛けは、慢性的な腰痛の影響があったらしい。彼女は三十代後半辺りから、酷い腰痛に悩まされていたようだ。当時は患者の体位変換や移動介助はもちろんのこと、腰を少し屈めるだけで激痛が走っていたと話していた。腰痛を抱えながらも数年間は臨床に立っていたらしいが、痛み止めを内服する回数や整骨院に通う頻度は日に日に増えていったらしい。

病棟勤務の頃の彼女は、学生指導も担当していたようだ。病棟実習に来た看護師の卵たちと関わるのは楽しく、元々誰かに教えるということが好きだったと話していた。

「当時は、本当に腰が辛かったんです。教員になってからは大分良くなりましたけど、未だに実習に同行する時は腰痛バンドが手放せなくて」

「わかります。私も新人の頃は、脳外科病棟に勤めていたので。患者さんの状態にもよりますが、やはり脳に障害を負うと全身介助が必要な方もいますし」

鞠田さんは共感するように何度か頷いてから、話題を変えた。

「因みに織月さんが看護学生の頃は、教員からどんなことを注意されてました？　特に、実習中に」

「なんだろう……基本的なことですけど、報告、連絡、相談の徹底とかですかね」

「他には、あります？」

「あとは、個人情報の取り扱いに関してですね。大きな声で患者の情報を喋らないとか、実習記録を入れて持ち運ぶバッグもファスナーが付いてないとダメとか」

「ちょうど今日、わたしも学生に同じようなことを注意したんですよね」

　鞠田さんが、コーヒーカップを口に運んだ。湯気で二つのレンズが、僅かに曇っている。

「なので……いくら過去の話だとしても、浅倉瑠璃さんの病状に関しては詳しく話せないんです。一応、今は学生を指導する立場でもあるので」

「そうですか……」

「実習先で口を酸っぱくして注意していることを、自ら破る訳にはいかないので」

　淡々とした口調に、彼女の真面目さが滲んでいた。あの事件後の瑠璃さんの経過は、青葉さんの手紙や新聞記事で概ね把握している。アイスティーを一口飲んでから、なんとか食い下がった。

「せめて姉の青葉さんについて、何か憶えていらっしゃることはないでしょうか？」

「そうねぇ……献身的なお姉さんだったとしか。面会には頻繁に来てましたし、瑠璃さんの清拭《せいしき》や更衣なんかも手伝ってくれて。凄く手際が良かったのを憶えてますね」

「多分、慣れてたんだと思います。彼女は長い間、瑠璃さんのお世話をしていたようなので……」

　言い淀んでから、唐突に言葉が溢れ出した。青葉さんとは地元で出会い、多くの時間を一緒に過ごしたこと。私の母についても打ち明けた。ずっと親のサポートをしていた生活を、青葉さんが一緒に支えてくれたこと。今まで普通だと感じていた私の日常を、彼女が変えてくれたことも。

「青葉さんは、あの震災で亡くなったんです」

　私は昔話を締め括るように、未だに実感のない事実を告げた。鞠田さんは僅かに目を伏せ、コーヒーカップに手を伸ばした。カップは口に運ばれることはなく、深爪の指先は再びテーブルの下に消えていった。

「瑠璃ちゃんのお姉さんのことは、本当に残念です。まだ若かったですし」

「同感です。正直、今も信じられなくて」

「自然災害とは言え、突然でしたもんね……彼女が三月十一日の受診日に姿を見せなかったって聞いて、凄く心配したのを憶えています」

一瞬、瑠璃さんの話をしているのかと思ったが、彼女は亡くなるまで入院していた筈だ。理解が追いつかず、僅かに首を傾げる。鞠田さんは、再び口を開いた。

「わたしの記憶が正しければ、震災から三年後に死亡届を提出されたんですよね?」

「はい……でも、どうしてご存じなんですか?」

「星野《ほしの》先生から、聞きましたので」

「……星野先生?」

「お姉さんの主治医です。星野先生は、彼女の弔問にも行かれたみたいで。やはりその時も、ご遺体は見つかってはいなかったと話していましたね」

二枚の手付かずのクッキーを眺めながら、瞬時に頭の中を整理した。

青葉さんは、何らかの病を患っていた。そして、三月十一日は受診日だった。

青葉さんが定期的に上京していた理由を、十一年越しに知った。同時に、改めて残酷な事実が胸を突き刺す。あの日、私と母を心配して戻って来なければ、少なくとも津波に呑まれる可能性は低かった。

やっぱり、私のせいだった。

脳裏で密かに呟いた事実が、黒い渦を巻く。確かな罪悪感を覚えると、心臓の拍動が一気に速まった。嫌な感覚が身体の奥底から滲み始め、軽い眩暈が視界を揺さぶる。とにかく必死に、呼吸を乱さないことだけを考えた。吸って吐いてを意識すればするほど、その行為に囚われてしまう。

肺を締め付けるような息苦しさに比例して、頭も混乱していく。今、パニック発作に襲われたらマズい。トイレに行く振りをして席を立とうとすると、霞んだ視界にトートバッグを漁る鞠田さんが映った。

「お姉さんに受診を勧めたのは、わたしを含めた病棟の看護師たちなんです。翌年の瑠璃さんの命日に、彼女が突然病棟に差し入れを届けてくれて」

ぼやけていた視界の焦点が、深爪の指先に合った。

「その時の彼女は、かなり塞ぎ込んでいました。一年経っても、瑠璃ちゃんの死に囚われてるっていうか……なので心配になって、星野先生の外来をそれとなく紹介したんですよ」

鞠田さんが徐にトートバッグから取り出したのは、一冊の雑誌だった。タイトルには『午後のひかり』と表記され、二〇二〇年三月号と書いてある。

「星野先生が東京を離れてからは疎遠気味だったんですけど、先週何年か振りに電話をしてみたんです。なんとなく今日のことを、伝えた方が良いような気がして」

差し出された雑誌を、私は戸惑いながら受け取った。

「星野先生とは委員会や院内サークルが同じで、当時は親しくさせて頂いていたので」

改めて表紙に目を落とす。中央では白髪のベテラン女優が微笑み、『老眼を予防する三つの習慣』、『腸を若返らせる食事』、『認知症の新常識』という派手な色をした太字が躍っている。医療者向けの堅い専門誌というよりは、年配者に向けた健康情報を取り扱っている雑誌のようだ。上部からは、青い付《ふ》箋《せん》が一枚だけ覗いていた。


「あの……この雑誌は？」

「連絡をした後に、星野先生の奥様が送ってくださったんです。織月さんに、見せてあげてほしいと」

脳裏に疑問符を浮かべながら、青い付箋と鞠田さんを交互に眺めた。

「星野先生のご出身は、織月さんと同じ宮城県なんですよ。因みに織月さんのご実家って、もしかして漁港の近く？」

「えぇ……実家の目の前に、小さな漁港があります。でも、どうしてそれを？」

「詳細はわからないんだけど、星野先生が電話口で呟いてたから」

記憶を探っても、星野という医師に心当たりはない。とにかく、青い付箋が示すページを恐る恐る開いた。まず目に飛び込んできたのは、海を眺める男女の挿絵だった。背を向けているせいで、二人の顔は見えない。

「大震災から九年。被災地のグリーフケア外来について……」

見出しを、思わず読み上げてしまう。その横には『星野こころのクリニック院長・星野隆二《りゅうじ》』と表記されている。フルネームを確認しても、やはり心当たりはない。私は一度、誌面から顔を上げた。

「青葉さんの主治医は、精神科医なんですね？」

「ええ。星野先生はあの震災以降、被災地に住む方のメンタルヘルスを凄く心配してたから。なので、地元で開業したんだと思います」

「確かにこの記事は、死別に関する内容のようですが……」

「わたし、一足先に目を通したんです。なんて言うか……あの震災から月日が経っても、整理が付かない方がいることを実感しました」

記事の見出しにある『グリーフ』は、直訳すると悲嘆と訳される言葉だ。死別などを体験することによって、遺族が故人に対して抱く情緒的反応を指している。そして死別を経験した人を様々な形で支えることを、グリーフケアと呼ぶ。

記事内容は、クリニックのグリーフケア外来について記述されていた。そこでは星野先生の診察や心理士のカウンセリング以外にも、喪失体験者の集いと称して、定期的に当事者同士が想いを打ち明けられる機会を設けているようだ。


『人生は、喪失の連続だと思います。大切な人を亡くした時に起こる悲嘆反応の多くは、ごく自然で正常なことです』

目に留まった箇所を二度読み返す。確かに大切な人を失ったら、誰だって悲しむのが一般的な反応だ。

『しかし死別からある程度の時間が経過しても、激しい悲嘆や苦痛が続く方が中にはいらっしゃいます。日常生活にも支障をきたし、医療介入が必要な場合を、九〇年代頃から『複雑性悲嘆』と呼んできました。現在は専門家によって研究も進み、精神疾患の診断マニュアルによっては『持続性複雑死別障害』や『遷延性悲嘆障害』として、正式な精神障害の一つとして認識されています』

知らない診断名だった。記事を読み進めると、有病率は女性に多く、悲嘆が長期化した場合は、高血圧、がん、心疾患、自殺のリスクが高まることが報告されているようだ。

『東日本大震災のように突然死別を体験した場合は、複雑性悲嘆に苦しむ可能性が高まります』

黒い津波が撒き散らす轟音が、耳の奥で残響した。急に喉の渇きを覚えて、アイスティーを一口啜る。飲み終えたタイミングで、鞠田さんが呟いた。

「記事の終わりの方に、仮名の方が出てきますよね？　その人は多分……」

鞠田さんが言い淀んだ続きを確認するように、再び誌面を凝視する。記事の後半には、確かにAさんと称された人物について記述している箇所があった。

『今でも私の心に残っている複雑性悲嘆の患者さんに、Aさんという方がいます。Aさんは、母親と妹さんの死別を同時期に経験していました。特にAさんは妹さんに対して強い悲嘆反応を示し、死別から一年ほど経過しても「妹の側に行きたい」という想いを拭い切れずにいました。

Aさんは初診時に「妹の死から、身体の一部が失われてしまったみたいです」と話し、妹さんの遺品である中綿の入ったフライトジャケットを毎日羽織っているようでした。その日は三十度を超える真夏日だったのを、今でも憶えています。

Aさんは他にも、亡くなった妹さんの食事を用意し、死別から一年以上経過しても遺骨を納骨できず、生前妹さんが大好きだった林檎《りんご》を毎日食べることを自らに課していました。Aさんの診察をした際、死別による悲嘆反応は長期に持続し、複雑化していることが伝わりました』

Aさんに関する記述は、そこで終わっていた。もう一度、同じ部分を読み返す。中綿の入ったフライトジャケットの箇所では、カーキ色のブルゾンが脳裏を過った。生前妹さんが大好きだった林檎の箇所では、籐製の棚に並ぶ数々の石細工を鮮明に思い出した。

いつの間にか、頬に生温かい感触が伝っていた。誌面に落ちた雫が『Aさん』という文字を滲ませた。

「すみません……汚しちゃいました」

「大丈夫。この雑誌は、織月さんにあげるつもりだったから」

鞠田さんの優しい言葉が身に染みた。目元を拭い、ポケットティッシュで鼻をかんでから、深く息を吐く。

「できれば星野先生に、当時のことをもっと詳しく訊いてみたいです」

「星野先生の体調によっては、可能だと思いますが……」

鞠田さんは言い淀みながら、表情を曇らせた。

「星野先生は現在、入院中らしくて。クリニックの方も、事実上廃業状態と聞きました」

「何か……ご病気でも?」

「それが、電話口で何度訊いても詳細は教えてくれなかったんです。冗談交じりに、見舞いに来たら教えてあげるとだけ。結局、すぐに奥様に代わられて、最後まで病名等はわからずじまいで」

見舞いと聞いて、先月から保留にしたままの内容を思い出す。十月の勤務表は既に提示されていたが、未だ航平と凜子に明確な返事を伝えてはいない。

「因みに星野先生が入院しているのは、仙台の病院でしょうか?」

「いいえ。石巻にある総合病院と聞きました。確か病院名は、アイセイ……いや……アイダミ……」

「藍墨病院」

私の一言を聞いて、鞠田さんが「そうです、そうです」と声を上げながら手を打った。

「織月さんの地元の方では、有名な病院なんですか?」

「どうでしょう……ただ以前、祖父が藍墨病院に入院したことがあるので」

鞠田さんの表情が霞んでいく。その代わり、過去の記憶の断片が次々と再生された。

闇に伸びるタクシーのヘッドライト、派手な看護師の両耳で揺れるピアス、通された個室で戸惑う母の横顔、疲れた医師の表情、祖父の歪んだ口元、トイレの洗面鏡に映る引き攣った笑顔。

薄闇の中で、私と母に手を振るシルエット。

祖父の病状を報告した後、私を労ってくれた優しい声。

「可能なら、お見舞いに伺いたいです」

「えっと、でも宮城ですよ」

「構いません。もちろん、星野先生の体調やご都合に合わせますので」

「織月さんの地元とはいえ、わざわざ足を運ぶのは大変じゃないですか？　星野先生には、電話で当時のことを訊いて、お見舞いの言葉を添えるだけでも喜ぶと思いますが」

正論過ぎて、上手く返事ができない。見ず知らずの他人のために県外の病院まで足を運ぶなんて、下手《へた》したら警戒される。それに悲惨な記憶が散らばっている町に帰省するのは、やはり怖い。目を伏せると、濡れて滲んだAさんの文字が見える。なんだか、青葉さんが泣いているような錯覚を感じた。

「ちょうど今月、地元をドライブする予定があるんです」

「あらっ、そうなんですね」

「折角ですし、その時に直接会いに行きたくて」

もう一度、青葉さんのことを知りたい。

そして、ちゃんと謝らないといけない。

純粋な覚悟というよりは、義務に近い感情が巻き起こる。私が死に追いやった人に対するせめてもの償《つぐな》い。不思議と足を止めるのも、進めるのも、深い罪悪感だった。

「できれば、青葉さんと関わりのある友人たちも一緒に」

「わかりました。星野先生に、予定を聞いてみますね」

鞠田さんに深々と頭を下げてから、帰ったらやるべきことを考える。まずは航平と凜子に連絡して、日程の擦り合わせをしないと。ようやく美味しそうなクッキーに手を伸ばした時、不安階層表の一〇〇の項目が脳裏を過った。


帰省する当日は、早朝から雨が降っていた。浜町から乗り込んだ電車の床は、誰かの傘から垂れた水滴で所々濡れている。肌に纏わり付く湿った空気が、車窓を曇らせていた。

背負っていたバックパックを漁り、早くもミントガムを取り出す。昨夜は落ち着かなくて浅い眠りを繰り返してしまったが、家を出る前に頓服薬は飲んだ。胸の中でおまじないのように『大丈夫』を繰り返しながら、隣駅の馬喰横山《ばくろよこやま》で降車した。乗り換えたJR総武線快速でもドア付近の位置に立って、ミントの香りを吐き出す。

二人とは、東京駅構内にある東北新幹線の南のりかえ口前で待ち合わせをしていた。行き交う人々を伏し目がちにやり過ごし、新幹線のイラストが描かれた案内に沿って進む。視界の先に南のりかえ口が見えてくると、頰が緩んだ。ホームに続く改札前で、航平がスマホに目を落としている。

「航平っ」

「おうっ、お疲れ」

航平はアウトドアブランドのマウンテンパーカを羽織り、小さなショルダーバッグを肩に掛けていた。日帰りということもあってか、かなり軽装だ。

「ありがとね。私と凜子の分まで、新幹線のチケット取ってくれて」

「俺が言い出しっぺだし、気にすんな」

「とりあえず、忘れないうちにチケット代渡すね」

「おう。それより、雨やんだなー。場所によっては、メガネが曇ってしゃーねぇ」

一瞬、雨が止んだと勘違いしそうになったが、口調から「嫌だ」という地元の方言であることに気付いた。私は笑みを浮かべながら、茶封筒に用意していたチケット代を差し出した。黒い波に浸った町に向かう片道料金は、妙に重い。

「ちょうどの金額が、入ってるよ」

「サンキュー。細かいのねぇから、助かる」

代わりに受け取ったチケットには『東京（都区内）』という印字から矢印が伸びている。差し示しているのは、『仙台（市内）』という文字だ。同じ宮城県でも、仙台には数回しか足を運んだことがない。だから、大丈夫。きっと、大丈夫。自らに暗示を掛けながら、顔を上げた。

「凜子は、まだ着いてないの？」

「もう来てる。なんか、買いたいモノがあるらしくて。そろそろ戻ってくんじゃね」

それから数分もしないうちに、凜子がバックパックを揺らしながら現れた。金髪のセミロングを後ろで一つに結び、両耳にはピンクゴールドの星が光っている。ノーカラーシャツにワイドパンツの格好は、航平と同じように軽やかだ。

「お待たせ。おっ、小羽が時間通りに来てる」

「珍しいでしょ。流石に今日は、遅れる訳には行かないから」

無理やり口角を上げ、新幹線のホームに続く改札を通り抜けた。航平は三日後に定期受診が控えているせいか、ふと覗く表情には陰が感じられる。凜子はいつもより口数が多かった。私は本日二個目のミントガムを噛みながら、取り留めもない会話を続けた。緊張の対象も仕方も、それぞれ違う。

時刻表通りに現れたエメラルドグリーンの新幹線に乗り込み、横並びの座席に腰を下ろした。窓際は私、真ん中は凜子、通路側は航平。新幹線が走り出すと、徐々に心臓が強く鳴り始めた。不穏な身体的変化から気を逸らすように、二人に話し掛ける。

「仙台に着いたら、まずはレンタカーを借りるんだよね？」

「んだな。運転は俺がすっから。まずは石巻の病院さ行って、見舞いの次は凜子のとこ。そんで、『大浜飯店』の跡地で手ぇ合わせっぺ」

航平が今日の予定を告げると、凜子が口を挟んだ。

「そういえば、例の雑誌って持ってきてるんだっけ？」

「うん。バックパックの中にあるよ」

星野先生のことは、事前に二人に伝えていた。足元に置いているバックパックから『午後のひかり』を取り出し、凜子に手渡す。

「この青い付箋のページ？」

「そう。Aさんって人」

地元に帰る日程が決まってから、鞠田さんにも連絡した。その翌日には、メッセージが届いていた。

『病棟ルールで、家族以外の面会は二十分以内でお願いしているそうです。奥様曰く、十四時からが都合が良いと。是非、お友達も一緒にとのことでした』

礼を告げる返信のついでに、星野先生の好きな食べ物も訊いた。その結果、今日背負ってきたバックパックの中には、日本橋の老舗《しにせ》和菓子屋で買った水《みず》羊羹《ようかん》の詰め合わせが入っている。

新幹線が減速を始め、車窓に目を向けた。早くも、隣駅の上野《うえの》に到着したようだ。あとは大宮《おおみや》で停まったら、次は仙台だ。乗車時間は約九十分程度の距離なのに、異国に向かっているような感覚は変わらない。

「織月、雑誌ありがとう」

再び座席の方に向き直り、二人が読み終わった『午後のひかり』を受け取った。バックパックに仕舞い終わると、航平が質問した。

「複雑性悲嘆ってさ、うつ病とは違うのか？」

「症状の類似点は多いみたい。どっちも併存して、はっきりと判別できない場合もあるらしいし」

「確かに悲しみが長期間続けば、うつ病の誘因にもなりそうだな」

航平は納得するように頷いてから、真剣な声色で続けた。

「俺、青葉さんの辛さに全く気付けなかったよ。あの頃掛けてたメガネは、曇りまくってたんだろうな」

「それは、私も同じ。今更、自己嫌悪に陥ってるもん」

「俺も織月ほどじゃないけど、一時期頻繁に会ってたんだけどな」

「青葉さんと、完全犯罪の話をしてたんだっけ?」

「んだな。それに青葉さんってさ、ばあちゃんに対するどんな嫌な感情もそのまま受け止めてくれてたから。なんていうか……あの人に会うと、気持ちが少し楽になるっていうか」

黙っていた凜子が少し前のめりになり、深く頷いた。

「それ、超わかる。あたしもあの人の言葉に、未だに救われる時があるもん」

「へぇ。確かに住田って、青葉さんに東京の話をよく訊いてたもんな」

「そうなの。当時青葉さんがよく『大丈夫』って言ってくれてさ。あの人がそう言うんだから、本当に問題ないんだって信じてた。今でも、お守りみたいな言葉かな」

唐突に会話が途切れた。青葉さんのことを幾ら考えても、結局はもう会えない事実に辿り着いてしまうからだろうか。微かに沈み始めた空気を変えるように、航平が全く別の話題を振った。

「確認なんだけどや、網磯の方には行かなくて良いのか?」

「大丈夫。行ったって、思い出に浸れる風景なんてないから」

「まぁ確かに、産業団地にはなってっけど」

網磯地区は、六メートル級の津波によって壊滅的な被害を受けている。以前暮らしていた六百世帯近くの民家は流失し、田畑は黒い波に浸った。集団移転を余儀なくされた地区は現在、五十社近くの運送業者や建設会社が集まる産業団地に様変わりしているらしい。町民の人影は少なく、大型トラックの往来ばかりが目立つと聞いた。

「一応、網磯の方まで車走らせっか？」

返事に詰まる。藍墨病院は海から離れた場所にあるし、凜子の母親も今は内陸にある叔父さんの家で暮らしているようだ。過去の記憶が正しければ、『大浜飯店』からも海は見えない。不安階層表を頭に思い浮かべながら、胸の天秤は揺れ続ける。

「小羽が大丈夫って言ってるんだから、別に良くない？」

凜子がホームの売店で買ったじゃがりこを、航平の口に突っ込んだ。すぐに私の前にも、美味しそうな一本が差し出される。

「あたしからの提案。あっちに帰ったら、お互いのことは言いっぱなし、聞きっぱなしにしようよ。否定も意見もナシで」

凜子の母親が、アルコール依存症だったことを思い出す。言いっぱなし、聞きっぱなしは『ＡＡ』で定められているルールだ。よく考えれば、この旅は自助グループのような色彩を帯びているのかもしれない。同じヤングケアラーで、震災を体験した私たち。

「私は賛成かな」

「オッケー。それじゃ、航平は？」

「俺は、時と場合による」

「なによ、それ」

凜子は不服そうな表情をしていたが、航平は素知らぬ顔でじゃがりこをもう一本口に運んだ。そんな二人から目を離し、外の風景を眺めた。車窓はいつの間にか、マンションや民家が密集する馴染みのない街を映し出している。あと数十分もすれば、緑が目立つ長閑《のどか》な風景に様変わりしていくんだろう。

あるマンションのベランダで、赤ちゃんを抱いた母親がこちらに向けて手を振っていた。絶対に気付かないとわかっていても、小さく手を振り返す。凄いスピードで走る新幹線は、すぐに二人の姿を視界から消した。

仙台駅のホームに降り立って最初に感じたのは懐かしさや風の冷たさでもなく、深い安堵だった。何度も車窓を眺め、他愛も無い会話を繰り返していたお陰なのか、乗車中に発作が起きることはなかった。

「こっち、寒みくね？」

航平は今からでも登山に行けそうな服装をしていたが、寒さに耐えるように両腕を摩っている。

「東京と比べるとね。それに雨も降ってるし」

「もっと着込んで来ればよかったな。今、何度ぐらいあんだべ？」

「ちょっと待ってね」

私は早速、スマホの天気予報アプリを開いた。今日の気温の他にも、傘マークと雲が掛かった太陽のイラストが描かれている。駅のホームから見上げた空は、灰色に濁っていた。

「最高気温が十三度だって。でも、午後には雨が止むっぽいよ」

「俺、たった十三度でこんな寒みがってんのか。いつの間にか、東京に染まっちまったな」

航平は本気と冗談が交じったような口調を残し、改札に続く階段に向けて歩き出した。彼の背中を追っている途中で、足が止まる。振り返ると、凜子が走り出した新幹線を目で追っていた。

「凜子。行かないの？」

「あっ、うん」

新幹線を見送った凜子が、小走りで駆け寄って来る。航平と同じように寒いのか、既にカーディガンを羽織っている。肩を並べると、彼女が纏う甘い柔軟剤の香りが雨の匂いに交じった。

「小羽に、お願いがあるんだけど」

「何？」

「改札出るまで、手繫がない？　別に変な意味じゃなくて」

凜子は瞬きもせずに、前方を見つめている。その横顔は無表情に近い。私も前を向いて、囁いた。

「実は、私も同じこと思ってた」

握った凜子の手は冷たかった。少し先を歩く航平が振り返り「昼メシどうする？」と問い掛ける。彼は手を繫いでいる私たちを見ても何も言わなかったし、表情一つ変えなかった。車内では『時と場合による』なんて口にしていたけど、言いっぱなし聞きっぱなしの他にも『見っぱなし』を加えてくれたようだ。

問題なく改札を通り抜け、駅構内にあるショップや飲食店が立ち並ぶ通路を進んだ。ずんだ餅を販売している店舗には『がんばろう、東北』という大きな幟が掲げられている。他にも『復興五輪』と書いてある旗や五輪のグッズを、未だに店頭に並べている土産屋もあった。そんなエールを目にすると、僅かにこめかみが疼く。痛みを忘れるように、東口駅前にあるレンタカーショップに急いだ。

　レンタカーショップが用意していたのは、小回りの利きそうな青い軽自動車だった。運転席には航平、助手席には凜子、後部座席には私がそれぞれ腰を下ろす。航平がナビに病院名を打ち込むと、到着予定時刻が表示された。

「三陸道に乗って、一時間ちょっとで着くって。石巻のインターで降りっから」

　誰の返事もないまま、青い車が走り始めた。仙台に着いてから、明らかに私と凜子の口数は減っていた。雨粒が滲む車窓は、未だに海も、漁船も、広大な田畑も映し出してはいない。地方都市の街並みが流れ去っていくだけだが、心は騒めき始めている。

　青い車は、雨で濡れた宮城野《みやぎの》通りを直進していく。赤信号で停車すると、ずっと無言で外を眺めていた凜子が口を開いた。

「あたし、やっぱり止めようかな。叔父さん家に行くの」

　バックミラーに映る航平と目が合う。私はシートから背を離し、少しだけ前のめりになった。言いっぱなし、聞きっぱなしのルールを踏まえ、無言で凜子の続きを待つ。

「東京駅でお土産も買ったんだけど、もう別に良いかなって」

　凜子は、膝に抱えていたバックパックを漁り始めた。取り出したのは、三つの車両が連なる玩具だ。パッケージには、エメラルドグリーンの新幹線の写真がプリントされている。

「この新幹線、震災直前から走り始めたんだよね。当時、雄大が話してた」

「それって、今乗って来たヤツ？」

「そう。はやぶさ。あの子、乗りたかっただろうな」

凜子は、パッケージに描かれている新幹線の写真を指先でなぞった。

「でも、また今度あげることにする」

信号が青に変わり、航平がアクセルを踏み込む。走り出してすぐに、運転席から咳払いが聞こえた。

「折角買ったんだし、届ければ良いべや」

航平が早速、新幹線の車内で決めた約束を破った。

「錦糸公園で話した時に、言ってたべ。雄大の仏壇に手を合わせたいみたいなことをさ」

「あたしの好きにさせてよ……それに言いっぱなし、聞きっぱなしの約束でしょ」

「俺はその約束に、同意してねぇから」

凜子が眉根を寄せると、車内に重苦しい雰囲気が漂った。私が仲裁に入ろうとしたタイミングで、航平が低い声を出す。

「羨ましいな。また今度が、ある奴は」

絶え間なく雨粒を弾くワイパーの音が、車内に漂う沈黙に重なった。

「まっ、最終的に決めんのは凜子や。キンタマ一つ失った男の戯言なんて、聞き流してくれ」

今度は本音を隠すような弾んだ声だった。航平が定期受診前に地元をドライブするのは、気分転換をしたいからだと勝手に思っていた。でも、本音は違うんだろう。彼は両目に刻み付けたいんだ。診察結果によっては、もう見ることができなくなるかもしれない生まれ育った風景を。病魔の影を感じながら、彼はハンドルを握っている。

「そろそろ、高速に入っからな。二人とも、トイレは大丈夫か？」

凜子は無言で窓を見続けている。航平の問い掛けが独り言にならないように、私は「大丈夫」と短く返事をした。

インターチェンジを抜けて三陸自動車道に入ると、青い車は一気に速度を上げた。新幹線の車内とは違って、会話は途絶えている。雨がフロントガラスを叩く音だけが、絶え間なく響いていた。

ナビを見る限り、三陸自動車道は都市部と山間部を貫いているようだ。仙台を離れ始めると、周囲には暴力的とも言える緑が目立ち始めた。タヌキのイラストの下に『動物注意』と表示された標識が定期的に現れ、稲が刈り取られた田んぼが視界の端を流れ去っていく。この高速道路を走っている限り、海の気配は遠い。

フロントガラスは、変わらず鈍色の空を映し出していた。いつの間にか目を奪われていると、心の奥に沈めていた何かが胎動した。記憶、思い出、懐かしさ。どれもしっくりとはしないが、重苦しく垂れ込める空をいくら眺めても、陰鬱さを感じないのは不思議だ。

「あれぐらい、大きな松の木だったの」

凛子は唐突にそう呟くと、指先で車窓をコツコツと軽く叩いた。思わずその方向を目で追うと、ある田畑で杉の木が密集している一角が見えた。

「雄大が、引っ掛かってた木。近所に住んでたロン毛のお兄さんが発見してくれて、脚立を使って降ろしてくれたんだ」

心臓が縮こまり、瞬きが止まった。喉には熱が帯びていくのに、言葉は出てこない。

「死んじゃうと、本当に陶器みたいに青白くなるんだね。それに津波に弄《もてあそ》ばれたせいで、全身浮腫《むく》んで傷だらけだったし」

どこか軽い口調だった。凛子なりの心を守るための手段だと察して、何も言わなかった。何も言えなかった。

「当時は色んな人から、見つかっただけで幸せって言われたんだよね。その度に俯きながら思ってた。そんな訳ねぇだろって」

淡々とした声に、行き場のない怒りや悔しさが滲んでいる。誰かが彼女を慰めようと告げた言葉は、瓦礫で覆われた町だと鋭い刃に変わっていた。

「忘れたいけど、これからも憶えてるんだろうなー。いくら復興が進んでも」

凛子は結露している車窓に、左手の指先で短い線を引き始めた。への字の線、くの字の線、波打つ線、S状の線。様々な形の線を引き終えると、彼女は掌で線を消した。

ハンドルを握る航平が、そんな仕草を一瞥した。

「住田は雄大と、一緒じゃねがったの？　あの日は自宅学習だったべや？」

「雄大は保育園に行ってて、あたしは果樹園で枝の剪定《せんてい》をしてた」

「住田の叔父さんのとこか？」

「そう。だから実家に居たのは、炬燵でレモンサワーを呑んでたママだけ」

呆れるでもなく軽蔑する訳でもない、事実だけを告げる乾いた口調だった。

「地震直後だけ、携帯が繋がったの。ママに電話したら、これから雄大を迎えに行くって話してた。あたしは叔父さんから、ここを動くなって言われて……」

凛子が言葉を詰まらせた。彼女の右手は、まだ新幹線の玩具を握っている。

「それからママに会えたのは、四日後。雄大と避難している途中で、津波に襲われたんだって」

今度は私が質問した。

「凜子のお母さんは、怪我はなかったの？」

「ママも流されたんだけど、途中で助けられたみたい。民家の二階に残ってた人が、カーテンで即席のロープを作ってくれて。それを、無我夢中で摑んだらしいよ」

「そっか……」

「雄大は引き波の影響で、海沿いにある防風林に引っ掛かったんだろうね」

凜子は喋りながら、ずっと外の景色を眺めている。彼女の横顔の向こうで、東松島市と描かれた標識が流れ去っていくのが見えた。いつの間にか、地元に近づいている。

「ママと再会した時、号泣しながら何度も謝られたんだ。手を放してしまったって。一瞬だったたって」

「私も津波を見たけど……凄い勢いだった。鉄砲水って言えばいいのかな」

凜子は同調するように頷くと、新幹線の玩具をバックパックに仕舞い始めた。

「でも、マジで意味わかんないよ。日頃から死にたいって口にしている女が生き延びて、まだ平仮名を覚えたての子が死んじゃうんだもん」

「雄大くんは、まだ五歳だったもんね……」

「本当、あたしの寿命を分けてあげたかった。ってか、叶うなら、あの子に全部あげたかった」

バックパックのファスナーを閉める音が、彼女の叶わない願いに重なった。

「正直今でも、ママを許せないんだ。だから、顔も見たくない」

「……因みに凜子って、今でもお父さんとは連絡を取ってるの？」

「まさか。とっくに絶縁してる。ママより、もっと顔を見たくない人だもん」

凜子の返事を、ウインカーの小気味良い音が搔き消した。青い車が、すぐに車線変更を始める。

「次のインターで降りっから」

流れゆく標識を確認する限り、石巻のインターは数キロ先だ。戸惑うだけの私とは違い、凜子は運転席の方を睨みつけた。

「あんたまさか、無理やり叔父さん家に連れて行こうとしてる？」

「流石に、そんなことしねぇって。それに、見舞いの時間もあるし」

「じゃ、なんでよ？　石巻は、もう少し先でしょ」

「なんとなくや。雨上がりの地元を見るのも、悪くねぇべ」

航平の返事で、雨が止んでいることに気付く。ワイパーは動きを止め、フロントガラスは澄んでいた。

「網磯の方には行かねぇから、安心しろ」

高速道路を降りると、見覚えのある風景に見知らぬ建物が乱立していた。この付近は東松島市ではあるが、生活圏からは外れている。網磯より内陸で、津波の被害もあまり無かった地区だ。

「あれが、震災公営住宅や」

航平がハンドルを握りながら、運転席の窓を顎で示した。そこには団地に似た建物が並んでいる。

「当初は、家がダメになった人が沢山移ってきてや。でも今は、出ていく人も多いみてぇ」

航平の呟きに、凜子が僅かに頷いた。後部座席からは、彼女が今は忙しなく外の風景を追っている仕草が見えた。

「震災以降、内陸の方には新しい家が多く建って。んだから、まだ綺麗な建物が多い」

高速道路を走行している時とは違って、青い車はスピードを緩めている。そのせいで、外の景色がよく見えた。記憶にある田んぼや、畦道《あぜみち》の入り口。真新しい外観の理髪店と、三階建ての民家。過去と現在が混在した町並みは、蓋をしていた記憶を刺激していく。

「俺、震災の時は高校にいたんや。数学の補習があってさ。揺れが収まってから校庭に避難したんだけど、雪降ってたからマジで寒みくて」

外の景色から目を離した。私は続きを促すように、運転席に向けて問い掛ける。

「高校まで津波は来なかったの？」

「周囲の田んぼや道路は冠水してたな。でも高校の敷地は盛り土になってたらしくて、大丈夫やった」

「そっか……その日は家に帰れた？」

「保護者が迎えに来た奴らだけはな。俺は高校さ泊まって、翌日の昼に親父が迎えに来てくれて」

私たちが通っていた高校は割と内陸にあるが、少し先には淀川が流れている。通学時の待ち合わせ場所だった橋の袂《たもと》も、地震直後に氾濫《はんらん》した淀川に呑まれた。私が当時避難した小学校を襲った黒い波にも、海から来た分と淀川から溢れた分が混じっていた。

「航平のお父さんって、頼りになるね」

「そういう時だけな。ばあちゃんの世話は、全然してくれなかったけど」

聞こえた口調は明るかったが、いつかの諦めが滲んでいた。航平は父親に対して、一言では表現できない複雑な感情を抱いているのだろう。肯定も否定もせずに外の景色を眺めていると、ある事実が脳裏を満たした。文部科学省の調査研究報告書によると、ヤングケアラーの六割は女子だ。それに介護全体を見ても、介護者の性差には偏りがある。内閣府が発表している高齢社会白書によると、女性介護者が占める割合は七割に近いらしい。全体的に女性に偏りがちな介護の裏には、性差による賃金格差や、『女性は家庭を守るべき』というような前時代的な押し付けが影響しているのかもしれない。ぼんやりとそんなことを考えていると、再び航平の声が聞こえた。

「織月はさぁ、高校のすぐ隣に介護施設があったの覚えてっか？」

「うん。そういえばあったね」

「地震直後に、そっから入居者の避難を手伝ってくれって要請が来て。部活で学校にいた何人かと先生で、施設まで走ったんや。そんで、上の階にいたじいちゃん、ばあちゃんたちを一階まで降ろすのを手伝って」

「凄いね。私だったら、怖くて動けなかったかも」

「あん時は異様にハイになってたな。それに、元々そういう手伝いには慣れてたから。学校だと泣き虫で野暮ったいって笑われてた男が、スーパーマンみたいに活躍したんだぜ」

航平が得意気に鼻を鳴らした。それは本当なんだろう。彼は多くの時間を、祖母のサポートに充てていた。

「今思うと、あん時の経験が強烈で、介護士を目指したのかもな。ばあちゃんのお世話はスゲー嫌だったのに、他人の介助は苦じゃねぇんだもの。マジで不思議や」

勝手に、祖母の影響で介護士を目指したと思っていた。いつの間にか運転席の方を向いていた凜子が、口を開く。

「ウチの高校の体育館が遺体安置所になったのって、割とすぐだったよね？」

「確か震災から三日ぐらい経って、遺体が運ばれて来たって聞いたぞ。俺も、ばあちゃんを探しに行ったし」

「あたしも、雄大を探しに行った。その時の校庭は、自衛隊とか警察の車両が凄かったよね。それに家族の車も」

「んだな。先生たちが交通整備してたっけ」

「そうだった。それまで担任のことは好きじゃなかったけど、必死に旗を振る姿を見たら尊敬したな」

　さっきまでの重苦しい雰囲気が、徐々に晴れていく。自然と前のめりになって、私が知らない当時の話に頷いた。辛い内容なのに、二人の声色は沈んではない。過去に折り合いをつけていく瞬間に、立ち会っているような気がした。

「体育館には、遺体袋がズラッと並んでてや。天井が高いから、誰かの咽び泣く声が響くべ。俺もつられて、泣いちったよ」

　航平の告白を聞いて、一つ疑問が浮かんだ。

「お祖母様って、どこで見つかったの？」

「海の上や。漁船の人が、見つけてくれたんだと。もう水脹《みずぶく》れして人相はわかんねくなってたから、身に付けてた物とＤＮＡで照合してや」

　網磯地区には、第八波まで津波が襲来したことが知られている。津波の犠牲者の中には、強い引き波の影響で海上に流出した方々もいた。

「んで、織月のママさんは？」

「私の母は、近所の家の庭先。地震から三日後に、瓦礫の中から発見されたの」

　淀みなく、母の死を口にできたことに内心で驚いた。動悸は感じないし、舌も乾いてはいない。東京では、誰にも告白できなかったのに。同じ境遇の友人と生まれ育った町の空気を吸えば、どこかの感覚が麻痺してしまうんだろうか。

「私もすぐには、母って気付けなかった。かなり浮腫んでたし、顔も傷だらけで……でも、身に付けてた服が同じだったから」

　激しい津波に呑まれた筈なのに、服にはアルミホイルの一部が残っていた。あんなに鬱陶しかった銀色は、最後に泥に塗れた遺体を母だと示してくれた。

同時に私はそれ以来、アルミホイルには触れられなくなってしまったが。

「俺のばあちゃんは、海苔の佃煮を買いに行く途中で波に呑まれたみたいやな」

「直売所が、海沿いにあったもんね」

「んだな。こんなことになるなら、まだ入院してれば良がったのに。そしたら、助かったかもしんねぇ」

　後部座席から覗く航平の横顔に、一瞬だけ場違いな笑みが浮かんだ。その表情だけで、ちゃんと伝わる。今口にした後悔を、彼が何度も抱いていたことが。繰り返す後悔の前で、私も偶に口角が緩む時があった。何度も同じことを考えてしまう自分に、どこかで呆れてしまうんだろう。それとも、現実に適応しようとする身体からのサインなのかもしれない。

「おっ、見えて来たぞ」

　走行する道路の左側に、母校が見え始めた。周囲には田んぼが広がり、部活で思いっ切り走りたかった校庭が覗いている。今は授業中なのか、校舎の窓に生徒の姿はない。

「懐かしい」

　凛子が呟く。車が進むにつれ、母校の駐輪場が目に映り始めた。あの頃と同じように、今も色とりどりの自転車が停まっている。その向こうにある体育館は遺体安置所を経ても、当時となんら変わらない外観をしていた。

「さよなら、俺の青春」

　航平が、ハンドルを握り直した。すぐに助手席から「ダサッ」と、茶化す声が聞こえる。

「全然、ダサくねぇべや」

「だって、凄い芝居掛かってたもん。逆に冷めた」

　二人がいつもの調子に戻って、冗談を飛ばし合う。私は密かに安堵しながら、背後を振り返った。徐々に離れていく校舎の上には、馴染みのある灰色が広がっている。掌が汗で湿っていることに気付き、太腿に擦り付けた。一瞬だけ、あの頃のプリーツスカートの感触が伝わった。

　辿り着いた藍墨病院は、当時とほぼ変わっていなかった。外壁のくすみは目立つが、休日・時間外出入り口を示す看板は同じ位置で役目を果たしている。正面玄関前のロータリーにはタクシーが停まっていて、杖をついた高齢者がゆっくりと降りてくる。そんな光景に、夜を纏う私と母の記憶が重なった。

星野先生が入院しているのは、四階の病棟らしい。三人で正面玄関から院内に入り、外来を通過して奥にあるエレベーターに乗り込んだ。

「織月は、その先生にどんなこと聞くんや？」

航平の質問を聞いて、点滅する階数表示を見上げた。

「青葉さんのこと」

「例えば？」

「当時の様子とか」

ドアが開き、足を踏み出す。既に廊下には、独特の臭いが漂っている。身体的ケアの残り香とでも言えば良いのか、排泄物と消毒液が交じったような臭い。

「青葉さんを想って、謝りたいの」

二人から返事がないまま、面会受付表を記入するためナースステーションに向かった。

病棟看護師に案内された病室は、個室だった。閉ざされたドアの向こうからは、全く物音が聞こえない。

「小羽、入る前にお見舞いの品を出しといたら？」

「あっ、そうだね。忘れてた」

凛子に促され、バックパックを手にする。私が紙袋を取り出して目で合図を送ると、航平がドアをノックした。

「どうぞ」

室内から聞こえたのは、女性の声だった。自然と私が先頭になり、ドアを開けた。

「失礼します」

ドアの先には、広々とした空間が広がっている。まず目を引いたのは、ベッドサイドに立つ年配の女性だ。彼女は私たちを確認すると、優しく微笑んだ。

「皆さん初めまして。星野の妻です。本日はわざわざ遠いところ御足労《ごそくろう》頂き、ありがとうございます」

奥様はまた微笑むと、ベッドに顔を向けた。

「先生、お客さんが来ましたよ」

上半身を挙上した電動ベッドにいたのは、額の広い短髪の男性だった。鼻腔には酸素を供給する透明な管が伸び、瞼を閉じている。かなり痩せ細っていて、頬骨や胸元から覗く鎖骨は輪郭を鮮明に浮き上がらせていた。一番目を引いたのは、皮膚の色だ。身体全体が、黄土色に染まっている。

「あらっ、起きないわね。いつもは『先生』って呼ぶと、目を開けることが多いんだけど」

　奥様が申し訳なさそうに眉を寄せた。曖昧に頷きながら、周囲を観察する。ベッドに掲げられているネームを確認すると『星野隆二』で間違いない。中央配管から供給されている酸素投与量は4ℓで、安静時としては割と高めだ。睡眠中もベッドアップをしているのは、横隔膜《おうかくまく》の負担を軽減して呼吸をし易くするためだろう。ベッドサイドに吊るされている点滴は、高カロリー輸液《ゆえき》だった。中心静脈カテーテルを鎖骨下に留置しているのか、点滴の管は病衣の胸元に続いている。

　星野先生は薄い毛布一枚だけを使用していた。頬は影ができるほどやつれているのに、腹部だけは異様に盛り上がっている。腹腔《ふくこう》ドレーンがベッド柵に吊るされているのを見て、腹水が溜まっているのを察した。皮膚の色も、肝臓の機能が低下した際に起こる黄疸《おうだん》の影響だろう。私が予想していた以上に病状は悪そうだ。勝手な経験則から言えば、死期が確実に近づいている。

　奥様が再び呼び掛けようとする姿を見て、思わず制止した。

「あのっ、無理に起こさなくて大丈夫ですよ」

「でも、わざわざ東京からお越し頂いたのに」

「こっちが勝手に押し掛けたので、お構いなく」

「ごめんなさいねぇ。とにかく、座って。今、お茶を出しますから」

　病室には、低いテーブルを挟んで二つのソファーが置かれていた。出入り口の側には台所が完備され、壁には大き目の絵画が飾られている。星野先生が休むベッドの向こうには出窓があり、晴れていたら日当たりは良さそうだ。病室の差額料金は凄そうだが、ホテルの一室と錯覚してしまうほど設備は充実していた。

　私たちが横並びでソファーに腰を下ろすと、緑茶の入った茶碗が低いテーブルの上に置かれた。慌てて、紙袋を差し出す。

「これっ、東京で買ってきたんです。星野先生の好物と伺った水羊羹なんですけど……」

　頬骨が浮き出た顔を思い出し、言い淀んでしまう。今の状態では、固形物を飲み込むことができるかは怪しい。

「わざわざ、すみませんねぇ。今はゼリーとアイスしか飲み込めないんだけど、水羊羹なら大丈夫ね」

「いえ……無理せず、ご家族の方も召し上がって下さい」

　横目で隣を確認すると、凛子は微笑みを浮かべ、航平は瞬きもせずにベッドの方を凝視していた。

「皆さんは、今東京に住んでるの？」

　奥様が対面のソファーに腰を下ろすと、私たちは順番に簡単な自己紹介を始めた。それが終わると、奥様が何故か私を見つめた。

「あなたの名前って、小羽さんて言うのね」

「はい。文字通り、小さい羽と書きます」

「そう。素敵な名前ね。それで皆さんは、星野とは面識がないんですよね？」

　二人を代表して、そのまま私が答えた。

「ええ。浅倉青葉さんの主治医と伺ったので、できればお話をお聞きしたいなと思いまして」

「最近の星野は、意識がぼんやりしてるの。それでも昼下がりは比較的覚醒が良いんだけど、今日はあんまりね」

　面会時間を、指定された理由を知った。星野先生を一瞥してから、単刀直入に質問する。

「消化器系の疾患ですか？」

「胃がんのステージⅣなの。肺や肝臓にも、がん細胞が転移しちゃって。実は余命宣告もされてるのよ」

　右隣に座っている航平が、唾を飲み込む音が聞こえた。胃がんのステージは、がんの深達度やリンパ節、遠隔転移の有無を踏まえて判断される。ステージⅣは最も予後が悪く、遠隔転移がある場合、基本的には外科的手術は不適応だ。多くは症状に対する対症療法や、延命と症状コントロールを目的とした抗がん剤投与が実施される。

「すみません……そんな状況だとは知らず、ここまで来てしまって」

「気にしないで。星野は凄く社交的だったから。皆さんとは今日が初対面だとしても、喜んでると思うな」

　奥様はチラリとベッドの方を振り返ってから、私たちに向けて声を潜めた。

「外面《そとづら》だけは良かったから、誰とでも仲良くなれる人なの。わたしなんて、二度も浮気されたんだから」

　返答に困り、苦笑いを返す。それから奥様は、当時の網磯の様子や現在の私たちの暮らしについて質問した。よく笑う人で、それにかなりの聞き上手だった。航平は当たり障りのない返事に終始していたが、特に凜子との会話は弾んでいる。凜子はいつの間にか、お店で出す新メニューの相談までしていた。

「凜子ちゃん、絶対にベジタブルカレーの方が良いと思う。ヘルシーそうで、女性ウケも良さそうだもの」

「やっぱり、そう思います？」

「でもこっちと比べると、東京は野菜が高いし。悩むわね」

奥様はカレーに関するアドバイスを繰り返してから、お茶を啜った。病室内にある掛け時計を確認すると、既に十四時十五分を指し示している。早くも面会の残り時間はあと五分と知って、脇の下に汗が滲んだ。

ベッドを眺めても、未だ星野先生は口元を半開きにして黄色い瞼を閉じている。私は居住まいを正すと、奥様を真っ直ぐに見つめた。

「あのっ、私からもお訊きしたいことがありまして」

「何かしら？」

「星野先生とは面識がないはずなんですけど、私のことをご存じのようだったんですが……」

「わたしも、織月さんの苗字だけは知ってたわよ」

予想外の返答を聞いて、目を見張った。私は今日まで、奥様とも面識はない。

「星野が、浅倉青葉さんの弔問に行ったのは知ってる？」

「はい。先日、当時同僚だった方から聞きました」

「その時、実はあたしも一緒に行ったの。星野から、夫婦一緒の方が格好が付くからって言われて」

奥様が当時を懐かしむように、宙に視線を向けた。

「震災から、三年ほど経った夏だったかな。彼女の親戚が送った葉書が、星野の職場に届いたらしいの。書いてあった内容は、ようやく一つ線を引くことに決めたって」

「因みにその親戚の方って、大浜って苗字でした？」

「ええ。弔問に行った際も、まだ遺体は見つかってないと涙ぐんでいらして。わたしも胸が詰まったのを憶えてる」

東日本大震災から数ヶ月後に、政府は死亡届に関して特別な措置を取っている。遺体が発見されていない被災者の場合、届出人の申述書が添付されていれば、速やかに死亡届を提出することが可能になっていた。そんな特別措置が提示されていても、大浜のおばさんは待ち続けた。朗報なのか悲報なのか、わからない知らせを。その三年間を想うと、心臓に痛みが走る。

「仏壇に手を合わせてから、唯一発見された遺留品も見せてもらったの」

「どんな物ですか？」

「彼女がよく着てたらしい、緑色のジャンパー。なんて言えば良いかな……『ＬＥＯＮ』っていう映画で、ナタリー・ポートマンが着てたような」

ずっと黙っていた航平が「フライトジャケットですね」と呟くと、奥様が手を叩いた。

「そうそう、それっ。その服のポケットには一包化された薬が、パンパンに入ってたのよ」

「……青葉さんは常に、薬を持ち歩いていたんですね」

私の一言を聞いて、奥様が小さく首を横に振った。

「それが、本人の薬じゃなかったの。だから、やけに印象に残ってて」

「……どういうことですか？」

「薬包の文字は消え掛かっていたんだけど『織月香澄様』って読めたの。鞠田さんは、あなたのことを「織月さん」って呼んでたから、てっきり……でも、人違いだったみたいね」

最初に私だけ、名前を確認された理由に気付く。同時に、新たな疑問が渦を巻いた。どうして青葉さんの上着に、母の薬が大量に入っていたのだろうか。

「星野はそういう出来事もあったから、織月さんの苗字に反応したんでしょうね」

何も返事ができないまま、目を伏せた。いつの間にか周囲の色彩が霞み、末梢から血流の気配が消えていく感覚を覚える。視線の先にある太腿が歪み始め、酷い眩暈に襲われていることに気付いた。ゆっくりと首を締め付けられているような息苦しさが、心臓の拍動を急かしていく。

「どうして、母の薬がポケットに……」

呟いてみても、緩んだ思考では疑問の渦に呑み込まれていくだけだ。明確な答えが出ないまま、身体の芯が冷え切っていく。思わず、倒れてもここは病院だからと脳裏で強がってみる。全く効果はなく、地上で溺れてしまうような恐怖が鮮明さを増した。

酸素が足りなくなった頭の中で『大丈夫』を繰り返す。手放しそうな意識を繋ぎ止めたのは、左隣から背中を摩る感触だった。

「そろそろ、お暇《いとま》しますね。長居しても先生のお休みを邪魔しちゃいそうですし」

凜子がはっきりと言い切った。彼女は話しながらも、片手で私の背中を摩り続けている。

「でも……小羽さん、大丈夫？　急に顔色が悪くなってきたけど」

「今日の小羽、朝からお腹の調子が悪くて。車に薬があるので、それを飲めば良くなると思います」

私の代わりに、凜子が適当に返事をしてくれた。そんな優しさがありがたくもあり、余計惨《みじ》めにもなり、感情の糸が絡まり始める。

「ホラッ、小羽立って。最後に、先生にご挨拶しよう」

凜子に促され、ゆっくりと腰を上げた。なんでこんな大事な時に、私は醜態《しゅうたい》を晒してしまうんだろう。それでも何とか、心配してくれた奥様に深々と頭を下げた。

凜子に腕を組まれながら、ベッドサイドに向かった。白いシーツに、一筋の陽光が反射している。視線を上げると、出窓から透ける空には晴れ間が覗いていた。

「初めまして、住田凜子と申します。いつか奥様と、ベジタブルカレーを食べに来てくださいね」

凜子が星野先生に、明るく別れを告げた。私も息苦しさの合間を縫って、掠れた声を絞り出す。

「織月小羽です……今日は、ありがとうございました……」

黄土色の落ち窪んだ目元は、まだ瞼を閉じている。目脂は溜まっていないし、髭は綺麗に剃られていた。私の職業病なんだろう。パニック発作の気配を感じながらも、患者の整容に目が行った。

私たちの挨拶が終わると、最後に航平がベッドサイドに近づいた。二つのレンズの奥の瞳は、真剣な眼差しを浮かべている。

「先生、初めまして。松永航平と申します……」

航平は一度言葉を詰まらせ、何度か洟を啜った。

「どうか、穏やかに過ごして下さい」

星野先生から返事はない。透明な管から酸素が流入する音は、潮風が鳴る風景を想起させる。

「できれば……水羊羹も召し上がってくれたら嬉しいです」

航平が深く頭を下げ、踵を返した。私たちもベッドに背を向け、ソファーに置いたままの私物を手に取る。退出する準備が整うと、凜子が代表して奥様に礼を告げた。

「今日は本当に、貴重なお時間をありがとうございました」

「いえいえ。星野も喜んでると思います。三人とも、帰りは新幹線？」

「はい。二十時台の新幹線に乗る予定です」

不意に、ベッドの方から衣擦《きぬず》れの音が聞こえた。顔を向けると、いつの間にか星野先生が半目を開けている。

「あらっ、お父さんやっと起きたのね」

虚ろな眼差しが、ゆっくりと私たちに注がれる。星野先生は痰の絡んだ咳を繰り返しながら、点滴が留置されていない方の腕を緩慢に持ち上げた。

「君は想像力のある、心優しい文学少年……」

掠れた声だったが、一語一句聞き取れた。航平を指差した後、細い腕が少し向きを変えた。

「君は、一等星のように明るい子……」

凜子を指差してすぐに、星野先生は肩で息をし始めた。突然のことに私たちはその場で固まったまま、荒い息遣いに耳を澄ますことしかできない。

「君は名前通り、どこまでも羽ばたける子……」

再び細い腕が持ち上がることはなかったが、黄疸の影響で黄ばんだ瞳は私を捉えている。喉から搾り出すような声が途絶えると、血色の悪い唇の端が僅かに歪んだ。何となく、星野先生は微笑んでいるようにも見える。

「全部……青葉くんから聞いたんだよ」

痰が絡んだ声を残し、再び黄土色の瞼が音もなく閉じた。


凜子と青い車に戻り、後部座席に横になった。心臓が握り潰されるような発作ではなかったが、今も胸が波打っているのは変わらない。バックパックから取り出した頓服薬を、水を含まずに飲み込む。錠剤が喉に引っ掛かる感触が不快だ。

「独りの方が良いんだっけ？」

助手席から、振り向いた凜子と目が合う。一拍空けて、発作をやり過ごす方法を訊かれていることに気付いた。凜子の気遣いは嬉しかったが、これ以上迷惑を掛ける訳にはいかない。

「勿論。体調が落ち着くまで、横になってなよ」

「大丈夫。ただ……少しこのまま休んで良い？」

「ごめん……」

凜子とのやりとりが終わると、運転席のドアが開いた。病院の売店に寄ってきた航平が、早速私にミネラルウォーターのペットボトルを差し出す。

「織月は、本当に水だけで良いのか？」

「うん……ごめんね。今、お金払うから」

「別に良いって。今度、何か奢ってくれ」

躊躇いながらも感謝を告げて、上半身を起こした。受け取ったペットボトルのキャップを捻り、口に運ぶ。喉に残っていた錠剤の不快な感触が、胃の中に消えていく。

「住田は、ブラックで良いんだよな？」

航平は次に、コーヒーのペットボトルを助手席に差し出した。

「サンキュー。これも航平の奢り？」

「あぁ、別に良いよ」

「マジで？　今日の航平、太っ腹じゃん」

車内はエンジンを切っているせいで、二人の声がよく響いた。私は再び横になり、雨粒が消えた車窓を意味もなく眺めた。差し込んだ陽光が、後部座席のシートを斜めに照らしている。

「青葉さん、俺らのことあんな風に見てたんやな」

航平が独り言のように呟くと、助手席からコーヒーの香りが漂った。

「一等星のように明るい子だって。なんか照れるな」

「まぁ、当たってるべ。住田って、バイタリティあるし」

「えっ、てっきり『我が強いだけだべ』って返されると思ってた」

「そんなことねぇから。住田は凄いよ。自分の店も持ってるし」

「別に、お店の有無は関係ないでしょー。何か航平、キャラ変してない？」

「別にしてねぇよ」

凜子とは対照的な低い声だった。途絶えた会話の気まずさを誤魔化すように、運転席からは指先でハンドルを叩くリズミカルな音が聞こえる。助手席からは、何度もペットボトルを口に運ぶ気配を感じた。

雲行きが変わったのか、線のような光が私の両目を突き刺し始めた。眩し過ぎて、思わず瞼を強く瞑ってしまう。薄闇の中で、誰かが洟を啜る音を聞いた。その間隔は、徐々に短くなっていく。

「さっきの面会、意外と喰らっちまったなー。俺もいつか、あんな風に肌が黄色くなんだべか」

面会の時に、口数が少なかった姿を思い出す。航平はもしもの未来を、星野先生に重ねていたのかもしれない。すかさず、凜子がフォローに入った。

「星野先生は、胃がんでしょ。航平は大丈夫だって」

「んだけど……血液に乗ったがん細胞が、肺や肝臓に転移する場合もあってや」

血行性転移について聞くと、凜子は口を閉ざした。

「なんかもう、やんだなー。こんなん、いつまで続くんだべ」

震えていた口調が、ある瞬間を境に嗚咽に変わった。湿り始めた車内の中で、密かに瞼を開ける。相変わらず差し込む光は眩しいが、目元に力を入れた。

『パニック発作が原因で、死ぬことは絶対にないから』

いつか日本橋のクリニックで聞いた内容を思い出しながら、ゆっくりと上半身を起こした。ただの診察中のやりとり。何の気なしに遠藤先生が告げた言葉。そんな些細な一言が、心の底に錨《いかり》を下ろす。荒波に呑まれそうだった小さな船を、何とか繋ぎ止めた。

私はポケットを漁り、ハンカチを取り出した。

「お水、ありがとう」

差し出したハンカチを、航平は受け取ろうとはしなかった。彼が外したメガネが、パーキングブレーキの側で陽光を反射している。

「運転も、ありがとね」

身体に漂う不穏な騒めきが、波が引くように去っていく。今日までずっと、一人でやり過ごした方が楽になれると思っていた。私の場合は、間違いだったのかもしれない。

震える指先が、ようやくハンカチを受け取った。航平の頬に伝う涙を、薄い布が吸い込んでいく。食い縛った口元から漏れる声が収まると、彼は外していたメガネに手を伸ばした。

「久しぶりにハンカチ使ったら、学芸会を思い出したべや」

航平の言葉を聞いて、首を傾げながら短く質問する。

「学芸会って、行事の？」

「んだ。幼稚園の時に『べっかんこ鬼』の劇をやったんや。俺は主役なんて張れねぇから、手下の鬼その五ぐらいの立ち位置でや。脇役に与えられた台詞は、たった一つだけやった。『くんくん、女の匂いがするぞ』。両親も観に来るのに、あんまりだべ？」

唐突に始まった昔話に耳を澄ます。航平の声は、もう湿ってはいない。

「あの時、本番まで母ちゃんのハンカチを嗅ぎながら練習したんやった」

それから続きを待ったが、車内に沈黙が漂うだけだった。まだ赤く潤んでいる目元は、瞬きを止めてハンカチに視線を向けている。遠い過去を思い出しているであろう横顔を見つめながら、気付くと祈っていた。三日後の診察結果が、問題ありませんように。航平が胸を張って、病院から帰れますように。亡くなった母親と再会するのはまだ早過ぎると感じた瞬間、助手席から質問が飛んだ。

「航平って、高校を卒業してからあの介護施設に行ったことあるの？」

凜子の問い掛けの後、洟を啜りながら首を横に振る仕草が見えた。

「……あの日以降、顔は出してねぇけど」

「それじゃ、これから行ってみない？　ちょうど、帰り道にあるし。一度挨拶しに行こうよ」

「やんだよ。今更……」

「震災の時は、活躍したんでしょ？」

助手席から伸びた手が、航平の背中を摩り始めた。マウンテンパーカの生地が擦れる音に、凜子の優しい声が重なる。

「あの時も今も、スーパーマンだってところを見せつけてくれれば？」

「今の俺は、別に……」

「航平が行くなら、あたしも実家に顔出すから」

短い沈黙の後、航平はもう一度メガネを外して乱暴に目元を擦った。彼の口元には、微かに呆れるような苦笑いが滲んでいる。

「住田って、人をその気にさせるの上手いな」

「まぁ、昔はヤンチャなチビ助を手懐《てなず》けてたからね」

「俺は、五歳児と一緒かよ」

航平は低い声で呟き、それからエンジンキーを回した。起動音と一緒に、ハンドル周囲の液晶モニターが光り出す。発車する前に、彼が一度振り返った。

「ハンカチは、後日洗って返すから」

「別に良いよ。そのままで」

航平は言い訳のように「洗濯は割と好きなんや」と短く告げ、再び前に向き直った。ハンドルを握る手には力が入っているのか、手の甲の血管が太く浮き出ている。

病院の駐車場を出て、青い車は市街地を進んでいく。しばらくすると、人気は減り寒々しい田んぼだけが目立ち始めた。

「そういや、何で織月のママさんの薬がポケットに入ってたんだべな？」

バックミラー越しに、二つのレンズと目が合った。気持ちが落ち着いてから、ずっと頭を巡っていた疑問だった。完全に納得はできないが、辿り着いた仮説を口にする。

「あの頃の母は、お薬カレンダーで処方薬を管理してたの。一週間分セットできて、壁に掛けれるタイプの」

「あぁ、アレな。ウチの利用者さんでも、使ってる人いるな」

「あの日の母は、かなり調子が悪くて……地震が起こった直後、母を探す時間があったから。家の中はぐちゃぐちゃだったんだけど、その時に薬だけは拾ってくれたのかな。それで、そのままポケットに……」

「そうかもな。青葉さんって、気が利く人だったし」

私の推測は当たっているようで、同時に外れているようにも思えた。正解を問いただす相手がいないから、仕方がない。永遠に答えが出ない問いを考えるのは止め、外を眺める。いつの間にかフロントガラスの先に、行きとは違って日差しを浴びる校舎が見え始めていた。

母校の正門沿いの道を進んでいる最中、車窓から校庭を見つめた。もう授業が終わったのか、ジャージを着た生徒が疎らに集まり出している。二人も母校に目を向けていたが、どちらも「寄ってみる？」とは言い出さなかった。航平は補習中に被災し、凜子は弟を探しに体育館の中を彷徨った過去がある。

ここは青い春を過ごしたところでもあるが、拭い切れない記憶が蘇る複雑な場所なんだろう。

数秒で校庭が過ぎ去ると、次に現れたのは外壁がベージュの建物だ。航平が震災直後に救助に向かった介護施設は、今も変わらず母校のすぐ側で開所されていた。

「ヤベッ、何か緊張してきた」

航平が独り言を口にしながら、徐行を始めた。駐車場に入る前に確認した正門には『特別養護老人ホーム・ゆとりの園』と表記されている。当時は知識がなかったが、特別養護老人ホームは自宅での生活が困難な高齢者が入所する施設だ。例外もあるが要介護3以上の方々が入居し、原則的に終身まで介護を受けることができる。所謂、終の住処とも呼ばれている場所。駐車場の白線内に青い車が停まると、運転席から深く息を吐く気配が伝わった。すぐに、航平が運転席のドアを開けた。

航平を中心にして、『ゆとりの園』の出入り口に向かった。途中で横目に映った花壇には、色鮮やかなコスモスの花が咲いている。あの日は、この花壇も黒い波を被ったのだろうか。再び花を咲かすまでの年月を想うと、風に揺れるコスモスがとても尊い存在に思えた。

「何か、休みなのに出勤している気分や」

航平は緊張を隠すかのように呟き、自動ドアを通った。私と凜子も、その後ろ姿に続く。今日は入居者たちの入浴日なのか、入り口付近まで石鹸の香りが漂っていた。

「すみません」

航平が、入ってすぐにある受付に声を掛けた。窓口から対応してくれたのは、黒髪の若い女性だった。多分、二十代前半ぐらいだろうか。着ているポロシャツの胸元には、施設名が刺繡されていた。

「こんにちは。ご面会でしょうか？」

「いえ、その……ここに家族が入居している訳ではないんですけど、久しぶりに顔を出しに……」

航平はしどろもどろになりながらも、事情を説明した。十一年前に隣の高校に通っていたこと。震災直後に入居者の避難を手伝ったこと。今は介護士として東京で働いてること。最初は何事かというように眉を顰めていた彼女も、徐々に頷く回数が増えていった。

「津波が襲来した時の話は、先輩から聞いたことがあります。確かに何人かの高校生が、避難を手伝ってくれたって言ってました」

「その中の一人が俺っす。現在介護士として働いているのも、あの出来事が切っ掛けの一つでして。もし当時を知る方がいたら、改めてご挨拶をしたくて」

「そうですか……でも、十年以上も前のことですから。当時を知る入居者は、多分もういらっしゃらないかと」

「確かに、そうっすよね」

航平が、あっさりと同調する理由が理解できた。特別養護老人ホームの平均入居期間は約四年程度と聞いたことがある。当時の入居者たちは、既に退所している可能性が高い。

「スタッフの中には、当時を知る者が数名いると思います。確認してみますので、少々お待ち頂けますか？」

航平が「お願いします」と頷くと、窓口が閉まった。凜子が私の耳元で「活躍した話、本当だったね」と嬉しそうに囁いた。

出入り口の側の壁には施設で行われている季節行事の写真や、入居者がレクリエーションで作成したらしい切り絵と千羽鶴が掲示されていた。三人でそれらを眺めながら待機していると、再び窓口が開いた。

「お待たせ致しました。やはり当時の入居者の方々は、今は誰も残ってはいないそうです」

予想通りの返答が聞こえた後、航平が足速に窓口に近づいた。

「お手数お掛けしました。こればっかりは、仕方ないっすね」

「当時を知るスタッフは確かに数名いるのですが、生憎《あいにく》今日は全員休みでして」

残念な結果を知っても、航平は肩を落とすことはなかった。

「わかりました。お忙しい中対応してくださり、ありがとうございました。なんていうか、ここが今も続いていて良かったです。勝手に安心しました」

今聞こえた言葉は、建前ではなく本音なんだろう。航平は感謝を告げてから、当時と変わらない箇所を探すかのように周囲を見回した。

「突然の訪問、すみませんでした。それでは、これで失礼します」

「あっ、ちょっと待って下さい」

踵を返そうとした航平を、窓口から呼び止める声が聞こえた。

「折角来て頂いたので、もし良かったらどうぞ。それに当時は、大変お世話になったようですし」

彼女が窓口から、色鮮やかな小箱のような物を差し出した。目を凝らすと、それは紙でできた八角箱だった。赤や青や緑やピンクの折り紙を組み合わせて形を成す物体に、思わず目を奪われる。

「今日のレクリエーションの時間に、入居者さんたちと一緒に作ったんです。中のお菓子は、休憩室に置いてあった物を詰め込んだだけですけど」

八角箱の中には、個包装されたチョコやおかきやクッキーや飴が沢山入っていた。全てコンビニに行けば販売している類の馴染みあるお菓子だったが、色鮮やかな紙の箱に詰め込まれた数々は華やかだ。

「なんか逆に気を遣わせちゃって、すみません。ありがたく、頂きます」

航平は、恐縮しながら八角箱を受け取った。そのまま微動だにせず、色鮮やかな小箱に目を落としている。

「本当、よくできてますね」

「手先が器用な入居者さんなんです。あそこに飾っている千羽鶴も、その方が一人で作られて」

「凄いですね。俺の祖母も古新聞やチラシを折って、よくこういうのを作ってたな。懐かしい」

航平がゆっくりと顔を上げた。その表情には、微笑みが浮かんでいる。

「小学生の頃は、よく俺も手伝ってたんです。古新聞でゴミ袋を五枚折ったら、十円の駄賃を貰えたので」

「そうですか。エコ活動の先駆けですね」

「そういうことにしときます。十円貰ったら、速攻で駄菓子屋に走ってましたけど」

航平は表情を崩したまま、メガネのブリッジに触れた。

「改めて、今日ここに顔出せて良かったです。素敵なプレゼントも貰ったし、忘れかけていた些細な記憶も思い出せたんで」

数十分前まで涙で赤く染まっていた目元には、いつの間にか光が宿っている。航平は窓口に向けて深く頭を下げ、今度こそ踵を返した。外に出ると、陽光を纏う十月の風が前髪を揺らした。

「久しぶりに、生海苔の佃煮でも買ってっかな」

乾いてはいるが、悲愴感のない声だった。すぐに私が「ご飯に掛けると美味しいよね」と相槌を打つと、凜子も「意外とカレーに合うかもな」と続ける。航平は八角箱を大事そうに両手に持ちながら、もう一度施設の方を振り返った。

「さよなら、俺の青春」

やはりその声は芝居掛かっていたけど、今度は茶化す声は聞こえなかった。


車内に戻ると、走り出す前にみんなで八角箱のお菓子を摘んだ。航平はおかきの包装を破りながら、助手席を一瞥した。

「凜子、忘れてないよな?」

「まぁね。約束だし」

「とりあえず、ナビに入れっから。叔父さん家の住所って覚えてっか?」

「知らない。場所は覚えてるから、今度はあたしが運転する」


助手席のドアが開いた。吹き込んだ風が、航平が齧るおかきの香りを攫っていく。太陽の光が、運転席に回り込む金髪の彩度を上げていた。外は晴れ間が広がっているのに、凜子の表情には陰が宿っていた。

凜子の運転は、航平と同じように落ち着いていた。急発進や急ブレーキはせず、法定速度や信号を守りながら見覚えのある道路を進んでいく。訊くと、常日頃から東京でも軽自動車を運転しているようだ。先月は斎藤さんとリカちゃんの三人で、横浜《よこはま》にある子ども向けのテーマパークまで遊びに行ったと話していた。

「そんで、住田の叔父さんは家さいんの?」

航平の質問に対して、運転席で首を横に振る仕草が見えた。

「多分、果樹園に出てると思う」

「家寄ったら、会いさ行くか?」

「行かない。家から果樹園は離れてるし」

「そんじゃ、家にいんのは住田のママさんだけか?」

「多分。今は偶に果樹園を手伝いながら、治療に専念してるみたいだから」

「因みに、住田が今日帰ること知ってんのか？」

沈黙が返答だった。スピードメーターの数字が、少しだけ上昇する。

東松島市に戻ると、青い車は内陸の山間部に向けて進んだ。平地が多い網磯地区とは違って坂が多くなり、周囲には田んぼの代わりに紅葉した木々が目立ち始める。この辺りは高台にあるため、津波が到達しなかった地区だ。少しだけ窓を開けてみても、入り込んだ風に潮の香りは感じない。

民家が点在している区域に着くと、青い車はスピードを緩め始めた。

「あそこが、叔父さん家」

凜子が指差した先には、切り崩した山を背にして一軒家が佇んでいた。瓦屋根の日本家屋で、かなり庭が広い。敷地内には、母家《おもや》と大きさが変わらない倉もそびえ立っている。

「二人も、雄大にお線香上げてね」

力無い声は、タイヤが敷地内の砂利《じゃり》を踏む響きに掻き消された。

車から降りて、丸い御影石が敷き並べられた通路を進んだ。玄関の前に立つと、凜子が金髪を耳に掛けた。彼女の片手には、新幹線の玩具だけが握られている。その他の私物は、車内に置かれたままだった。

玄関ブザーは、アブラゼミが鳴く音に似ていた。しばらく待っても、引き戸の磨りガラスに揺らめく人影は映らない。

「もしかすると、留守かも」

凜子が安堵と不安が混ざり合った表情を浮かべた直後、磨りガラスの向こうから微かな足音が響いた。スリッパを脱ぐような仕草が透け、黒い服を着たシルエットが引き戸に手を伸ばす。

「ごめんなさいねぇ。ちょうど、トイレに……」

顔を覗かせた女性が、凜子を確認して息を呑んだのが伝わった。目を丸くし、口元が半開きになっている。

「ママさ、ちょっと太った」

凜子の第一声の後、引き戸が完全に開いた。

「そんなことより……帰ってくるなら、連絡ぐらい……」

「今日は雄大に、線香を上げに来ただけ。すぐ帰る」

凛子が目を伏せながら、母親の横を通り過ぎた。早速玄関の小上がりに腰掛け、履いていたコンバースのスニーカーを脱ぎ始めている。

「仏壇って、和室だよね？」

「そうだけど……」

私たちを置いたまま、凛子は室内に踏み込んでいく。母親はそんな後ろ姿を見送ってから「お二人は凛子のおともだち？」と呟いた。私たちが頷くと「どうぞ、上がって……」と、力無く促された。

凛子の母親に案内された和室は、六畳程度の広さだった。奥に仏壇だけがある殺風景な空間のせいか、畳の香りよりも線香の匂いを強く感じる。独特な埃っぽい空気を嗅ぎながら、仏壇の前で正座する後ろ姿に近づいた。

久しぶりに見た雄大くんは、黒い額縁の中で当時と変わらない笑みを満面に浮かべていた。遺影の周りにはチョコやグミや飴が山積みにされ、色鮮やかだ。白い花瓶には百日紅《さるすべり》の花が活けてあったが、花弁は散ってはいない。遺影の前にある小皿にはカットされた梨が二切れ並んでいたがまだ瑞々しく、ついさっき供えられたのを察した。

「はやぶさ。マジで、格好良かったよ」

凛子がお菓子の隙間に、エメラルドグリーンの新幹線をソッと置いた。線香の先端に火種が灯り、りんの音色に合わせて立ち上る煙が揺らめく。彼女が腰を上げると、私と航平も仏壇に向けて手を合わせた。目を閉じると、雄大くんと一緒に餃子作りをした記憶が蘇る。餡を必死で捏ねる幼い手は、とても可愛らしかった。

「ママ、それじゃもう行くね」

凛子が淡々と告げると、和室の隅に佇んでいた母親が口を開いた。

「もっと、ゆっくりしていけば？」

「帰りの新幹線の時間もあるから」

「……次はいつ帰ってくるの？」

「うーん。どうだろ。わかんないや」

「雄大も寂しがってると思うから、これからは偶に顔を見せて」

凛子は一つ息を吐くと、口角を上げた。

「ママ、狡いね。雄大をダシに使って」

「別にそんなつもりじゃ……」

「とにかく、お元気で」

凛子は一方的に会話を終わらせると、玄関に足を向けた。私たちも戸惑いながら礼を告げ、その場から逃げる後ろ姿に続いた。

「断酒して、今日で二千二百六日目なの」

か細い声が、冷たい廊下の空気を震わせた。思わず振り返る。母親は目を潤ませながら、私たちの先を見据えていた。再び玄関の方に向き直ると、スニーカーを履き終わった凛子が無表情で立っている。

母親と娘が、無言で見つめ合う数秒が続いた。沈黙を破ったのは、娘の方だった。

「止めた日数を数えてるうちは、まだまだじゃない？」

手厳しい返事を聞いて、母親は口元を結んだ。

「でも六年以上、止めてるのは凄いね」

凛子は金髪を手櫛で整えながら、母親から目を逸らした。

「あたしね……」

凛子は何かを言いかけて、黙り込んだ。玄関先から鳥の囀《さえず》りが聞こえるほど、静かな数秒が流れる。再び母親を見つめる眼差しは、ガラスのように澄んでいた。

「今好きな人がいるの。一緒に暮らしてるし、仕事上でもパートナー。でもどう頑張っても、その人とは結婚できないんだ」

「……不倫ってこと？」

「違うよ。ただ同性なだけ」

性的指向をカミングアウトした口元に、窓から差し込んだ光が触れている。母親の表情を見ると、明らかに戸惑いの色を浮かべていた。唐突な告白に整理がつかないのか、何度も瞬きを繰り返している。

「断酒七年目に、また会いにくるかも」

凛子はそう言い残し、玄関の引き戸を開けた。私と航平も、母親に頭を下げてから急いで後に続く。

外は、うっすらと茜色に色付いていた。首筋を撫でる風は冷たく、周囲の木々から伸びた影は長さを増している。傾く陽の向こうに、日没の気配が漂い始めていた。

凛子は、既に運転席に腰を下ろしていた。私と航平が乗り込んだタイミングで、エンジンが掛かる。

「住田、もう行って良いのか？」

「うん。十分」

航平はそれ以上、言葉を続けなかった。凛子の横顔に、自然な笑みが浮かんでいたからだろうか。彼女がシートベルトを装着し終えると、砂利を踏む足音が後方から聞こえた。

「凜子！　ママも頑張るから！」

窓が閉まっていても、その叫び声は車内に届いた。

「だから今度は、その人と一緒に帰ってきて。次はカレー作って、待ってるからね」

返事の代わりに短くクラクションが鳴り、青い車は動き出した。車道に出ても、母親はずっと手を振っていた。完全にその姿が見えなくなると、徐行した車が路肩に止まった。

「航平、運転替わってくれない？　視界が悪くて、このままだと事故りそう」

「おうよ。事故って本当に一等星になったら、洒落になんねぇから」

「うるさいっ」

涙を溜めながら笑う凜子が、シートベルトを外した。再び航平が運転席に座ると、軽快に車体が風を切り始める。夕暮れに染まった手は、もうナビを操作しようとはしなかった。

十五分も経たないうちに、フロントガラスの向こうに松島基地が小さく映り始めた。確実に沿岸部に近づいているのを実感すると、心拍の鼓動が増していく。ここまで来たのに、苦しさで動けなくなるのは嫌だ。余計な刺激を遮断するため、強く目を瞑る。線香の煙のように揺らぐ不安や恐怖を痛みで誤魔化そうと、右手の親指にできたささくれを弄り続けた。

「この辺の田んぼは、波で浸かったべ。んだから、土壌の塩気抜くために一度大豆畑になってや」

航平の呟きに耳を澄ませながら、現在地を想像した。遠くに松島基地が見えてたから、海は近い。網磯地区は目と鼻の先で、数分もしないうちに『大浜飯店』の跡地に到着する筈だ。もうすぐ、この短い旅も終わる。

閉ざされた視界で、星野先生から聞いた内容を反復する。

心優しい、文学少年。

一等星のように、明るい子。

どこまでも、羽ばたける子。

青葉さんが残した言葉は、私だけ的を外していた。たとえ私に翼があったとしても、津波に濡れてからは機能しなくなっている。それでも歩いてきた道を示すように、背後には抜け落ちた羽根が点々と散っている筈だ。必死に羽ばたいて落ちた羽根ではなく、なんとか辛い日常を生き抜こうと抵抗した跡。大人になってからは俯くことが多くなったせいで、飛び立つために空を仰ぐことすら忘れていた。

「もう、着くぞ」

車のスピードが緩んだのが伝わる。恐る恐る目を開けると、弄り過ぎたささくれには、血が滲んでいた。

「前はあそこに、『大浜飯店』があったべ」

航平が呟いた後、路肩に車が停まった。車窓に目を向けると、道路を挟んだ向こうで四本の幟が風に揺れていた。

『墓石、石塔、石仏』

『墓地分譲中。寺院、墓地ご紹介』

『安心、安全な耐震施工』

『地震に強い墓石用免震ゲル』

幟の奥には無人の軽トラックが二台停まり、名前の彫られていない墓石が数多く沈黙している。その合間に大黒天や狛犬の石像が置かれ、少し捲れたブルーシートの下には角張った黒御影石が積まれていた。敷地の奥にはトタン屋根のプレハブ小屋があり、切り出したばかりに見える石材や運搬機と台車が夕暮れの光を浴びている。

様変わりした場所を眺めても、不思議と動揺はしなかった。最初から『大浜飯店』は存在せず、全て幻だったように思えたからだろうか。

「降りて、手ぇ合わせっか」

航平の声を合図に、シートベルトを外した。ドアを開けて外に出ると、橙と藍色に二分された空が目に映る。

当時学校から帰ると、母と二人でよく散歩に出掛けていた記憶が蘇る。青葉さんと出会ってからは、色白の手が代わりに肉付きの良い手を握ってくれた。その間の私は宿題に専念し、早く終わったら一人だけの時間を過ごすことができた。母と一緒に夕暮れを見つめる機会は減ったけど、仕方なかった。十七歳の私には、他にやるべきことが沢山存在していた。

「あれが、防潮堤や」

航平が資材置き場から外れた方向を指差す。そこには、手前に広大な田園が広がっている。以前はその先で、海を遮るように松林が生い茂っていたが、針葉樹の姿は綺麗に消え去っていた。その代わり沿岸部一帯には、灰色の高い壁がそびえ立っている。いつか航平が話していた通り、海面は見えない。

「防潮堤には階段もあっから、試しに行ってみっか？」

航平の提案を聞いてから、上着のポケットからスマホを取り出した。ずっと画面の壁紙にしている不安階層表と、遠くに見える灰色の壁を交互に眺める。胸が騒つき、背筋に嫌な汗が伝った。

「やめとく」

ポケットにスマホを戻し、帰宅したら不安階層表を書き直すことを決意する。この辺りまでが、私の限界だ。これ以上は海に近づくなと、心と身体が警告を発している。私の意思に同調するように、目の前の道路には自動車が通る気配や人影はない。この道を進んでも、海か産業団地しか無いからだろう。民家の灯りは、内陸に移っている。

私たちは青い車の隣で横並びになり、道路を挟んだ資材置き場に向けて手を合わせた。目を瞑ると、風が鳴る音だけが鮮明に聞こえた。

青葉さん、ごめんなさい。

胸の中で呟いた言葉は、驚くほど乾いていた。ずっと彼女に謝ることを目的にしていたのに、不思議だ。心臓が締め付けられることもなければ、目頭が熱を帯びることもない。これが一つ線を引くということなんだろうか。心はまだ荒涼としているのに、無理やり前を向くための言い訳を探しているような心地がした。

「あたしたち、もしかして怪しまれてる？」

凜子の声を聞いて、目を開けた。資材置き場の前で、作業着を羽織った男性がこちらに訝しむ視線を投げ掛けている。確かにこんな路肩で三人並んで手を合わせている姿は、異様に見えるかもしれない。

誰からともなく車に戻ろうとすると、頭のつむじ辺りに微かな痺れを覚えた。その刺激は、徐々にある像を結び始める。いつか聞いた救急車のサイレンと、焦った口調が鼓膜の中に残響した。

祖父が倒れた時に、一緒にいた人。

偶然にも私と青葉さんを、引き合わせてくれた人。

「三上さん！」

気付くと、資材置き場前で佇む人物に向けて叫んでいた。数秒の間が空いた後、作業着を着た男性が片手を挙げた。

「小羽ちゃんか？」

　私は車が来ないことを確認してから、急いで道路を渡った。三上さんは西日を受け、全身が橙色に染まっている。笑った時の恵比寿顔は変わらず、当時より白髪が目立つ頭だけが十一年という年月を物語っていた。

「本当に小羽ちゃんか？　まんず髪が短くなって、分かんねかったど」

「お久しぶりです。三上さんもお元気そうで何よりです」

「何言ってんの。先週も病院さ行って、膝に溜まってた水抜いてもらったんやから。あちこち、ガタがきてる」

　三上さんは快活に笑うと、作業着のポケットからタバコを取り出した。そんな仕草に、祖父の姿が重なる。

「まんず、久しぶりだっぺや。小羽ちゃんは、親父さんと一緒に東京さ行ったんでねがったの？」

「今日は、久しぶりに帰省してまして。東京に戻る前に、懐かしい場所を巡ってたんです」

「そうか。やっぱ東京さ行くと、垢抜けんな。えらい、べっぴんさんになって」

　乾燥した唇から吐き出された紫煙が、風に流されていく。その行方を目で追ってから、敢えて笑みを浮かべた。

「当時は、本当にお世話になりました。祖父が脳梗塞を発症した時も、いち早く救急車を呼んでくれて助かりましたし」

「あん時は、腰抜かしたなぁ。今日は、武さんの墓参りも行ったの？」

「祖父の遺骨は、東京の納骨堂に納めてあるんです。なので、こっちにお墓はなくて」

「そうか。武さんとは、もう一回酒ば酌《く》み交わしてぇけど。叶わんからなぁ」

　三上さんは感慨深そうな眼差しを浮かべながら、一つ溜息を漏らした。私たちの間を揺蕩う苦い煙も、橙の西日に染まっている。

「今度祖父のお参りに行ったら、三上さんと再会したことも伝えときますね」

「頼むわ。オイもそのうち、あっちさ行くからや。

それまで粋な盛場《さかりば》でも見つけてくれてたら、ありがてぇな」

三上さんは微笑むと、また紫煙を吐き出した。車では二人が待ってるし、浅黒い手が持つタバコは燃え尽きそうになっている。そろそろ、切り上げ時だ。最後に改めて礼を告げようとすると、三上さんが急に目を細めた。

「そやそや、小羽ちゃんに見せたい物があったんや」

「私にですか？」

「んだ。昔、頼まれて」

絶対に人違いだと思った。祖父宛ならわかるが、石材店に私を訪ねてくる人はいない筈だ。

「因みに、誰からですか？」

「すまん。名前は忘れちまったな。なんせ、随分と前のことやから」

三上さんは眉根を寄せると、足元に置いてある一斗缶にタバコを放った。水を張って灰皿代わりにしているようで、火種が消える音が鮮明に耳に届く。

「とりあえず、こっちゃ来い」

作業着姿の背中が、資材置き場の奥へと歩き出した。私は逡巡《しゅんじゅん》してから、一度車の方を振り返った。車内にいる二人と目が合うと『ごめん、少し待ってて』が伝わるように、頭を下げながら何度か手を合わせた。

三上さんはプレハブ小屋の前で足を止めると、ポケットから鍵の束を取り出し、その中の一つを鍵穴に差し込んだ。

「中は物置みたいになってっから、足元に気を付けてや」

三上さんがドアを開けて電気のスイッチを押すと、天井から吊るされた裸電球が明かりを灯した。確かに整理されているとは言えない空間が目に映る。ドア付近には墓石をクリーニングするための高圧洗浄機が数台並び、エンジンが剝き出しになった運搬機も一台置かれていた。壁付けされた棚には粉塵マスクやゴーグルが吊るされ、研磨剤が入った薬液が埃を被っている。一箇所に集められたノミや石頭は錆び付いていて、最近は使われていないことが見て取れた。

「あのチャリンコなんだけどや」

三上さんが奥を指差した。目で追うと、ブルーシートの上に大小の石像が数多く置かれた一角があった。そのすぐ側に、一台の自転車が停まっている。フレームはシルバーで、大きめの籠が付いていた。どこにでも売ってそうな、ありふれた自転車。

「確か、震災の翌年だったな。ウチの店に子連れの姉ちゃんが訪ねてきてや。そん時に、このチャリンコを託されて」

「子連れの姉ちゃん……ですか？」

「んだ。なんでも、震災時に小羽ちゃんから、チャリンコを借りたって話してたど。それは津波で流されたみたいで、代わりに新しいのを買ってきたんだと。小羽ちゃんの実家を訪ねようにも、網磯の方は津波でダメになったべ。そんで誰かから、武さんがウチで働いてるって聞いたみたいでや」

頷く最中も、自転車から目を離さなかった。鼻腔の奥に、いちごミルクの甘い香りが一瞬だけ過る。

「その姉ちゃん、武さんが津波に呑まれたことは知らんかったな。それに、小羽ちゃんがすぐ東京さ行ったことも。それ教えたら、えらい肩落としてや。結局、ウチにこのチャリンコは寄付するって言い出して。もしいつか、小羽ちゃんが訪ねてきたら、代わりに礼を伝えてくれって」

「そうですか……すみません、ご迷惑を掛けて」

「気にすんな。武さんからの置き土産のような気もしてたし。今はウチの若い衆が、近場さ行く時に乗ってるみてぇだしな」

一拍置いてから、三上さんは続ける。

「雨晒しにはしてねぇから、多分まだ乗れっと。今日、持ってっか？」

「大丈夫です。もし宜しければ、このまま皆さんで使ってください」

「そうか。まぁ、持って帰るのは難儀か」

三上さんは頷いてから、踵を返そうとした。つい、呼び止めてしまう。

「最後に、近くで見ても良いですか？」

「勿論。元々は、小羽ちゃんのチャリンコだしや」

せめて一度ぐらいハンドルを握ることが、あの女性に対する礼儀のような気がした。足元に置かれた物品を避けながら、自転車に近づく。直近で観察すると、前輪と後輪のタイヤは空気が抜け完全に潰れていた。若い職人さんが乗っていると話していたが、サドルは埃を被りザラついている。三上さんは、私に気を遣ってくれただけなのかもしれない。

「その女性は多分、避難する途中で出会った人ですね。彼女のお子さんは、元気そうでした?」

「んだな。ちっこくて、覚束ない足取りで歩いてたぞ」

「私の記憶では、当時はまだミルクを飲んでたような。避難した小学校でも、理科準備室のアルコールランプを使ってお湯を沸かしてたから」

「大したもんだ。あんな状況でも、生き残ってや」

あの子は今、中学生ぐらいだろう。そんな感慨に耽りながらハンドルを握る。ちょうど視線の先には、ブルーシートに置かれた石細工が並んでいた。よく目を凝らすと、職人が作る商品には見えなかった。形が歪な物もあれば、削りが粗い作品も多い。

「この石細工は、誰かが体験プロブラムで作った品ですか?」

「そうや。震災後に引き取りに来なかった分も、幾つか交じってる。んだから、簡単に捨てらんねくて」

三上さんの優しさが、じんわりと胸に沁みた。傷の程度に差はあれ、この町では皆が似た痛みを感じ、手に余る絶望を抱いた日があった。それでも三上さんは、以前と同じように石に携わっている。彼なりのやり方であの日に折り合いを付け、生活を営む。裸電球に照らされた恵比寿顔は、私とは違って逞《たくま》しくて尊い。

「いつか、持ち主の元へ帰れたら良いですね」

ゆっくりと、ハンドルから手を離した。三上さんの元に戻ろうとすると、ブルーシートの奥に佇む一つの作品が目に留まった。瞬時に床に靴底がへばり付き、血液が逆流するような衝撃が全身に走る。気付くと、その作品に釘付けになっていた。

「嘘……」

三上さんに許可を取るのも忘れ、ブルーシートに踏み出した。足元に転がるカエルやダルマをモチーフにした作品を避けながら、息を切らす。ブルーシートがガサつく音が一気に遠ざかり、私の荒い呼吸音だけが耳の中に響いた。その作品に近づけば近づくほど、心臓の鼓動が激しく脈を打った。

それを手に取り、目の前に近づける。掌に乗る大きさなのに、ずっしりと重い。

絶対に間違いない。

確信に変わった瞬間、喉が熱を帯びて視界が滲んでいく。震える唇が、久しぶりにその名を声に出して呼んだ。

「プーちゃん」

その石細工は、一見するとシャム猫に見えた。顔には三つの目が彫られ、どれも優しく目尻が垂れているせいで不気味さは微塵も感じない。丸い身体には細かい体毛が描かれ、石なのに柔らかさを感じる。反転してお尻を見ると、二股に分かれた尻尾が伸びていた。

ただ、一つだけ記憶と違う箇所があった。

当時何度も母から聞かされた話を思い出しながら、濡れた両目を袖口で拭う。

青葉さん、ここだけ間違ってるよ。

鮮明になった視界で、プーちゃんの背中に触れた。指の腹からは、小さな翼の輪郭が確かに伝わった。

「小羽ちゃん、大丈夫け？」

焦った表情を浮かべた三上さんが、近寄ってくる。私は返事をせずに、プーちゃんの足の裏を確かめた。ざらついた手触り。目を落とすと、葉っぱの形をしたマークが描かれている。

「この石細工、青葉さんの作品だと思います」

「青葉って……『大浜飯店』の子か？」

「はい。彼女のサインが刻まれているんで」

「どこや、見してみ」

三上さんに、プーちゃんの足の裏を向けた。

「本当に、描いてあんな」

「これ……もしよろしければ、頂いても良いですか？」

「好きにし。あの子はもう、ここに来ることはできねぇしな……この猫もこんなプレハブ小屋にいるより、陽の目を見た方がいいべ」

私が礼を告げると、三上さんが背中を向けた。その後に続きながら、指先で青葉さんが追加した部分に触れ続ける。この小さな翼を、どんな気持ちで彫ったのだろうか。彼女の口からもう明確な答えを聞くことはできないが、想像することはできる。それは、今生きている者の特権のような気がした。

「凄いね。電波も操れるし、空も飛べるなんて」

私の独り言に応えてくれたかのように、プレハブ小屋のすぐ側で鳥が羽ばたく音が響いた。

車に戻り後部座席に腰を下ろすと、手短に報告した。

「青葉さんの作品、倉庫に残ってた」

凜子は目を丸くしながら「見せて、見せて」と声を弾ませ、航平は「来て良かったべや」と静かに告げた。

凜子にプーちゃんを手渡してから、上着のポケットを漁った。スマホを取り出し、画面をタッチする。拘っていた最上級の項目。

私が前に進むために羅列した道標。

帰宅したら書き直そうとしていた不安階層表が、心に僅かな火種を宿す。燻る熱は、今より楽になるために不安や恐怖に飛び込めと伝えている。レベル一〇〇の内容を瞳に焼き付け、スマホの画面を暗くした。

「やっぱり、海を見に行きたい」

二人が同時に振り返った。どちらも、驚きの表情を浮かべている。

「大丈夫。さっき、強力なお守りを見つけたから」

凜子から、プーちゃんを受け取った。ミントガムよりも、抗不安薬よりも、効きそうな石細工を強く握り締める。航平がシートベルトを締め直すと、滑るように青い車が走り出した。


田園沿いの車道を進む途中で、以前は存在しなかった墓石が並ぶ一角が見えた。小まめに注釈を加えていた航平も、口を噤んでいる。私は落ちかけた陽が照らす墓地から、目を離さなかった。当時の顔見知りが埋まっているかもしれないと思うと、喉に熱い感情が込み上げてくる。あの日、生と死を隔てる境界線は曖昧だった。青葉さんに逃げろと言われなければ、私は今頃冷たそうな墓石や卒塔婆《そとば》の下に眠っていたかもしれない。

「ここら辺から、網磯地区や」

墓地を通り過ぎた先は、ススキが揺れる更地や田園が広がっているだけだった。どこを見ても、民家や人影が丸ごと消えた寒々しい風景が流れ去っていく。地元なのにどの辺を進んでいるのか見当が付かない。現在地を見失いながらも、そろそろ沿岸部に着くのだけは理解できた。フロントガラスに映る灰色の壁が、徐々に迫ってくる。

舗装された道路を進むタイヤの音が、砂利を踏み締める響きに変わった。到着した合図のようにパーキングブレーキが引かれ、エンジンが止まると灰色の壁を照らすヘッドライトが消えた。航平が車を停めた場所は、防潮堤沿いにある更地だった。

「着いたど」

プーちゃんを握ったまま、恐る恐る外に出る。目の前にある防潮堤は、五メートル以上の高さはありそうだ。沿岸部一帯に横たわっていて、この向こうに続く海を遮っている。

「波音が、全くしないね」

凜子の疑問を聞いて、耳を澄ました。以前は毎日聴いていた波音すらも、高い壁は遮断していた。

「壁を登り切れば、聞こえるぞ。織月は行けっか?」

「うん、大丈夫」

防潮堤には、等間隔で階段が設置されていた。歩き出そうとすると、視界の隅を何かが過った。何気なくその方向に顔を向ける。白と赤が交互に色付くクレーンが、完全に夜に染まる前の空に伸びていた。

掌の中に硬い感触を覚えながら、思わず周囲を見回す。空白のように思えた風景に、急に色彩が戻っていく。今は無き民家のイメージが頭の中に流入し、松林の青い香りを鼻先に感じた。この道だって、母と青葉さんと三人で潮風を浴びながら何度も通った。以前はこんな高い壁はなく、腰掛けられるほどの低いコンクリートが続いていたのを思い出す。

どうして、今まで気付かなかったのだろう。

記憶が見せた数秒の幻は、何度か瞬きを繰り返すと消失した。でも、造船所のクレーンだけは強固な現実として空を貫いている。

「二人とも、待って」

呼び止める声に反応し、数メートル先を歩いていた友人たちが振り返った。ここまで連れて来てくれたのに悪いと思いつつも、血液を沸騰させるような衝動が言葉に変わった。

「私が見るべき海は、ここじゃないの」

それだけ言い残し、弾かれるように駆け出した。身体の中で巻き起こる濁流が、勝手に両足を前に進めていく。背後で私を呼ぶ声が聞こえても、振り返りはしなかった。あの日は必死に逃げた海へと、今は全力で向かっていく。

車に乗っている時には気付かなかったが、道路には多くのトンボが飛んでいた。羽ばたく様を横目に、走る速度を更に上げた。沿岸部から少し離れると、聞いていた通り、大型トラックが停まる見知らぬ産業団地が目に映り始める。いくら周囲が変わっても、迷わない確信があった。造船所のクレーンが、座標のように漁港へと続く方向を示している。

肺に籠もる熱を吐き出しながら、青葉さんへの想いが溢れていく。

しんどい家事を代わってくれた。

美味しいご飯を沢山作ってくれた。

母に対する嫌な感情も受け止めてくれた。

他人に甘えることを教えてくれた。

いつか手を離せと言ってくれた。

自分の人生を歩めと伝えてくれた。

そして何より、私だけじゃなく母を含めて愛してくれた。

視界が開け、狭い海が覗き始めた。もう、不安や恐怖は感じない。あの頃と同じように、穏やかな波が船溜まりに並ぶ漁船を僅かに揺らしている。懐かしい風景までの距離が縮まる度に、心を覆っていた膜が剝がれ落ちていく。剝き出しになった部分から顔を覗かせたのは、制服姿の私だった。

必死に息を吐き出し、肺の底まで届くように十月の空気を吸い込む。見通しの悪い海には、人の営みの気配が漂っていた。造船所には修繕途中の貨物船が鎮座し、遠くに見える石巻工業港は明かりを灯している。津波の被害を受けたのに、漁港付近から見える景色は何も変わっていない。振り返ればトタン造りの平家が現れ、磨りガラスの窓に母のシルエットが滲んでいるような気がする。

誰もいない漁港のコンクリートを踏んで、ようやく足を止めた。思わず膝に手をついて、呼吸を整える。荒い息を吐き出しながら顔を上げると、夜に染まりかけた藍色の空が広がっていた。まだ酸欠状態のぼんやりした頭で、今が日没なのか夜明け前なのか、一瞬わからなくなった。

群れから外れた一羽の海鳥が、遠くで翼を広げている。そんな光景を目に映しながら、本当に伝えたい想いに気付いた。

「あの頃は側にいてくれて、ありがとうございました」

姿は見えないのに、目の前に青葉さんが立っているような気がした。思わず、海に向けて片手を伸ばしてしまう。期待した体温は感じず、何も摑めない手が冷たい潮風に晒されるだけだった。

「ねぇ、今どこにいるの？」

目を伏せて、ずっと握り続けていた石細工に問い掛けてしまう。落下した涙のせいで、プーちゃんの身体が点状に濡れていく。不意に穏やかな潮騒に交じって、あの人が私の名を呼んだような気がした。ゆっくりと、顔を上げる。あの頃に何度も眺めた藍色時刻の海が、絶え間なく寄せては返してを繰り返している。

＃4　君の羽を想う

肉付きの良い手を引いて、ようやく漁港から踏み出した。不意に地面が揺れ始め、太い身体を急いで抱き寄せる。ママさんの服に張り付いたアルミホイルが、わたしが羽織るナイロン製の上着に擦れて妙な音を立てた。

「ママさん、頭を守って！」

思わず、叫んでしまう。落下してくるのは、手を凍てつかせるみぞれ雪だけだ。余震が収まると、焦る気持ちを必死に抑え込みながら再び柔らかい手を握った。

「ママさん、大丈夫?」

「プーちゃんが怒ってる……」

「ただの地震です。とにかく今は、海から離れないと……」

漁港の防波堤からここまで辿り着くまでに、五分以上は掛かっただろうか。ママさんはずっと、妄想めいた言葉を口にしながら怯えきっている。何度も急かしたが、走ってくれる気配はない。

ママさんが何かに躓き倒れそうになったのを、間一髪支えた。足元を確認すると、地面のアスファルトには長い亀裂《きれつ》が走っている。苦い唾を飲み込みながら、周囲を見回す。目の前の民家のブロック塀は倒壊し、頭上の電線の一部は千切れて垂れ下がっていた。不穏な光景に目を見張っていると、わたしたちのすぐ側を凄いスピードを出した軽トラックが駆け抜けていった。ハンドルを握っていたのは、漁船を係留していた漁師だ。さっきは早く逃げろと叫んでいたのに、今は完全にわたしたちのことを無視していた。

一刻も早く海から離れなきゃ、マズい。

緩慢な動作のママさんを励ましながら、必死にこの後の行動を考える。とにかくできるだけ内陸に向かわないと。網磯地区は平地が続き、近くに高台も避難できそうな建物もない。このペースで進んだら、小学校に辿り着くのにかなり時間が掛かってしまう。

脳裏に、小羽が通学で使っていた自転車が浮かんだ。もし、庭先に放置されたままだったら、今よりは早く海から遠ざかることができる。わたしは、数メートル先に佇む織月家を見据えた。

「ママさん、自転車に二人乗りしたことってある？」

「プーちゃんが地球を揺らして……電波の渦が……」

「今は、わたしの話を聞いて！」

思わず叫んだ瞬間、また短い余震を感じた。より一層、海が荒れる予感が強くなる。

揺れが収まると、すぐさま足を進めた。トタン屋根の織月家に一歩、一歩近づいていく。道路から庭先を確認すると、掠れた声が漏れた。

「ない……」

小さな庭から、自転車は消えていた。絶望したのはほんの数秒で、すぐさま温かい感情が身体を包み込んだ。

あの子は、ちゃんと逃げてくれた。

自分の状況は棚に上げて、確かな安堵が口元を緩ませる。自転車に乗って疾走するあの子は、きっと安全な場所まで辿り着く筈だ。

わたしは深く息を吐き出し、上着のファスナーを全開に下ろした。これからきっと、大量の汗を搔くことになる。

「今から、ママさんをおんぶして走ります」

「そんなことしたら、服の摩擦で電波が増強されて……」

「いいから、早く！」

ママさんに向けて中腰になろうとした時、織月家の玄関が横目に映った。開けっ放しの引き戸の奥からは、崩壊した室内が見て取れる。ふと、ある事実が胸を貫く。逡巡してから、覚悟を決めた。

「ママさんは先に、この道を進んで行って下さい！　すぐ追い掛けるので」

それだけ言い残し、玄関に向かって駆け出した。詳しく説明している暇はない。土足のまま室内に飛び込み、迷わず台所に足を踏み入れる。処方薬を保管している食器棚は完全に倒れてはおらず、ダイニングテーブルに寄り掛かっていた。

どうか、薬袋が見つかりますように。

どうか、薬が潰れていませんように。

ママさんは既に調子が悪い。これ以上、内服を怠《おこた》れば、症状が悪化するのは目に見えていた。これから津波が来たら、しばらくは家に帰れないだろう。そもそも、処方薬は流されてしまう。

母は、怠薬中に事件を起こした。もし薬をちゃんと内服していたら、あんな悲惨なことは起きなかったかもしれない。何度も考えた後悔が、痛いぐらいに胸を焦がした。

瞬きも忘れ、薬袋を探す。割れた食器の破片に交じって、一包化された薬が床に散らばっていた。『織月香澄様』と記載された薬包を、手当たり次第に拾った。昼薬、頓服薬、就寝薬、朝薬、夕薬。とにかく、次々とポケットに突っ込む。瑠璃の面影が染み込んだ上着は、錠剤の分だけ重さを増していく。

底が黒ずんだ鍋と割れた湯呑みの間に、石細工のリンゴが転がっていた。薬包を探しながらも、石材店に残したままのプーちゃんが脳裏を過る。初めて、他人のために作った石細工。少しでも小羽の気が紛れればと、精一杯可愛らしく仕上げた。本当は今週中に贈るつもりだったが、叶わなかった。ママさんの嵐が吹き荒れている中で渡しても、悪い冗談にしか思えないだろう。目に映る薬包を全て拾い上げると、膨らんだポケットのファスナーを完全に閉めた。逃げる途中で、絶対に落とすわけにはいかない。

再び家から飛び出す前に、襖が開いている寝室を一瞥した。今日、小羽からアルミホイルの芯を手渡された時に、別の何かも一緒に託されたような気がした。家事、ママさんのサポート、柔らかい手を代わりに握ること。あの子がこれから思いっ切り羽ばたくためにも、大人ができることは沢山ある筈だ。

庭先では、ママさんが呆然と立ち尽くしていた。数メートルでも内陸の方へ進んでいて欲しかったが、虚ろな眼差しで独り言を喋っている。失禁しているのか、ズボンの股間は濡れて色を変えていた。

「ママさん、行くよ！」

今度こそ中腰になり、嫌がるママさんを強引におぶった。両足は鉛のように重くなり、尿と汗が混じったような臭いが鼻先を嚙む。瑠璃よりは大分重いが、奥歯を食いしばって前に進む。安全な場所に辿り着くまで、絶対に下ろさない。

「ちゃんと、摑まっててくださいね！」

疾走とまではいかないが、早足になることはできた。降り続くみぞれ雪が目に入っても、構わず進み続ける。どこかで誰かが「はえぐ、逃げろ！」と怒鳴っている。通り過ぎた民家のベランダからは、高齢に見える夫婦がぼんやりと海の方を眺めていた。

「プーちゃんが足を舐めてる……」

ママさんが、力無く呟いた。両足が気になるのか、頻繁に下を向こうとする気配が背中から伝わる。その度に、わたしは体勢を崩しそうになった。

「ママさん、お願い。今はジッとして」

「電波が足に絡みついて……」

唐突にクラクションが響き、ママさんの妄想言辞が掻き消された。わたしたちを追い抜いた原付バイクから「邪魔や！　アホンダラ！」と、怒号が吐き捨てられる。法定速度を完全に無視した速さで、テールランプが遠ざかっていく。

みんな海から離れようと必死だ。

生き延びようと必死だ。

ママさんを背負い直すため、一度立ち止まった。背中の感触を覚えながら、さっき漁港であの子に言いかけた内容が脳裏で渦を巻いた。あんな状況で伝えるのは縁起が悪そうで、無理やり飲み込んだ言葉。やっぱりあの時、口に出しておけば良かった。最近は瑠璃の元に行きたいと願うことが多くなっていたのに、心の奥底から湧き上がったのは正反対の意思だった。

背後から、今までとは違う叫び声が聞こえた。避難を促す声や怒声とも違う、怯えるような悲鳴。

「ママさん、もう一踏ん張りするよ」

強い想いが、進む足を速めていく。漁港で胸に宿った生に対する灯火は、まだ燃え続けている。津波を被って、消したくはない。

心臓に鞭を打ちながら、荒い息を吐き出す。口の中は砂漠のように乾き、ママさんの身体を支える両腕は痺れ始めた。それでも、前を見据え続ける。確かに、何かを背負うことで強くなれる場合もあるんだろう。でも幼い背中だったら、まだ小さな羽が潰れてしまうかもしれない。息を切らしながら願う。あの子が、いつか飛び立てることを。あの子の人生が、煌めくことを。

北上運河に掛かる短い橋を渡ろうとした時、今まで嗅いだことのない強烈な潮の臭いを感じた。自然と、背後を振り返る。松林の間から覗く海には、高い壁のような物体がそびえ立っていた。白波を立てながら、こちらに迫ってくる。

「生きて、また会いましょうね」

漁港で伝えられなかった言葉を呟き、再び前を向く。

く。みぞれ雪が降り続く灰色の空から、翼を羽ばたかせる音が聞こえた。顔を上げると、頭上で海鳥が旋回している。

　大丈夫、まだ走れる。

　両脚の骨が軋まんばかりに、力強く地面を蹴った。

　また一歩、あの子の元へと近付いていく。

エピローグ

　二重扉の前で再会した桐沼さんは、転院した時と同じ紙袋を片手にぶら下げていた。数ヶ月前よりも痩せてはいるが、血色は悪くない。内視鏡外科手術で肺の一部を切除したようだが、労作時の息切れは目立たなかった。

「また、お世話になります」

　軽く頭を下げた桐沼さんの隣には、長袖の制服を着た娘さんが付き添っていた。バックパックを背負っているから、これから学校に向かうのかもしれない。私は二人を交互に見つめながら、笑みを零した。

「桐沼さん、手術お疲れ様でした」

「どうも……なんでか肺に、追跡装置が埋め込まれてたらしくて。あっちの病院の先生が取ってくれて、安心しました」

　妄想は相変わらずだが、何か悪い物を取り除いたという実感はあるようだ。術後も大きな合併症なく過ごせたようで、肺の治療は一区切りついている。転院先の病院でも精神科治療を受けていたらしいが、今日からは当院で入院治療を再開することになっていた。

　入院受け担当の井上さんに促され、二人が診察室に消えていく。桐沼さんは再入院だし、手術を終えた病院からは、既に診療情報提供書やナースサマリーが届いている。娘さんからの聴取は、短時間で終わるだろう。十五分程度と予想を立て、私は一度ナースステーションに戻った。

　井上さんには、娘さんが帰宅するタイミングで一声掛けて欲しいと事前に頼んでいる。電子カルテで今日の受け持ち患者の看護記録を記載しながら、何度か掛け時計に目を向けた。予想した時間が過ぎる前に、背後から足音が聞こえた。

「織月さん。家族対応が終わったよ」

　書き途中の看護記録を一時保存するのも忘れ、立ち上がった。

「娘さんは、今から学校だって」

　井上さんに礼を告げ、早速診察室に向かおうとした。視界の隅に用意していた茶封筒が目に映り、慌てて手に取る。絶対に、コレを忘れる訳にはいかない。

診察室のドアを開けると、何故か桐沼さんが上着を捲り上げていた。ベージュのブラジャーと、贅肉が段になったお腹が覗いている。桐沼さんの脇の下辺りに顔を近づけていた娘さんが、照れ臭そうに振り返った。

「あっ、ごめんなさい」

「どうかしたの？」

「えっと、手術の痕を見てただけです」

桐沼さんの側胸部には、数センチにも満たない創部が残っていた。開胸手術と違って、胸腔鏡下手術の痕は目立たない。綺麗に治っている短い傷跡を眺めながら、私は口角を上げた。

「改めてお二人とも、お疲れ様でした。桐沼さんは引き続き、看護師の井上が対応しますね。娘さんは、もう帰ります？」

「はい。入院手続きも済んでますし、これから学校があるので」

「それじゃ、エレベーターまで見送るね」

桐沼さんが捲っていた上着を直すと、娘さんが頷いた。

二重扉を抜け、一階に降りるエレベーターのボタンを押した。到着を待ちながら、手に持っていた茶封筒を隣に差し出す。

「これ、良かったら目を通してみて」

「母の入院に関する書類ですか？」

「違うよ。若くして、家族をサポートしている人たちが集まる会の案内。私の個人的なお節介だから、要らなかったら捨てて」

茶封筒の中には、ヤングケアラーに関するピアサポートのチラシを数枚入れていた。同じ立場や境遇の人が集まって、本音を語り合ったり、分かち合ったりして、支え合う場所だ。自然と、航平や凜子の姿が脳裏に浮かぶ。誰かと想いを共有することで楽になれる瞬間は、確かに存在する筈だ。

「今日は学校に、頭痛が酷いって嘘を吐いて来たんですよ」

「そっか……この前は、生理痛だっけ？」

「はい。担任からは、病弱な生徒って思われてるだろうな」

彼女は力なく笑ってから、茶封筒を受け取った。

「気が向いたら、参加してみます」

「オンラインで、開催してるところもあるみたいだから。敷居は低いと思うよ」

エレベーターが到着し、ガタつきながら扉が開いた。彼女が一歩を踏み出すと、プリーツスカートが軽やかに揺れる。既に十八歳を迎えている事実を思い出しながらも、彼女を見守って行きたい気持ちが強くなる。成人になったからといって、家族に対するサポートが軽くなる訳ではない。寧ろ彼女自身の就職や結婚といったライフイベントは増えていくだろうし、負担を強く感じる場面があるかもしれない。

不意に、口元から覗く八重歯を思い出す。十七歳の私の隣には、青葉さんがいてくれた。大切なのは、周囲に負担を肩代わりしてくれる誰かがいるかどうかだ。信頼できる手は、多ければ多いほど良いような気がする。

「それじゃ看護師さん、さようなら」

エレベーターの扉が閉まると、手を振る制服姿が消えた。下降していく階数表示を見つめながら、静かに呟く。

「いつか、誰かに委ねても良いんだよ」


その言葉を彼女に直接伝えられなかったのは、現状ヤングケアラーに特化した支援サービスがほぼ無いからだろうか。思いついた、幾つかの社会資源を脳裏に浮かべる。

生活保護制度。

障害福祉サービス。

生活困窮者自立支援制度。

ひとり親家庭等日常生活支援事業。

利用可能な制度を組み合わせながら、支援を続けていくしかない。小さな溜息を吐きながらも、今私にできることを考える。二重扉に鍵を差し込んだ瞬間、一つの想いが胸を過った。

親の病状が安定すれば、子どもは安心できるような気がする。

それは確信というよりは、実感に近い。青葉さんは、私と母を大切にしてくれた。子どもに迷惑を掛けるダメな親というレッテルを決して貼らず、母も愛してくれた。親に対するサポートは、間接的に子どもにも良い影響を与えるような気がする。

病棟に戻ると、深く息を吐き出した。もう桐沼さんは、部屋に案内されただろうか。彼女の病室を目指して、白いナースシューズが一歩を踏み出した。

日勤終わりの疲労感を引き摺りながら、リビングに続くドアを開けた。既にスウェット上下の部屋着に着替えた渚が、ソファーで寝転びながらスマホを弄っている。

「あれっ、帰ってくんの早くない？」

「そう？　残業はしたけど」

テーブルの上に広がる光景を見て、眉根を寄せた。チョコレートやクッキーのお菓子が大量に散乱し、飲みかけのコーラがペットボトルの中で泡を弾いている。私はラグマットに落ちていたポテトチップスを一枚拾い、口に入れた。

「家主が居ない間に、随分とリラックスしていたようですね」

「だって小羽ちゃん、今日はカレー食べてくるって言ってたから。夕食作るのめんどいし、お菓子で良いかなって」

「友だちと会うのは、明日よ。ねぇ、ソファーにお菓子のカスが落ちてるんだけど」

明日は『星とプラム』で、二人と会う約束をしていた。定期受診を問題なくクリアした航平に、凜子が生海苔の入ったカレーをご馳走してくれるらしい。

「シャワー浴びてくるから、それまでに少しは綺麗にしててよ」

「はーい」

信用ならない返事を耳にしながらも、浴室に向かう。明日からは連休が控えている。密かな解放感に浸りながら、熱いシャワーを浴びた。

洗面所で髪を乾かし部屋着に着替えると、リビングに向かい渚の隣に腰を下ろした。テーブルの上は、一応片付いている。買い過ぎなお菓子は、まだ大分残っていた。

「私も今日は、お菓子だけで良いかな」

「へぇ、小羽ちゃんにしては珍しい」

「気になるドラマがあるの。渚も一緒に観る？」

「いいね。どんな内容？」

「恋愛ドラマ」

「あれっ、嫌いって言ってなかったっけ？」

「久しぶりに、観たくなってさ」

短い沈黙の後、私の肩を軽く叩く感触を覚えた。

「小羽ちゃんさ。頑張って故郷に帰ってから、何か少し変わったよね？」

「そうかな？」

「うん。なんて言うか、前より笑うようになった。ってかさ、この前はあんな辛い出来事を話してくれてありがとね」

　渚はさり気なく礼を告げると、いつも通りスマホを弄り始めた。

「こちらこそ、聞いてくれてありがとう」

　私は照れ隠しのようにリモコンに手を伸ばし、Netflixのアプリを起動した。検索欄に、あのドラマのタイトルを記入する。

「あっ、このドラマ知ってるかも。昔、ヒットした作品だよね？」

　無言で頷いてから、あの日最後まで観られなかった五話目を選択した。テレビボードに飾ってあるプーちゃんが、シーリングライトの光を弾いている。明るい場所で見ても、穏やかで優しい表情をしていた。

「あの二人、本当にくっついたかな？」

　口元から覗く八重歯を思い出しながら、力強くリモコンの再生ボタンを押した。

あとがき

東日本大震災が起こった時、私は関東の看護学校に通う学生だった。図書室で調べ物をしている最中に、床が波打つような激しい揺れを感じた。書架に並べられていた医療に関する本が散乱する音が響き、至る所から学生の悲鳴が聞こえた。様々な書物が意志があるかのように本棚から飛び出す光景は、未だ脳に刻まれている。揺れが収まると、生徒は外に避難するように指示が出された。幸いにも誰一人負傷者は出ず、その日は即刻帰宅を促された。

地震発生直後は交通機関が麻痺し、自宅に帰れない学生が数名いた。私は学校近くの安アパートに住んでいたので、遠方から通学している友人たちをとりあえず家に招いた。彼等と「スゲー、揺れだったな」「マジでビビったよ」と話しながら部屋に着き、テレビのニュース番組を眺めた。そして、私の故郷が津波に呑まれる光景を画面越しに目にした。

それから一週間もの間、地元に残っていた家族や友人とは連絡が取れなかった。徐々に電話で安否確認できるようになると、故郷の詳細な状況を知ることになる。どんなニュース番組が伝える光景より生々しく、殆どの話が悲惨だった。電話口から聞こえる声に相槌を打つ度、私は言葉にできない無力感や不甲斐なさを感じた。今すぐ部屋を飛び出して故郷へボランティアに向かう勇気はなく、近所のコンビニで買った缶詰やお菓子を友人に送る日々。結局私が送った食品は何かの手違いなのか、誰にも届かなかったらしいが。

計画停電の際は暗い部屋にいたくなくて、外を当てもなく何時間も歩いた。地元は壊滅的な状態なのに何もできず、津波に襲われなかった街で独りよがりな自己嫌悪に陥るのが常だった。薄闇が覆う国道沿いを彷徨っている最中、高校時代の先輩から一通のＬＩＮＥが届いた。まず目に飛び込んできたのは『訃報』の文字。内容を確認すると、友人のＫが津波に呑まれて亡くなったことが記されていた。

　Ｋとは高校時代に同じサッカー部に所属しており、多くの時間を共に過ごした。当時は部活で毎日顔を合わせていたうえに、休日もよくＫの家に遊びに行っていた。ギターを教えてもらったり、漫画を読んだり、お互いの恋の話を茶化したり。Ｋは私とは違って誰にでも優しく、穏やかな性格だった。人を傷つけるところは、本当に一度も目にしたことはない。Ｋとは高校卒業後も連絡を取り合っており、私が帰省した際は一緒に酒を呑んでいた。

　Ｋの訃報を知って、地震が発生してから初めて涙が溢れた。同時に、激しい罪悪感が烙印《らくいん》のように胸に刻まれたのを鮮明に憶えている。

　どうしてあんな良い奴が死んで、俺はのうのうと生き残ってるんだ。

　故郷が壊滅的な状態なのに、何もできない現実。

　故郷のことを心配しながらも、数時間後には明かりが灯る街に留まっている卑怯者。

　正直、十二年経った今もそんな想いは完全には拭い切れていない。

　東日本大震災から数年後に、Ｋのご実家に伺った。当時は健康的なイメージがあったＫの母親は、別人のように痩せ細っていた。やつれたと表現した方が正確だ。それでも弔問の際は、私に茶菓子を振る舞い笑顔を向けてくれた。Ｋの仏壇になんとか線香は上げられたが、墓参りには未だ行けていない。どうしても、躊躇《ちゅうちょ》してしまう。Ｋの遺影を目にした後ですら、まだ何処かで生きているような気がしている。今では当時よりは震災以外のことを考える時間が多くなっているが、毎年三月十一日が近づくとＫのことを思い出してしまう。きっと私が生きている限り、それは変わらないんだろう。

　作中に出てくる網磯は架空の地区だが、私の心象風景と現在の故郷が混在している町だ。執筆中は何度か実家に帰省し、生まれ変わった町を眺めた。両親に「今は震災のことも書いてる」と漏らすと、父は「頑張れ」と告げたが、母は「やめなさいよ」と難色を示した。母は東日本大震災が起こって以降、一度も海に近づいてはいないらしい。父の車で防潮堤を見に行った際も、一歩も車外に出ようとはしなかった。そんな母の横顔を見ても、私は結局筆を止めることはなかった。元来親不孝ではあるし、胸に灯った熱を一冊の本として形にしたかった。

この物語を書こうと思ったのは、職場でヤングケアラーに出会ったのが切っ掛けだ。今振り返ると、私が高校生だった頃にも家族のサポートを長時間している友人が存在していた。当時を思い出し、第一部の主人公たちの年齢は十七歳に設定した。その頃の私の日常には、すぐ側に海の気配があった。デビュー当時からいつか書きたいと考えていた東日本大震災にも、自然とこのタイミングで向き合った。第二部を執筆し始めたのは、作中と同時期の二〇二二年の夏だった。現実では新型コロナウイルスが蔓延し、マスクで口元を覆いながら暑い夏を過ごした。私が勤務している病院でも感染拡大防止の観点から面会制限は継続しており、入院中の患者と会えない家族を多く目にしてきた。そんな家族や入院患者の悲しみや憤りを肌で感じていたので、第二部の作中では新型コロナウイルスが完全に終息している世界にした。誰もが普通に面会できる日常に早く戻れるよう、医療従事者の端くれとして祈りや願いを込めた。

ヤングケアラーたちは、今もどこかで確実に存在している。最近はヤングケアラーに関して様々な議論が交わされているが、十分な支援があると胸を張れないのが実情だ。執筆中に一つだけ決めていたことは、登場人物たちが抱く家族に対する感情を素直に描くということ。たとえそれがどんな歪んだ想いだったとしても、否定せずにまずはそのまま受け止める。個人的には現実世界でも、そんな姿勢が重要だと考えている。

最後に、この本を手にとってくれた皆様へ。ヤングケアラーに対しては、信頼できる大人や安心できる居場所が必要不可欠だと個人的には考えている。この物語を読み終わった後に、子どもたちに向ける眼差しに新しい視点が加わっていたら幸いだ。誰かの困難の全てを、解消することはとても難しい。だとしても、温かな眼差しを向け続けることで、誰かの辛さを和らげることができるかもしれない。
近い将来、ヤングケアラーたちの負担を軽減できる社会に変わり、彼等が思いっ切り羽ばたける未来が訪れるのを強く願う。

東日本大震災で亡くなった多くの方々に、追悼の祈りを込めて。

二〇二三年四月　前川ほまれ

参考文献

『ヤングケアラー：介護を担う子ども・若者の現実』 澁谷智子 中公新書
『ヤングケアラーわたしの語り：子どもや若者が経験した家族のケア・介護』 澁谷智子 編 生活書院
『子ども介護者：ヤングケアラーの現実と社会の壁』 濱島淑惠 角川新書
『ヤングケアラーを支える：家族をケアする子どもたち。』 Nursing Today ブックレット編集部 編 日本看護協会出版会
『ヤングでは終わらないヤングケアラー：きょうだいヤングケアラーのライフステージと葛藤』 仲田海人・木村諭志 編著 クリエイツかもがわ
『精神障がいのある親に育てられた子どもの語り：困難の理解とリカバリーへの支援』 横山恵子・蔭山正子 編著 明石書店
『静かなる変革者たち：精神障がいのある親に育てられ、成長して支援職に就いた子どもたちの語り』 横山恵子・蔭山正子・こどもぴあ 編著 ペンコム
『「ヤングケアラー」とは誰か：家族を〝気づかう〟子どもたちの孤立』 村上靖彦 朝日新聞出版
『ヤングケアラー：介護する子どもたち』 毎日新聞取材班 毎日新聞出版
『月刊精神科看護 通巻347号 特集ヤングケアラー：精神疾患をもつ親とその子ども、すべてを包み込む支援』 精神看護出版
『月刊精神科看護 通巻365号 特集ヤングケアラーへの支援』 精神看護出版

『ひとりじゃない：ドキュメント震災遺児』　ＮＨＫ取材班　編著　ＮＨＫ出版
『ファインダー越しの３・11』　安田菜津紀・佐藤慧・渋谷敦志　原書房
『お空から、ちゃんと見ててね。：作文集・東日本大震災遺児たちの10年』　あしなが育英会　編　朝日新聞出版
『津波からの生還：東日本大震災・石巻地方１００人の証言』　三陸河北新報社「石巻かほく」編集局　編　旬報社
『子どもたちの３・11：東日本大震災を忘れない』　Create Media 編　学事出版
『がれきの中の天使たち：心に傷を負った子どもたちの明日』　椎名篤子　集英社
『証言記録東日本大震災』　ＮＨＫ東日本大震災プロジェクト　ＮＨＫ出版
『東日本大震災〝あの日〟そして６年：記憶・生きる・未来』　倉又光顕　彩流社
『報道写真集　東日本大震災10年　復興の歩み　宮城・岩手・福島』　河北新報社
『災害と子どものこころ』　清水將之・柳田邦男・井出浩・田中究　集英社新書
『精神医療　59号　特集医療観察法のない社会に向けて』『精神医療』編集委員会　編　批評社
『精神医療　96号　特集医療観察法〜改めて中身を問う』『精神医療』編集委員会　編　批評社
『精神看護：医療観察法がわからない……　隔月刊　２００８　３号』　医学書院
『医療観察法と事例シミュレーション』　武井満　編著　星和書店
『Q&A心神喪失者等医療観察法解説　第２版補訂版』　日本弁護士連合会刑事法制委員会　三省堂
『ルポ刑期なき収容：医療観察法という社会防衛体制』　浅野詠子　現代書館
『パニくる⁉：パニック障害、「焦らない！」が効くクスリ。』　櫻日和鮎実　KADOKAWA
『自分でできる認知行動療法：うつ・パニック症・強迫症のやさしい治し方』　浅岡雅子・清水栄司　監修　翔泳社

『パニック症と過呼吸：発作の恐怖・不安への対処法』　稲田泰之 監修　講談社
『さよならタマちゃん』　武田一義　講談社
『南インド料理とミールス』　ナイル善己　柴田書店

WEB 記事
警視庁　東日本大震災について
https://www.npa.go.jp/news/other/earthquake2011/index.html
厚生労働省　ヤングケアラーについて
https://www.mhlw.go.jp/stf/young-carer.html
内閣府　高齢社会白書
https://www8.cao.go.jp/kourei/whitepaper/index-w.html

藍《あい》色《いろ》時《じ》刻《こく》の
君《きみ》たちは

2023年7月28日　初版

著　者　前川《まえかわ》ほまれ

装　画　かない

装　幀　アルビレオ

発行者　渋谷健太郎

発行所　株式会社東京創元社
〒162-0814　東京都新宿区新小川町1-5
03-3268-8231(代)
http://www.tsogen.co.jp

印　刷　フォレスト

製　本　加藤製本

ISBN978-4-488-02898-5　C0093